OBRA COMPLETA

Francisco de Sá de Miranda

# OBRA COMPLETA

*introdução, fixação do texto e notas de*

Sérgio Guimarães de Sousa
João Paulo Braga
Luciana Braga

ASSÍRIO & ALVIM

Título: OBRA COMPLETA


1ª. Edição, 2024

Supervisão de arte: Carlos Renato
Imagem da capa: gravura de origem desconhecida, colada na guarda fronteira à folha de rosto de um exemplar da edição de *As Obras do Doctor Francisco de Saa de Miranda*, impressas em 1614 por Vicente Alvarez.

**Dados Internacionais de Catalogação na Publicação (CIP)**
**(Câmara Brasileira do Livro, SP, Brasil)**

Miranda, Francisco de Sá de Obra completa / Francisco de Sá de Miranda; introdução, fixação do texto e notas de Sérgio Guimarães de Sousa, João Paulo Braga, Luciana Braga. -- 1. ed. -- São Paulo: Autores e Ideias : Assírio & Alvim, 2024.

ISBN 978-65-84832-16-9

1. Poesia portuguesa I. Sousa, Sérgio Guimarães de. II. Braga, João Paulo. III. Braga, Luciana. IV. Título.

24-188318 CDD-869.1

**Índices para catálogo sistemático:**

1. Poesia : Literatura portuguesa 869.1
Tábata Alves da Silva - Bibliotecária - CRB-8/9253



ASSÍRIO & ALVIM é um selo editorial publicado no Brasil pela Autores e Ideias Editora Ltda. sob licença da Porto Editora S.A.

Contato: assirioealvimbrasil@gmail.com
@assiriobr
www.assirio.com.br

REPÚBLICA PORTUGUESA CULTURA
DIREÇÃO-GERAL DO LIVRO, DOS ARQUIVOS E DAS BIBLIOTECAS

Edição apoiada pela Direção-Geral do Livro, dos Arquivos e das Bibliotecas/Cultura - Portugal

# INTRODUÇÃO

Sérgio Guimarães de Sousa
João Paulo Braga
Luciana Braga

> Decerto nenhum outro [poeta] foi, no seu tempo, tão grave, tão sério e tão austero; e nenhum foi menos superficial do que ele, já que pouquíssimo concede à frivolidade, excepção feita às trovas cortesãs. No seu protesto contra a corrupção da Corte e na sua recusa dos novos rumos para a vida social da comunidade portuguesa, que levariam Portugal à decadência e ao cativeiro, ele não é, como já se escreveu, um poeta *passadista*, nem a sua atitude pode ser apodada de reacionária. Ninguém, nem o próprio Camões foi, no seu século, tão lúcido como ele. A sua poesia eleva-se, por isso mesmo, ao nível da predicação profética.
>
> José V. de Pina Martins[1]

1. Sá de Miranda é, não sofre dúvida, um dos nomes maiores da nossa literatura de Quinhentos. Nascido, ao que se crê, em 1487,[2] sob

[1] José V. de Pina Martins, «Introdução», *Poesias Escolhidas*, Lisboa, Editorial Verbo, 1969, pp. 22-23.

[2] Não é, bem pelo contrário, abundante a informação disponível sobre a vida de Francisco de Sá de Miranda, como sucede, aliás, com outras figuras cimeiras da nossa literatura quinhentista. O que isto significa é que a obra e a vida do poeta do Neiva não se esgotam no que se sabe (ou se supõe saber) e, como tal, solicitam da parte do investigador uma inquirição persistente. É disso suficiente exemplo a problemática do seu nascimento. Na segunda edição da sua obra, publicada em 1614 e baseada em manuscritos diversos dos da edição príncipe, de 1595, surge, como é sabido, a novidade de uma descrição do seu perfil e percurso, redigida por um biógrafo anónimo (Gonçalo Coutinho, segundo Teófilo Braga). Esta preciosa fonte documental, intitulada «Vida do Doutor Francisco de Sa de Miranda, collegida de pessoas fidedignas que o conhecerão, & tratarão, & dos livros das gerações deste Reyno», abre com uma referência concreta ao local e à data do nascimento do poeta: «Nasceo Francisco de Sà de Miranda na Cidade de Coymbra no Anno do Senhor de 1495. O mesmo dia em que el Rey Dom Manoel tomou posse do governo destes Reynos [...]» (*As Obras do Doctor Francisco de Saa de Miranda. Agora de novo impressas com a Relação de sua calidade, & vida*, por Vicente Alvarez, Domingos Fernandes Livreiro, 1614, p. 5). Quer isto dizer que o escritor teria nascido a 27 de outubro de 1495, por ter sido nesse dia, em Alcácer, o infante proclamado rei de Portugal. Embora advogada por Carolina Michaëlis de Vasconcelos na sua monumental edição das *Poesias* de Sá de Miranda, esta data não se afigura, porém, consensual. E isto porque D. Gonçalo Mendes de Sá, pai de Sá de Miranda e cónego da Sé de Coimbra, conforme demonstrou Teófilo Braga, transcrevendo-as, terá apresentado, em 1490, cartas de legitimação para o reconhecimento da identidade dos seus filhos, incluindo a perfilhação do futuro grande poeta (*cf.* Théophilo Braga, *História da Litteratura Portugueza*, Porto, Chardron, 1896, p. 19). Em perfeita lógica temporal com esta evidência empírica, forçoso seria, então, situar o nascimento de Sá de Miranda antes de 1490 (a legitimação foi deferida, por carta régia de D. João II, a 5 de dezembro de 1490). Assim sendo, uma plausível explicação para a errada informação veiculada pela biografia anónima teria a ver, como avança convincentemente Rodrigues Lapa, com o facto de o seu autor se ter porventura equivocado em relação ao acontecimento histórico associado ao nascimento do escritor. Referiu-se,

o reinado de D. João II, terá estudado Humanidades em Santa Cruz de Coimbra e, mais tarde, já com D. Manuel I, *o Venturoso*, na condução do país, Direito na Universidade de Lisboa, chegando mesmo, na condição de lente substituto, a lecionar nessa instituição. Dada a nobreza do seu parentesco familiar, frequenta, naturalmente, a corte e os seus saraus literários, onde tece amizade com outras personalidades, em especial Bernadim Ribeiro, por quem nutrirá um sentido afeto. Desse período, temos as cantigas, as esparsas, os vilancetes, enfim, as trovas antigas, bem ao gosto da época.

Mas nada disto, sejamos claros, seria talvez suficiente para reconhecer e proclamar o prestígio canónico detido pelo poeta, consensualmente destacado enquanto tesouro cultural e literário imprescritível. A sua relevância como figura cimeira das nossas letras, deve-a, antes de mais, a uma razão histórico-literária: a sua relação fundacional com a reforma literária — talvez fosse melhor, na senda de Carolina Michaëlis de Vasconcelos, escrever: *revolução* em vez de *reforma* — introdutora, em termos formais e semântico-pragmáticos, dos «códigos de representação»[3] do *dolce stil*

como parece evidente, à posse de D. Manuel, quando, na verdade, deveria ter assinalado a de D. João II, ocorrida justamente em 1481 (*cf.* Francisco de Sá de Miranda, *Obras Completas*, Vol. I, texto fixado, notas e prefácio de Rodrigues Lapa, 5.ª edição, revista, Lisboa, Livraria Sá da Costa, 2002, p. IX). Esta data é, de igual modo, corroborada num meticuloso estudo genealógico-biográfico de José de Sousa Machado (*cf.* José de Sousa Machado, *O Poeta do Neiva. Notícias biográficas e genealógicas*, Braga, Livraria Cruz, 1929, p. 28 e ss.). Em suma, o poeta teria 9 anos na altura da sua perfilhação oficial. Mas eis que esta presunção cai por terra com a recente publicação, pela mão segura do grande exegeta mirandino José V. de Pina Martins, de um significativo documento — a concessão, pelo papa Júlio II ao poeta, da igreja de São Julião de Moronho, na diocese de Coimbra — proveniente do Arquivo Secreto do Vaticano. Documento esse através do qual parece ficar claro o ano de 1487 como sendo o do nascimento do autor d'*Os Vilhalpandos*, dado nele se mencionarem os 22 anos de idade de Sá de Miranda, sendo a epígrafe em português da transcrição do documento datada de fevereiro de 1509 (*cf.* Bernadim Ribeiro, *História de Menina e Moça*, estudo introdutório de José Vitorino de Pina Martins, Lisboa, Fundação Calouste Gulbenkian, 2002, p. 20). Dir-se-ia, aqui chegados, estar, em definitivo, resolvida a questão de se saber em que ano veio o poeta ao mundo. Em boa verdade, o ano de 1487 mereceu, ainda recentemente, uma credível reavaliação, assente nestas sagazes considerações: «o pedido [do benefício da tutela da igreja de S. Julião] terá ocorrido no ano anterior (em 1508, portanto), a avaliar pelo tempo necessário ao encaminhamento e conclusão do processo. Será, assim, de admitir que Sá de Miranda tenha nascido em 1486. Dado que em 1490 o cónego Gonçalo Mendes de Sá, pai de Sá de Miranda, legitimou cinco filhos havidos a Inês de Mello, sendo Francisco o segundo, conforme demonstrou inequivocamente Francisco de Sousa Viterbo, a data de 1486 faz mais sentido do que 1487, até por mais compatível com o tempo necessário para gerar três filhos de uma mesma mãe» (Agostinho Domingues, *Nova Homenagem a Sá de Miranda*, 2.ª edição, atualizada e acrescentada, Braga, Calígrafo, 2012, p. 13).

[3] Vítor Aguiar e Silva, *Colheita de Inverno. Ensaios de teoria e crítica literárias*, Lisboa, Almedina, 2020, p. 249.

*nuovo* em Portugal ao longo do século XVI.[4] Que é como quem diz: o verso decassilábico (ou, se se preferir, o *hendecassílabo* italiano em substituição da redondilha maior, de 7 sílabas métricas, e da menor, composta por 5 sílabas) e as coextensivas formas estróficas inéditas no contexto da lírica portuguesa (o *terceto*, de Dante, o *soneto* e a *canção*, de Petrarca, a *oitava* rima, de Poliziano, Boccaccio e Ariosto, a *égloga*, de Sannazzaro), para não falar naqueles géneros de matriz greco-latina como sejam a *elegia*, a *ode*, a *epístola*, a *sátira*, a *fábula* e a *comédia*.[5] Sá de Miranda colocou, em síntese, a nossa poesia a compasso com o horizonte estético oferecido pela mundividência do Humanismo quatrocentista e pela constelação cultural, com as suas coerentes experiências vitais e vivenciais, enunciada pelo Renascimento quinhentista. Não só porque demonstrou inequívoca capacidade de produzir versos a partir das condições de possibilidade exigidas pela «medida nova» e pelos novos géneros poéticos de filiação italianista, mas igualmente porque fez com que a expressão da subjetividade do Classicismo italiano, com as mudanças estético-culturais que supõe e exige em termos de repertórios, códigos e modelos canónicos, se afirmasse também na sensibilidade e no imaginário do campo literário português, conforme já sucedia em Espanha (pense-se em Garcilaso de la Vega e em Juan Boscán). Como reconhece Carolina Michaëlis, deve ter sido complexo o seu esforço renovador, tendo em mente os modelos italianos, em prol da redefinição estética literária lusa e na hora de produzir em língua castelhana: «Como inovador de ideias e de formas, em duas línguas, a nenhuma das quais era fácil adaptar as leis do gosto italiano, Sá de Miranda teve de lutar com dificuldades enormes.»[6]

[4] Reforma literária iniciada com a publicação da comédia *Os Estrangeiros* e, pouco depois, da *Fábula do Mondego*. Rodrigues Lapa sublinha o «[...] que tenha sido a repercussão destas duas composições, que tanto destoavam das formas tradicionais usadas na nossa literatura. Em teatro, estávamos costumados aos autos vicentinos, populares e geniais; em lirismo, nada mais conhecíamos que os redondilhos da escola antiga ou o ritmo singular e trepidante do verso de arte maior» (Francisco de Sá de Miranda, *op. cit.*, p. XI).

[5] Como escrevia, em 1668, lapidarmente Jean de La Bruyère, numa célebre afirmação em perfeita sintonia com o espírito do Classicismo em matéria de imitação do passado: «Tout est écrit, et l'on vient trop tard, depuis plus de sept mille ans qu'il y a des hommes, et qui pensent» (*Les Caractères ou les Mœurs de ce siècle*, chez David, Librairie, Paris, 1759, p. 103).

[6] Carolina Michaëlis de Vasconcelos, *Novos Estudos sobre Sá de Miranda*, Lisboa, Imprensa Nacional, 1911, p. 52.

Os novos géneros e suas respetivas estratégias estilístico-compositivas e incidências temáticas trouxe-os da sua impressiva viagem, presumivelmente realizada entre 1515 e 1527, por diversas cidades e regiões italianas (Roma, Nápoles, Veneza, Milão, Florença, Sicília). Périplo através do qual se impregnou de temas e atitudes adstritos à atmosfera e à mentalidade fomentada pela cultura do Renascimento,[7] tendo, é de crer, estabelecido relações pessoais e literárias com algumas notabilidades da época, como deixa entender este excerto de *Nemoroso*:

Por otros frescos mirthos,
Y sauzes más crecidos,
Otros más verdes prados, otras fuentes,
Entre raros spritos,
Que adelante eran idos,
Destos que acá dexaste differentes,
Qué nuevo gozo sientes,
A tí gozoso viendo
Venir el Sannazaro,
Don Sebetho más claro,
Por la su orilla fresca [d]epartiendo
Con el su Melisseo,
Del Reino resplandor Partinopeo.

Quánto pastor Toscano,
Que Arno en la deleitosa
Ribera suya, oyó cómo han cantado,

[7] «[...] o homem do Renascimento é uma entidade dotada de grande vigor, que acentua a sua autónoma e adulta capacidade de realização em vários planos da sua existência: literária, científica, social, etc.; tendendo a olhar a sua passagem pela vida não como um trânsito de sofrimento, mas como um momento vocacionado para atingir a plenitude humana a que tem direito, o homem desta época — assinalada por um invulgar florescimento cultural — beneficia também de uma atitude intelectual que lhe permite superar não apenas o saber medieval, mas até o dos Antigos. A emergência de correntes de pensamento religioso de inspiração evangélica e em ruptura com a Igreja Romana (ruptura que é raiz dos conflitos entre Reforma e Contra-Reforma), o primado da observação crítica dos fenómenos, bem como as imagens de mundos e povos diferentes que os descobrimentos permitiriam conhecer são, entre outros, aspectos de uma renovação que não atinge só os conteúdos do saber, mas também os processos de o adquirir» (Carlos Reis, *O Conhecimento da Literatura. Introdução aos Estudos Literários*, 2.ª edição, Coimbra, Almedina, 1999, p. 413).

Vendrán aquella mano
Tocar aventurosa,
Que honrava or'el espada, or'el cayado,
Dos que agora han alçado
Sena, y Florencia tanto
Por noble sangre y lengua,
Daño tan grande y mengua,
Que nunca pudo igualalla el llanto,
Aunque fuera de ley,
Juan Ruscula, y Latantio, y Tomolei.[8]

Não são conhecidos com exatidão os motivos da viagem, pese embora seja muito provável que não tenha sido alheia à partida a incompatibilidade crescente do poeta, cuja índole se norteava pela intransigência ético-moral e por uma condizente austeridade, com o nefasto espaço da corte, porque favorável à adulação, à intriga, à hipocrisia, a ludíbrios de toda a espécie — em suma, um lugar, como não se coíbe de referir na célebre epístola dirigida a D. João III, «onde engano vai».[9] Neste sentido, João Soares de Carvalho defende que a partida para Itália, mais do que resultar de uma demanda de maior erudição, teria

[8] Em 1820, um camonista inglês, John Adamson, resumia assim a valia literária de Sá de Miranda nas letras lusas: «The first poet of any consideration, who broke through this practice [To write elegantly in Latin], was Francisco de Sá de Miranda. He preceded Camoens about thirty years, and rendered great service to his country by purifying and fixing its language. [...] The language up to that time had been rude and uncultivated, the necessity of refinement being superseded by the prevailing practice of the times, the Latin being considered the language of poetry in Portugal. This custom he opposed and overcame. Without any other assistance than the models of the Italian metres, he extended the field of, and gave new laws to Portuguese Poetry» (John Adamson, *Memoirs of the Life and Writings of Luís de Camoens*, Vol. I, London, Longman Huret, Rees, Orme, and Brown, 1820, pp. 38-39).

[9] «Os percursos na corte são erráticos; e quem nela se move sem destino vê-se de súbito na posição do não atendido suplicante. Miranda aproveita para amaldiçoar a corte, e equacionar a graça com o engano. A graça característica do privado, que em seu benefício exerce o poder por graça, e graça alcança ante o rei, acha-se, enfim, na situação de uma fonte substituta donde não brota senão o engano» (Américo António Lindeza Diogo, *As Lágrimas de Miranda. Sobre a poesia de Sá de Miranda*, Coimbra, Angelus Novus, 1995, p. 24). Não é aqui inoportuno notar que a censura mirandina ao culto cortesão das aparências bem como a insistência do poeta nas questões político-morais não são, evidentemente, apanágio exclusivo de Sá de Miranda. Trata-se de assuntos abordados apaixonadamente pela elite da época e que se inserem, com outros (os valores morais do ócio e da amizade, por exemplo), na linha dos debates tipicamente humanistas em voga nos letrados seiscentistas (*cf.* Saulo Neiva, *Em Nome do Ócio e da Amizade. Retórica e Moral na Carta em Versos em Língua Portuguesa no Século XVI*, tradução de Antonio de Pádua Danesi, São Paulo, Editora da Universidade de São Paulo, 2012, p. 306).

funcionado enquanto pretexto para o poeta se afastar do rei e da corte, sem com isso ofender o monarca e os príncipes. De facto, não custa perceber que Sá de Miranda, avesso à desordem ética e norteado por uma consistente fundura moral, jamais compactuaria com a dissolução moral porventura reinante na corte (relembremos estes seus célebres e emblemáticos versos: «Homem dum só parecer, / Dum só rosto, e d'ũa fé, / D'antes quebrar, que volver, / Outra cousa pode ser, / Mas de Corte homem não é»), e que o fará mais tarde, e em pura lógica com o ideal da tranquilidade campestre propalado pela «*aurea mediocritas*», exilar-se no Minho (na Comenda de Santa Maria das Duas Igrejas e, depois, na Quinta da Tapada, no concelho de Amares).[10] Muito em especial com aquela atitude censurável e motivo de escândalo que levou o rei D. Manuel a apropriar-se da noiva de seu filho, o príncipe D. João, com quem se incompatibilizara, contraindo com ela o seu terceiro matrimónio. «Se não fossem essas razões do seu foro íntimo, Sá de Miranda» — escreve João Soares Carvalho — «não teria partido para Itália tão precipitadamente, sabendo que esse país estava agitado pela guerra entre o imperador Carlos V, espanhol, e Francisco I, rei de França, que é o que significa o verso "Em tempo de espanhóis e de franceses"».[11]

Não devemos, contudo, esquecer a relevância geocultural ímpar de Itália como epicentro intelectual estético da Europa de então. Ao empreender uma renovação drástica das letras e das artes, assente na recuperação dos modelos e valores do extenso património helenístico e latino, sem esquecer as humanidades e o saber científico, a pátria de Petrarca restaurou ideais e dominantes de uma disciplina estética que

[10] Região, ao que tudo indica, consentânea com o perfil do poeta, como nota F.G. Aubrey Bell: «The wild yet green and peaceful scenery of Minho accorded well with his *alma soberana*, at once active and contemplative, disciplined and independent» (F.G. Audrey Bell, *Portuguese Literature*, Oxford, Clarendon Press, 1922, p. 142).

[11] João Soares Carvalho, «A renovação lírica — Sá de Miranda», *História da Literatura Portuguesa — Renascimento e Maneirismo*, Vol. 2, Lisboa, Publicações Alfa, 2001, p. 137. José Jiménez Ruiz, na introdução da sua magnífica edição da poesia castelhana de Sá de Miranda, alarga, por sua vez, as causas pelas quais o poeta decidiu trocar a corte por Itália, escrevendo o seguinte: «Son varias las causas que se alegan para esta salida; entre ellas, el fracaso de un amor no correspondido y la boda insensata del rey con Leonor de Castilla. Para Carolina Michaëlis, sin embargo, su origen está en la curiosidad cultural del poeta y en su deseo de estudiar el arte nuevo; además, en 1520 muere su padre, con lo que el poeta queda libre de obligaciones familiares» (Francisco de Sá de Miranda, *Poesía Castellana Completa*, edição, introdução e notas de José Jiménez Ruiz, Málaga, Universidad de Málaga, 2010, p. 9).

não podiam senão exercer fascínio nos espíritos cultos daquela época. Como recorda, com inteira justeza, Vítor Aguiar e Silva:

> Quando, após a morte do seu pai, o cónego coimbrão Gonçalo Mendes de Sá, Francisco de Sá de Miranda decidiu jornadear até Itália, fê-lo por razões similares às que, no século XIX, levavam qualquer escritor ou pintor a visitar Paris. A Itália era o centro criador por excelência da cultura, do pensamento e das artes em toda a Europa: aí, em Florença, em Veneza, em Ferrara, em Roma, em Nápoles e noutras cidades, desenvolvia-se desde a segunda metade do século XIV esse multiforme movimento da cultura que, dentro e fora de Itália, foi designado e caracterizado como uma «ressurreição», uma «restauração», uma «restituição», etc., das letras, das artes e do pensamento da Grécia e de Roma.
>
> Antes de Sá de Miranda, muitos outros portugueses — leigos, clérigos regulares e seculares — estanciaram em Itália, cuja Cidade Eterna era o centro do poder espiritual e, em larga medida, do poder político em todo o Ocidente. D. Diogo de Sousa, D. Miguel da Silva, Henrique Caiado, Aires Barbosa, Luís Teixeira, Martinho de Figueiredo são nomes ilustres de portugueses que, desde os finais do século XV e ao longo dos primeiros anos do XVI, permaneceram em Itália e aí estudaram, nalguns casos com mestres da estatura de Angelo Poliziano, e aí conviveram com alguns dos espíritos mais brilhantes e influentes do Humanismo e do Renascimento italianos, desde Bembo a Castiglione.[12]

O certo é que esses «outros portugueses» que residiram em Itália não contribuíram para a difusão — ou para uma marcante difusão — do ideário e das práticas do modelo estético-cultural italiano, na exata medida em que o Renascimento, até à viagem de Sá de Miranda, não terá passado em Portugal de um «vago crepúsculo», como sustenta Carolina Michaëlis. Ou seja, até 1520 não existia, a bem dizer, no nosso país imitação direta da poesia italiana.[13]

[12] Vítor Aguiar e Silva, «Modernidade e tradição em Sá de Miranda», Francisco de Sá de Miranda, *Obras*, edição *fac-simile* da edição de 1595, Braga, Universidade do Minho, 1994, p. XIII.

[13] *Cf. Poesias de Francisco de Sá de Miranda*, edição de Carolina Michaëlis de Vasconcelos, Halle, Max Niemeyer, 1885, p. X.

Ora, Sá de Miranda não só imitou e procurou levar os seus conterrâneos à imitação explícita, tanto no plano das formas de expressão como de conteúdo, da lírica de matriz italianizante, como nos soube, de maneira expressiva, ainda oferecer uma sátira convincente, em duas comédias (*Os Estrangeiros* e *Os Vilhalpandos*), do que seria viver na Itália desses tempos. Estas, diz-nos T.F. Earle,

> [...] têm um considerável valor histórico, porque Sá de Miranda nos dá nas comédias uma visão crítica e satírica da vida italiana das primeiras décadas do século XVI, época em que a Itália era o país mais rico e mais sofisticado da Europa. [...] O alvo da sátira do Sá de Miranda comediógrafo é a vida nas grandes cidades italianas de Palermo e Roma, a qual conhecia tão pormenorizadamente que se pode extrair das suas peças toda uma interpretação da situação socio-política daqueles centros urbanos durante o tempo em que o poeta vivia na Itália, entre 1515 e 1527, aproximadamente.[14]

**2.** «Mereceria Sá de Miranda outras honras que não aquelas que em geral se tributam a um epígono talentoso, caso a sua viagem a Itália lhe não tivesse dado a possibilidade de se antecipar a qualquer outro poeta do seu tempo na introdução entre nós do "dolce stil nuovo"?»,[15] questionava João Gaspar Simões, em 1958, nas páginas d'*O Comércio do Porto*, para, logo a seguir, sem o justificar devidamente, não hesitar em responder que até um poeta com grande merecimento como António Ferreira não passava, se comparado com Sá de Miranda, de um parente pobre.

Ora, afora, como se viu, o decisivo papel do poeta na renovação do sistema literário português por importação, conforme diria o próprio,

[14] T.F. Earle, «Introdução», Francisco de Sá de Miranda, *Comédias*, edição de José Camões e T.F. Earle, Lisboa, Imprensa Nacional-Casa da Moeda, 2013, p. 7. E ainda, de modo intimista, nesta belíssima poesia se expressa a presença de Sá de Miranda em Itália («Cantiga feita nos grandes campos de Roma»): «Por estes campos sem fim / Onde a vista assi se estende / Que verei triste de mim / Pois ver-vos se me defende? // Todos estes campos cheos / São de saudade e pesar / Que vem pera me matar / Debaixo de Céus alheos, / Em terra estranha, e em ar / Mal sem meo, e mal sem fim / Dor que ninguém não entende, / Até quam longe se estende / O vosso poder em mim.»

[15] João Gaspar Simões, «O Poeta Sá de Miranda», Costa Barreto (org.), *Estrada Larga. Antologia do suplemento cultura e arte de* O Comércio do Porto, Vol. 3, Porto, Porto Editora, 1963, p. 18.

das «rimas estrangeiras» e dos «bons cantares peregrinos» — e sem prejuízo do valor concedido ao seu brio literário nas composições em métricas de «medida velha» (poesia tradicional), composições de que foi, é bom referir, exímio cultor[16] —, convém acrescentar que Sá de Miranda é um vulto estelar igualmente por outra razão de fundo. «Na obra de Sá de Miranda, brilha, ainda, como complemento ou reverso do inovador, a face do moralista», como escreve David Mourão-Ferreira.[17] De facto, emana, não raramente, da sua voz poética um manifesto pendor filosófico-moralista, o qual não é senão a revelação da pura expressão de uma sintonia vivencial do autor com as grandes questões da sua época.[18]

Não há, pois, como não ver o modo como desqualificou, sem complacências, a expansão ultramarina, cujos malefícios enfatizou, ou a forma desinibida como denunciou sem ambiguidades o crescente repú-

[16] O estilo trovista de Sá de Miranda caracteriza-se, segundo Teófilo Braga, «[...] como expressão de fino sentimento e delicado gosto» (Teófilo Braga, *História da Literatura Portuguesa — Renascença*, Vol. II, Imprensa Nacional-Casa da Moeda, Lisboa, 2005, p. 117). Convirá ter presente que Sá de Miranda não deixou de ser quem era ao enveredar pela poesia de cunho italiano. Em bom rigor, nele a modernidade emparelha, por assim dizer, com a tradição. Se Sá de Miranda advoga conceitos e temas humanistas (a superioridade das letras sobre as armas ou o tema da mudança, etc.), esse seu lado ideológico e esteticamente humanista convive com a apologia do isolamento campestre tintado de tonalidades assaz melancólicas, denotativas de pessimismo, em formas tradicionais: «Para ele o mundo está em decadência. A utopia de uma vida natural no seio da "madre antiga", em que não existia o teu e o meu, nem a guerra, casa-se com aquela melancolia que ensombra os seus versos. Não é por acaso que [...] [nas] cartas (em que predominam as quintilhas de redondilhas com dois esquemas alternativos de rima) Sá de Miranda conservou construções e vocábulos arcaicos, como que acentuando o carácter arcaizante do seu pensamento» (A.J. Saraiva & Óscar Lopes, *História da Literatura Portuguesa*, 16.ª edição, corrigida e atualizada, Porto, Porto Editora, [s./d.], p. 253).

[17] David Mourão-Ferreira, *Hospital das Letras*, Lisboa, Guimarães Editores, 1966, p. 43.

[18] Marcado pela filosofia estoica, Sá de Miranda, por exemplo, enfatiza largamente na égloga *Basto* o valor da individualidade, como sublinha, em significativas palavras, João R. Figueiredo: «Na mundivisão deste poeta, uma condição necessária para se poder falar de dignidade do homem é a sua individualidade. Não há dignidade sem liberdade individual, entendida como a especificidade de cada ser humano, irredutível a qualquer tipo de generalização (e ao próprio conceito do universal), um princípio da filosofia estóica que Miranda partilhava. A possibilidade de pensar pela própria cabeça que é inata ao ser humano deve, pois, ser explorada livremente e tanto melhor será o modelo de governação quanto permitir essa conduta segundo princípios racionais deduzidos por meio do auto-exame e da ascese. A opinião alheia e, nomeadamente, a perigosa opinião do vulgo, são escolhos potencialmente deletérios no percurso de vida do estóico, como se infere da leitura da égloga "Basto", um dos textos-chave deste autor. Nela se põe em cena a emergência da individualidade na literatura portuguesa. Se Fernão Lopes mostrara a entidade colectiva que era o povo e que contrabalançava os excessos ou as fragilidades de quem detinha o poder, Sá de Miranda faz pender o pólo positivo para o indivíduo, já não o homem de corte, muito menos o governante, antes o poeta-filósofo, que tem horror tanto ao vulgo baixo como ao aristocrata» (João R. Figueiredo, «Sá de Miranda», António M. Feijó, João R. Figueiredo, Miguel Tamen (eds.), *O Cânone*, Lisboa, Fundação Cupertino de Miranda e Tinta-da-China, 2020, p. 472.

dio dos princípios sociomorais pelos quais se erigia a coesão e a verticalidade da pátria. Princípios sem os quais esta se condenava a resvalar na corrupção e na decadência características das derivas mercantilistas. Numa palavra, Sá de Miranda, num período de grandes mudanças socioculturais e estéticas, desempenhou, munido da sua racionalidade vigilante e em nome do superior interesse do bem-comum, exemplarmente a função de consciência ética da nação — ou, se se quiser, de último resgate espiritual e moral da pátria. Nas justas palavras de Rodrigues Lapa, reportando-se ao magistério cívico-moral do poeta:

> A arte de Sá de Miranda é uma arte séria, ao modo clássico, com uma constante preocupação de fazer moralidade, de ser útil. E nunca nenhum artista em Portugal traduziu em mais alto grau os cuidados da cidadania do que essa consciência vigilante da época de Quinhentos.[19]

Não surpreende, assim, que fosse admirado pelos principais vultos do seu tempo, que dele tanto apreciavam a superior qualidade dos versos como o pragmatismo racional ao serviço da intransigente defesa de valores morais, sendo-lhe atribuído sem reservas o estatuto de patriarca de uma notável geração literária (D. Manuel de Portugal, Pêro de Andrade Caminha, Francisco de Sá Meneses, António Ferreira, que em carta o apelidou «Mestre das musas, mestre da virtude», Diogo Bernardes, Frei Agostinho da Cruz, Jorge de Montemor, entre outros devotados admiradores). Suficiente ilustração disso é o conhecido epitáfio — Sá de Miranda falece em 1558 — que lhe dedicou Pêro de Andrade

[19] Francisco de Sá de Miranda, *Poesias*, selecção, prefácio e notas de Rodrigues Lapa, 4.ª edição, Lisboa, 1960, pp. XI-XII. A comprovar que Sá de Miranda gozava de uma ampla fama de homem justo e incorruptível, eis o trecho de um documento assinado por um alto funcionário do Estado (Francisco Gil) e dirigido a D. João III: «he mui necessario que v. a. mande Antre Douro e Minho chamar um homem que cuido que o seu nome he *Francisco de Saa Miranda* e se nã tem direito pera se escusar de servir seu Rey e despois vindo saberá v. a. que lhe fez deus mercê com sua vinda por que o mal vay tão descuberto que he necesayro prover-se v. a. de homens de alto entendimento por que como está escripto *consiliarius sit tibi unus de mille*. [...] lembro a v. a. que el Rey David e outros reis fortes como dis a santa spritura poseram homes de muito alto entendimento pera lhe arrecadarem seus tributos como se conta no Paralipomenon e noutras partes porisso disse a v. a. mandasse chamar este *Francisco de Saa de Miranda*, que he homem de alto e heroico entendimento e sobretudo o que mais lhe dá o lustre disem que he bôo xpão o mais ficará pera outro sprito por que he melhor e mais necessario» (*apud* José de Sousa Machado, *op. cit.*, pp. 93-94).

Caminha (entre 1520 e 1532-1589), cujos elucidativos versos merecem transcrição:

A Alma no Ceo repousa eternamente
Chea do que cá tinha merecido.
O nome voando vai de gente em gente
Com inveja, e amor, e espanto ouvido.
O corpo fraco jaz aqui somente,
D'Alma à força d'idade despedido.
A Morte desfaz tudo, mas Miranda
Vivo é no Ceo, e vivo na terra anda.

E recordemos também, em versos exemplares pela capacidade de enfatizarem tanto a qualidade estética como a valia do perfil ético de Sá de Miranda, estas famosas e eloquentes palavras de António Ferreira (1528-1569):

Novo Mundo, bom Sá, nos foste abrindo
Com tua vida, e com teu doce canto,
Nova água, e novo fogo descobrindo.

Não resplandecia antes o Sol tanto.
Não era antes o Ceo tão luminoso,
Nem nos erguia o esprito em seu espanto.

Contigo nos nace o ano mais fermoso,
Mais rosada e mais loura a primavera,
C'o seo de alvas flores mais cheiroso.

D. Manuel de Portugal (1520?-1606), por seu turno, dedicar-lhe-á este impressivo soneto:

Alma Felice, a nós alto decoro
De virtude, por quem os Reis deixaste,
Ao som de teu esprito a que cantaste
Nunca assi respondeu eco sonoro.

Indo desta região, donde inda moro
Saudoso de ti, que amando, voaste
A essa luz: magino desque entraste,
Que versos cantarás no eterno coro.

Tua voz acordando, e teu conceito,
Com um e outro espírito, qu'em seu canto
Do que sempre assi vê, sempre se admira.

Recebe o que de ti sente este peito,
Por devido louvor, e estima quanto
Ora te faz soar ũa culta Lira.

Mas a longevidade canónica do autor da *Carta a El-rei D. João* não se restringiu à descendência literária mais próxima. Tem sido reafirmada ao longo dos tempos através de leituras que lhe reconhecem tanto o respeitável estatuto de cultor e porta-voz da modernidade renascentista e das inovações classicistas, removendo da lírica portuguesa a matriz medieval em que esta perdurava com as redondilhas de gosto vulgar, bem como a mais-valia da sua inquebrável moralidade estoica. Veja-se, por exemplo, no século XIX, como esse outro grande escritor que dá pelo nome de Almeida Garrett sintetizou de forma especialmente eloquente a superioridade do poeta do Neiva:

> Sá de Miranda, verdadeiro pae da nossa poesia, um dos maiores homens do seu seculo, foi o poeta da razão e da virtude, philosophou com as musas, e poetizou com a philosophia. Seu muito saber, sua experiência, seu tracto, e até a nobreza do nascimento, lhe deram indisputada superioridade a todos os escriptores d'aquelle tempo, dos quaes era ouvido, consultado e imitado. Sá de Miranda exerceu sobre todos os poetas d'aquella epocha a mesma especie de imperio que veio a ter Boileau em França, e mais moderadamente Francisco Manuel entre nós.[20]

[20] Almeida Garrett, *O Retrato de Vénus e Estudos da História Litterária*, 3.ª edição, Lisboa, Livraria Moderna, 1899, p. 182.

Admirado em Oitocentos pelos gigantes literários desse período, como é o caso de Machado de Assis — que, entre outros lugares, o refere no seu romance de estreia: *Ressurreição*[21] —, a partir de meados do século XX em diante não é difícil rastrear a sua perdurável influência. Diversos foram os tenores da crítica e da poesia, portugueses como brasileiros, a prestarem demorada atenção à lírica mirandina, iluminando-a através de consistentes e inovadoras reconceptualizações. O que a inteligência e subtileza analíticas da tradição historiográfico-literária novecentista, personificada em gente conceituada como Rodrigues Lapa, Costa Pimpão, Pina Martins, Fidelino de Figueiredo, Hernâni Cidade, Óscar Lopes, Jorge de Sena,[22] David Mourão-Ferreira, mas também encarnada pelo apurado juízo estético de autorizadas vozes poéticas de cá e do outro lado do Atlântico como Alexandre O'Neill, Ruy Belo, Haroldo de Campos, Augusto de Campos, Drummond, Manuel Bandeira, para nos ficarmos pelos nomes mais sonantes, valorizou na poesia de Sá de Miranda foi no essencial, tal como outrora a «plêiade mirandina», a maneira como nela a desenvoltura estilística (sintética e concreta) se casa, em perfeita consonância com a lisura

[21] «Não me parece provável que houvesse lido Sá de Miranda; todavia, punha em prática aquela máxima de um personagem do poeta: "boa cara, bom barrete e boas palavras, custam pouco e valem muito..."» (Machado de Assis, *Ressurreição*, Belo Horizonte, Editora Garnier, 2006, p. 60). Num texto de crítica literária ("Henriqueta Renan", publicado, em outubro de 1896, na *Revista Brasileira*), Machado de Assis volta a convocar o Sá de Miranda comediógrafo: «Um clássico da nossa língua, Sá de Miranda, põe na boca de uma personagem de uma das suas comédias alguma coisa que resume toda essa arte e polidez aí recomendadas: "A mor ciência que no mundo há assim é saber conversar com os homens; bom rosto, bom barrete, boas palavras não custam nada e valem muito... Vou-me a comer"» (Machado de Assis, *Páginas Recolhidas*, São Paulo, Editora FTD, 2012, p. 118). Noutro sítio, uma crónica, datada de 24 de março de 1862, cita estes versos da *Carta a El-Rei D. João III*: «Senhor hei-vos de falar / (Vossa mansidão m'esforça) / Claro o que posso alcançar, / Andam pera vos tomar / Por manha, que não por força» (Machado de Assis, *Crônicas (1859-1863)*, 1.º volume, Rio de Janeiro, São Paulo, Porto Alegre, W.M. Jackson Inc. Editores, 1957, p. 147). E em *Crisálidas* (1864), Machado de Assis faz proceder o poema «As Ventoinhas» de versos provenientes da égloga *Basto*: «Com os seus olhos vaganaus, / Bons de dar, bons de tolher» (*cf.* Machado de Assis, *Poesias Completas*, Rio de Janeiro, São Paulo, Porto Alegre, W.M. Jackson Inc. Editores, 1957, p. 73).

[22] «Há nos seus versos um condão de abstracionismo, um dom de ascender do factual que o inspira à metáfora que o exprime, um tipo de metaforização não imagética mas discursiva, que todos em um só o definem como um lírico de primeira plana, suficientemente *impuro* para sobreviver ao peso morto do lirismo fácil ou do intervencionismo ingénuo e virtuoso, que ainda hoje, apesar de tudo e pelo muito que do seu tempo terrivelmente subsiste [...] nele nos comove e toca profundamente» (Jorge de Sena, «Reflexões sobre Sá de Miranda ou a arte de ser moderno», Costa Barreto (org.), *Estrada Larga*, *op. cit.*, p. 47).

ético-moral do poeta, com um pensamento socialmente crítico (porque cívico) e fértil do ponto de vista da reflexão (porque filosófico).[23]

E não será, já agora, ocioso acrescentar que a revitalização da poesia de Sá de Miranda, à margem das leituras mais académico-institucionais, tem ultimamente beneficiado de um significativo e inovador fôlego, ditado pelo diálogo da lírica mirandina com o vasto horizonte de possibilidades de uma das mais fascinantes linguagens artísticas de todos os tempos — a música. Se, em 1967, Caetano Veloso compôs para a irmã, Maria Bethânia, o tema «Comigo me desavim», este muito celebrado poema de Sá de Miranda sobre a autognose dos impulsos contraditórios de um eu dividido, diga-se, foi, recentemente, recuperado pelo grupo Ai, deus, i u É? (2013), pelo grupo de *rock* Osso Vaidoso (2016) e pelos D'Alma, em 2020, figurando como primeiro tema do álbum *Refúgio das Palavras*. Não é, assim, forçoso dispor de especial clarividência para se perceber que Sá de Miranda integra hoje o *ethos* do *rock* e da *pop*, o que, por si só — convenhamos —, legitimaria já amplamente uma reedição das suas poesias. Dir-se-ia, dito noutra reformulação, que a poesia mirandina se presta sem restrições, como espécie de entidade estética em trânsito, a fecundas reapropriações — o que é sinal indesmentível do seu vigor e da sua fulguração.

**3.** Os textos de Sá de Miranda pautam-se por uma linguagem assaz complexa. Trata-se, não há como negá-lo, de um escritor de difícil legibilidade. O rigorismo e o ascetismo da sua personalidade, é lícito dizê-lo, refletem-se num estilo condensado e rebuscado, para não falar no uso frequente, a demonstrar que a alteridade histórica do autor não se resolve por mera consulta do dicionário, de arcaísmos e provincianismos. Acresce ao padrão vernaculista também a proliferação de tropos retóricos prejudiciais à clareza discursiva, como é o caso do insistente recurso ao hipérbato. Um expediente, segundo Rodrigues Lapa, mobilizado pelo poeta no sentido de conferir à língua a maleabilidade dos

[23] Sobre a receção criativa de Sá de Miranda na poesia portuguesa e brasileira do século passado, veja-se o estudo de referência de Marcia Arruda Franco: *Sá de Miranda, um Poeta no Século XX* (Braga, Angelus Novus, 2001).

idiomas clássicos. Seja como for, é mais um elemento a somar a outros pelos quais a escrita de Sá de Miranda se revela, por vezes, um tanto obscura.

Seja-nos consentido um parêntesis para fazer notar que a obscuridade do texto mirandino, e que tem valido ao poeta injustas acusações de autor excessivamente dependente dos rigores da forma, se deve, em boa porção, ao perfeccionismo, muito horaciano, do autor.[24] Leia-se este revelador soneto, em resposta a um de Pêro de Andrade Caminha:

> Assi que me mandáveis atrever
> A versos já das Musas asselados,
> E àquela grande Sílvia consagrados,
> Ícaro me põe medo, e Lúcifer.
>
> Os meus, se nunca acabo de os lamber,
> Como ussa os filhos mal proporcionados,
> (Ah passatempos vãos, ah vãos cuidados)
> A quem posso porém nisso ofender?
>
> Tudo cabe no tempo, entrego ao ano,
> Depois à perda, diga-me esta gente,
> Qual anda o furioso assi emendado.
>
> Torno às cousas sagradas: que um profano
> Leigo, como eu, tocá-las tão somente
> Não é de siso são, mas de abalado.

Afora a rigidez normativa afeta à doutrina literária e ao convencionalismo da estética clássica, Sá de Miranda, até pela sua índole claramente propensa ao exercício da razão, afigura-se, por excelência, devotado à disciplina formal de uma radical economia das palavras — e, com isso, à prática de uma linguagem rarefeita. Significa isto a irredu-

[24] Veja-se, a título de esclarecedor exemplo, que o poeta terá revisto, pelo menos, 14 vezes a sua égloga *Basto*, essa famosa égloga em que se debate, através de duas virtuosas personagens (Gil e Bieito), dois modos de vida opostos: a contemplativa, a cobrir a semântica da excelência social, e a ativa, a reportar-se à semântica da excelência moral (*cf.* Américo António Lindeza Diogo, *op. cit.*, p. 69).

tível possibilidade retórico-estilística de dizer o máximo com o mínimo possível — eis, de resto, o motivo pela qual a elipse consiste num procedimento particularmente constitutivo da sua poesia. Mas a obscuridade, causada portanto pela perícia de uma estética da condensação, materializada pela sobriedade e economia dos recursos formais, à boa maneira clássica (o Classicismo, dizia André Gide, «[…] c'est l'art d'exprimer le plus en disant le moins»), é, ao fim e ao resto, a razão de ser da beleza expressiva dos versos de Sá de Miranda. O escritor, convirá não esquecer, pôs em prática o ideal aticista do despojamento formal («*inutilia truncat*»). Dito de outro modo: Miranda é um poeta que cultiva obsessivamente a forma, o trabalho de reescrita («Os meus [versos], se nunca acabo de os lamber, / como ussa os filhos mal proporcionados»), mas para a depurar, para intensificar a sua capacidade significante, para lograr, repita-se, dizer o máximo com o mínimo de palavras. Nunca é arte pela arte; é arte pela mensagem, pelo pensamento, pela ideia. Assim, se certos versos ásperos, sobretudo à sensibilidade de ouvidos pouco habituados a textos antigos, refletem a «tortura da forma»,[25] essa «tortura» é, antes de mais, o rigor expressivo atinente à luta pela máxima concertação da forma com o conteúdo, substância ubérrima de ideias e de valores. Noutros termos, a riqueza ética não significa aquela pobreza estética — a do prejuízo artístico manifesto em discutível destreza estilística e versificatória — que uma certa tradição, talvez sedenta de virtuosismo verbal, proverbialmente formulou no epíteto de «poeta até ao umbigo, os baixos prosa».[26]

Ora bem, a forma assaz depurada e tensa da escrita de Sá de Miranda exige, como sabemos, empenho e sagacidade hermenêuticos. A complexidade do texto mirandino, modulado no horizonte estético-expressivo da contenção característica da arte clássica, é, pois, um facto indesmentível e, como tal, merece ser encarada de frente. É precisamente o que nos propomos com esta edição, na medida em que ela fornece ao leitor de hoje a

[25] Rodrigues Lapa, «Prefácio», Francisco de Sá de Miranda, *op. cit.*, p. XIV.

[26] A esse propósito, não será descabido recordar a lapidar e severa apreciação, em 1663, de Manuel de Faria e Sousa: «Siguiosele [a Bernadim Ribeiro] Francisco de Sá i Miranda, que en los propios versos tiene algunas, con mucho de lo bueno a lo rustico; pero poco de poesia; porq este Cavallero fue sentencioso, mas no Poeta. Otras hizo em versos mayores, totalmente incapazes de Luz» (*apud* Alexandre M. Garcia (organização, notas e sugestões para análise de), *Poesia de Sá de Miranda*, Lisboa, Editorial Comunicação, 1984, p. 83).

possibilidade de ler os versos de Sá de Miranda com o precioso auxílio de um vasto glossário, disseminado por centenas de notas de rodapé. Notas através das quais quem quer que seja acede, sem dificuldade, ao significado menos evidente de vocábulos, expressões e sentenças. Convirá sublinhar que todo este trabalho de explicitação da linguagem mirandina é devedor do *Glossário das Poesias de Sá de Miranda* publicado, em 1953, sob a chancela do então Centro de Estudos Filológicos, por Carlota Almeida de Carvalho. Teria sido, de facto, pouco menos do que impossível publicar esta edição da poesia mirandina nos termos em que a idealizámos — isto é: capaz, na medida do possível, de elucidar a complexa linguagem do poeta — sem o recurso a esta obra fundamental. Para o teatro, seguimos o não menos fundamental glossário incluído na recente edição de José Camões e T.F. Earle das *Comédias*[27], para além da edição de Rodrigues Lapa[28].

4. Três palavras finais. Uma para informar que a presente edição tem por base a *editio princeps* de 1595, composta a partir de manuscritos autógrafos do autor (*As Obras do Celebrado Lvsitano, o doutor Frãcisco de Sà de Mirãda. Collegidas por Manoel de Lyra. Dirigidas ao muito ilustre Senhor dom Ieronymo de Castro, etc. Impressas com licença do Supremo Conselho da Santa Geral Inquisição, e Ordinario. Anno de 1595. Com priuilegio Real por dez annos*). Como é claro, socorremo-nos, igualmente, da 2.ª edição, impressa em 1614, pois nela se acham textos inexistentes na 1.ª (*As Obras do Doctor Francisco de Saa de Miranda. Agora de nouo impressas com a Relação da sua calidade, e vida. Com todas as licenças necessarias. Por Vicente Aluarez. Anno de 1614. Com Priuilegio Real por dez annos. Domingos Fernandez liureiro. Tayxadas a 160. reis em papel)*. Para a fixação do texto da égloga *Montano*, recorremos às *Sátiras* (*Satyras de Francisco de Saa de Miranda. Impressas no Porto por Ioão Rodriguez. Com as licenças necessárias. Anno 1626*), dado a referida égloga não se achar na 1.ª edição nem na 2.ª. Finalmente, baseamo-nos, como também não poderia deixar de ser, na magistral edição de Carolina Michaëlis de Vasconcelos (*Poesias de Francisco de Sá de Miranda,*

[27] *Cf.* Francisco de Sá de Miranda, *Comédias, op. cit.*, pp. 385-401.

[28] Francisco de Sá de Miranda, *Obras Completas*, Vol. II, texto fixado, notas e prefácio de Rodrigues Lapa, 5.ª edição, revista, Lisboa, Sá da Costa, pp. 121-258.

Halle, Niemeyer, 1885), bem como nas *Obras Completas*, em 2 volumes, editadas por Rodrigues Lapa (5.ª edição revista, Lisboa, Sá da Costa, 2002-2003) e na edição da *Poesía Castellana Completa*, da responsabilidade de José Jiménez Ruiz (Málaga, Universidad de Málaga, 2010). No que concerne às comédias, para *Os Estrangeiros*, servimo-nos da versão de 1561 (Coimbra, em casa de António de Maris), a qual, não sendo a primeira edição (há uma edição de 1559), foi, no entanto, a que integrou as *Obras Completas*, em 1595; para *Os Vilhalpandos*, que não faz parte da primeira edição das *Obras Completas*, tomamos por base a versão de 1560 (Coimbra, em casa de António de Maris), a partir do exemplar da Biblioteca Nacional Digital (http://purl.pt/6293).

A segunda palavra é para assinalar os critérios editoriais adotados. Ao inverso de Rodrigues Lapa ou mesmo José Jiménez Ruiz, não modificámos a pontuação original do texto mirandino, a não ser em manifestos casos de lapsos ocorrentes na fonte textual original ou quando essa pontuação inviabiliza a legibilidade e a compreensão do texto. E isto pela seguinte razão: a pontuação do século XVI apresenta características próprias e assaz distintas do uso que dela hoje fazemos. O seu valor é o da elocução e não detém propriamente um valor gramatical. Se, porventura, adaptássemos a pontuação ao seu uso atual, seria elevado o risco de distorcer o significado do texto. No caso das comédias, foi necessário, por vezes, a bem de uma leitura mais fluida da prosa, atualizar um tanto a pontuação, embora com bastante cautela. Quanto à atualização ortográfica, esta realizou-se a bem de uma maior legibilidade da obra mirandina, conquanto não implicasse alterações rítmicas e rimáticas, salvaguardando-se o valor funcional de certos arcaísmos, alguns característicos do discurso mirandino. No caso das poesias castelhanas, composições modeladas por um conjunto diverso e complexo de particularidades linguísticas com incidência nos domínios morfossintático e prosódico — por exemplo, os abundantes lusitanismos («palavras castelhanas trajadas à portuguesa», como diria Carolina Michaëlis, ou, indevidamente, subordinadas ao regime fonético espanhol) —, seria extremamente difícil e arriscado, como de resto chegou a reconhecer a própria Carolina Michaëlis, corrigir e eliminar sem prejuízo maior do texto.[29] Tratar-se-ia de um pro-

[29] *Cf. Poesias de Francisco de Sá de Miranda*, edição de Carolina de Michaëlis de Vasconcelos, *op. cit.*, pp. CXXXI-CXXXII.

cesso que, na sua complexidade, afetaria certamente a lógica e a dinâmica estético-expressiva dos versos de Sá de Miranda. Assim, em confronto direto com as fontes textuais, seguimos de perto a fixação textual de José Jiménez Ruiz, atualizadora da acentuação segundo as atuais normas e regularizadora de ocorrências gráficas também de acordo com o uso normativo em vigor, para além de consonantizar graficamente as nasalizações. Tal como acontece nos textos originais, mantivemos, tanto na poesia castelhana como portuguesa, o início dos versos em maiúscula e desenvolvemos as abreviaturas.

A última palavra destina-se a sublinhar que a reunião, nas suas diversas modalidades expressivas, da poesia de Sá de Miranda é a publicação inaugural do Centro de Estudos Mirandinos (CEM). Criado em finais de 2019 pelo município de Amares, o CEM, sedeado na Biblioteca Municipal Francisco de Sá de Miranda, destina-se à divulgação e ao estudo da figura e da obra do poeta do Neiva. E nessa medida é justo aqui, por uma questão de elementar justiça, registar um público agradecimento à Câmara Municipal de Amares pelo apoio indispensável concedido à concretização desta publicação.

# POESIA

# POESIAS À MANEIRA ANTIGA

## GLOSSA A ESTA CANTIGA DE DOM JORGE MANRIQUE[1]

*No sé por qué me fatigo,*
*Pues con razón me vencí,*
*No siendo nadie comigo,*
*Y vos, y yo contra mí.*

*Yo por averos querido,*
*Y vos a mí desamado,*
*Con vuestra fuerça y mi grado*
*Avemos a mí vencido.*

*Y pues fui mi enemigo,*
*En me dar como me di,*
*Quién osará ser amigo*
*Del enemigo de sí?*

Del tormento fatigado
No sé qué consejo sigo
Voy de cuidado en cuidado,
Mas después en mí tornado,
No sé por qué me fatigo,

Haz lo que suele el pesar,
Desatinándome ansí,
Mas bolviendo a en vos pensar,
No sé de qué me quexar,
Pues con razón me vencí.

En aquella mi agonía,
Ya no me quexo: mas digo,
Quando fue la prisión mía,
Quién ayudarme podría
No siendo nadie comigo?

Y aun esto no abastó,
Que harto mal era por sí,
Que a mí me faltasse yo?
No fui comigo allí, no?
Y vos y yo contra mí.

Qué dirán a tal concierto
Sin más dilación cumplido?
Entramos me avemos muerto
Vos por qué no sée, mas cierto
Yo por averos querido.

Lo más cómo lo sabré?
Que en aquel punto ordenado,
Que a vos los ojos alcé,
A mí desamado me he,
Y vos a mí desamado.

En el mal quando acontece,
Es consuelo el ser forçado,
También esto aquí fallece,
Que juntamente parece
Con vuestra fuerça, y mi grado.

Fuerça, en que no consentistes,
Mas vuestro poder sabido,
En que vencéis quanto vistes,
Él, y los mis ojos tristes,
Avemos a mí vencido.

Qué lágrimas y qué ruegos,
Alcançarán un abrigo,
En tantos desassossiegos?
Pues acendí los mis fuegos
Y pues fui mi enemigo?

Es la razón natural,
Cada uno ansí por sí,
Que a los otros seré tal,
Quando a mí mismo hize mal,
En me dar como me di.

Todos van al su provecho,
Yo que a mis males me obligo,
Ando comigo en despecho,
De tan duro y cruel pecho,
Quién osará ser amigo?

Mas qué digo yo? Osará,
(Y no mucho antes ansí
Quál peligro deterná)
Aquel que fuyendo va
Del enemigo de sí?

Señora oíd la mi suerte
Y de vuestra crueldad
Por no pediros piedad
Antes la pido a la muerte.

El mi coraçon caído,
En tanta cuita y desmayo,
Pues que nunca os ha movido,
Ante la muerte lo trayo,
Mas no sé cómo concierte,
Tan grande desigualdad,
Que me hazéis pedir piedad,
Contra la muerte a la muerte.

Quánto mal me era ordenado,
Las cosas con que nací
Algunas me han desechado,
Alcancé otras contra mí.

De la mi alma no sé
Qué es della, y mi coraçon,
A la fuerça no ay razón,
Cad'uno tras vos se fue.
Vida, memoria, y cuidado,
Sentidos que a vos erguí,
Éstos nunca me han dexado
Por ser en más contra mí.

Que é isto onde me lançou
Esta tempestade má?
Qu'é de mi se não sou lá?
E cá comigo não vou?

Inda que me eu cá não via
Tudo vos confessarei,
Onde a vós e a mi deixei
Cuidava que me acharia,
Agora quem donde estou
Novas de mi me trará?
Pois dizeis que não sou lá
Não sei sem mi onde vou.

Porque poderá abafar
Ouvindo, o que nace mudo
Com desejos de falar,
Antes se lhe nega tudo.
Ora havendo de nacer[1]
D'ouvir de vós tal desejo,
Por que ouvi se vos não vejo
Nem vos espero de ver?

Puédese ésta llamar vida?
A la qual se entra llorando
Que se passa suspirando
La muerte es la su salida?

Por lo qual yo sin ventura
Con gran cuita he desseado
Que uviera sido llevado
Del parto a la sepultura,
Tal esperança perdida
Yo no sé loco tras qué ando
Voyme assí devaneando
Entre la muerte y la vida.

Tornou-se me tudo em vento
Após tormento, e tormento,
Que eu passei cuidando em al,[1]
Enfim veo cedo o mal
E tarde o conhecimento.
Eu assi desenganado,
Vejo vir males maiores
O tempo a que sou chegado?
Que posso doer às dores,
E dar cuidado ao cuidado.[2]

Mal de que me eu contentei,
Contas rematadas já,
Agora desancarei.
Esta dor me matará
Se não, eu me matarei.

Nas cousas que não há meo
É escusado cansar mais,
Ir de receo em receo
E de sinais em sinais.
Em vão cá, e lá cansei,
Tudo me é tomado já,
Agora descansarei,
Ou me este mal matará,
Se não, eu me matarei.

Comigo me desavim,[1]
Sou posto em todo perigo
Não posso viver comigo
Nem posso fugir de mim.

Com dor[2] da gente fugia
Antes que esta assi crecesse
Agora já fugiria
De mim, se de mim[3] pudesse.
Que meo espero ou que fim?
Do vão trabalho que sigo
Pois que trago a mim comigo
Tamanho imigo de mim?

Criado sempre no meo
De dores, fez se a dor tal,
Que pode chegar o mal
Onde não pode o receo.

Que se eu pudera algũa hora
Em tanto tempo cuidar
De ver tamanho pesar
Poderão sofrer agora,
Mas que farei se a ser veo
Crecendo a dor, a ser tal
Que pôs avante o sinal,
Donde o pusera o receo.

Esperanças mal tomadas
Agora vos deixarei
Tão mal como vos tomei.

Que vida há de ser a minha
Por tempos, nem por mudanças
Que possam vir? Que não tinha
Mais bem que estas esperanças?
Agora às desconfianças
E suspeitas que farei?
Com que lhas defenderei?

Conselhos mal atinados
O tempo ao menos vos canse,
Partam cuidados, e vão-se,
E porém, ò que cuidados?
Mas deixem me erros passados
Em que eu por meu mal[1] entrei,
E por meu mal sairei.

Sortes[1] e venturas[2] são
No mal que[3] me assi fazeis
Se tendes causa ou não,
Senhora vós o sabeis.

Por isso quanto padeço
E o mais que de vós espero[4]
Quero-o se o mereço,
E se não também o quero.
Que agora mal o cuideis
Anos e tempos farão
Que o que sem razão fazeis
Inda julgueis por[5] razão.

Que mal avindos[1] cuidados
Me tomaram antre[2] si!
Nunca tais cuidados vi.

A minha alma não repousa
Nem de noite, nem de dia,[3]
Dentro nela contraria
Toda cousa, a toda cousa,
O cuidado, que mais ousa,
E que mais confia em si,
Ora é assi, e ora assi.

Que me quer este receo
Inda sobre meus agravos?
Tem-me tomados os cabos
Não tendo meus males meo.
Já não confio nem creo,
Já confiei, e já cri,
Mal assi, e mal assi.

Inda se isto ser pudesse
Que, por tempo se faria,
Que ũa ora me não temesse,
Isto me descansaria.
Mas não vejo por que via
Se possa fazer,[4] que assi
Não moura como vivi.

Razão e tempo seria
De ver sua vaidade
Aquela cega vontade
Que tão cegamente[1] guia.

Que poderá um grande imigo
Fazer mais? Certo é que não,
Por mimos[2] do coração
Inda tudo o pior sigo.
Vou-me assi de dia em dia,
Olhos[3] de longe à verdade[4]
Entretanto esta vontade
Assi cega guia, guia.

El agravio que recibo
De quien yo menos deviera
Dexadme llorar siquiera
Ya que para más no bivo.

Alivio sea, o salida
Al dolor, esto qué os cuesta?
Que no passe al otra vida,
Con tanta querella désta?
Mientras de mal tan esquivo
Más mal no quiere que muera
Dexadme llorar siquiera
Terné sólo esto de bivo.

Do passado arrependido
Seguro[1] doutro erro tal,
Seja o perdido, perdido,
E do mal, o menos mal.
Faça-se o que vós mandais
Não nos ouça mais ninguém,
Que do mal vosso e do bem
Não sei qual quisesse mais.

## A ESTE VILLANCETE[1] VELHO

*Todos vienen de la villa*
*No viene Domenga.*

Quánta zagala tornó
A horas que yo las vi bien,
Una falta, y es por quien
(Quanto a mí) nadie bolvió.
Qué me haré coitado yo
Con qué la vida defenda?
Hasta que m[i] vida venga.

## A ESTOUTRO VILLANCETE TAMBÉM VELHO

*Por malos*[1] *envolvedores*
*Pierdo triste mis amores.*

A um só descanso que eu tinha
E ũa só esperança,
Donde veo tão asinha[2]
Assi tamanha mudança?
Que se fez da confiança
Com que nos tormentos mores
Eu passava as minhas dores?

Se havia de ser tal,
Melhor fora antes não ser,
Houvesse-me enveja ao mal
Que outrem[3] não pode sofrer.
E eu vejo vir a correr
Sobre[4] mim meus matadores
E fugir os valedores.[5]

Males que eu tanto estimava
Quem se nos meteu no meo?
Em tempo que eu mais andava
Sem suspeita e sem receo?
O engano e o enleo
Que enjeitam os servidores
E querem antes senhores.

Nada do que vês é assi
Trás os olhos não te abales,
Tudo é mudem-me daqui
Matem-me nessoutros vales.

Posto que al te assi pareça
Deste sonho e mostra vã,
Por de fora resplandece,
Dentro não há cousa sã.
Corri montes, corri vales,
Cuidado cego após ti,
Deixa-me morrer já assi
Não me mandes ver mais males.

VILANCETE POR OUTRO QUE DIZ SERRANA ONDE JOUVESTE, FEITO MEO DORMINDO

Coração onde jouvestes[1]
Que tão má noite me destes?

Toda a noite pelejei
Eu que já mais não podia
Busquei-vos, não vos achei
Sem vós, eu só que faria?
Destes-me dores de dia
Polo que assi me fizestes,
De noite dores me destes.

Foi-me grande agravo feito
Ser-m'-ia hora mal de crer
Quem mo fez pode-o fazer
Ou a torto, ou a direito.

Estava ordenada ũa hora
Veo, não houve i tardança,
E levou ũa esperança
Que se não fora, eu não fora.

Que remédio ao que é já feito?
Quem o fez tinha o poder,
Eu que posso i al fazer,
Senão gemer em meu peito?

Se meu tormento me desse
Vagar para cuidar nele
Não me queixaria dele.

Foi-me dado um só[1] momento
Dês então pude atinar
Que não fora ele tormento
Se me dera este vagar:
Não mo quiseram mais dar
E ah que pudera com ele
Ser vida, e morte sem ele.

Todas as cousas tem cabo[1]
Seja paz, ou seja guerra,
Olhai que brada da terra
O meu sangue e o meu agravo
Cad'hora em tudo há mudança,
Virá após esta outra tal
Fazer justiça e vingança
Negra[2] da minha esperança
Que me dói mais que meu mal.

Ó meus castelos de vento[1]
Que em tal cuita[2] me pusestes
Como me vos desfizestes;

Armei castelos erguidos
Esteve a fortuna queda
E disse, Gostos perdidos
Como is a dar tam grã queda?
Mas ó fraco[3] entendimento[4]
Em que parte vos pusestes
Que então me não socorrestes?

Caístes-me tão asinha
Caíram as esperanças,[5]
Isto não foram mudanças
Mas foram a morte[6] minha
Castelos sem fundamento[7]
Quanto que me prometestes?
Quanto que me falecestes?[8]

Cego deste meu desejo,
Mal dos males, mor dos mores
Quem não daria estas dores
Por quantos prazeres vejo?

Meu mal tudo tem por si,
Tão cegamente deseja,
Que inda não vejo, nem vi,
Cousa que faça enveja.

Teve este mal os seus meos
Com que aprouve[1] a sua dor
Mas trago inda os olhos cheos
Qu'hei de ver cedo outros mor.

Não vejo o rosto a ninguém
Cuidais que são, e não são
Homens que não vão nem vem,
Parece que avante vão,
Antre o doente, e o são
Mente cad'hora a espia[1]
Na meta do meo dia
Andais entre lobo e cão.[2]

Deixai-me as minhas tristezas[1]
Que já'gora outra alegria
Maior perigo seria.

Aos males acostumados
O mesmo costume é cura
Bens[2] tão vãmente esperados,
Quem os sofre? E que atura
Senão desapaixonados?
Criei me com meus cuidados
Já agora não saberia
Andar noutra companhia.

O coração que vos vê
Aos olhos que vos não vem,
Não mos culpe, que não tem
Algũa razão porquê.

Cad'hora estes olhos canso
Por estes montes arriba,[1]
Que à vista curta e cativa,
Tolhem todo seu descanso.
Deixem-nos cegar, que tem
Chorando razão porquê,
Buscou-vos a alma, e lá é
Os tristes choram d'aquém.

Toda esperança é perdida,
Tudo veo[1] a falecer,
E o que fica da vida,
Ficou para m'eu perder.

Aquela esperança minha,
Assi falsa, e vã como era.
C'os olhos que eu nela tinha
A todo mal me atrevera:
Ora, ela é toda perdida
Mas não m'hão de fazer crer
Que não há mais[2] nesta vida
Senão nacer e morrer.

## CANTIGA FEITA NOS GRANDES CAMPOS DE ROMA

Por estes campos sem fim
Onde a vista assi se estende
Que verei triste de mim
Pois ver-vos se me defende?

Todos estes campos cheos
São de saudade e pesar
Que vem pera me matar
Debaixo de Céus alheos,[1]
Em terra estranha,[2] e em ar
Mal sem meo,[3] e mal sem fim
Dor que ninguém não entende,[4]
Até quam longe se estende
O vosso poder em mim.

Que la mi vida se assuele!
Sin razón que ansí lo quiera!
Yo me pene, yo me muera!
Que nadie no me consuele!
Y por qué assí me acontece
Ninguno me lo demande
[Que si el mal parecer grande][1]
Toda razón desfalece.

Ũa morte hei de morrer,[1]
Que faz mais assi, que assi?
Isto não posso sofrer
Haverem-se de perder
Os olhos com que vos vi.

Os olhos por que passaram
Os vossos ao coração,
Onde para sempre estão,
Sós estes que me ficaram
Fora a minha salvação.
Mas se inda os hei de perder
Afora quanto perdi,
Acabarei de morrer,
Acabarei de saber
Pera quanto mal naci.

Como não quereis que seja
Meu perigo em todo extremo,
Se minha alma assi deseja
Tudo o de que me mais temo?
E para mor meu tormento
Assi cego assi enlheado,[1]
De tudo o al[2] fui roubado,[3]
Ficou-me o conhecimento.[4]

A ESTA CANTIGA VELHA

*La que yo tengo no es prisión.*
*Vos sois prisión verdadera:*
*Ésta tiene lo de fuera,*
*Vos tenéis mi coraçón.*

Por don Fernando de Lima
De la gente que aquí viene
Entre mí de risa muero,
Y del ciego carcelero
Que piensa que aquí me tiene:
Solamente la prisión,
Y hierros ven como quiera
No veen cad'uno que ende era
Donde era su coraçón.

Toda vista por más clara
Que sea, ha por torcida
Sea, remo, o sea vara,
Si está en el aguoa metida.
No os engañe mi prisión
Aunque el cuerpo aquí se muer[a].
Buscadme allí por de fuera,
Por donde anda el coraçón.

Pois meu mal com quanto é,
Inda a crueldade é mor,
Ao menos faça esta dor
Ante vós fé, de tal fé,

Vistes passar tantos anos,
Durou sempre este cuidado
Que nunca se viu mudado,
Não estranheis desenganos
Em homem tão enganado.
Sem causa, assi sem porquê
Trás um mal, outro mal mor
Mas de mim seja o que for,
Lembre que foi pola fé.

O meu mal pude-o sofrer
Co'este que todo é vosso
Que vos não doa, não posso.

Vós passai-lo alegremente,
Mal hajam os maus sinais,
Que então são eles mortais,
Quando homem seu mal não sente.
Vós não sentis ò presente
Quanto vos custa este vosso,
Assi quero, e assi posso.
Mas se i há peso e medida,
Nem de todo tudo é vento,
Também o meu sentimento
Deve ser sinal de vida.
O[u] esperança comprida.
Que eu somente pelo vosso
Tanto esperá-la não posso.

Tudo passa como um vento,
Um mal sempre me é presente[1]
Que o coração inocente
Cad'hora põe a tormento.

Às voltas co'as suspeitas
Contas fiz, contas desfiz,
Estas despois que as fiz
Foram pera sempre feitas.
Jaz[2] alto seu fundamento,
Neste bravo fogo ardente
Por quem culpado se sente,
Moura o sem culpa a tormento.

Quando nos meus erros cuido[1]
No meu claro e longo engano,
Levemente passo[2] o dano,
A par de tanto descuido.[3]
Passando a força de braços,
Por uns, por outros empeços,
Quam mal que nestes espaços
Dizem os fins c'os começos![4]

Estes meus olhos que assi
Lisonjeiam a vontade,
Se me falarão verdade?

Hei medo que ma não falem
Não me fio no que vejo,
Que são cousas do desejo,
Contra quem olhos não valem.
Não são pera mais que assi
Andar ao som da[1] vontade,
Chorar à necessidade.[2]

## NA SEPULTURA DE PEDRAZA, QUE NO CANCIONEIRO GERAL DE CASTELLA SE CHAMA CONSTANCIO

Alma que en tan breves días
Tal nombre, y tal fama has dado
Al cuerpo aquí sepultado
Que a otra parte regías,
Aquí la carne pesada
Ya tierra, espera por ti
Alma bienaventurada
En esto no te va nada
Los hombres piensan que sí.

## A ESTA CANTIGA DE JOÃO CRU

*Cómo no se desespera*
*Quien se ve como me veo?*
*Tan lexos de do desseo*
*Tan cerca do no quisiera.*[1]

Triste, qué ha de ser de mí
Como bivo sola una hora
Cansado y corrido ansí,
De lo que me veo aquí
Y lo que he visto alguna hora.
Mi esperança lisongera
Con quien tanto ha que peleo
Qué me queréis? Que no veo
Por qué la vida ya quiera.

Olhai a camanha[1] estreita[2]
Senhora é minha alma vinda
Na vida tanta suspeita,
Na morte saudade infinda.

Quem me dará novas penas[3]
Inda que me tudo tolha,
Com que voe? E que me acolha[4]
Do meo de tantas penas?
A saída agra e estreita
Causam tanta ida e vinda,
Da vida lança a suspeita,
Da morte saudade infinda.

Ledo em meus males sem cura,
E nos descansos cansado,
Querendo, e sendo forçado,
Ora cuidar me assegura,
Ora me mata[1] cuidado.

Assi me tem repartido
Extremos que não entendo,
De toda parte corrido,
De todas desacorrido,
De nenhũa me defendo.
A vida está mal segura,
Eu tenho outro mor cuidado,
Que mal tão bem estimado
Que nesta desaventura
Me faz bem aventurado!

## DIÁLOGO QUE MANDARAM OS FIDALGOS ÀS DAMAS

Ũa cousa cuidava eu
Causa doutras muitas cousas
Razão tinha de a cuidar,
Dá-me sem razão cuidado,
Ind'ei de pedir a outrem
Das suas culpas perdão.

## OUTRO DIÁLOGO QUE LHES TORNÁMOS A MANDAR

Vi sinais, o mal é grande,
Vi-os no céu, vi na terra,
Houve-se d'achar caminho[1]
Para se tudo perder,
Desejos demasiados
Não são desejos de vida.
Tornou ela a responder.

Outro mal há muito grande
Nesta vida, e nesta terra,
Em que não vejo caminho[2]
Para me nela perder,
Meus desejos e cuidados
Não são postos nesta vida.

Cavarei, e o meu mal grande
Em gritos direi[3] à terra,
D'alma hei dó, que é em caminho[4]
Claro para se perder,[5]
Que já acabassem os cuidados
Quando se acabasse a vida.

## A ESTA CANTIGA QUE CANTAM POLAS RUAS EM DIÁLOGO

*Naquela serra*
*Me ir quero a morar,*
*Quem me quiser bem,*
*Quem me bem quiser*
*Lá me irá buscar.*

Nestes povoados
Tudo são requestas[1]
Deixai me os cuidados
Que eu vos deixo as festas,
Daquelas florestas
Verei longe o mar
Pôr-m'ei a cuidar.[2]

RESPONDE A PARCEIRA:
Sombras e águas frias
Quando o sol mais arde
Despois sobre a tarde
Por cá bradarias
Vês que pressa os dias
Levam sem cansar
Nunca hão de tornar.

A PRIMEIRA:
Não julgue ninguém
Nunca outrem por si.
Mais de um bem que eu vi,
A vida não tem.[3]

Não deixa este bem
Onde se ele achar
Mais que desejar.

A PARCEIRA:
Deixa as vaidades,
Que da mão à boca
O sabor se troca,[4]
Trocam-se as vontades,
Essas vãs saudades
Armadas no ar
Que podem durar?

Naquela espessura[5]
Me hei de ir esconder,
Venha o que vier,
Achar-me-á segura.
Se tal bem não dura
Ao seu passar,[6]
Tudo há de acabar.

## A ESTE VILLANCETE VELHO

*Posiera los mis amores*
*En un tan alto lugar*
*Que no los puedo olvidar.*

Al mi mal tan mal cre[c]ído
Sin fin, comienço, ni medio,
El remedio era el olvido,
Yo olvídeme el remedio.
Por vos, no duelen dolores,
Por vos, no pesa el pesar,
Cómo os podré olvidar?

Por vos, el contentamiento
(Quién nunca tal cosa oyó?)
Entre la muerte y tormento
Lugar para sí falló,
Y en medio de mis dolores,
Que andan para me matar,
A plazer se puede estar.

## A ESTE VILANCETE DE GARCI SÁNCHEZ DE BADAJOZ

*Secáronme los pesares*
*Los ojos y el coraçón*
*Que no puedo llorar, non.*

Quedar qual esta alma queda
No sé cómo pueda ser,
Si otros lloran con plazer
Que ella de triste no pueda?
Quando una persona leda
Puede llorar, cómo non
Puede un triste coraçón?

## ÀQUELA CANTIGA VELHA

*En toda la Tramontana*
*Nunca vi cosa mejor*
*Que era la esposa d'Anton*
*Vaquerizo de Morana.*

Naquele longo desterro
Que eu por vontade segui,[1]
Quer fosse razão,[2] quer erro[3]
Quis o coração assi.
Vi ũa visão ufana,
Às vezes cuido que não,
Fosse verdade ou visão,
Ia em trajo de serrana.

Não era o coração quedo
Indo e tornando a meúde,
Ora ò prazer, ora ò medo
Tive-me o melhor que pude
Quantos bens ma sorte dana![4]
Brada quem o vê em vão,
Tal como era, era de Antão
Um vaqueiro de Morana.

Olhos que tais olhos vistes,
Vivei bem-aventurados,
E porém ouvidos tristes
Para tanto mal guardados,[5]

Que é isto que assi engana,
E assi despreza a razão?
Suspirava por Antão
Quem não tem nada de humana?

## A ESTE VILANCETE ALHEO

*En las tierras de do vine*
*Vi quanto se puede veer,*
*Allá me quiero bolver.*

Pero mientras devaneo
Pensando a quanto allá vi,
Forçado y tenido aquí,
Llevado allá del desseo,
Mientras debato y peleo,
Si me piensan de tener
El alma havrá de bolver.

A ESTE VILANCETE VELHO

*Saudade minha,*
*Quando vos vería?*

Por terra já assi,
Tudo em tal mudança,
Que faz ainda aqui
Nenhũa esperança?[1]
A minha lembrança
A minha perfia,[2]
Que mais aperfia?

Que faz um desejo
Tão desenganado?
Que faz o sobejo
Deste meu cuidado?[3]
Comigo apartado
Quando anoitecia,
Quando amanhecia.

Saudade e suspeitas
A torto ou a direito[4]
Não sereis desfeitas
Quando eu for desfeito?
Inda o frio[5] peito
Inda a língua fria,
Por vós bradaria.

## A ESTE VILANCETE DE MANOEL DE LEIVA

*Pois os meus olhos são vossos,*
*Que faço eu,*
*Em dar a seu dono o seu?*

Quantos conselhos se dão
Aos olhos com que vos vi,
Um diz assi, outro assi,
Razões que não vem, nem vão,[1]
Vou-me após o coração
Que vos já deu
Quanto soía ter de seu.

Tudo é em vosso poder,
De livre que eu aqui vim
Não deixastes nada em mim
Nem olhos que al possam ver.
E como podia ser
Ver-vos eu
E ter mais nada de meu?

A ESTE VILANCETE VELHO

*Sola me dexastes*
*En aquel yermo*
*Villano, malo, gallego.*

A do te fuiste
Voy, y no sé adónde,
El valle responde,
Tú no respondiste,
Moça sola y triste,
Que llorando ciego
Passástelo por juego

Por yermos agenos
Lloro y grito en vano
Gallego y villano,
Qué esperava menos?
Ojos d'agua llenos,
El pecho de fuego,
Quándo avrán sossiego?

## A ESTE VILANCETE ALHEIO

*Que vos farei, meu cuidado*
*Onde vos trarei metido*
*Que não sejais entendido?*[1]

Descobrir heis me cad'hora
Cuidei que era à minha míngua[2]
Mas em quanto vedo a língua
Saís pelos olhos fora.
E não cuidais que me fora
Sendo meu mal entendido
Melhor nunca ser nacido.

### A ESTOUTRO TAMBÉM ALHEIO

*Desenganei um cuidado*
*De parte do coração,*
*C'ũa desesperação.*

Tenho a conta feita e chea,
O que há de ser, seja logo,
Pelo ferro, e pelo fogo
Que não é a morte tão fea.[1]
Vivi à vontade alhea,
Moura à minha, e quando não
A pesar do coração.[2]

Se me este cuidado atura[1]
Que me persegue,[2] e que eu sigo
A vida está em perigo,
E a alma pela ventura.

Bem sei tudo o que há de ser,
Mas é de tanto pesar,
Que hei medo de o dizer,
E medo de o cuidar.
Não vejo cousa segura,[3]
Seguro é só o perigo,
E o que agora não digo
Deixai fazer à ventura.

### A ESTE VILLANCETE QUE SE CANTA

*En mi coraçón vos tengo*
*Por las gentes no os veo.*

Por lo qual buelto a mi seno
Por quanto bien dél confío,
El mi coraçón ageno
Bolvió de nuevo a ser mío.
D'otra parte yo sandío
Engañado del desseo
Con los ojos devaneo.

### A ESTA CANTIGA ALHEA

*Ay que el alma se me sale*
*Lo porqué siento perdella*
*Es porque estáis vos en ella*
*Que la vida poco vale.*

Loco de mí que pensava
Podella aquí detener
Comigo, una alma que estava
Ufana en vuestro poder,
Qué queréis que a esto iguale!
Siendo vos senhora della?
Ésta es toda mi querella,
Que lo más todo, qué vale?

## AQUELA CANTIGA VELHA

*Doña bella, mal maridada, etc.*

Ansí que aquella hermosura
Nunca vista sin espanto,
La gracia y desemboltura
Toda se es tornada en llanto!
Fortuna tan mal mirada,
Que embidia tiene de sí,
Donzella dichosa ansí,
Y dueña tan desdichada.

No sé qué diga, o a quién
Culpemos en mal tamanho.
No se ayunta tanto bien
Si no para tanto daño.
En todo tan acabada,
(Dixe yo luego que os vi)
No nacistes vos ansí
Para ser bien empleada.

## A ESTE VILANCETE ALHEO

*Este mal*
*Otro tiempo lo sentí,*
*Mas no me dolía ansí.*

Este es el fuego por cierto
(Si del todo no soy loco)
Que me quemó poco a poco.
Creció andando encubierto,
No fue muerto
Como deviera, yo sí,
Que no sé parte de mí.

Por demás es que me vele,
Que me tema, y que me guarde,
Que el Sol que más tarde, suele
Salir más rezio, y más arde:
Aunque tarde,
Abriendo los ojos vi,
Que otro mal no duele ansí.

Fuye el tiempo, está el mal quedo,
Pensé morirme, y no muero,
Desengañarme no quiero,
Quando ya quiero, no puedo.

Todo se me va en antojos,
En esta prisión escura,
Cuitados[1] de los mis ojos
Que pagan tanta locura.

De todo me pide el miedo
Lágrimas como de fuero,
De lo que puedo, y no quiero,
De lo que quiero y no puedo.

## A ESTE VILANCETE ALHEIO

*Quem cuidar e quem disser*
*Que de matar sois servida,*
*Não sabe que cousa é vida.*

Não é dano o que não dana
Té morte de vossa mão
Não é morte, é nome vão
Que à primeira face engana.
Onde não há cousa humana
Tudo spirito, e tudo vida,
Mal jará a morte escondida.

Fica-se porém julgando
Antre ũa e a outra sorte
Se dais vida dando a morte,
Que fareis a vida dando?
A fé que vai embicando
Não vê dos olhos tal vida
Somente porque duvida.

## A ESTE VILLANCETE DE DOM SIMÃO DA SILVEIRA[1]

*Tu presencia desseada*
*Zagala desconocida*
*Di por qué la has escondida?*

Has la tu tierra assolada,
Que eras toda su riqueza,
Nascida en ella y criada,
Podiste hazer tal crueza?
Que en tal miseria y pobreza,
Dexaste con tu partida
Y a mí cuitado en tal vida?

Oídos que ensordecistes,
A suspiros, y a los ruegos
Qué verán los ojos tristes
Aquí dexados tan ciegos?
Vascos y desassossiegos
Son en lugar de vida
Tras los tus ojos huida.

Yervas por las sombras frías
Y las flores que has pisado,
Quanto te vía, y tú vías
Todo queda avelenado
Un triste, un ciego, un cuitado
Un loco, en la tu partida
Pasmando pierde la vida.

## A ESTE VILANCETE DE ANTÓNIO DE AZEVEDO

*Polo bem, mal me quisestes*
*E eu nunca tenha prazer*
*Se vos mal posso querer.*

For'ela razão igual.
Mas vede as leis que amor tem,
Que em vez de vos querer mal,
Assi vos quero mor bem.
E passo tanto inda além[1]
Do que este mal sói fazer
Que me venho a aborrecer.

VILLANCETE DE IUÃO DEL ENZINA

*Quién te hizo, Juan pastor*
*Sin gasajo, y sin plazer*
*Que tú alegre solías ser.*

Un yerro, y más en zagal,
No es cosa que mucho espante,
Mas seguir siempre adelante
Qué es mal? Si éste no es mal?
Pésame de te veer tal
Huye el gasajo a correr,
Nunca passa el desplazer.

De quem me devo queixar!
De vós que pudera ser,
Não vos sabe a alma culpar,
Fica somente o sofrer,
Se mais fica, é suspirar.

Os meus suspiros té agora
Quási eram contentamentos,
Também de prazer[1] se chora,
Entraram males de fora
Não um, não dous, mas seiscentos.
Não lhes abastou entrar,
Mas inda sempre crecer,
Onde há de ir isto a parar?
Não fica senão sofrer
Ao mudo do suspirar.

Ora os suspiros que são
Salvo[2] ar espalhado ao vento?
Onde brada o coração
Nossos ouvidos não vão.
Deixam tudo ao entendimento.
Que m'eu quisesse queixar
Quem me poderia crer?
Deixai, e venha o pesar,
Que pode o pouco empecer?[3]
Que pode o muito durar?

Alma tão sem assossego
Que nem deste ar me não farto,[1]
Donde c'um queixume chego,
Com cem mil deles me parto.

Nas cousas em que algũa hora[2]
Esperei de ter repouso,
Triste de mim que já'gora
Somente cuidar não ouso.[3]
A que fraquezas[4] que chego?
Em quantas partes me parto
Por este coração cego[5]
Nunca de seus males farto.

Os meus perigos medonhos
Em que a alma cad'hora empeça
Os ventos, a névoa, os sonhos[6]
Que não tem pés, nem cabeça.
O que co'a língua nego
Por muitos sinais reparto,
Em poder daquele cego[7]
De cujo poder não parto.

Mal as noites, mal os dias,
Com medos, e com suspeitas,
Fazendo contas baldias,[8]
Que asinha serão desfeitas.
Com muito desassossego
Com que chego e com que parto
Com ver tanto, e ser tão cego
Todos do que encubro farto.[9]

## A ESTE VILLANCETE VELHO

*Dime tú senhora di,*
*Si me fuere desta tierra*
*Si te acordarás de mí.*

Los mis pensamientos faltos,
Que a desora erguidos caen
Por tierra: siempre me traen
En dubdas y sobresaltos,
Passados montes tan altos
Qué será? Lo que es aquí
No sabrán parte de mí.

Con quanto ya desatino
En esto no devaneo,
Allá males del camino
No los que por aquí veo.
Mas el alma, y el desseo
Quién los llevará de aquí
Que no dan nada por mí.

Qu'estranha merced me fuera
En la triste ausencia mía
Sólo el creer que se sabía
Quando ojos acá uviera
Ya fuesse en burla siquiera
Los lugares do te vi
Te hiziessen mención de mí.

Buelvo a lo en que avía errado,
Por mis locuras me voy
Que ni sabes quién me soy
Entre quantos te han mirado.
Salvo si es por más cuitado
Sin memoria otra de mí
Mas ya fuesse, y fuesse ansí.

A ESTE VILLANCETE DE PÊRO DE ANDRADE CAMINHA EM LOUVOR DA SENHORA DONA MARGARIDA DA SILVEIRA QUE INTITULOU «RECEIO DE LOUVOR»

*Que posso de vós dizer*
*Pois que não posso chegar*
*C'o desejo a vos louvar?*

Esta vaidade minha
Que tão ousada começa
Está sem pés nem cabeça
Nem deu começo[1] ao que vinha
A vã que só se mantinha
Como Camaleão do ar
Não se atreve a desejar.

Forças, que vos enganais
Cuidando a tão altos voos[2]
Já nestes começos tais
Imos acabando nós
Senhora a quem vos lá pôs
Tan alta, há graças que dar
E a vós de nos perdoar.

Quem será de ver-vos dino?
Vi-vos, foi a alma pasmada,
Fui assi como um menino
Que vê, que se espanta, e brada,
Não sabe mais dizer nada,
Pode-se a ver-vos chegar,
O mais é tudo pasmar.

### A ESTE VILLANCETE QUE SE CANTA

*Táñoos yo mi pandero,*
*Táñoos yo, y pienso en al.*

Mientra el mal arde, y destruye
Busco con qué el tiempo engañe,
A desora el alma fuye,
Que no sé quasi quién tañe,
Dexa aquí que me acompanhe
La mi tanta cuita, y tal
Y aun va pensando a más mal.

D'amor por cierto villano
Fieme como sandía,
Púsome el pandero en mano
Fuéseme con la alma mía.
En esta tanta agonía,
De mi cuita desigual,
Ni muere, ni mata el mal.

## SEXTINA À MANEIRA ITALIANA

Não posso tornar os olhos,
Donde os não leva a razão.
Quem porá lei[1] à vontade
Confirmada do costume?
Vontade que as suas leis,
Manda defender por força?[2]

Isto que al é senão força
Que me fazem os meus olhos?
Quebrantadores das leis,
Brada após mim a razão:
Mas que val contra o costume
Que senhorea[3] a vontade?

Conselhos vãos à vontade
Que só pode, e só tem força,
Ajudada do costume,
Vós não podeis estes olhos
Alçar um pouco à razão
Que faz e desfaz as leis.

Amor tais são tuas leis
Tal dureza[4] a da vontade,
A grã míngua da razão,
Queira, ou não queira é por força
Que[5] se me vão estes olhos
Onde se vão por costume.

Não valem leis sem costume,
Val o costume sem leis,
Ai escravos dos meus olhos
Mandados da vã vontade,
A que destes tanta força
Em desprezo da razão.

É morta ou dorme a razão
Não sente já, por costume,
Que farei à maior força?
Hajam piedade as leis
De quem, entregue[5] à vontade
Vai preso após os seus olhos.

Olhos após a vontade,
As leis após o costume
Após a força a razão.

## A HUM CANTAR ALHEO

*Quién viesse aquel día*
*Quando, quando, quando,*
*Saliesse mi vida*
*De tanto bando.*

Los mis tristes ojos
Tan tristes, tan tristes,
Vistes mis enojos,
Un plazer no vistes.

Vistes añadida
A mi pena, pena,
Y en tan luenga vida
Nunca una hora buena.

Si a la suerte mía
Pluguiesse, pluguiesse,
Que viesse ora el día
Con que más no viesse.

Acostumei-me aos meus males
Eu assi acostumado, e eles
Andam por me apartar deles.

Ah! que cruel tirania,
Não sei que nome lhe ponha,
Não me dói de ũa peçonha[1]
De que já'gora vivia:
Quando os meus males sentia,[2]
Quando me queixava deles,
Lá me aviesse[3] co'eles.

Despois que se ia mais brando
Fazendo o mal por costume,
Viram-me andar sem queixume
Matam-me remédios dando.
Tudo se vai revezando,
Males que tremia ante eles,
Mouro de saudade deles.

TROVAS QUE EM ALCALÁ DE HENARES LEVARÃO O PREÇO QUE FOI HUM CRUCIFIXO DE OURO. SOBRE A CONCEIÇÃO DE NOSSA SENHORA.

Principio, medio, ni cabo
Hallo Virgen singular
Para poderos loar,
Porque si mucho os alabo,
Más es lo que he de ignorar.
Y puesto que se ayuntassen
Todos quantos crió Dios,
Y siempre en vos se ocupassen
Un punto dudbo alcançassen
De lo mucho que ay en vos.

Fuente de nuestro consuelo,
Dechado de perfección,
Por divina permissión
Fuistes vos acá en el suelo
Preservada en concepción.
Y tuvistes entre nos
Tan alta palma y victoria,
Que concebistes a Dios,
Y antes concebió él a vos
Mentalmente en su memoria.

De do nos consta sentir
Que no sólo no pecastes,
Pero ni peccar pensastes,
Porque en vuestro concebir
De toda gracia abundastes.
Y en vuestro vientre jocundo

Vemos que pudo caber
Por misterio muy profundo
Aquello que todo el mundo
No lo pudo comprehender.

Hízoos Dios tan limpia y pura
Por acuerdo de los tres,
Y en vos tal merecer es,
Que l'angélica natura
Tenéis debaxo los pies.
Y en tan supremo lugar
Os quiso Dios sostener,
Que no podistes pecar
Porque do avía d'encarnar
Sin pecado avía de ser.

Ved qué misterio excellente
Vuestra concepción obró,
Que por vos se reparó
El daño de la serpiente
Que a nuestro padre engañó.
Y quiso y permitió Dios
Por su decreto divino,
Por vos tuviéssemos nos
De congruo lo que vos
Merecistes de condino.

Quando Dios os dio la silla
Que está segunda en el cielo
Limpia os hizo y sin recelo
Concebida sin manzilla
Por la mejor deste suelo.
Porque quando os fabricó
En el vientre maternal
Al punto os predestinó
Desde allí os eximió
Del pecado original.

FORÃO MANDADAS ESTAS TROVAS ATRÁS DE CASTELLA AO SENHOR DOM DUARTE. FEZ-LHE FRANCISCO DE SAA OUTRAS TANTAS NA MESMA SORTE DE TROVA.

Ay razón que tal consienta?
Piensamiento altivo ufano,
Que se atreva un pecho humano
A poner en tal afrenta
Su lengua, ni la su mano?
Madre bendita si a vos
No acudimos, no ay remedio
Onde desmayamos nos
Comiençan obras de Dios
Sin fin, comienço, ni medio.

Si al Sol los ojos alçamos,
Como algun'hora acontece
La vista luego enflaquece
De suerte, si aporfiamos
Que a toda parte anochece.
Si ante los mayores fuegos
No van los menos a cuento
Qué nonadas, y qué juegos
Son a vos los ojos ciegos
De tan flaco entendimiento.

Seso no te sobresaltas
No turbas, y alteras todo?
Del immenso amor sin modo

Quién fizo cosas tan altas
Cobrirse de nuestro lodo?
Virgen y madre sin par
Alçad lo que abaxo yo
En vos se vino a encerrar
Dios que no cabe en lugar
Vuestro pecho lo crió.

Madre y Virgen juntamente
(Quién nunca tal cosa oyera?)
Él que en principio ya era
Del golpe de la serpiente
Preservada os uvo entera?
Esto cómo puede ser
Que contradize la edad?
Quien todo lo puede hazer
Como Dios, tuvo poder,
Como hijo voluntad.

Fuente donde gracia mana
Siempre clara, limpia y agena
Del turbio, digan, que suena
Quando por cosa tan llana
Os llaman de gracia llena,
Virgen divino sacrario,
No tuvo poder alguno
Contra vos nuestro adversario
Que no pudo el un contrario
Con otro estar de consuno.

Bolvía al camino errado
De en ti hablar, Señora indino.
Madre del verbo divino
De tal claridad turbado
Cómo atinaré sin tino?

Limpio espejo de la fe
Escurecido jamás
Ah Senhora, ah qué diré?
Ah que soy niño, y no sé
Qué haga, o qué diga más.

Em pago daquela dor,[1]
Que eu tão mal vos merecia,
Se verei[2] inda algum dia.

Se vos senhora, aprouvesse[3]
De ver esta minha fé
Ũa ora só antes que
Morresse, despois morresse,
Quem tal sperar pudesse
Com todo o mal poderia,
C'os olhos naquele dia.

Até quando me tereis[1]
Nesta dor que por vós quis
Os serviços que vos fiz[2]
Quando mos perdoareis?

Não ser vosso, não é em mim
Isto quereis-mo acoimar,[3]
Que perdão posso esperar
Se esta alma é vossa sem fim?
Se me tanto mal fazeis
Por serviços que vos fiz,
O bem que vos quero, e quis
Quando mo perdoareis?

A vossa bula[1] do amor[2]
Não é pera toda a gente
Perdoa a culpa somente
A pena não, nem a dor.
Assi faz Amor com ela
Que com ũa sperança incerta
A Leandro [e] Hero[3] à janela
Trás o mal, é a morte certa.

## A ANTÓNIO DE SÁ FUGINDO-LHE UNS SEUS MOÇOS[1]

Partiu Francisco florido,
As más novas logo soam.
As aves mudadas voam,
Criados mudam vestido,[2]
E mais se armadas atroam.
Diz o pai de Salamão,
Que é homem para alegar[3]
Se vos lembra em que lugar,
Quem me comia o meu pão
Tratava de me enganar.

Que graça[4] me já contaram
Há dias dum castelhano
A quem criados tal dano
Por vezes lhe assi causaram
Do seu pão, e do seu pano.
Veo o seu dia, e achou
Moços de novo empenados,[5]
Como os viu adormentados,
Os vestidos lhes furtou,
E fugiu aos seus criados.

## NA PRISÃO DE UM SEU GALEGO. A SEU CUNHADO MANUEL MACHADO, SENHOR DA TERRA D'ANTRE HOMEM E CÁVADO[1]

Inda que me eu ria, e me cale
E me faça surdo, e cego,
Bem sey eu, por que o do vale
Correu tanto ao[2] meu galego.
Como com ladrão fez festa,
Mas inda mal a la fé,
Porque um escrito na testa
Não traz[3] cada um de quem é.

Entre claros, entre escuros
Homens de seiscentas cores[4]
Andam por aqui seguros
Não lhe saem[5] corredores.[6]
Após quem torna por si,
E primeiro mata, ou morre,
Não corre o do vale assi
Após um tolo assi corre.

Bom[7] matador, bom ladrão
Que fugindo arma[8] entretanto
Deixa acolher Bastião
Que pica,[9] e não rende[10] tanto.
Vive pola tua pena,
Outrem prenda, outrem condene,
Nunca toques no da pena
Em que te as barbas depene.

Escreves polo Ribeiro,
Anda só ao que é proveito[11]
Hás de pagar-lhe o dinheiro,
Ganhe-se a torto, e a dereito.
Deixa andar os encartados[12]
Que têm cheos os caminhos,
De virotões ouriçados
Que são quais porcos espinhos.[13]

Come, e bebe, pois te presta,[14]
Não cures das[15] assuadas[16]
Com que vem juntos à festa
Tendo-vos todos em nadas.
E onde vires um coitado,
Que em te vendo perde a cor,[17]
Ferra dele homem ousado,[18]
Não se vá tal malfeitor.

Executores da lei,
Havei vergonha[19] algum dia,
Este chama aqui del-Rei,
Estoutro chama à valia.
O outro diz em Portugal
De varas não há i míngua,
Desata a bolsa que val,
Traze sempre atada a língua.[20]

## A PÊRO CARVALHO[1]

Mandar[2] em tal tempo luvas
Serviço[3] era ele escusado,
Outra cousa foram uvas,
Outra vinagre rosado.
Certo que outra cousa fora
Mas porém,
Ninguém dá o que não tem,
E nem do que tem já agora.

## A ESTE VILANCETE ALHEO[1]

*No preguntéis a mis males,*
*Qué tales son,*
*Preguntadlo al corazón.*

Por mis bienes preguntáis,
Entiendo que por mis penas,
Que siempre tuve por buenas
Vos ved cómo las llamáis,
Que ansí como las nombráis
Ansí confieso que son
Los bienes del corazón.

## EN NOMBRE AJENO[1]

Si puede más el amor
Aficionar el deseo?
Pues ansí mi mal granjeo
Que no daría el dolor
Por quantos plazeres veo!
Y si algún plazer pudiera
Valerme en tal desventura,
A efeto, no biviera.
Con nueva de tal ventura,
De sobresalto muriera!

## AO AMOR E À FORTUNA[1]

Amor e Fortuna são
Dous deuses que os antigos
Ambos os pintaram cegos;
Ambos não seguem rezão;
Ambos aos mores amigos
Dão mores desassossegos;
Ambos são sem piedade;
Ambos não lhe tomais tino[2]
Do querer ou não querer;
Ambos não falam verdade:
Amor é cego minino,
Fortuna é cega mulher.

## A ESTE CANTAR DE MOÇAS[1]

*Menina fermosa,*
*Que nos meus olhos andais,*
*Dizei: por que mos quebrais?*[2]

Em vos vendo vo-los dei,[3]
Logo vos passastes i,[4]
Nunca mais olhos abri,
Nunca mais olhos çarrei.[5]
Vós lhe sois regra, vós lei;
Não fazem menos nem mais
Daquilo que lhe mandais.

Em pago desta verdade
Que estranhais porque não se usa,
Quebrais, mas a alma confusa[6]
Não sabe quebrar vontade.
Menina, contra a idade,
Contra todos os sinais
Cruel sois cada vez mais.

Tomais vingança[7] da fé[8]
Que sempre convosco tive
Onde quer, da alma que vive
Por vós, onde quer que esté.
Dizei, menina, por que
Tão vossos olhos quebrais?[9]
Não vo-los referto[10] mais.

## CANTIGA DE FERREIRA[1]

*Congojas, tristes cuidados,*
*Pensamientos desiguales,*
*Llorando presentes males,*
*M'acuerdan bienes pasados.*

*Mudanzas, que no pensé,*
*Ni tú pensar las devrías,*
*Me hazen ver que veré,*
*Muy cedo el fín de mis días.*
*Ansí que los olvidados*
*Mis servicios desiguales,*
*Llorando presentes males,*
*M'acuerdan bienes pasados.*

## GROSA DO DOUTOR FRANCISCO DE SÁ A ESTA CANTIGA

Pues veo de mí fuir
Los bienes tan bien ganados,
Mientra no puedo morir,
Forzado m'es de sufrir
Congojas, tristes cuidados.
Ca grave angustia es venida
Y grande estremo de males,
Y con dolor sin medida
Fatigan mi triste vida
Pensamientos desiguales.

Por qué a la pasada gloria
De bienes tan principales
Es le dado tal vitoria,
Que lastimen mi memoria,
Llorando presentes males?
Qué fueron mis alegrías,
Señora, sino cuidados?
Pues las noches y los días,
Llorando las penas mías,
M'acuerdan bienes pasados.

Y caso que cierto creo,
Que sabes bien el porqué,
Vida y muerte del deseo
Es la causa por que veo
Mudanzas que no pensé.
Ca pues que mi pensamiento,
Señora, tú lo regías,
Sin nunca hazer movimiento,
Por justo comedimiento,
Ni tú pensar lo devrías.

Y por que mejor me creas,
Bien querer, celos y fe,
Entre tan crudas peleas,
La muerte que me deseas
Me hazen ver que veré.
Ca seren pasadas ya
Mis glorias y alegrías
Tan triste vida me da,
Que cierto sé que verná
Muy cedo el fin de mis días.

Ansí qu'esta mi tristura,
Ansí que los mis pecados,
Ansí que mi desventura,

Ansí que tu desmesura
Ansí que los olvidados.
Tus prometimientos vanos
Y falsos y desleales
Me harán morir a tus manos,
Pues juzgas por tan livianos
Mis servicios desiguales.

FIN

Y pues al triste de mí
Das mil penas, de las quales
Ninguna te merecí,
Suspiro el bien que perdí,
Llorando presentes males.
Y aunque yo quiera, no puedo
Tenellos disimulado,
Porqu'a mí, que ya fui ledo,
Los tormientos en que ruedo
M'acuerdan bienes pasados.

Ay qué vida tan esquiva,[1]
Do por enemiga suerte,
Por lloro y dolor se arriva,
Do se bive en pena viva,
Y se sale por la muerte.

Por do yo desventurado,
Que juzgo mi desventura,
Con deseo he deseado
Que huviera sido llevado
Del vientre a la sepultura.

Ca la mi alma cativa,
Do quiera que se convierte,
Cercada de pena esquiva,
No ve por dónde reciba
Menos mal que por la muerte.

Entre temor, e desejo[1]
Vã esperança, e vã dor,
Entre amor, e desamor
Meu triste coração vejo.

Nestes estremos[2] cativo
Ando sem fazer mudança,
Se já vivi[3] d'esperança
Agora de chorar vivo.
Contra mi mesmo pelejo
Vem de ũa dor, outra dor
Vem dum mal outro mal mor
De um desejo mòr desejo.

Cerra a serpente os ouvidos[1]
Às vozes do encantador,
Eu não que fora milhor,
Porque agora meus sentidos
Quero perder com tal dor.
Os que mais sabem do mar
Fogem d'ouvir as Sereas,
Eu não me pude guardar,
Fui vos a ver, e escuitar
Fiz minh'alma, e vida alheas.

Triste de mí desdichado,[1]
Que aquellos con quien nací,
Por vos o por mi pecado,
Los unos me han dejado,
Los otros son contra mí.

Dejome mi libertad,
Y el amor c'a mí tenía,
Dejome mi alegría,
Dejome mi voluntad.
Mi corazón lastimado,
Los ojos con que v'[2] vi,
Vida, memoria y cuidado,
Éstos nunca me han dejado,
Por seren más contra mí.

## À SEPULTURA DE UMA DAMA

De quam pouca terra satisfeita jaz
A que toda ela a não merecia!
Aquela que triste, ou leda, como ia[1]
Assi punha tudo ou em guerra ou em paz.
Levou-no-la a morte cruel que desfaz
As maiores cousas com maior presteza[2]
Ah morte! Ah mundo! A tua riqueza
De quam pouca terra satisfeita jaz!

Qué cosas se pueden contar tan estrañas![1]
Que crer no se deban: yo, necio, no creía
Que del basilisco la vista ofendía
Las aves del cielo y las alimañas!

Pues como se abrasan todas mis entrañas
Por vos cada hora, y nunca os via?
Qué cosas se pueden contar tan estrañas!

Al son de los vientos que van murmurando,[1]
Al son d'aquesta agoa tan clara y tan pura
Que va descurriendo sobre la verdura,
Al son de las aves que se van quexando,
Se vaya el rabé y mi voz entonando,
Porque con las aves mis males quexemos,
Lloremos con [e] l'agoa, porque sospiremos
Al son de los vientos que van murmurando.

Ansí acordados los sospiros míos,
Mis lloros y quexas crecerán los vientos
Y los de las aves, con los míos lamientos
Y con las mis lágrimas crecerán los ríos.
Sean d'aquí lexos los rísos sandíos,
Todo devaneo d'aquí se alexe,
Fuya el plazer por que salir dexe
Ansí acordados los sospiros míos.

Vengan y lloren las musas conmigo
Y tomen gran parte deste mi dolor,
Y lloren siquiera con el su pastor
Qu'está aquí tan solo, llorando consigo.
Vean antre cuantos contrarios letigo!
Deseo de un lado, d'otro medrosía,
De todos la muerte; pues nesta agonía
Vengan y lloren las musas conmigo.

Los bosques sombríos, los sombríos va[l]les,
Los montes, las peñas, mis lamentaciones

Escuchen, y québrense los coraçones
Oyendo, y óiganme los animales.
Los hombres no me oigan, y sean mis males
Tan solamente al hombre encubiertos,
Que a ellos fuyendo busqué los desiertos,
Los bosques sombríos, los sombríos va[l]les.

Ay generación perversa y malvada!
No te maravilles si mi mal descubro
A las alimañas y de ti m'encubro,
Pues su crueldad ante ti no es nada.
Pasaron los hombres, la fe ya es pasada,
Amor ya no reina, reinan niñerías.
Si oyeses mis daños, cómo te r[e]irías!
Ay generación perversa y malvada.

Si vieses de lágrimas los mis ojos llenos
Y llena la cara, y sólo de oídas,
Y el alma cativa, las fuerças caídas
Tornados en noche los días serenos,
Cuán poco valdrían sospiros agenos,
Cuán poco las quexas, los llantos cuán poco.
Antes me ternías por simple y [por] loco,
Si vieses de lágrimas los mis ojos llenos.

Quexémonos solos de nuestra fortuna,
Del fado contrario y nuestras querellas:
Llamemos crueles todas las estrellas,
Crueles los cielos y cruel la luna.
De mis bivos lloros una gran laguna
Se faga, y pues sólo tengo tal cuidado,
En este desierto comigo apartado
Quexémonos solos de nuestra fortuna.

A[y], cómo fortuna me tiene gran rancor,
Ca atapa la sierpe fuerte sus orejas

— Ansí lo he oído yo a las viejas —
En contra las bozes del encantador.
Natura ha puesto distinto y temor
En todo [animal] contra la su muerte:
En mí nunca puso, ay qué dura suerte!
Ay cómo fortuna me tien gran rancor.

Provió la natura que sordo naciese
El que nació mudo, porque no pod[e]ría
Con aquelotro y malenconía
Oyendo sofrirse que no respondiese,
Si estava tan cierto que oyendo viese.
Túrbase mi alma que ver deseó
[Lo] que ver no puede, triste, por qué no
Provió la natura que sordo naciese?

A fin que no oyesen cantar las serenas
Los navegantes cierran sus oídos,
Porque, si las oyen, [a] esa ora adormidos
Caen en la mar de[s]de las entenas.
Huyen de sus cantos por [fuir] sus penas
Según que lo cuentan nuestros viejos tíos.
Por qué no he cerrado, triste, yo las mias
A fin que no oyesen cantar las serenas?

Qué cosas se puedan contar tan estrañas
Que crer no se devan? Yo, necio, no cr[e]ía
Que del basilisco la vista ofendía
Las aves del cielo y las alimañas.
Mas qué, no s'abrasan todas mis entrañas
Por vos cada ora y nunca vos ví?
Y pues queréis tanto y podéis contra mí,
Qué cosas se pueden contar tan estrañas!

Bien aventurado dixo que sería:
El ciego que viese solo por oídas.

Yo di la mi vida y diera mil vidas
A quien no conosco ni me conocía.
A dó la ventura, a dó la alegría?
Esta es la alegría, esta es la ventura,
Aquesta es la gloria por quien nuestro cura
Bien aventurado dixo que sería.

Acaba la lamentación y dize:

Qué gran novedad es ésta qu'el sueño,
El sueño que tanto tiempo desterrado
Andó de mis ojos, a ellos llegado
Dellos y de mí es ya echo dueño.
Durmamos, pues, luego y en este pequeño
Tiempo, si quiera en aqueste prado,
Posarse ha el cuerpo quexoso y cansado
C'apenas los hojos abiertos [sostengo].

# POESIAS DE INFLUÊNCIA CLÁSSICA

# SONETOS

## AO PRÍNCIPE D. JOÃO, QUANDO LHE MANDOU PEDIR ESTAS SUAS OBRAS

A Príncipe tamanho,[1] cujo rogo,
(E mais[2] òs seus) ind'é mais que mandar,
Que posso i al[3] fazer, senão passar
Pela água, pelo ferro, e pelo fogo?

Se me firo, se me queimo, se me afogo,
Se dou de mim às gentes que falar,[4]
Levemente se pode desprezar
Tal dano, e inda mal que não foi logo.

Mas era quási tudo encomendado[5]
À traça, e a não sei quê, com tal presteza,
Com que já quási em pó tudo é tornado.

Já'gora gram senhor tudo despreza
Quem sai à praça[6] por vosso mandado,
Abasta o nome só de Vossa Alteza.

## A SEGUNDA VEZ QUE LHE MANDOU MAIS PAPÉIS

Inda qu'em Vossa Alteza a menos parte
Em que Deus ajuntou tantas, e tais,
Seja esta, todavia entre as Reais
Se contou ela[1] sempre em toda parte:

Dar favor[2] aos engenhos,[3] e a toda arte,
Das boas, faz os Reis aqui imortais
Por fama: inda passando avante mais[4]
Uns fez Deuses de todo, outros em parte.

À guerra leva o mor Cipião consigo
As Musas brandas de seu natural,
Que assi sem armas são d'altas ajudas.

Ainda nos cantam do bom tempo antigo
Caíram as estátuas de metal,
Qu'al se podi'esperar de cousas mudas?

### A TERCEIRA VEZ, MANDANDO-LHE MAIS OBRAS

Tardei, e cuido que me julgam mal,
Qu'emendo muito, e qu'emendando dano,
Senhor porqu'hei gram medo ao mau engano
Deste amor que a nos temos desigual:[1]

Todos a tudo o seu logo acham sal,
Eu risco, e risco[2], vou-me d'ano em ano:[3]
Com um dos seus olhos só vai mais ufano
Filipo, assi Sertório, assi Anibal.[4]

Ando c'os meus papéis em diferenças,[5]
São preceitos de Horácio (me dirão)
Em al não posso, sigo-o em aparenças:

Quem muito pelejou[6] como irá são?
Quantos ledores,[7] tantas as sentenças,[8]
C'um vento velas vem, e velas vão.

## À MADANELA[1]

À vossa verdadeira penitente
Quam bem guardastes seus pontos devidos,
Os Apóstolos eram já partidos,
Ela não parte, vede o que ali sente:[2]

E assi mereceu ver primeiramente
Deus em terra em hábitos[3] fingidos,
Tudo Amor vence, altíssimos sentidos[4]
A quem tal ortelão se faz presente.[5]

Gregório a põe por ũa, outros Doutores
Fazem as três, após Gregório vão
Despois os mais, com todos os pintores.

Aqueles direi eu senhor que são
(Aqueles outra vez[6] que são) Amores
Dos tais suspiros, um só nunca em vão.

Yo no la entiendo bien, mas esta fuente
Habla comigo: y horas se m'antoja,
(Como dé tantas quexas) que se enoja,
Oras que me consuela, y que las siente.

Trúxome aquí un cuidado, y no consiente
Que me vaya a otra parte, y que m'acoja
De los sueños en que ando, juzgue, escoja,
Ya vergüença es tardar tan luengamente.

Gran fuerça se m'ha hecho a los mis ojos,
Grande al entendimiento, andando assí
De veras occupado en mis antojos.

No sé lo que me vi, ni qué no vi,
Quien puso tal sabor en mis enojos?
A pesar (que es peor) tanto de mí.

## RESPOSTA A UM SONETO DE DOM MANUEL DE PORTUGAL

Tantas mercês[1] tão desacostumadas,[2]
Como as servirei eu devidamente?
Farei como já fez um inocente,[3]
Um rústico pastor d'antre as manadas:

Que d'água of'receu em mãos lavadas
A Xerxes: bebeu ele, e santamente[4]
Jurou, que não bebera té o presente
Com tal sabor, por copas[5] d'ouro obradas.

Senhor dom Manuel,[6] se a só clareza
Dum peito aberto, puro, e fé lavada,[7]
Muito merece,[8] muito vos mereço.[9]

A pedraria[10] vãmente estimada,
Os ricos cristalinos[11] de Veneza,
Lá s'acham, eu òs meus palmos me meço.

Alma que fica por fazer desd'hoje
Na vida mais? Se a vã minha esperança,
Que sempre sigo, que me sempre foge,
Já quanto a vista[1] alcança a não alcança?

Fortuna que fará? Roube, despoje,
Prometa doutra parte em abastança,
Que tem com que m'alegre, ou com que anoje?
Tanto tempo há que dei mão à balança.

Chorei dias e noites, chorei anos,
E fui ouvido ao longe, pelo escuro
Gritando,[2] acrecentar muito em meus danos.

Agora que farei? Por amor juro
De tornar a cantar fora d'enganos,
E por muito do mal, posto em seguro.

Aquela fé tão clara e verdadeira,
A vontade tão limpa, e tão sem mágoa,
Tantas vezes provada em viva frágua
De fogo, i apurada, e sempre inteira:[1]

Aquela confiança de maneira
Qu'encheu de fogo[2] o peito, os olhos d'água,
Por qu'eu ledo passei por tanta mágoa,
Culpa primeira minha, e derradeira.

De que me aproveitou? Não de al por certo
Que dum só nome tão leve e tão vão,
Custoso ao rosto, tão custoso à vida.

Dei de mim que falar ao longe, e ao perto,
Ria, a si se consola a alma perdida,
Se não achar piedade, ache perdão.

Quién dará a los mis ojos una fuente
De lágrimas, que manen noche y día?
Respirará siquiera esta alma mía,
Llorando ora el passado, ora el presente.

Quién me dará apartado de la gente
Sospiros, qu'en la mi luenga agonía
Me valgan, qu'el afán tanto encubría,
Siguióseme después tanto accidente?

Quién me dará palabras con que iguale
A tanto agravio, quanto amor m'ha hecho,
Pues que tan poco el suffrimiento vale?

Quién m'abrirá por medio este mi pecho,
Do yaze tanto mal? Donde no sale,
A tanta cuita mía, y mi despecho?

Del Tibre embuelto, al nuestro Tajo ufano,
De sus arenas de oro y, rica p[l]aya,
Todo lo enchí de lágrimas, que vaya
Dando al mundo señal del dolor vano.

Fragua, no coraçón, no pecho humano;
Quántas de torres, quánta de atalaya
Alçáis cad'hora, a fin que todo caya,
Por tierra, y metan todo a sacomano.[1]

Qué Sísipho queréis más embebido
En sus trabajos, y loca p[o]rfia?
Eislo arribado al monte, eislo bolvido.

Noches tras noches van, día tras día,
No pido a amor piedad, consejo pido,
Mándame loquear como solía.

Em tormentos cruéis, tal sofrimento,[1]
Em tão contínua dor, que nunca aliva,[2]
Chamar a morte[3] sempre, e que ela altiva
Se ria dos meus rogos no tormento:

E ver no mal que todo entendimento
Naturalmente foge,[4] e quanto aviva
A dor mais, o vagar[5] da alma cativa,
A quem não fará crer qu'é tudo um vento?

Bem sei uns olhos que tem toda a culpa,
E são os meus, que a toda parte vem[6]
Após o que vem[7] sempre, e os desculpa.

Ó minhas visões altas,[8] meu só bem,
Quem vos a vós não vê, esse me culpa,
E eu sou o só que as vejo, outrem ninguém.

Desarrezoado[1] amor, dentro em meu peito
Tem guerra com a razão, amor que jaz[2]
I já de muitos dias, manda e faz
Tudo o que quer, a torto e a direito.

Não espera razões, tudo é despeito,
Tudo soberba e força,[3] faz, desfaz,
Sem respeito nenhum, e quando em paz
Cuidais que sois, então tudo é desfeito.

Doutra parte a razão tempos[4] espia,
Espia ocasiões de tarde em tarde,[5]
Que ajunta o tempo: em fim vem o seu dia,

Então não tem lugar certo onde aguarde,
Amor trata treições,[6] que não confia
Nem dos seus, que farei quando tudo arde?

Aquelas esperanças, que eu metido
A tormento, lancei fora por vãs,
Que fazem ind'áqui co'as mais sãs
Contas, feito em pó já tudo e bebido?

Como, e será tão cego, e sem sentido[1]
Amor, que ũas razões claras, tão chãs,
Não ouça? E que não veja tantas cãs?
Tempo lançado a longe, e não vivido.[2]

Esta alma tantas vezes enganada,
Não tornará por si? Não fará conta
C'o[3] sol, co'a despesa, co'a jornada?

Quem do mar escapou quanto mal conta!
Que perigos sem fim! E logo brada
Outra vez òs da nau: na terra afronta.

Amor que não fará? Fez-me enjeitar[1]
Tão levemente a mim por quem me enjeita,
Castelos de esperança e de suspeita
Faz, e não sei que faz, tudo no ar.

Fez-me pedras colher,[2] fez-mas lançar,
Aperta-se a alma triste em si encolheita,
À força que fará, e lei estreita?
Queira ou não queira, em fim há de passar.

Tão cego e tanto era eu, que da vontade
Tudo fiei?[3] Que tudo a través guia,
Tão grande imiga minha, e da verdade?

Que al se podia esperar de ũa tal guia?
Caí onde ora jaço, oh crueldade
Não sei quando é de noite, ou quando é dia.

Aquella apresurada y rueda biva
De sobresaltos, que mudan tan presto
Tantas vezes cad'hora este mi gesto,
Nunca la voluntad, tanto ha cativa:

Esta llama cruel, la pena esquiva,
Que no reposa sol nacido y puesto,
Señal de cómo os veo manifiesto,
Turbada siempre, desdeñosa, y altiva.

Si no me dexan (como digo) el día,
Y no la noche, antes m'es tormento,
Y agora crueldad, qué culpa mía?

El tiempo passa en vano, ha hecho assiento,
En mi alma abrasada, y luego fría,
Tal ser, qu'es menos ser cada momento.

## EM ECO, E EM DIÁLOGO

Cabe una fuente a boz alta sin tino,
Se quexa el buen Salicio, atormentado
D'un más que nuevo amor, vano cuidado
A tal remedio de sus males vino.

Amor que nunca va por buen camino,
Iva bolando por el despoblado,
O fuesse el llanto que despedaçado
Del monte, respondía alto y vezino.

*Sal.* Quién dio principio a mis cordojos? *A.* ojos.
*Sal.* Cierto crueles, y a mi destierro? *A.* yerro.
*Sal.* Desseos, a qué fin llévanos? *A.* vanos.

*Sal.* A lágrimas y enojos? *A.* más enojos.
*Sal.* Pues qué remedio a tanto de yerro? *A.* hierro.
*Sal.* Que muera assí a mis manos? *A.* y a mis manos.

Não sei qu'em vós mais vejo; e não sei que
Mais ouço, e sinto; ao rir[1] vosso, e falar:
Não sei qu'entendo mais, té no calar,
Nem quando vos não vejo a alma que vê;

Que lhe aparece em qual parte qu'estê,
Olhe o céu, olhe a terra, ou olhe o mar,
E triste aquele vosso suspirar,
Em que tanto mais vai, que direi qu'é?

Em verdade não sei: nem isto qu'anda
Antre nós: ou se é ar como parece,
Se fogo[2] doutra sorte, e doutra lei,[3]

Em que ando, e de que vivo, nunca abranda:
Por ventura se à vista resplandece;
Ora o que eu sei tão mal,[4] como o direi?

## EM DIÁLOGO, DE DUAS NINFAS: NISA E PHILIS

NISA.
Qu'es esto Philis, qu'estás tan turbada,
Sola, demudada, y sin color?
Cab'esta fuente tanto ruiseñor,
Y tanta otra avezilla enamorada?

Si lo que vees y que oyes no te agrada,
Qué te puede agradar, ni dar sabor?
Vees tanta differencia, y tanta flor,
De que la tierra está como esmaltada?

PHILIS.
Ó Nisa, Nisa, leda, y desseosa
De caçar, vine a la fresca ribera,
Todo olvidé por esta fuente hermosa.

No soy la Nisa no que dantes era,
Salteome aquí un cuidado, ah flaca cosa
La vida, muy aína aquí muriera.

## A LA MUERTE DE LEANDRO[1]

Entre Sesto y Abido, al mar estrecho,
Lidiando con las ondas sin sossiego,
Noch'alta el buen Leandro prueva el fuego,
Y lágrimas que corren sin provecho.

Viendo qu'es todo en vano, buelve el pecho
De nuevo a aquel mar bravo, ojos al fuego
Que luze en l'alta torre, ay amor ciego,
Que tanta crueldad has visto, y has hecho.

Nadava mientras pudo hazia la playa
De Sesto, deseado, y dulce puerto,
Porque siquiera allí muriendo caya.

En fin ondas vencéis (dixo cubierto
Ya dellas), mas no haréis que allá no vaya,
Bivo no queréis vos, mas iré muerto.

## A MORTE DE POLICENA[1]

Traída en sacrificio Policena
Al sepulchro de Achiles, ya que vido
De Pirrho el cruel braço erguido
Por la ferir, bolvió toda serena:

Diziendo descansada, A quánta pena
Pornás fin luego, ó golpe bien venido,
Dexando el cuerpo frío aquí tendido
Cabe Troya, su nombre sólo apena.

Y luego la Real cara animosa
Bolviendo a todos, más clara qu'el día,
Aun d'esse cuerpo después recelosa;

Trocadme a lloros de la madre mía
(Les dixo) que ya no le queda otra cosa,
Y qu'a oro nos remió quando podía.

Ah qué diré qu'es esto? Qu'ansí engaña
Tan dulcemente en lo que tanto duele?
En contrario del todo a lo que suele
D'acontecer, en lo que offende, y daña.

Vemos (y es cosa clara) que s'ensaña
Quanto se muev'en tierra, y al aire buele,
Una vez engañado, y que se vele,
Nunca seguro, o del caso, o de maña.

Ora este coraçón tan offendido,
Tantas vezes llegado a la su muerte,
Cómo lo pone assí todo en olvido?

Quánto al hado se dio! quánto a la suerte!
Quán poco a la razón, poco al sentido!
Por verte soy yo tal, y buelvo a verte?

O sol é grande,[1] caem co'a calma as aves,
Do tempo em tal sazão,[2] que sóe ser fria:
Esta água que d'alto cai acordar-m'-ia?
Do sono não, mas de cuidados graves.[3]

Ó cousas todas vãs, todas mudaves!
Qual é tal coração qu'em vós confia?
Passam os tempos, vai dia trás dia,
Incertos muito mais que ao vento as naves.[4]

Eu vira já aqui sombras, vira flores,
Vi tantas águas, vi tanta verdura,
As aves todas cantavam d'amores.

Tudo é seco, e mudo, e de mestura,
Também mudando-m'eu fiz doutras cores,
E tudo o mais renova,[5] isto é sem cura.

Quando eu senhora em vós os olhos ponho,
E vejo o que não vi nunca, nem cri
Que houvesse cá, recolhe-se a alma a si,
E vou tresvaliando[1] como em sonho.

Isto passado, quando me desponho,
E me quero afirmar se foi assi,
Pasmado, e duvidoso do que vi,
M'espanto às vezes, outras m'avergonho.

Que tornando ante vós senhora tal,
Quando m'era mister tant'outr'ajuda,
De que me valerei, se alma não val?

Esperando por ela que me acuda,
E não me acode, e está cuidando em al,
Afronta o coração, a língua é muda.

Amor tirando va por cielo y tierra,
Mil flechas d'oro, mil de plomo elado:
Ha muerto, ha mal herido, ha lastimado
A muchos, y (dize él) de buena guerra.

Ojos ya no tenía, oídos cierra,
Las malas manos, éstas le han quedado,
Duro flechero, al mal tanto avezado,
Tirando a caso, que nunca el golpe yerra.

Dízele la su madre, de las quexas
Quantas oigo de ti (burlando un día)
Mal burlador, no quieres que algo crea?

Besola él en los ojos, y madexas
De oro, respondiendo, ó madre mía,
Cómo quieres si soy ciego que vea?

A dó se bolverá, que no se espante
De nuevo esta alma mía lastimada?
A la presente cuita? O a la passada?
O qué esperança me lleva adelante?

Qué me aprovecha que llore o que cante?
Que grite noche y día, en fin, qué es? Nada:
Ir porfiando por la vía errada,
Antes es vanidad, que ser constante.

No fuera mucho descuidarme un poco,
Mas ir perdiendo el día pieça a pieça,
Que es fría, y sobreviene noche escura.

En fin para qu'és más? Cierto soy loco,
De quién confiaré la mi cabeça,
Que me la cure de clara locura?

## RESPOSTA A UM SONETO DE PÊRO D'ANDRADE CAMINHA

Assi que me mandáveis atrever
A versos já das Musas asselados,[1]
E àquela grande Sílvia consagrados,
Ícaro me põe medo, e Lúcifer.

Os meus, se nunca acabo de os lamber,[2]
Como ussa[3] os filhos mal proporcionados,[4]
(Ah passatempos vãos, ah vãos cuidados)
A quem posso porém nisso ofender?

Tudo cabe no tempo, entrego ao ano,
Depois à perda, diga-me esta gente,
Qual anda o furioso assi emendado.

Torno às cousas sagradas: que um profano
Leigo, como eu, tocá-las tão somente
Não é de siso são, mas de abalado.

Este retrato vosso é só sinal[1]
Ao longe, do que sois, por desemparo
Destes olhos de cá, porque um tão claro
Lume, não pode ver vista mortal.

Quem tirou nunca o Sol por natural,
Nem viu, se nuvens não fazem reparo,[2]
Em noite escura, ao longe aceso um faro[3]
Agora se não vê, ora vê mal.

Para uns tais olhos, que ninguém espera
De face a face, gram remédio fora
Acertar[4] o pintor ver-vos dormindo.

Mas inda assi não sei que ele fizera,
Que a graça[5] em vós não dorme em nenhũa hora
Falando que fará? Que fará rindo?

## À MORTE DE SUA MULHER[1]

Aquele esprito já tão bem pagado
Como ele merecia, claro,[2] e puro,
Deixou de boa vontade o vale escuro
De tudo o que cá viu como anojado.

Aquele esprito que do mar irado[3]
Desta vida mortal posto em seguro,
Da glória[4] que lá tem de herdade, e juro,
Cá nos deixou o caminho abalizado.[5]

Alma aqui vinda nesta nossa idade
De ferro, que tomaste à antiga d'ouro
Enquanto cá regeste a humanidade.

Em chegando ajuntaste tal tesouro,
Que para sempre dura, ah vaidade
Ricas[6] areas deste Tejo, e Douro.

## A DIOGO BERNARDES[1]

Neste começo d'Ano, em tão bom dia,
Tão claro, por que não faleça nada,
Me foi da vossa parte apresentada
Vossa composição[2] boa à porfia.

De que espanto me encheu[3] quanto ali via?
E mais em parte cá tão desviada
Sempre até'gora da direita estrada
De Clio, de Calíope, e Talia.

Oh que enveja vos hei a esse correr[4]
Pola praia do Lima abaixo, e arriba[5]
Que tem tanta virtude de esquecer.

O que estes tristes corações aliva
Do pesar igualmente, e do prazer
Passado, que não quer que inda homem viva.

# ÉGLOGAS

# FÁBULA DO MONDEGO

*a El-Rei D. João*

Ínclito Rey, que deste al otro Polo
Enchistes de tropheos, abriendo al Nilo
Desd'el Tajo: luz nueva, y nuevo día,
Mudando en esto la natura estilo:
Dándoos Neptuno el mar, dándoos Eolo
Sus vientos: y armas Marte a la porfía:
Por la Zona que ardía
En brava, continuamente
Vuestra animosa gente
Los Portugueses, a que nada espanta,
A vos señor los ojos, y a la santa
Empresa, y lealtad propria, y d'abuelos,
Contra amenaza tanta
Gran denuedo venció, tantos recelos.

Ora, mientra al mar Roxo el Othomano
(Sobervio de los muchos vencimientos,
Por culpa agena, más que virtud suya)
Ata las llagas, trueca pensamientos,
Tiembla, pensando a vuestra armada mano,
Busca dónde se esconda, o por dó huya,
Antes que lo concluya,
Del todo, y buelva en nada
La vuestra luenga espada,
Alto señor, no falte aquí ninguno
Que no os venga a servir a uno a uno.
Yo también tropeçando hasta que caya,
Favor pidiendo alguno
Al estrellado Pan,[1] con que a vos vaya.

Y viendo que baxáis vuestros oídos
Por essa tan amable mansedumbre,
Al canto pastoril medio dañado,
Quiçá moveré más hazia la cumbre
Del muy alto Parnaso, por olvidos
Malos, y malos tiempos olvidado.
Aquel tan alabado
Títiro Mantuano[2]
Alçando el cantar llano
Del campo, nos dexó sobrada escusa
De irnos tras la su Thalía ufana Musa,
Quanto las fuerças podrán abranger,
Haremos lo que se usa,
Reconosciendo al tiempo el su poder.

Entre el gran Duero, y Tajo, el buen Mondego
(Ya Munda) (que es dezir, clara agoa y pura),
Se va por los sus campos passeando,
Parece que saliendo d'estrechura,
El trabajo vencido, entra el sossiego,
Y quedo a su ciubdad muestra va dando:
Donde aora cantando
Las hermosas hermanas
Del favor vuestro ufanas
Se mueven juntas en cuento y concierto,
Que salen del nublado al descubierto,
Cantando el vuestro nombre, y subillo han
Al cielo su alto puerto,
Do tales Reyes por tales obras van.

Ribera deste cabdaloso río
Riquíssimo de pastos, y ganado
Uvo un noble zagal de nacimiento,
En edad tierna sin padre dexado,
Sin madre, sin hermano, en señorío
Libremente de largo heredamiento:

Él puesto entre otros ciento
Donzel apuesto, y tal,
A ser el principal
No cuerpo, gesto, o gracia le faltava,
Antiga y común fama lo arrayava
De sangre de Gerión, que a tantas lides
Ante sus greys se armava
Fuerte en tres cuerpos, contra el grande Alcides,

Cuya venida donde aquella agoa baña
Los campos de Coímbra, ay tal memoria,
D'una alta torre[3] de su nombre rica
Por suya juntamente, y nuestra gloria,
Como las dos columnas que esta Espanha
D'África parten en distancia chica,
Tras ésta multiplica
Otra y otra señal,
Un arco triumphal,
Las grutas, y edificios Romanos
Los luengos aqueductos, ya mal sanos,
Que la han de antigüedad ennoblecida,
Según las nuestras manos
A sus obras mal dan años de vida.

Mas sobre todo que la enriqueció
A la noble ciudad, es el thesoro
Del santo cuerpo de su Rey primero[4]
Que en el campo venció tanto Rey moro,
Quando otro Rey mayor le apareció[5]
Por nosotros erguido en el madero,
Y aquel padre primero
Que con el bien no pudo:
Por lo qual vuestro escudo
Real, lleva pinturas tan divinas,
De tales Reyes, y tal misterio dignas,
El buen hijo[6] cab'él quiso yazer,

Que desplegó las quinas,
Sangre a Guadalquibir hizo correr.

Bolvamos al Mondego, que a esta parte,
Ora aquélla, se va suavemente,
Otro nuevo Meandro en sus rodeos.
Ende al passar d'un bosque, y d'una fuente,
Rica de la natura, y pobre de arte,
Viose una Nimpha también sin arreos,
Divina en sus meneos,
Graciosamente estando,
Graciosamente andando,
Un blando aire respirava al prado ameno,
Ella cantava, y juntamente el seno
Enchiéndose iva de diversas flores,
De que el campo era lleno,
[Sobre verde variado en mil colores.][7]

Al fresco bosque en el calor se entrara
La Nimpha hermosíssima, cubierto
De sauzes, que en lo alto se abraçavan,
Quasi en cierta medida, y cuento cierto,
D'un cabo el monte, d'otro el agua clara,
Como a porfía, que lo rodeavan:
Las aves combidavan
Con su dulce armonía
Tomar amor por guía,
Al que en el bosque solitario arriba.
Una fuente manava en peña biva,
Escondida a los hombres, y al ganado,
Que dulcemente se iva
No sé qué murmurando por el prado.

Nieve la Nimpha, el vestido de nieve,
Entretexidas de oro flores raras,
Al viento las madexas d'oro fino,

Vencen sus ojos las estrellas claras,
Los blanquíssimos pies por flores mueve,
Quanto vees y no vees todo es divino.
Un cuerpo mortal digno
Nunca fue de tal ver,
Si uvo d'acontecer
Nunca s'aconteció sin grave daño:
Exemplo es de Acteón[8] el caso estraño,
Qu'en ciervo transformado, corre el campo
Un caçador tamanho
Fuyendo él su Pamphago, y su Melampo.[9]

Ella cantava aquel cantar famoso
De la blanca Diana, y el roxo Apollo
Hermosíssimo parto de Latona,
Que no le dan con los sus niños, sólo
(Siquier por breve espacio) algún reposo;
Perseguida sin le ayudar persona
Común fama apregona
Que las que ora son ranas
En fin siempre villanas
Lycios malsines que le avían hecho,
Turbando el agoa de común derecho
Devida a todos, pídela en merced,
Tales hijos al pecho,
De calor muerta, de cansancio y sed.[10]

Diego (que el donzel tal nombre avía)
Acaso allí arribó, busca sossiego,
(Que baxava del monte fatigado)
Ah triste adónde vas? Todo ende es fuego,
El bosque, el río, aquella fuente fría,
Todo arde en llamas, buelve atrás cuitado,
De su suerte llevado,
La Nimpha en oteando
Cómo aquí vine, o quándo,

(Dixo) o dó me estoy? Ojos qué veis?
Oídos que a tan alto os estendéis?
Ay Dioses inmortales, no me sea
Contra todas las leyes
Por culpa avido aquí cosa que vea.

La Nimpha que sintió d'ojos mortales
Su beldad inmortal ser offendida,
Dexado el canto, gimió contra el cielo,
Del gesto hermoso la color perdida,
Y juntamente todas las señales
Del plazer fuidizo buelto en duelo:
Y como aquel moçuelo
Troyano, no pudiendo
Suffrir su cuita ardiendo,
Echose al agua allá por lo escondido,
A los ojos huyó, que no se vido
Después acá entre nos en parte alguna:
El moço esvanecido,
Sin ojos mecer, mira a la laguna.

Avía Amor dispuesto a la sazón
El pecho (en antes duro, y çahareño)
Usado a caças de las bravas fieras,
Despreciando amor desde pequeño,
Por lo qual assechando la occasión,
Vengativo qual es, diole de veras,
Diziendo, Mas tú que eras
Tan atrevido, y loco,
Ternás en este poco
Para toda tu vida, o corta, o luenga.
Vengose el niño ciego, aora te venga,
Si tanto puedes. Diego frío está,
Oyó la dura arenga,
Sintió el gran golpe, Amor bolando va.

Después (como de sueño alto) despierto,
Los ojos buelve acá y allá pasmado,
Al cielo, al agua, al monte, al campo llano,
Y qual ir vemos un desasidado,
Allí se mueve el triste sin concierto,
Ora para, ora corre, y grita en vano:
Gózase Amor villano,
De cómo en poco trecho
De Diego un otro ha hecho,
De cómo por el agua entra sin tino,
Todo turbado, no sabe el mesquino
Lo que haze, o que haga àquella cuita suya,
A aquel furor divino,
En qué modo lo attienda, o por dó huya.

Dezía a gritos, Cómo, Y pudo aver
Lugar en que cupiesse un bien tamaño,
En todo este cercado acá del cielo?
Aquel bien solo, que igualava el daño,
A tanta claridad dónde esconder
Se pudo, con igual mi desconsuelo?
Quién me alçaría a buelo
Para qu'este aire todo
Busque y que tenga modo
D'entrar y rebolver las agoas dentro?
Quién me abrirá caminos hasta el centro,
Que vaya siempre, y nunca buelva atrás,
Por malo, o bueno encuentro,
Hasta que vaya a dar donde tú estás?

Qué podéis ya aquí ver ojos cuitados,
Salvo ora baxo, ora más alto el río?
Ora mal al amigo, ora al pariente?
Ora grande calor, ora gran frío?
Y roñas, común mal de los ganados?
Las renzillas que van continuamente,

El luengo año que miente
A tantos de sudores
De nuestros labradores,
No basta trabajados, mas hambrientos?
Yelos, truenos, granizos, malos vientos,
Húmida, y grave lluvia, aires corruptos,
Tantos desabrimientos
De tiempos lluviosos, ora enxutos.

Todo quanto este mundo en precio tiene,
Las flores, las verduras, claras fuentes,
Que hierven al nacer, es como estraña
Aquella beldad, si paráis mientes,
Que o nada, o poco dello nos conviene:
El fuego hermoso, todo quema y daña:
Quién espera la saña
Del agua quando crece?
Allá arriba aparece
Tanta d'estrella, que la noche muestra,
Mas están altas: es rica la muestra,
Estraña a nos, pero no lo era aquella
Que vi, y assí tan presta
Se fue: Nimpha inmortal, que no donzella.

A mí mismo soy hecho una enojosa
Y grave carga: ay que en igualdad
Soy falto de lo mío, y de lo ajeno,
Pobre en mis bienes, qu'es de aver piedad:
Qué abasta al coraçón que no reposa?
Quién tal fuego encendió dentro en mi seno?
Qué se hizo el tiempo bueno?
Tras peces por los ríos,
Por los bosques sombríos
Tras de las fieras: qué alegre porfía,
Viniendo ledo, más ledo bolvía:
Cómo las cosas van mudando el ser!

Ora con qué alegría
A casa bolveré? Con qué plazer?

Ívase Diego ansí devaneando
Por sus locuras, que cabo no tienen,
Unos y otros cansancios sin provecho,
Los unos idos, los otros que vienen,
Consigo de contino peleando:
Va batalla cruel dentro en su pecho:
D'amor, y de despecho
A revezes llevado,
Ora vence un cuidado,
Ora vence otro: el triste, hecho pedaços,
Con tal contrario lidiando a braços,
No viendo qué camino dexe, o siga,
Embuelto en embaraços,
A la fortuna se rinde su enemiga.

Un día (vano alivio de su mal)
Allí viniendo con la su preciada
Sampoña (que otro tiempo ser solía)
Estuvo un rato en averla acordada,
Desacordado él, triste y desigual:
Dexa ora el tañer, ora tañía:
Puesto en tal agonía,
Uvo de començar
El lloroso cantar
De Eurídice y d'Orpheo (antigo cuento)
Caen lágrimas vanas, lleva el viento
Muchos suspiros, tiempos muy diversos
Traendo al pensamiento:
En fin soltó la lengua en estos versos.

«Huyendo al atrevido de Aristeo[11]
Eurídice en el prado ponçoñoso,
Mordida cae: cruel caso por cierto

A las sus Nimphas, cruel al quexoso,
Al solo, al lastimado, al triste Orpheo,
Qu'entre muertos la sigue antes de muerto.
Nunca con tal concierto
Las cuerdas mano humana
Tan dulce y tan liviana
Mente tocó, como él, su mal cantando,
Como él tañiendo, y Eurídice llamando:
Eurídice en respuesta el valle da,
Quando se assienta, y quando
A las lágrimas buelve, y quando va.

D'una merced d'amor (dixo) forçado
Si ante tiempo me avéis, cómo fezistes
(A vos mismas juzgar (sombras) lo dexo,
Si os mueven a piedad las cosas tristes)
Un solo coraçón a entramos dado
Partístemelo assí? D'esto me quexo.
Si aquel Sol que atrás dexo,
(Que todo vee) veer pudo
Jamás caso tan crudo,
No tengo en nada, ni sea nada el daño,
Amor me trae acá, trátam'engaño
Desseo (qu'esperando se consuela)
No os parezca estraño,
Tiempo os pido, y no más, poco, y que buela.

Todo se os deve enfin, corre a la muerte
O cedo, o tarde, quanto allá aparece,
Y el nuestro cedo, o tarde, a vos qué es? Nada:
A mí que amanesciendo me anochece,
Fueme amostrada la mi rica suerte,
Que entre vella y no ver me fue quitada:
Veer una flor pisada
Primero que cogida,

Veer la fruta perdida,
Que al primer buen odor el viento estraga,
Miesse del temporal o de arte maga
Tollida, es daño que la vista ciega,
Mirad la cruel llaga
Que os muestra amor por mí piadoso y ruega.

Que no me trae acá codicia estraña
De los vuestros thesoros encubiertos,
No loco atrevimiento, y no maldad,
D'espiar los caminos, y los puertos
Escuros, qu'el gran lago Stygio baña.
Tráeme sólo amor, trae piedad,
Y si tal crueldad
En estas partes se usa,
Que no me valga escusa,
Que no me valgan lágrimas, ni ruegos,
Sombras que os is por estos aires ciegos,
Que ya de mí la mayor parte uvistes,
A fuegos o sossiegos,
Por qué una no queréis, otra quesistes?

No me lo ayáis echado a presunción,
Mas a gran cuita, que me trae, y guía,
D'amor forçado, y de su llama buena,
Si acá de amor conoscimiento avía:
No sé qué ya desto oíme, a tal sazón
Que del gran nombre suyo oyera apena,
Allá suso se suena
El cómo, dónde, y quándo,
Acá baxó llorando
Ceres,[12] acá buscando
Su dulce fija, baxó, que satisfecha
Bolvió (siquiera en parte) desta estrecha
Pena: respire aquí:

Mi mal qué os aprovecha?
Del bien qué os cuesta más el no, qu'el sí?

Al son de las palabras piedosas
D'aquella Lira dulce, y voz divina,
Que de su mano amor todo acordara,
Todo enternece por donde encamina,
Baxaron las sus crines espantosas
Las sus hermanas,[13] blando se le para
Caront,[14] sin vella, o vara
Passó sin remos la barca segura,
De fea catadura,
Por tres bocas uviando el can Cerbero,
Oyendo al dulce, oyendo al lastimero
Llanto, lloró, dexando aquella puerta
(De que era antes portero
Tan duro) por piedad al viento abierta.

Estuvo luego queda aquella rueda
Del Centauro atrevido:[15] las hermanas
Nietas de Bello,[16] ninguna acudió
Al vano officio, quedas las mançanas
De Tántalo, la su agoa estuvo queda,
Su sed, su hambre, todo se aquedó:[17]
El buitre no tragó
De Ticio las entrañas.[18]
Vino a las soterrañas
Casas de Plutó, palacios Reales,
Tañio, cantó, lloró tan bien sus males,
Que Eurídice le fue dada con ley
Que en Reinos infernales
No mire atrás, ansí le plugo al Rey.

Todo promete amor, todo lo espera
Cumplir, pueda, o no pueda, buelve ledo,

Sigue Eurídice callada tras él:
Ora aquel que denantes tanto miedo,
Tanto trabajo por amor venciera,
Burlolo en fin, no se fíe nadie dél:
Boltose a ella, y aquel
Aire escuro abraçando,
En vano suspirando,
La sigue que esvanece, amor ingrato
Juega estos juegos: no puede el contrato
Real quebrarse, no su ley firmada:
Dize de rato en rato,
Quánto fuera mejor nunca aver nada.

Echado de allá dentro, ante las puertas
De firmes diamantes, luengamente
Maldixo aquellas cuevas, y altos muros
La vihuela hechó lexos impaciente,
Y mil vezes llamó sombras inciertas,
Y aquellos dioses mil vezes escuros,
Los dones mal seguros,
Por demás alcançados,
En Reinos nunca usados
(Dezía) ni a merced, ni a piedad,
Sabéis quál es firmeza, y quál verdad,
Veer bien con qué intención otr[o] os offende:
Amor y humanidad
Quál es tanto cruel que tal defiende?»

Assí cantava Diego, y no pudiendo
Con la gran cuita, que a desora crece,
A mil remedios vanos se acogía.
Olvida la sampoña, y no s'estrece,
Que no viesse visiones, eis corriendo
Va como furioso a la porfía,
Miéntele toda espía,

Nunca cuenta concluye,
Del campo a casa huye,
De casa fuye por los campos llanos,
Tomados tantas vezes a las manos,
Mis engaños (dezía) o qué s'es esto?
Conózcoos por vanos,
Y bolveisme a burlar luego tan presto?

Bien veo que los Dioses offendidos,
De mí se vengan como a ellos plaze,
No midiendo la pena con el yerro,
Yo qué puedo ende hazer? El alma yaze
Como por muerta: yazen los sentidos
Cargados d'este amor como de hierro,
A las sabiendas yerro,
No lo puedo emendar,
Ya fuera de passar
Quanto mal entre día se me offrece,
Mas ido el sol, que todo se escurece,
Forçado de irme a casa, y triste al lecho,
Qué buelta se recrece!
Qué sobresaltos van dentro en mi pecho!

Los mis ojos gran tiempo ha que pusieron
El buen sueño en degredo, y si ende llega,
De fuera lexos, el reposo dexa,
Vase bolando por la noche ciega,
En su lugar visiones sucedieron,
Todas de miedo, que mucho me aquexa,
El alma se me alexa,
A muy grandes jornadas,
Serán presto acabadas,
Estas pendencias vanas: los pastores
Dirán que fue locura, otros que amores,
Contarán otros que fue assombramiento,

Y si ay males peores,
Harán cuentos de mí triste sin cuento.

Quántos votos se hizieron, y qué ayunos,
Qué devociones tan exprimentadas,
Quántos cuerpos de cera s'offrecieron,
Quántos de tierra en las encruzijadas:
Mas los Dioses a ruegos importunos
Hazia otra parte se bolvieron.
Qué alturas no subieron?
De montes sin caminos?
Los rhitmances divinos
Cantando, do la nieve el suelo esmalta,
Quiçá pensando en parte tan alta
Serén oídas mejor las sus prezes:
Pero la suerte es falta,
Esperança no falta,
Mas falta lo esperado muchas vezes.

Como un pino alto al monte combatido
Del impetuoso viento en la tormenta
A quantos que lo veen pon'en recelo,
Los truenos amenazan, llueve y venta,
Va cresciendo el pavor con el ruido,
Por el feo aire van ramas a buelo,
Hasta tanto qu'el cielo
Se abre en llama ardiendo,
Entre viendo y no viendo,
El fiero rayo en sus bueltas desciende,
A aquel postrero mal quién se defiende?
Queda un tronco quemado, un cuento breve,
A quien passa por ende,
O busca allí quiçá qué a casa lleve.

Los males que passando el tiempo cura
Como veemos qu'él haze, pues que va

A tal priessa (dezía) no son males,
Éste sí, que éste es mal, que ansí se está
Aquí d'espacio, y del tiempo no cura,
Un tan cierto remedio a los mortales:
Y si las inmortales
Almas de acá partidas,
Del todo escaecidas
Se van de quanto vieron por baldío:
Todavía este amor, este mal mío,
Do quiera que yo d'aquí sea llevado,
El soterraño río
D'olvido passará junto a mi lado.

Y si lo que esta tierra no fue digna
Tener más luengamente, anda cantando,
Fuera d'este aire gruesso, escuro, amaro,
Por otras sus riberas passeando,
Que digan con la tal beldad divina,
Qué m'estoy aquí más? A qué me paro?
Sin buscar aquel claro
Aire qu'ella esclarece,
Donde nunca aparece
Un'hora escura, y siempre el claro día:
Ella me fuesse la mi buena guía
D'aquí partiendo, que siquiera vea
Que en fin le amanescía
Después de tanta noche escura y fea.

Fueron oídos como uvios estraños
Por el callado de las luengas noches,
Qu'el sueño por gran rato afuyentaron,
Fueron vistas visiones de sonoches,
Que espantados los niños tiernos de años
A pechos de sus madres se apretaron,
Alto día bolaron

Las aves enemigas
De luz, con sus cantigas
Poco agradables, antes alaridos,
En las manadas bueyes davan bramidos,
Qu'era una piedad vello, y oíllo,
Bavados y transidos,
Desd'el toro mayor, hasta el novillo.

Los gruessos campos sembrados de trigo
Candial hermoso, davan vana avena,
Y joyo, que la gente embovecía,
O que mucho sembrasse, o mucho, apena
(La fama que no muere m'es testigo)
Con la simiente nunca respondía:
Alçávase y ponía
El sol sin claridad,
Temiose aquella edad
D'una noche sin fin, o al menos luenga,
Quién queréis por seguro que se tenga?
Entre tantos de males de contino?
Llevado assí a la luenga,
Al fin determinado el hado vino.

Vete buen Diego en paz, que en esta tierra
Si ay plazer oy, no dura hasta mañana,
Y dura mucho quando te desplaze,
Agora ya no vees la sombra vana,
Que tanto aquí te fizo luenga guerra,
Ardiendo el pecho que ora frío yaze,
Lo que los satisfaze
A tus más claros ojos,
No son vanos antojos
Que veas, y no veas juntamente:
Mas siempre la paz buena allí se siente:
Cierto contentamiento te acompaña,

No tanto de accidente[19]
De quantos van por esta tierra estraña.

El acontecimiento doloroso
Sabido en los lugares convezinos,
Ayuntó luego gente a nuevo llanto,
Y nuevas alabanças: los caminos
Eran llenos de madres sin reposo,
Temiendo de sus hijos, que aman tanto:
A todos causa espanto,
Que lo han visto y oído,
Un mal no conoscido,
Un mal que nunca viose entre los males,
Dizen como pasmados los zagales,
Diego es muerto, divinos consejos!
Si vanse ansí los tales,
Qué será de nosotros zagalejos?

Avíanse ende erguido, que dixeras
Qu'era un gran monte: avían cubierto
De rama escura todo al derredor,
Teas de pino ardían sin concierto
Por essos campos, no claras lumbreras,
Señal a todos del común dolor.
Passado aquel furor,
Des que plañido assaz,
Un poco estando en paz,
Diosele fuego al monte de la cumbre,
Ardiendo baxa aquella pesadumbre,
Levántanse alaridos desiguales,
Dixo uno por costumbre
A las cenizas palabras finales.

Después cogidas ellas luego allí,
En alto las pusieron, puson más
La çampoña y cayado: puson luego

La honda que dexava el viento atrás,
Y todo junto, un verso dixo ansí:
*Despojos ante tiempo del buen Diego.*
Ya que esto uvo sossiego,
Porfiaron pastores
A cantar sus loores,
D'Amor y muerte, plasmando tal saña,
Mandó los sus ingenios toda España:
Colgáronse Epitaphios diversos;
D'acá desta montaña
Vino un pastor, tañió, puso estos versos.

EPITAPHIO

Buen Diego, el tu enemigo a las postreras
Tus honras vino (Amor) ende quemó
El arco, y las sus flechas lastimeras:
Lloroso y desarmado se partió,
Secáronse laureles y las eras,
El ganado a pacer no se baxó,
Todos dieron señal de su tristura,
Los hombres esta negra sepultura.

A EL-REY

Señor, el ya cantado duro acierto
De Diego (luengamente allí plañido),
Lloró la Nimpha Neiva, y Nimpha Lima,
Ésta llamada el agua del olvido.
Estotra del comienço hasta su puerto,
Do se entra por la mar de mucha estima,
La fama por encima
De montes y de ríos,
A estraños señoríos,
Boló el caso, contando sin sossiego.
Ora del claro Munda, y del Diego
El su Lusillo erguido allí cercano,

Mudó el nombre al Mondego,
Que parte el vuestro Reino Lusitano.

Por nueva prueva del antiguo cuento,
Que mi flaca Thalía os ha cantado,
Conservolo Coímbra en su pendón,
Como oy cad'año al aire desplegado
La Nimpha en forma d'un encantamento,
Que la guarda[n] un drago, y un león;
Y por justo blasón,
(Pues qu'el Reino pregona
Qu'es allí su corona)
A la Nimpha, corona fue añadida,
Que hermosa va por el agua metida,
Quanto mano pintar la pudo hermosa;
Pero como offendida
Turbada toda, y toda desdeñosa.

Otros dan tal pintura a la Donzella
Que dio nombre a los montes Pyreneos,[20]
De Hércules con amor despedaçada,
El cuerpo de las fieras, de deseos
El alma, mientras sola se querella,
Y que buscándolo a él no teme nada.
Otros a aquella hadada,
Que fue medio Serpiente,
Y que él contra Oriente
De sí encinta dexó, dexole un vaso
Porque bevía, en fin quál fuesse el caso
Vos lo sabéis, a quien nada escaece,
(Musas del gran Parnaso)
A nos el tiempo todo lo escurece.

## ALEXO

*epístola dedicatória a António Pereira, senhor de Basto*[1]

Estas nuestras zampoñas las primeras,
Que por aquí cantaran bien, o mal,
Como pudieran Rimas estrangeras,
Envíalas el nuestro mayoral
Que a ver os vengan, en todas maneras,
Que a más de ser el día festival,
Supo por ser venido el mayor hijo,
Que anda toda esta casa en regozijo.

Tenéis mil bienes en que os emplear,
No andéis tan pesaroso en vuestros daños,
Que el vado es alto, y ciego de pasar,
Tratad vuestros pesares con engaños.
Bolvió quien vuestra casa ha de heredar
Tan grande capitán en tiernos años,
Los Turcos vencedores por el mundo
Peleando venció el hijo segundo.[2]

Del qual caso espantoso dicho sea
Solamente de una Ave que iva a vuelo,
Acá, y allá por la mortal pelea
Sin tener de algún mal, algún recelo,
No siendo nunca vista tal relea
Todo Agua, todo Fuego, todo Cielo,
Seas pues bien venido hermoso agüero
Buelvan nuestros milagros de primero.

El más mozo que está como en el nido
Antes de tiempo ser sus alas prueva,

Con el deseo grande en alto erguido,
Que apenas le tenéis que no se mueva,
De dentro quanto así está cumplido,
Pero de fuera aún la pluma es nueva,
Esto todos lo ven, que no son cuentos,
Abrid el pecho pues a los contentos.

Un rayo que deciende en sus desvíos
Hiere los altos (que la baja gente,
No tiene cuenta) dize éstos son míos,
Y luego el primer trueno que arrebiente.
Dejad los charcos turbios llovedíos,
Beved de pechos en la pura fuente,
Poned la confianza toda en Dios,
Lo que ha de hazer el tiempo, haze[dl]o vos.

Entrarse ha aquí un zagal muerto d'amores,
Sin que él lo sepa bien, mas no os turbéis
Que a más ha sucedido que a pastores,
Nunca de Amor, ni con Amor burléis.
Quando no lo pensáis se alza a mayores
Desobligado de todas las leys,
No hay caso tan dudoso, é incerto a ser
Que ayudado de Amor no se haga crer.

## Alexo

*Égloga en que hablan los siguientes pastores*
*Alexo*, zagal; *Sancho*, viejo;
*Nimpha de la fuente*; *Juan*, pastor;
*Antón*, *Turibio y Pelayo*, pastores.

ALEXO
Yo vengo como pasmado,
Y no sé lo que me diga,
Que mi coraçón litiga

Entre cuidado y cuidado.
Válasme Dios, qué pecado
Pudo ser mío tamaño,
Yo no soy quien me era, antaño
Han me como barajado.

Días ha que no me entiendo,
No percundo este mal mío,
Al Sol moriendo de frío,
A la sombra en fuego ardiendo.
En ninguna parte atiendo,
No sé dar con lo que fuesse,
Como si d'otro fuyesse
Ansí de mí voy fuyendo.

Heme aborrecido el hato,
Los apriscos, y majadas,
Ando tras unos nonadas,
Que no sé qué ende me cato;
Qué buena ganancia y trato,
Suspirar noches y días,
Vanas esperanças mías,
Que me engañan cada rato.

Quiçá de los mis cabellos
Debaxo del mi portal
Me los pusieron, por tal
Que huviesse a passar por ellos,
Y embolverme hian con ellos
Del pan de los mis bocados,
O passé sobre finados,
No hize oración por ellos.

Si a caso de tal dolor
(Que en buen juizio no cabe)
La benzedera que sabe

Lo quellotrará mejor?
Ando como al derredor
No sé qué se me afigura,
Quiçá puede ser locura,
Quiçá puede ser amor.

Soncas si fue assombramiento
De los cuerpos fuidizos,
O me dieron bevedizos
Con que voy beviendo el viento:
No sé, pero mal me siento
De quando esposó Guiomar,
Que dixe aquel mi cantar
Buelve acá pastor sin tiento.

Mas por que assí me acordé
De aquel día de plazer,
Quiero a cantallo bolver,
Quiçá que descansaré.
Días ha que no canté,
Con el coraçón no puedo,
E[n]tonces cantara ledo
Ora cómo cantaré?

Buelve acá pastor sin tiento,
Buelve a qué corriendo vas?
No te engañe el pensamiento,
Si no que te perderás.
Por qué ansí te acucias, di?
Las mentes enagenadas,
Cata que a pocas passadas
No avrá memoria de ti.

Buelve, buelve, ah perdimiento,
Que si no buelves atrás

Sólo en veer tu atrevimiento
De miedo te morirás.

Aún e[n]tonces yo era sano,
Era (me acuerdo) por Mayo,
Luché, corrí, como un rayo,
Iva contento y loçano.
Después me vino un affano,
Que a pocas muerto me tiene
Dizen qu'el mal se nos viene
Como de suyo a la mano.

Ay qué locura he pensado,
Quánto aquel yerro me plugo,
Agora ya atado al yugo
Tirar, no saltar al prado.
Qué buena fuente he hallado,
Qué sabrosa, fría, y fresca,
Puede ser que me adormesca
A la sombra aquí abrigado.[3]

SANCHO VIEJO
En vano el viejo affanó
Soncas lo que me parece,
Que el mi moço no aparece.
Antes desapareció,
Quantas vezes que esto he hecho.
Sin provecho,
Aquí vaa, por allí vaa,
Ya cansado sin provecho,
Otro lo vido acullá.

Juntamente con el hijo
Te nascen muchos enojos,
No nos dexa abrir los ojos
Uno y otro regozijo,

Qué descanso me fue dado,
Ochenta años quando menos,
Mal con hijos que he engendrado,
Mal con los hijos ajenos.

Un lunes por suerte estraña
(Aún no me dexa aquel día)
De la noche me acogía,
Por el pie de la montaña,
Ende de una brava breña
Çahareña
Una cabra que perdiera,
Por el hueco de una peña
Vide que se me acogiera.

Fuíme allá, vi que plañía
Un niño tierno más dentro,
Por do tras mi cabra entro
Que contra sí me fue guía
Qué más me avía de estar?
Sino entrar,
Como iva por veer lo que era,
No pude allá divisar,
Saquelo en los braços fuera.

Cierto que es cosa devida
Tener al ganado amor,
Y que aventure el pastor
Por él mil vezes la vida,
Que el su buen entendimiento
Es sin cuento,
Passa así, y es caso estraño,
Tras mí la mi cabra siento
Recelosa de más daño.

Vilo embuelto en tales paños
Él por cierto érache tal
Que harto allí yazía mal,
Esto ha sus dezisiete años.
Quien del tiempo no se vella,
Cómo buela?
Parece que fue esto ayer,
Dándose como d'espuela
Qué prissa lleva a correr.

Tráxelo a la mi Teresa,
Que podría ser de un mes.
Veislo que anda en quatro pies,
Veislo que se ergue a la mesa,
Luego a mayores alcança,
En criança,
Y en costumbres, y en saber.
Ved de tamaña esperança
Lo que queda al recoger.

Era locura pensar
Sus donaires y los sesos,
Ante tiempo aquellos pesos
En esto van a parar.
Sabía más que el jurado
Bien jurado,
Ayudava a missa al crego,
Aunque éste es mal muy usado
Seres con tu hijo ciego.

Díxome uno que lo vido
Aun agora por aquí,
Qu'es dél? Bien dirán por mí
Perdido tras el perdido.
Ando cansado, y soy viejo,

Qué consejo
Tomaré del mi canino?
Veis el mi perro bermejo,
A la fe tras mí se vino.

Y tú hijo andas huyendo
De mí, de val en collado,
Qué mal camino has tomado,
El porqué yo no lo entiendo.
Sigues antojos livianos,
No los sanos
Consejos del viejo padre,
No se te acuerda d'hermanos,
No la vieja de tu madre.

Hame dicho un escholar
Que sabe de encantar males,
Que siete ríos cabdales
Te conviene de passar.
Y nadar por la laguna
Con la luna
Nueva, y buscar siete fuentes
Perenales, y en cada una
Lavarte y cobrar las mentes.

Ay quien tenga tal sospecha
Ay quien otras? Dicho me han
Muchas, y muchas dirán,
Mas sin ti qué me aprovecha?
La vejez es cierto cosa
Trabajosa,
Niñez sin distinto alguno,
Mocedad tan peligrosa,
Que no escapa de ciento, uno.

Este flaco cuerpo cansa,
De andar, todo me despeo,
Mas puede tanto el deseo,
Que algo el coraçón descansa.
Quiero dar buelta al lugar,
Quiero dar
Bozes, si por aquí fuere,
Todo lo quiero provar,
Antes que me desespere.

Ay, Alexo, ay, hijo Alexo,
Quiçá si de mí te escondes,
Dime, qué no me respondes
Que por ti todo atrás dexo?
Alexo, aquel viejo loco,
A que tan poco
De consejo, y vida queda,
Pues ando cansado y ronco,
Que no sé cómo más pueda.

LA NIMPHA DE LA FUENTE
Duerme el hermoso Donzel
No zagal, no pastor, no,
Mientras al sueño se dio,
Mi alma diósele a él.
El sol es alto, y con él
Del día es ido buen trecho,
No sé qué de mím se es hecho,
Será lo que fuere d'él.

Loca de mí que a mirar
Me puse, y dixe, tal viendo,
Quien tanto aplaze dormiendo,
Despierto qué es de pensar?
Quíseme luego apartar,

No sé quién me buelve aquí,
Quán tarde que lo entendí,
Qué peligro es començar.

Mientras pensando esmagino
(Sin examinallo primero)
Amor cruel consegero,
Con sus razones me vino:
Monstrándome aquel camino,
Alto, y quíssome dezir,
El donzel se querrá ir
Luego que cobre su tino.

Pero mi fuente encanté,
Mas quando me la encantava,
Quien las palabras guiava
(Él me es testigo) amor fue,
Agora que más pensé
Fue la mi cuita mortal,
Pudiera sufrir mi mal?
El suyo cómo podré.

Y quando el mío quiçá
No pudiera sufrir yo,
Pagara aquí el que pecó,
Que la razón assí va.
Quál otra alguna valdrá
Que me quite desta culpa?
Su beldad no me disculpa,
Ante más culpa me da.

Ora los ojos, dexéis
Pagar a amor su tributo,
No quede aquí nada enxuto
Llorad, que gelo devéis.
Aves que os assí sabéis

Quiçá quexando aliviar,
Mientras me entiendo quexar,
Ruégovos que me acompañéis.

D'Amor bien dizen que es ciego,
Niño, liviano, y cruel,
Si en mi fuente encendió fuego,
Quién podrá valerse d'él?

Poderoso amor altivo
Quién razón darme sabría
Si mi vida era agoa fria,
Cómo agora en fuego bivo?
Sordo en todo, en todo ciego,
Todo brevajes de hiel,
Todo guerra a sangre y fuego,
Tal es él, tal dizen d'él.

ALEXO
He dormido, ora qué atiendo?
Quiero passar la montaña,
Quiçá que en la parte estraña
Me estará el bien atendiendo:
Eya, que a Dios me encomiendo,
Que en esta tierra zagal
Días ha que te va mal,
Mal despierto, y mal durmiendo.

Yo soñava que me fuera
Por unas cerradas breñas,
De una parte y de otra, peñas,
Que nunca el Sol descubriera,
No viendo vía o manera
De esperança en parte alguna,
Quexoso de la fortuna
En lloros me deshiziera.

Entretanto que me quexo
La sola muerte esperando,
Oía de quando en quando
A gritos llamar Alexo,
Si es quiçá que si me alexo
Daquí, que me irá mejor?
En aventura de amor
Y cortesía lo dexo.

Semejava ciertamente
La boz del buen viejo mío,
Abaxo espumava un río
Que nunca sofriera puente.
Veía la muerte presente,
En tan fiera angustia puesto,
Desperteme, y fuy de presto
Fuera daquel accidente.

Mi fe sea lo que fuere,
Mal parece, y mal será
El coraçón me lo da
Haga Dios lo que quisiere
Huertemente me requiere
Soledad grande y deseo
De quanto desd'aquí veo
Sufriré lo que podiere.

La voluntad se me encierra
No es tiempo de más consejos,
Adiós mi tierra, y mis viejos
Gran mal de vos me destierra.
Si yo moriere en otra tierra
Aquí los huessos me trayan,
Qué mundos piensas que vayan
Allá tras aquella sierra?

No ca[b]e tiempo perder
Más del perdido, que es mengua
Palabras vanas la lengua,
Los ojos a aguas correr.
Lo que se ha de acometer,
Para qué es más dilatar?
De los viejos es dubdar,
De los zagales hazer.

Matarme he la sed de nuevo,
Y gran secura que tengo
Con qué cuita ora a ti vengo,
Fuente qué en mi alma llevo.
Si a bever tanto me atrevo,
Quando verné por aquí
Que beva más ledo en ti
De lo que agora en ti bevo!

Ya encantado.
No veo al bosque salida,
La vista se me esvanece
Por toda parte escurece,
Mal se ordena esta partida,
A la fe, que se me olvida,
Soncas quería dezir
Yo era él para huir,
Vos no pera ser huida.

*Antón y Juan Pastor*

ANTÓN
Suspirado has compañero[?]

JUAN PASTOR
No sé cómo no llorava,
Sabes por qué suspirava?

Porque aquí cantó Ribero,[4]
Aquí nuestro amo escuchava,
Rodeávanlo pastores,
Colgados de la su boca,
Cantando él los sus amores,
Gente de firmeza poca,
Que le dio tantos loores,
Y aora gelos apoca.

ANTÓN
Esto falta Juan pastor,
Soncas por qué suspirar?
A qué se pueden alçar
Ya los ojos sin dolor?
Y a qué los puedes baxar
Dónde los pornás enxutos?
Adelante o cara tras?
La tierra niega sus frutos,
El sembrar es por de más,
Los aires andan corrutos,
Los hombres cada vez más.

A la sombra daquel pino
Que a tal dicha se plantó
No lia por mucho no
Que todo el campo vezino
De la su rama assombró,
Vine por Ribero veer
Como otras vezes solía,
(Quán presto fuye el plazer)
Consigo aquí te tenía,
A cantar y a tañer,
Mientras la siesta cahía.

Rebuelvo en el pensamiento
Lo que cantastes estando,

Mi fe fuéseme olvidando,
Del ton me acuerdo y del cuento
En busca del cantar ando.
Ora atinemos al ton,
Amigo que juro a mí
Éste era el tiempo, y sazón,
El lugar este era aquí,
Las palabras de rondón,
Ellas se vernán por sí.

JUAN PASTOR
Porque esse cantar, fue llanto
De Cisne (como se cuenta
En su postrímera afrenta)
Yo te ayudaré, con quanto
Es cantar como en tormenta.
Bien vees que mundos son éstos
Nunca tales fueron creo,
En las mudanças tan prestos
Truécansete a cada oteo.
Vide aquí mil buenos gestos,
Quando miro, uno no veo.

Mas las quexas adeparte,
A lo que mandas vengamos,
El cantar que aquí cantamos
Fue (sabes) d'estraña parte,
Donde anduvimos entramos.
Yo le llevava el descante,
Él se entonava primero,
Con el su triste semblante
Al modo y son estrangero,
Ya, ya, ya, voyme adelante
Como si fuesse Ribero.

ANTÓN

Amor burlando va, muerto me dexa,
Tiene de qué por cierto, a su merced
(Como de señor) vine, agora ved
Quánta de razón tengo en la mi quexa;
Cada hora más se alexa,
De mí mucho cruel, quién me desmiente?
Ah que lo saben todos, quien ganó
El precio de la lucha, ésse perdió,
Enemigo señor que tal consiente.

JUAN PASTOR

Enemigo señor que tam consiente,
Mas antes favorece tal maldad,
Todo se rige por la voluntad,
Y si esto fue alguna hora, es al presente
Un pastor inocente
La çampoña tañía en regla estrecha,
Del cierto y buen tañer, y assí cantava,
Plugo más un zagal que alto silvava,
Ved razón ante amor de que aprovecha.

ANTÓN

Ved razón ante amor de qué aprovecha,
Moçuelo, antojadizo, voluntario,
Al mayor servidor mayor contrario,
Bolando acá y allá, siempre en sospecha,
Uno porque coecha,
Otro por atrevido y mal criado,
Otro por no sé qué mejor atina,
Quien lo piensa, enloquece y se esmagina,
Sin ventura; qué hará quien lo ha provado?

JUAN PASTOR

Sin ventura qué hará quien lo ha provado.
Y lo prueva cada hora (estraña suerte),

Puede aver quien assí corra a la muerte,
D'otro cuidoso, de sí descuidado?
Amor cruel te ha dado
(Zagala hermosa pero fementida)
Enteramente todos sus poderes,
Más ingrata muger de las mugeres,
Quien el alma llevó lleve la vida.

ANTÓN
Dime zagala, y cómo puedes ver
El Sol en paz en quién juraste, y estrellas?
De día viendo e él, de noche a ellas?
Cómo puedes dormir? Cómo comer?
Qué piensas, al tremer
De tierra, como ogaño, si arde el Cielo?
Piensas que es burla? O qué? No pienses tal
Que si fue vano un rayo, otro hizo mal,
Y donde él no cayó, caye el recelo.

JUAN PASTOR
Aquellos ojos tuyos que al passar
No sé lo que callando me dezían
Aquellos falsos, que esta alma embaían
Un tiempo a mi plazer, otro a pesar,
El dulce murmurar
Con la tu compañía, y de color
Mil vezes trastrocarte en un momento,
Todo soltaste, olvidadiza al viento,
Y bives, muero yo, súfrelo amor.

ANTÓN
Hasta quándo seré tan loco yo? Hasta
Quándo tan sin juizio? Y sin sentido?
El tiempo y la razón piden olvido?
Amor solo no quiere, sólo él basta.
Quién assí me contrasta,

Que viendo claramente lo más cierto,
Tomo el camino aviesso, y ésse sigo,
También oídos cerrando al castigo,
Con mis cuidados vanos de concierto.

JUAN PASTOR
Mas dexadas un poco las peleas
Dime, quál señor fue nunca tan bravo
Que tal dixesse? En fin eres mi esclavo
Yo no soy tu señor, ni sé quién seas:
A palabras tan feas
Te trae el tu rancor? Sobervia es ésta,
Que se pueda sufrir en dicho o en hecho?
A qué somos venidos! Tiempo estrecho.
Assaz bastará el mal sin la respuesta.

ANTÓN
Quando luego te vi, vite piadosa
Después por te querer, por te adorar,
Súbitamente te sentí mudar,
Qué es esto? Es bien querer tan mala cosa?
Ay vida dolorosa,
Ora se vaya el carro ante los buyes,
Los peces a pascer los montes vayan,
Los ganados cubiertos d'agua vayan,
Oído avía amor destas tus leyes.

JUAN PASTOR
No siguió Ribero más,
Antes (como era cuidoso)
Estuvo un rato en reposo
Pienso que te acordarás.
Hablava a tiempo y lugar,
Pero d'espacio,
Ay buen pastor, si al palacio
No te dexaras caçar.

TURIBIO

No es mucho quien tan bien supo
Negociar, jure a diez
Si ganasse d'esta vez,
Que la mi parte me cupo.
Dígoos que assí me estuviera
Todavía,
Hasta que passado el día,
La noche nos despartiera.

Síguios desde ha buen cacho,
Que os vi venir passeando,
Vengo tras vos assechando,
Dexé el ganado al mochacho
Luego entre mí lo pensé
Estos que van
Solos, quiçá cantarán,
O si tal fuesse, y tal fue.

ANTÓN

Turibio vengas en paz
(Todo el bien de nuestra Aldea)
Que en hora buena tal sea,
Llégate ayamos solaz:
Y porque eres verdadero,
Te pregunto,
Cómo paresciote a punto
Nuestro cantar estrangero?

TURIBIO

Antón a dezir verdad,
Pues con ella me esconjuras
Nunca supe hablar a escuras,
Voyme por la claridad.
Quanto a mí no soy más de uno
Quanto a todos,

Dígote que d'estos modos
Se quiere juzgar cada uno.

Qu'es menester más palabras,
Una vez me fuera en villa
Diéronme ende una escudilla,
De unos como pies de cabras:
Yo no podía comellos,
Mas después
Comí uno y dos, y tres,
Comí las manos tras ellos.

ANTÓN
A ti en todo se te entiende,
Que has hecho d'ello mil pruevas
Empero las cosas nuevas
Alaban todos por ende.

TURIBIO
Sí, mas con tu paz concluyo,
Que no luego,
Primero se assopla el fuego,
Él después arde de suyo.

JUAN PASTOR
Contrariar a las costumbres
Es nadar contra la vena,
Aunque tengas grande lena
Forçado es que te deslumbres:
Y más en tierra a do tanto
Embidia vale,
Si alguno del hilo sale
Encomiéndese a buen santo.

ANTÓN
Ora el murmurar dexemos,
Que es mal que mucho se apega,

De cantar también te plega,
Bien o mal, cantado avemos.

JUAN PASTOR
No aya aquí más rodeos
Que también
Sabemos que cantas bien,
No nos mates a deseos.

TURIBIO
No lo digo porque quiera
Más palabras, ni más ruegos,
Mas porque ardo entre dos fuegos
Que mucho escutar quisiera.
No cantar criança es mala,
Y cantar mal,
Él se lo dize que es mal,
Vuestra mesura me vala.

Aunque a mucho me atrevo
Cantando, si a cantar he
Delante de vos, de qué?
Si no de amor puedo y devo?
Amor que este piensamiento
Rige y manda,
Quál diré? Amor en que anda?
No, mas la De mi tormento.

De mi tormento vencido
Lo que sé, lo que no sé
Quanto mandardes diré.

Pero pensad si después,
Digo lo que ni pensara,
Esta crueldad es clara,
Que os saldrá mucho al revés.

Andáis a saber lo que es,
D'essa manera a la fe
Sabréis lo que nunca fue.

En pena que a tanto obliga
Que no me dexa, ni avaga
Haré, qué mandáis que haga?
Diré, qué mandáis que diga?
Lo que se siguiere siga,
Que en tal tormento a la fe
Lo que me digo no sé.

ANTÓN
No te quiero dar loores,
Turibio, ni dezir más,
Sino que con tus amores,
De amores muertos nos has.
Yo hablo como lo entiendo
Hable el maestro.

JUAN PASTOR
Si callando no lo muestro,
Mal lo mostraré diziendo.

ANTÓN
Antes que se esfríe, presto
Gelo digo assí delante,
Helo de forçar que cante
Más, y ser villano en esto,
Ayúdame ora a rogallo,
Juan te ruego,
Y si no nos basta el ruego
Ayúdame ora a forçallo.

JUAN PASTOR
Por los sus cantares buenos,
De que nasce este deseo

Si porfío y si peleo
Viene a ser la culpa menos.

TURIBIO
Fuerça es ésta todavía,
Soy tomado,
Bastara el vuestro mandado
Quánto más tal cortesía.

Mientras tanto a los mis ojos
Me obligo, y doyme al cuidado
Ved amor quál me ha parado.

Para qué es más? Yo soy muerto
No pensé que era el mal tanto,
Hanme traído en concierto
Soltose todo en más llanto,
Descuideme algo, entretanto
Que amor me vio descuidado
Vio tiempo, y tuvo cuidado.

Hanme trastornado el pecho,
Sin dexar cosa en su ser,
[Es suyo, puédenlo hazer,]
Mas gran crueldad han fecho.
Yo, ansí de qué aprovecho?
Cruelmente lo han pensado,
Que mejor fuera acabado.

JUAN PASTOR
Si muchos tales pastores
Llevassen nuestras montañas,
No se irían los loores
Todos a tierras estrañas.
Y aunque allá los merecían
Bien, y bien,

Pero por acá también
Algunos nos dexarían.

Quántos buenos naturales
Ay por aquí, si aprendiessen?
Mas delicados zagales
En plazeres se enternecen,
A trabajos cuerpo tierno
Se desnuda,
En verano quando suda,
Quando tiembla en el invierno.

A risa, ya que no digo al,
No sé cómo defenderme,
Que se quiere hazer igual.
El que duerme, al que no duerme.
Y después ansí dormiente
Qual se yaze,
Dezir, Esto no me plaze,
Le es razón muy sufficiente.

ANTÓN
Es lo que dizes sin falla,
Cada uno allá se lo vea,
Pero Turibio aunque calla
Dios sabe lo que dessea.
De cantares estrangeros
Gran sed muestra,
Sería esta deuda nuestra
Pagalla, y más sin dineros.

JUAN PASTOR
Grande o pequeña que sea,
Toda cosa que él demande
Puede estar seguro, y crea,
Que holgaré d'antes ser grande

Porque querría que fuesse
El cantar bueno,
Diré ora de lo ageno,
Y después quanto él quisiesse

Deseoso de ver tierras
Uve de passar los puertos,
Púseme a las blancas sierras,
Por caminos poco abiertos
Allá que pastores vi
Quán enseñados,
En cantar versos rimados
Qué plazer que ende sentí.

Vino un día un viejo cano,
Combidámoslo a tañer,
Tomó la çampoña en mano.
Tocó, bolviola a poner,
Todos, sobre todos yo
Desseando
Que cantasse porfiando
El buen viejo assí cantó.

Los manjares de amor son coraçones
Beve de nuestros ojos, las sus fuentes
Sabrosas, las músicas y sones,
Son los suspiros de los innocentes,
Que cruelmente trata en sus prisiones,
Todos enagenados de las mentes,
Celos, cuidados, cuitas, desto os da,
Lo que no tiene amor cómo os dará?

No veis que va desnudo? Y que no lleva
Sino con qué haga mal, y bien ninguno?
Fuego, arco, y las sus flechas con que os prueva,
Con todos los tormentos uno a uno.

Vos uno a uno os his, dando la nueva
Que es falso, que es cruel, que es importuno:
Sin que nada aproveche: hombres perdidos,
Ya que ojos no tenéis, tened oídos.

Y tú qué infingimiento es este tuyo?
Un niño (ah qué verguença nuestra) y ciego
Huyes si voy a ti, sigues quando huyo,
Vencedor, y vencido, luego y luego,
Veis que no tiene amor nada de suyo,
Nos los tiros le damos, nos el fuego,
Queréis la su deidad veer tan loada,
Abrid los ojos bien, no veréis nada.

No os pongan miedo sus espantos vanos,
No sus triumphos, que todo esvanece,
Perde[dl]e el miedo, que es cuerpo sin manos,
A quien en campo osado le aparece,
Un engaño común de los humanos
Un como encantamento que enloquece,
Niebla con un assoplo se levanta,
Niño que como a sí, niños espanta.

Cantado que el buen viejo uvo,
Toda aquella nuestra gente
Como personage estuvo,
Yo también por consiguiente.
El viejo licencia toma,
Yo adevino,
Que era pastor peregrino,
Que iva en romería a Roma.

Mas no es bien que esto ansí passe,
Y que de nos sólo Antón quede
Riéndose, si no cantasse,
De lo que él sabe, y que puede,

Si no que nos quexaremos
Al Mayoral,
Mas la çampoña zagal
Tomado ha, bien lo tenemos.

ANTÓN
Avéis tan corteses sido
En quanto se os ha rogado,
Uno, y luego otro después,
Que aunque aya quedar corrido,
Sea antes que descortés.
La mi música aldeana
Qué os dirá?
Dígaos un cantar de acá
Destos de la tierra llana.

Quando tanto alabas Clara
Blas, que a luchar se desnuda,
La triste de la mi cara
Qué fríos sudores suda?

Ora alabas el alvura,
Y dizes del blanco pecho,
Con toda aquella hermosura
Del su cuerpo, alto y derecho.

Quién de tal nunca pensara
(Cruel mi suerte, y sañuda)
Verte contra ti tan clara,
Verte contra mí tan cruda.

Dizes sus madexas de oro,
El mirar manso y suave,
Las fuerças como de un toro,
La ligereza de una ave.

Todo esto te es cosa clara,
Busca a tus ojos ayuda,
La vista tan turbia aclara,
Y verás quien dello dubda.

También de los mis cordojos.
De los mis vascos y fuegos,
Son testigos muchos ojos,
Que lo veen, hasta los ciegos.
Las mudanças de mi cara,
El mi pecho que amenuda,
Los mis secretos declara,
Sola la mi lengua es muda.

Entre dos males tamaños
(Que no sé quál dellos vença),
Grandes fuegos de mis daños,
Grandes de la tu vergüença.
Si del todo me pasmara
(Que era a pasmar sin dubda)
El mal mucho me ayudara
Que en todo me desayuda.

JUAN PASTOR
Mejor es que hombre se calle,
Mas en mi verdad diría,
Que resonava el valle,
Como que te respondía.

TURIBIO
Está rassea, está pareja
A lo estrangero.
Quién viene allá compañero?
El lobo es en la conseja.

PELAYO
Yo vengo fuera de mí
Mis amigos, y no poco,
Que en el bosque un zagal vi
Solo, que parece loco.
Mas porque son muy diversos
Los modos de enloquecer,
En verdad éste a mi veer
Que anda componiendo versos.

JUAN PASTOR
Dalo por mal remediado
Si tal es la su dolencia,
Comerse ha como arraviado,
Sin ninguna paciencia,
Destempladas las sus venas
Que arden, o tiemblan sin medio,
Para todo ay cosas buenas,
Esse mal es sin remedio.

PELAYO
Venid y ved, si dubdáis,
Yo os guiaré por dónde
Callad, que si mucho habláis
Como siente alguien se esconde.
A la fe yo dixe y fize,
Con la mano la frente hiere,
Está como que hablar quiere
Ora escuchemos qué dize.

ALEXO
Engáñame el mal estraño
Pensé cuitado que os veía,
Más bien que no mal sería,
Durasse sólo el engaño.

TURIBIO

O bien de mí, y qué bueno
Mil cosas destas se dexa,
Dezir, quien tan bien se quexa,
No está de sí muy ageno.
No veis con qué ansia suspira?
Qu'hermoso, y qué bien dispuesto,
Veislo allá buelto tan presto
Veislo que buelto acá mira.

ALEXO

A toda parte pensando,
Verte, miro, y no te veo,
Si no muere este deseo,
Morirme he yo deseando.

JUAN PASTOR

Según suenan las palabras,
Yo os digo deste mochacho,
Dale amor (parece) empacho,
Y él no guarda aquí otras cabras,
Amor cruel, y no tal
Como él de falso se nombra,
No lo dexa a sol, ni a sombra,
Haze (como suele), mal.

ALEXO

El mi coraçón mal sano
Fuéseme, no sé tras quién,
Esso se buscan también
Los ojos tristes en vano.

ANTÓN

Yo no sé qué desto crea,
Mas con el mi saber poco,

Nunca por nunca vi loco
Que enamorado no sea.

ALEXO
Aquel gran golpe por medio
Qu'el mi pecho tierno abrió,
A quantos males me dio
No me dio sólo un remedio.

TURIBIO
Cata, cata Juan pastor
Aotas bien lo entendiste,
Viéndolo luego dixiste
Que el su mal era de amor.

ALEXO
Por el bosque tan sombrío,
Por puertos tan mal seguros,
Entre enemigos tan duros,
Qué descuido es este mío?

JUAN PASTOR
Si ya la vista no se embrusca,
Fuime alçando el sobrecejo
Y éste es el hijo qu'el viejo
Sancho nuestro ha días busca.

ALEXO
Que la mi alma se vea
En tal aprieto y fatiga?
Pues la ventura enemiga,
Pues amor quiere, assí sea.

ANTÓN
Habló contigo, o con quién,
Juan no vees que este zagal

Assí se quexa del mal,
Soncas que parece bien?

TURIBIO
Ah nora mala ésta sea,
Quién lo puede veer sin duelo?
Que no avía aquí moçuelo
Tan sesudo[5] en toda Aldea.

JUAN PASTOR
Moço para dar consejo
No es cosa de mucha tura,
Más assiento haze locura
En la cabeça del viejo.

PELAYO
Vamos su padre a llamar

JUAN PASTOR
Antes carillo te ruego
Vamos a buscar un crego,
Que lo venga a esconjurar

PELAYO
No es tiempo de otra respuesta,
Son que a la fuente te espero.
Ansí corres compañero,
Como que va sobre apuesta.

JUAN PASTOR
Éstos a qué van corriendo
Tan a prissa y tal porfía?

ANTÓN
Corren a la fuente fría
Yo ardo de sed en la viendo.

JUAN PASTOR
Todos nos vamos allá
Que nunca tuve tal sed,
Si no la mato sabed
Que ella a mí me matará.

Encantados, dizen:

Viste jurar Violante
Viste que fue por demás?

ANTÓN
Cómo quiés pastor que cante?
O ríos corred atrás,
Y montes id adelante.

JUAN PASTOR
El bosque arde al derredor
Tira amor tiros a pares
Piedad, o piedad, señor,
Quando más crueldad pensares
Miémbrate que eres Amor.

PELAYO
Por estos buenos abrigos
Ay qué zagala Clarença,
Sean los ojos testigos,
Reine amor, y biva, y vença,
Y mueran sus enemigos.

JUAN PASTOR
Fuerte ceguedad humana,
Que nos a todos destruye,
Vedes que es incierta y vana,
Vedes que la vida fuye,
Andaisos d'hoy en mañana?

# BASTO

*a Nuno Álvares Pereira*[1]

Pelas ribeiras duns rios
(Como dizem os cantares)
E pelos bosques sombrios,
Dando lugar aos pesares,
Ouvi meus contos baldios.
E porque m'eu também afasto
Do povo[2] que me não reja,[3]
Ou trás si me leve a rasto,
Vede em que do tempo gasto
Também, o que me sobeja.

Enquanto um joga, outro caça
Outro dorme, outro trasfega,[4]
Tantos murmuram na praça,
Outro quanto afirma ou nega,
Com juras tudo embaraça.
De si tanto outro se preza,[5]
Que só cuida que ench'as festas,
Outro pelas ruas reza.
Falemos com a natureza,
Andando pelas florestas.

Grande sinal de saúde
É ter tudo à parte posto,
Olhos somente à virtude,
Ledo,[6] ou triste um mesmo rosto
Que não há quem vo-lo mude.
Sabeis sem outra mais troca
Que é ela assi paga igual,
Por isso não vos trastroca[7]

O coração nem a boca,
O bem nem menos o mal.

Por de mais tudo aperfia
C'um peito tão livre e são,
Que tomou tão certa guia,
Daqui nace a presunção.
Cuidam que da fidalguia.
Quem sabe por onde vai
Leva sua conta feita,[8]
Nunca do caminho[9] sai,
Nunca olha a[10] quem diz tomai
À esquerda, ou à direita.

Ambos nos temos à banda
De Gil que aqui vos envio
Por onde a menos gente anda,
Eu porém não aporfio,
Que a cada um seu gosto manda
Não falecem contendores[11]
Seja a razão a que vença,
Estem à parte os favores
Ouvi os vossos Pastores,
Outrem parta a diferença.

BASTO REPRESENTADOR, DE QUEM SE TOMA O NOME

*Pastores:*
*Bieito. Gil.*

BASTO
Como corre e como atura
Quem vai após o seu gosto,[12]
Não sente frio ou quentura,
Mas no suor do seu rosto
Busca às vezes má ventura.
Sem guia[13] e sem esconjuro,[14]

C'os medos se desafia,[15]
Só vai, afouto,[16] e seguro,
De noite polo escuro,
Por montes ermos de dia.

Este apetito que digo
Quem o desse à má maleita,[17]
Que traz mil artes consigo,
Guar-te[18] dele que te espreita,
Por dar d'avesso contigo.[19]
Rosto ao si, e rosto ao não,
A fortuna[20] é feita assi,
Mal a conhece o vilão,[21]
Cuida que a tem na mão,
Ela sorri-se entre si.

Onde quer cho demo[22] jaz
Para haver de embicar[23] nele,
Fui topar c'um mau lobaz,[24]
Dei-me c'os meus cães trás ele
Tive de fadiga assaz.
Eis desparece, eis que assoma
Desfazia-me correndo,
Toma aqui cão, ali toma,
Som[25] caçador fui-me em soma
Assi traspondo e perdendo.[26]

Isto a quem não acontece?
Seja porém na má hora,
O tempo desaparece,
Estão-se rindo os de fora,
A nós não no-lo parece.
A correr e dar à choca[27]
Este desafia mil,
Aqueloutro vende e troca,

Outro traz graças[28] na boca,
Doutro chia[29] o Arrabil.[30]

Cuida que as namora todas,
Não sei quem ch'é[31] por fermoso,
Vai-se às festas, vai-se às bodas,
Tenho-me eu c'o dadivoso,[32]
Qu'unta o carro, andam as rodas[33]
Grandes cousas Cap'em colo
Conta (se elas assi são)
Que me dão volta ao miolo.[34]
Devem-me de ter por tolo
E eu a eles por que não?

Como lontra, jaz no rio
Um, e o seu gado mal passa[35]
Ele pesca, ora c'o fio,
Ora cana, e ora nassa,
Outro que anda sempre em cio.
Daqueloutro a esposa crama,[36]
Vê-se desejosa e nova,
Dando voltas pola cama,
Ele por neve e por lama
Corre c'os seus cães à prova.

Vai[37] assi já há muitos dias
Que não volve atrás ninguém,
Bebemos das bem-querias,[38]
Que cada um consigo tem,
Damos dessas razões frias.[39]
O bom Gil sendo mais moço
Muita da terra correra,[40]
Passa um, passa outro alvoroço,
O seu fardel ao pescoço
Por bom parceiro escolhera.

Ora ele assi pastor sendo,
Se primeiro estava mal,
Foi apalpando, foi vendo,[41]
Antre nós che[42] era outro tal,
Também se foi delambendo.[43]
Ũa vez lama, outra poo[44]
Sempre te achas achacado,[45]
Inda deu mais outro voo[46]
Por melhor houve andar soo,[47]
Que assi mal acompanhado.[48]

Era grande amigo seu
Bieito, e vendo a tal mania,
Consigo um dia la deu,[49]
Tiveram grande porfia,[50]
Um rezões deu, outro deu.
Não há quem se não defenda
A pareceres[51] alheos,
Antes mais que das que emenda,
Contar vos hei da contenda
Sem meter verbas[52] nos meos.

BIEITO
Que é isto Gil, que andas triste
Despois que entrou este abril?
Não sei que demo te viste,
Que tu não pareces Gil,
Amigo onde te sumiste?
Ulo[53] aquele grande amigo,
De limpos bofes lavados?[54]
Daquele bom tempo antigo.
Que assi falava contigo,
Tu comigo os teus cuidados?

Assi tão só te vieste[55]
Forte burrão[56] foi o teu,

Tanto d'amigo[57] esqueceste
Como aqui tinhas de teu,
Nem a mim não mo disseste.
Ora di-me se te apraz,
Despois de tanto Sol posto
Tal inchaço inda em ti jaz?
Arrenega[58] o mal que traz
Sempre à memória mau rosto.[59]

Tu olhas-me de través
Parece que a mal o tomas,
Mas se Gil tu inda este és,
Não hei medo que me comas,[60]
Por anojado[61] que estés.
Posto que por mau acerto
Fezestes forte mudança,
Já tanto to não referto:[62]
Mas de um amigo tão certo
Deverás ter mais lembrança.

Muitas vezes esmagino[63]
(Gil amigo, em ti cuidando)
Na tua brandura, e ensino,[64]
Que falarias estando
Duas horas c'um menino.
Ora olha bem o que fais,[65]
Tinhas tantos de bons modos
C'os iguais, e não iguais,
Quando estavas bem c'os mais,
Dás que em ti falar a todos.

Que se fez do teu cantar;
Ninguém não cantava assi,
Mas para que é preguntar
Senão que se fez de ti?
Onde te iremos buscar?

Não há ora um tanto espaço
Quando Janebra casou,
Com Gregório teu colaço[66]
Quem teve rosto[67] aos do paço?[68]
Quem tangeu? E quem cantou?

Morreu-te gado meúdo?
Assi vai de grão em grão,
Não se pode salvar tudo,
Vem bom tempo após o mau,
Sofre, que sofre o sesudo.
Arrenega dos assanhos,[69]
Joos devias ter provados,
Não são os males tamanhos,
Se este março não foi de Anhos
Outros virão melhorados.

GIL
Seja amigo meu Bieito
A tal vinda em hora boa,
Eu digo amigo escolheito,[70]
Como quem o leite coa,
Qu'há d'ir por dentr'ao seu peito[71]
Mas respondendo ao que dizes,
Vês-me cajado e fardel,
Bem sei que há muitos juízes,
Não caçador de perdizes,
E muito poucos sem fel.[72]

Mas em fim, que pesa[73] ou val.
(A nós parece que muito)
Diz Turíbio, diz Pascoal
Palavras vãs, e sem fruito,[74]
E às vezes inda sem sal.[75]
Quando a bíbera[76] no ar morde,

Por mais peçonha que traga,
Não temas que eu inche e engorde
Não hajas medo que acorde
Bradando pola triaga.[77]

Vês tu cousa que estê queda?
Ora é noite, ora amanhece,[78]
Ora corre[79] ũa moeda,
Ora outra, tudo envelhece
Tudo tem no cabo a queda.[80]
E nós a ter mão na conta
Errada, sejamos velhos,
Quer meninos, que mais monta?
O presente todo afronta,
A vida vai-se em conselhos.

Do leite e sangue empolado[81]
O bezerrinho viçoso
Vai brincando polo prado,
Despois eis que priguiçoso
Ora ò carro, ora ò arado.
C'os dias e c'o trabalho
O saltar d'antes lhe esquece,
Não é já o que era almalho,[82]
Venda-se para o talho,
Qu'este boi velho enfraquece.

BIEITO
No começo os erros tem
Bom remedio, ao diante
Tem-no mau, se não vás bem
Peor muito irás avante,
Torna atrás que te convém.
Não o tenhas por amigo
Quem fala sempre à vontade,
Que dissimula contigo

Lembra-te dum dito antigo[83]
Qu'enfada muito a verdade.[84]

Mal vai quem sempre empeora[85]
E que meninos pastores
Um olho ri, e outro chora;
Vem um diz que são amores
Outro, mas que é mal de fora.
Um se torce, outro moteja,
É mau jogo este das línguas,
Ou seja maldade, ou seja
Nossa amiga a triste enveja
Vem-se em tanto à praça as mínguas.[86]

GIL
O moço que entra em terreiro[87]
E não toca em chão de leve,[87]
Polo ar voa o pandeiro,[89]
E a toda a festa se atreve,
Ele só c'o seu parceiro.
Este tal baile, este cante,
Este seus jogos ordene,
Corra, voe e passe avante,
Este c'os saltos espante,
Este dê penas, e pene.[90]

Mas quem já se vê das pontas[91]
Nem acha o que soía em si
Começa a tomar-se contas,
Ouvi já melhor, e vi,
Suar e passar afrontas.
Vês o tempo como foge
Que parece que não toca?
Não queres que homem se anoje[92]
Que me não conheci hoje
Na fonte em que pus a boca.

E por que t'eu ora conte
De como me aconteceu
Quando m'eu tal vi de fronte,
Dos olhos água correu,
Mais que corria da fonte.
Passou-se-me a sede em fim
Que m'aquela água trouvera[93]
E a tal desacordo vim,
Que quando tornei em mim,
Bom espaço o Sol correra.

BIEITO
Come de toda vianda[94]
Não andes nesses entejos,[95]
Não sejas tão vindo à banda,
Tem-te às voltas c'os desejos,
Anda por onde o carro anda.[96]
Vês como os mundos são feitos
Somos muitos, tu só és,
Por isso em todos seus jeitos,
Um esquerdo antre direitos
Parece que anda ao revés.[97]

Dia de maio choveu,
A quantos a água alcançou
O miolo revolveu,
Houve um só que se salvou
Que ao coberto se acolheu.
Dera vista[98] assi semeadas,
As que tinha mais vezinhas,
Viu armar as trovoadas[99]
Acolhe-se às bem vedadas
Das suas baixas casinhas.

Ao outro dia um lhe dava
Paparotes[100] no nariz

Vinha outro que o escornava[101]
Aí também era o juiz
Que se de riso finava.
Bradava ele, Homens estai,
Iam-lhe c'o dedo ao olho,
Disse então, e assi che[102] vai?
Não creo[103] logo em meu pai
Se me desta água não molho.

Apaixonado qual vinha,
Achou num charco que farte,
(O conselho[104] havido o tinha)
Molhou-se de toda a parte
Tomou-a como mezinha.
Quantos viram, lá correram
Um que salta, outro que trota
Quantas graças[105] i fizeram!
Logo todos se entenderam,
Ei-los vão nũa chacota.[106]

GIL
Tu sabes que eu me abrigara
A esta vida de Pastor,[107]
Viera corrido à vara,
Cuidei que era esta melhor,
Que ouvira, e não a provara.
Determinava-me já
D'andar com minhas ovelhas,
A conta saiu-me má,[108]
Mas também cá, como lá
Fadas há,[109] dizem-no as velhas.

Andei d'aquém para além,
Vira terras, e lugares,
Tudo seus avessos[110] tem,
O que não espermentares

Não cuides[111] que o sabes bem.
E às vezes quando cuidamos.
Que esprimentado o já temos,
À cabra cega jogamos
Achei-vos cá fortes[112] amos,
Querem que os adoremos.[113]

Pera o mal que te acontece
Buscas o amo, ora o sono,
Ora al que nunca falece,
Ao trosquiar, achas dono.
As pressas[114] não te conhece.
Tudo lhes o demo deu,
Té razões más que nos dão
Quando te hão mester és seu,
Quando os hás mester és teu,
Que não tens amos então.

Essa vez que saem à rua
Estremece toda a Aldea,
Eles bebem, homem sua,[115]
Dói-lhes pouco a dor alhea,
Querem que nos doa a sua.
Inda que é o dano em grosso,
Fora de dissimular
No mais, mas nisto não posso,
O entendimento que é nosso,
Não no-lo querem deixar.

Polo qual c'o meu fardel
Fugi das vossas Aldeas,
Nunca fui cresta-colmeas,[116]
Nem trago nos beiços[117] mel.
A saudade não se estrece,[118]
Mas caiu-me um coração[119]
Em sorte que muito empece,

Outro senhor não conhece[120]
Somente a boa razão.

Porém queixo-me-te logo
Que em casos que aconteceram
Vi-me por ela no fogo,
Bradei,[121] e não me valeram
Brados, queixumes, nem rogo,
Então me saí meu quedo
A quedo,[122] e fará algum dia
O que outro não fez, e hei medo
De ver mor vingança cedo
Do que já agora queria.

BIEITO
Tornaste-me ora à lembrança
Um teu amigo foão,
Que ao tempo dessa mudança
Tua, foi-te assi à mão,
Como a quem os dados lança
E lembra-me ora bem tudo
(Que era eu i, no tal ensejo)[123]
Inda que então me fiz mudo,
Falou-te como sesudo,
Parece-me ora que o vejo,

Seja (disse ele), à boa hora,
Mas eu também c'o meu gado
Faço assi contas cad'hora,
Cad'hora me acho enganado
Desta esperança tredora.[124]
Dir-t'ei como me acontece
Quando neste vale estou,
Qualquer outro que aparece
Muito melhor me parece,
Não é assi quando lá vou.

Assi disse aquele amigo
Agora digo eu que hei medo
Quando debates contigo
Que t'estêm mostrando ao dedo
Gomes, Gonçalo, e Rodrigo.
Não queiras ir muito ao fundo[125]
Inda que ora tanto entendas,
Nesta razão te me fundo,[126]
Não hás de mudar o mundo,
Por mais razões que despendas,

Perigosa é a dianteira,
Deixa ir diante os mais velhos,
Co'a paixão tençoeira[127]
Nunca hajas os teus conselhos,[128]
Sempre foi má conselheira.
De contino anda ao peor
Sempre adivinhando o mal,
Nunca lhe falece dor,
Mas se tudo igual não foi
Seja o coração igual.

GIL

Se c'os teus olhos não vejo,
Nem ouço c'os teus ouvidos
Por meus sentidos me rejo
E tu pelos teus sentidos
Todo o debate é sobejo.[129]
Comes túberas[130] da terra,
Eu não nas posso comer,
Nem um nem outro não erra
Para que é sobristo guerra
Come o que bem te souber.

E não te digo que faças
Quanto ao apetito[131] vem,

Não entro tanto nas graças
Mas entendo o saber bem
Disto que anda pelas praças.
Porque o tempo fez abalo,[132]
E somos em forte[133] ensejo,
Inda alevanto outro valo
Que nos doentes não falo
Os quais mata o seu desejo.

Bem digo que a verdade era
Ir pelo fio da gente
C'os mais, mais forças houvera
E o amigo e o parente
Que murmurar[134] não tevera.
Porém a mim só não minto
Não dobro,[135] não lisonjeo
Som farto, o que era faminto,
Que mal é o meu destinto[136]
Antes seguir, que o alheo?

Vou fugindo às armadilhas
Que vi com manha esconder
Não quero ouvir maravilhas[137]
Às vezes mui más de crer
Da má mãe nacem más filhas
Querem que homem ouça e crea
E que estê a boca aberta.
Não posso, e daqui se atea[138]
Às vezes a má estrea,[139]
Que a cada passo está certa.

Olha se a razão concrude
És doente, teu pai não,
Digo outro tal da virtude
Pola ventura és tu são
Porque teu pai tem saúde?

Não que cumpre outra mezinha
Olhe cada um por si,
O bem não é como a tinha
Que se apegue tão asinha,
O mal pode ser que si.

Lê-me primeiro esta lenda,[140]
Deixaram-te os teus passados[141]
Terras, e vinhas de renda?[142]
Olha que vão mesturados
Encargos, co'a fazenda.[143]
Cumpre a cada um que arribe[144]
Per si, se desejas honra
Não te abasta, donos tive,
Que quem como eles não vive,
Tanto mais sua desonra.

BIEITO
Pois contigo a razão val
Vejamos[145] quem mais conjunta,[146]
Olha que todo o animal
Forte, ou fraco, aos seus se ajunta
Por distinto natural.
As pombas andam em bandas,
Voam grous postos em az,[147]
Estas andorinhas brandas,
Não querem de nós viandas,
Querem companhia, e paz.

Como[148] no mundo apontamos,[149]
Do ventre em terra caímos,[150]
Como de nosso choramos,
Doutrem, que ajuda pedimos
Nós sós para que prestamos?[151]
Então ver a fantasia

Dos nossos leves zagais,
A quem inda mais diria
Que não hei por companhia,
Salvante[152] a dos meus iguais.

Um bacorote[153] honradiço[154]
Foi ver o gado ovelhum,[155]
Pô-lo todo a seu serviço
Trombejava[156] ali um e um
Que espantá-lo era o seu viço.[157]
Vem um dia o lobo, e apanha
O bacorote engrifado,[158]
Abrandou-lhe aquela sanha,[159]
Brada ele em pressa[160] tamanha,
Cad'um de si tem cuidado.

Vinham os porcos d'Aldea
Atrás, e grunhir ouviram,
Um escuma, outro esbravea,
Estes si que lhe acudiram,
Perde o lobo a sua cea.[161]
Olhou ele, e viu tremer
Da lã branca o gado, e olhando
De longe se põe a ver,
Disse, Antes mandado ser,
Que a tal perigo tal mando.

Fui um dia à vila Gil,
Eu logo ò sair da casa,
Mais verde[162] que um perrexil,[163]
Cuidei que matava a brasa[164]
De galante, e de gentil.[165]
Bem passei[166] c'os viandantes,
Mas despois lá quando cheas.
Vi as ruas, de galantes,[17]

S'eu viera ufano[168] d'antes,
Não tornei tal às aldeas.

Em quanto um diz, outro ri
Bom vai o do barretinho,
Nunca o tão figadal[169] vi,
Chamavam-me outros ratinho,[170]
Uns assi, outros assi,
Finalmente por acerto
Vinham-se dos nossos já,
Deixei-os chegar ao perto,
I passei como encoberto,
Mas tarde me acolhem[171] lá.

GIL
Falas-me nos animais
A que nós brutos chamamos,
Que guardam leis naturais,[172]
Nós outros não nas guardamos
A isso obrigados mais.
Estes homens com quem tratam[173]
Não homens, mas leões bravos,
Por força tudo rematam,[174]
Os leões não te resgatam,
Não te vendem por escravos.

Para que mandem nem rejam,
Não vão as águas tingidas[175]
Do seu sangue, se pelejam,
Não alçam forcas erguidas,
Onde às aves manjar[176] sejam.
Não tem repartida a terra,[177]
Por marcos tão desiguais,
De sangue e fogo, por guerra,
Um possui de serra a serra,
Outro nada, ou dous tojais.[178]

Espanto é desigual
Da lei que entre si tem gralhas,
Vendo ũa que passa mal
Decem gritando[179] em batalhas,
Não tratam estonces[180] de al.
Ora te direi assi,
Quem diz o que viu não mente,
Guar-te de cair aqui,
Que verás passar por ti
O amigo e o parente.

Nunca ora ouvi um rifão[181]
Mais sabido,[182] e mais usado,
Que darem todos de mão
Se jaz o carro entornado,[183]
Os que vem, e os que vão.
Falo porém geralmente,
Não tomes outra suspeita,
Que é mui suspeitosa a gente,
O meu amigo fervente,[184]
Não entra nesta receita.

Muitos dos vaus apalpei,
Aos trabalhos me despus,
Dês que cuidei, e cuidei,
Disse comigo, Ora sus,
Se erros fiz, erros paguei.
Cuida homem que bem escolhe
Às singelas só consigo,
Não sei quem te a vista tolhe
Fujo como quem se acolhe
Donde vê, certo o perigo.

Andando só não me empecem
Maus olhos, nem más palavras,
Nem se apega,[185] se engafecem,[186]

Por outros fatos[187] as cabras,
Curo-as se me adoecem.
Por que tudo diga em soma,
Não me tomo que o cabrito
Me esconda o vezinho, e coma,
Aqui se paixão[188] me toma,
Posso cantar voz em grito.[189]

Que me não ouça ninguém,
Somente as aves (que tais
Duas avantagens[190] tem)
Destes outros animais
Voar, e cantar também,
Ou ao som d'água que cai
Rompendo pelos penedos,
Dece ao fundo, ao alto sai,
Ela que a grã pressa vai
Eles para sempre quedos.

Vês tu as minhas cabanas,
Se o vento se muda assi,
As revezo eu, Aldas, nem Anas,
Não dão voltas[191] por aqui
Mais leves que ao vento canas.
Cantando dos seus solaus,
Que me, façam merecer
Muitos destes varapaus,
Com seus olhos vaganaus,[192]
Bons de dar, bons de volver.[193]

O sol de dia, as estrelas,
De noite, quantas que vemos
Nacem delas, põem-se delas,
Olhamos mais que entendemos,
E a lũa fermosa entr'elas
Que se renova e reveza,

Ora[194] um fio, ora mais chea,
Ora em sua redondeza,
Cada mês (com que certeza)
Semelha a[195] da nossa Aldea.

Do que ao meu gado sobeja
Vou vivendo ano por ano,
Pouco ou muito que ele seja
A ninguém não faço dano,
E não se há ao povo enveja.
Parece vida em verdade
Dos mastins, gado, e pastor
Como de comunidade,
Conta a fome e frieldade
Tudo rege, e manda amor.

Do mais dezia Pascoal
Sabes que é o que nos come[196]
Má cobiça que não al,
Onde quer se mata a fome,
Matam-se apetites mal.
Polo sol e pela neve,
Natureza a grande madre
(Qu'aos filhos também cho deve)
A tudo acudir se atreve,
Por mais que este ventre ladre.

Meu gado levo, esse sigo,
Que inda são mais embaraços
Do que eu quisera comigo,
Passei por tantos dos laços,
Que olhar somente é perigo.
No meu samarrão[197] metido,
Que mais quero? Sou pastor,
Cá nunca chega apelido[198]

De fogo, nem de arruído,
Mal se for, mal se não for.

Aqui por estes abrigos
(Os mais[199] debates deixemos)
Virão ver-me os bons amigos,
Ao Sol nos entenderemos,
Falando[200] em tempos antigos,
E despois dos meses mil
Quiçais[201] inda dirá alguém,
Olhando este meu covil,
Por aqui cantava Gil
Sem queixia[202] de ninguém.

Quando tudo era falante
Pascia[203] o Cervo[204] um bom prado,
Aí veo o cavalo andante,[205]
Quis comer algum bocado,
Pôs-se-lhe o cervo diante,
Outra razão lhe não deu
(Que eram pacigos[206] gerais),
Salvo posso, e quero o meu,
Este Meu, e este Teu
Tanto há já que[207] nos fez tais.

Vendo tão pouca prestança,[208]
O cavalo d'antes forro,[209]
Com desejo de vingança,
Pedindo ao homem socorro,
Por terra aos seus pés se lança
Não pode à justa querela
Deixar de se pôr no meo,
Mas foi necessária a sela,
Fez-se o homem forte nela,
Toma a rédea, prova o freo.[210]

Assi dão volta ao imigo,[211]
O Cervo, quando tal viu:
Homem ao cavalo amigo
Deixou-lhe o campo e fugiu,
Foi buscar outro pacigo.
O cavalo vencedor
Corre o verde e corre o seco,[212]
Fora, fora, o contendor,
Ficou-lhe porém senhor,
Não foi tanto o outro enxeco.[213]

Quem há tal medo à pobreza,
Tal à fome e frialdade,[214]
Que por ouro e por riqueza
Dá a só rica liberdade,
E mais outrem que a si preza.
Se lhe vês herdades largas,
Não lhe hajas enveja à troca.
[Que embaraçam as roupas largas
Faz sangue o freo na boca,
As esporas nas ilhargas.][215]

Mas tu olhas o Sol que anda,
Amigo é tarde, folga ora
Deixemos esta demanda,
Mal-avinda pera outra hora
A cea fora mais branda.
Com dous peixinhos passarás[216]
Do rio não d'Almocreves
Que as vilas fazem tão caras,
Beberas das fontes claras,[217]
Sonharas sonhos mais leves.[218]

BIEITO
Volves-me as cousas de envés
Qués[219] por força que te crea

O que tu quiçás não crês,
Sabe que alma é já na Aldea
Lá me hão de lavar os pés.
E tu dize o que quiseres
Torce cá e torce lá,
Defende teus pareceres,
Mas onde i não há mulheres
Vida, nem gosto não há.

Aquela graciosa[220] idade
Que òs olhos vistos nos furta
Com tanta força a vontade,
Com tanta o juízo encurta
Não é de todo vaidade.
Suspirastes, ora eu te entendo
E ver-nos-emos despois
Por ora a Deus te encomendo.

GIL
Não te quero estar detendo.

BIEITO
Vou-me (que é tarde[221]) aos meus bois.

BASTO
Contou-se isto pola Aldea
De pastores, em pastores,
Logo foi a terra chea,
Então quais eram melhores.
Mas revolto[222] o Calendário
Visto tudo, e contas feitas,
Fica assentado um sumário
Gil por homem voluntário
Homem Bieito às direitas.

## CELIA

### *ao Iffante Dom Luis*

Sereníssimo Iffante, a quien se deve
Fuego d'Esmirna, o Mantua,[1] a quien el mío
Quando más arde es una fría nieve
Del siempre helado Boote, y del tardío:
Mas gran Señor en partes do no llueve
La niebla se desea, y el rocío,
Y no se puede continuamente estar
En armas, y atalaya, y pelear.

Las Musas, quando Vuestra Alteza andava
A las altas empresas, de sí dinas
Que juntamente tremía, y sudava
África toda, en veer las altas quinas
De su Real guión, quando asomava,
Vísteslas a sus fuentes más vezinas,[2]
Entonadas mejor, y más de veras,
Oíllas eis acá, como estrangeras.

Por ora callarse ha Tunes, entrado
A fuerça d'armas, y dende escondido
Qual va huyendo el Tirano apretado
De las fuerças mayores constreñido,
De Hércules un ladrón Caco[3] afamado
Por honra aver deviera ser vencido
En humo se embolvía y fuegos vanos
Fiávase en huir, más que en las manos.

Al sancto Rey Luis,[4] con tanta gente
Cruzada, y Carlo quarto denegosse

(De Francia entramos) lo que ora al presente
A vos en nuestra gloria reservose,
L'antiga y gran Carthago juntamente
De los daños passados recordose:
Temblavan Africanos coraçones,
Viendo venir a sí dos Scipiones.

Ah los juizios ciegos de Christianos,
Ah furias infernales, ah pecados,
Que en vuestra sangre ensuzia[i]s las manos
A tamaño sabor de arrenegados,
Avíaos Jesu Christo hecho hermanos,
Deshazeisvos crueles a bocados,
Tantas banderas, tantos capitanes,
Y deixáis la ciudad santa a los canes?

Quándo será aquel día que a la vuestra
Armada mano se rinda la fortuna?
Que algo de embidia a tanta gloria muestra?
Quándo será que yo vea una laguna
De sangre infiel vertido d'essa diestra?
Yo que lo cante al Sol, cante a la luna
Triumphos quanto a vos mucho devidos,
Deseos quanto a mí mucho atrevidos.

Finalmente (Señor) puesta a departe
Por un poco la espada, el verdadero
Y alto juizio buelva aquesta parte
Donde entra por la mar, turbado el Duero,
Y donde con gran fe, mas con poca arte,
Cantan pastores al modo estrangero,
Corren lágrimas justas sin parar,
Mientras Neiva también corre a la mar.

*Pastores da Égloga:*
*Aurelio. Mauricio. Amaro.*

AURELIO
Qué quiere (o mi Mauricio) dizir tal
Uviar de perros, como a la porfía?
No sé qué se han, cierto es que algún gran mal.
Aves nocturnas buelan d'entre día,
Lobos tan bravos de su natural,
Viénense a la aldea de la serranía,
No vees el mal gusano, y qué pesares
Se ha hecho de las huertas, y pomares?

Una mula ha parido en nuestra Aldea,
Y las vacas no paren, ayer cayó
Del cielo un breve, y no ay quien lo lea,
Son frayle, o crego que ya missa cantó,
Con dos cabeças (cosa estraña y fea)
Un poldro con seis pies (diz) que nasció,
Como gallos cantaron las gallinas,
No vinieron ogaño golondrinas.

Vemos muertos caerse los borregos,
Caen las madres d'otra parte muertas,
Los ojos que tal veen páranse ciegos,
De todo son las causas encubiertas.
Buelan de noche por los aires fuegos
Que carreras atrás dexan abiertas,
Cosas que nunca vimos, ni pensamos,
Dios nos guarde de mal los nuestros amos.

Ca dizen que ferió por la cabaña
Del buen Alonso un rayo (aquel pastor),
Que apacienta lo más de la montaña
Ah no nos tenga el cielo tal rancor,

No parece sino que Dios se ensaña,
Amor en nos no vee, prueva el temor,
No ves quántas de vezes se estremece
La tierra, antes tan firme, ora enflaquece?

Aquel noble zagal que aquí cercano
Con tanta nuestra esperança creció
Quando él la boz divina con la mano
También divina, tañendo acordó,
Luego a bozes lo dixo un viejo cano
(Ah de lo por venir quánto que vio),
Quán presto te arrepientes cruel hado,
En dando un grande don, de avelle dado.

MAURICIO
Por cierto que yo lo vi, que no quisiera
Avello visto, llevóselo el palacio
Crecía en todo a ojo, quánto fuera
Mejor, y más seguro, irse despacio.
Cuentan milagros dél, es que allá fuera,
Mas a tal prissa cierto está el cansa[n]cio,
Sea de cuerpo, spíritu, o de ventura,
A cansar presto va quien se apressura.

Mas bolviendo a nosotros (pastor bueno)
Quando aquí veo tantas de señales,
Quando de maldad tanta el mundo lleno,
Allá los viejos van, y los zagales,
Estoy confuso, mal duermo y mal ceno,
Temiendo a nuestras culpas desiguales,
Es mucho el pecar nuestro, es sin emienda
Que himos siempre a correr suelta la rienda.

Agora, Aurelio entiendo que tú solo
Eres el que aún no sabe el grande daño

Deste nuestro concejo, que assololo
Como por tierra un caso duro y estraño:
Aquel bien suyo, la muerte llevolo,
Quién pensó veer tan presto un mal tamaño?
Nuestra Celia es muerta, ay breve cuento
Tan dino de infinito sentimiento.

AURELIO
Assí que es muerta Celia? Y pudo muerte
Hazer (aunque cruel), tal crueldad?
Cómo? Y todo vasse ansí por suerte?
Sin orden, sin razón, sin igualdad?
Tan presto tanta gloria se convierte
En nada? Estado, fuerça y fresca edad?
Triste de mí, de vida ya Celia es fuera?
Quién oye tal, también, que no se muera?

Dexemos la beldad (que ella tenía
Por cosa vana) (como cierto es vana)
De que a las otras tal cuidado veía,
Mas en cuerpo tan sano, alma tan sana
Que para nos, no para sí bivía,
Cómo la muerte fue tanto villana?
Cortó la tela ante tiempo sañuda,
Dexa tanta de gente acá desnuda?

D'Amaro y qué será? Solo dexado
Por raro exemplo d'una triste vida?
Como por muestra, y como por dechado
A nos será ella corta, a él complida.
Quán presto tanto bien se ha trastornado?
Ay bienes falsos, ay vana fingida
Muestra, que a la deshora buelve en daño
Vanos ansí engañando d'año en año.

AURELIO

Peus aún no sabes bien lo que passé
(Digo con el combate desigual)
Era el dolor devido, pero fue
El ímpeto primero irracional,
No de hombre, aunque bárbaro, y sin fe,
Sin alma, y sin razón, todo bestial;
Quiso bolverse a sí como enemigo,
Son que lidiar cumpliole antes comigo.

Quántas vezes que el alma vi cuitada
Partirse tras la santa suya della,
Dexando el cuerpo allí como un nonada,
Sólo tendido como que iva a vella,
Dende a buen rato, toda trabajada
Bolver de nuevo, allí quánta querella?
Y qué gritos tan altos, tan sin tino
Unos tras otros dava de contino!

Cruel Celia (dezía), ansí me dexas?
Quién te me hizo cruel? No me responde,
Señal que ya no las oye éstas mis quexas:
Tan lexos la llevaron? Triste adónde
Te me han Celia llevado? Ansí te alexas
Sin más piedad de mí? Quién te me esconde?
Quién fuyéndose va (dezidme), ah quién,
Fuyendo se me va con tanto bien?

Luego bolvía, veis qué piadosa,
Veis como siempre blanda y nunca esquiva,
Me buelve a ver, mas como tan cuidosa,
Dexadme allá salir, a ver si es biva,
O si me engaña esta alma deseosa,
Qué es esto a do se fue; mudada que iva?
Y quanto (ó triste) toda d'otramente
De la Celia que yo ví primeramente?

Quantos de desvarios? Que sin cuento
De desconciertos dixo? Y que de antojos?
Y de fantasmas veía en un momento?
Tiessos, y siempre enxutos los sus ojos,[5]
Dezian que del mucho sentimiento:
El humor congelaron los enojos,
Todo y en todo dado al dolor malo,
Un contino furor sin intervalo.

AURELIO
O Celia quantas lágrimas devidas
Y quántas te eran, si lágrimas nos diesen
Remedio alguno, de más a las vidas:
Y de otra parte si avidas no fuessen
De los más sabios, por mal entendidas,
Y aun por flaqueza si gelo creyessen,
No digo más de sí, ni más de no,
Soncas causas terná quien nos las dió.

Aquel dolor que va turbando dentro
El cuerpo todo con los sus sentidos,
Y passa al coraçón, que es el su centro,
Lágrimas d'allá manda, y los gemidos,
Que abren caminos a aquel duro encuentro,
Sino que es fuerça siendo detenidos,
Que allá encerrado el fuego, y las centellas
Ardan las casas, y el señor con ellas

Por tanto amigo ruégote qu'acordadas
Nuestras sampoñas (que aquí las tenemos)
Mientras que van buscando las manadas
Algo que coman, nos Celia cantemos,
Que después cantarán muchas vegadas,
Pastores de que nada ora sabemos,
Cantarán a la sombra destos pinos,
D'alto responderán montes vezinos.

MAURICIO
Qué podría yo Aurelio hazer por ti
Que más de grado hiziesse? Aunque estoy tal
Del llorar mucho, y poco que dormí,
De mi parte no sé: mas tal o qual
Cúmplase todo por amor de tí,
Qué aventuro contigo en bien ni en mal?
Pero començaré sin más escusas
Con buena ayuda della, y de las Musas.

*Canta:*

Está so[n]riendo Celia de la ciega
Nuestra vista mortal a tanto enferma,
Semejante a aquel juego que se juega
D'ojos cubiertos, que tan mal aterma,
Ella vee todo, y juntamente ruega
Por la su gente, y dize que no duerma,
De contino amonesta, que es pequeño,
Es un no nada el plazo, es grande el sueño.

Bien ve que los plazeres, los enojos
Nuestros son vanos, pienso cierto, o creo
Que a menudo hazia acá buelva sus ojos,
Donde dexó de sí tanto deseo,
Y donde aquellos sus altos despojos
Del cuerpo, donde sus joyas y arreo,
Los hijos (como en vida ella dezía)
Y donde la fiel su compañía.

Y viendo quántas lágrimas por ella
Se derraman acá, tanto más fruto,
Enchiendo el aire de tanta querella
Messandonos, cubriéndonos de luto,
Sabiendo, si llegássemos a vella
Que luego todo se vería enxuto,

Buscaisme allá tan baxo (dize) erráis
Do buscarme devéis, no me buscáis.

Mi bien, o qué plañís? No la turbéis,
Amigos la mi paz, sola ésta es vida,
Muerte éssa que por vida allá tenéis
Un punto, un no sé qué, la más cumplida,
En vanos pensamientos no os fieis,
Ay quán cedo que allá todo se olvida
De muerte en muerte andáis, no veis quán presto
Una la vida mata, olvido el resto.

Quánto tiempo seréis niños chiquitos
De los que andan burlando a su plazer?
Tíñese uno la cara, eis alçan gritos
De miedo, y van corriendo al más correr,
Lávase el gesto, buelven los loquitos.
Riendo hasta de risa se caer,
De las rugas burláis, blanco el cabello,
Burláis, miedo al morir, que es como aquello.

Lo que de mí preciáis, es poca tierra,
Que ya nada siente, es lo que siempre fue
Lo menos cierto os haze cierta guerra,
Is vos tras lo que veis, no tras la fee,
Quál de vosotros sus sueños aferra?
Y soñáis todavía no sé qué,
Desseos vanamente assí estimados;
Que matan desseando, y ya alcançados.

Estés por siempre buena Celia en gloria
Allá, y en fama qual dexaste aquí,
Deviose tal corona a tal victoria
Del nemigo, del mundo, y de ti,
Tales contrarios que en nuestra memoria
No sé vencido quién los aya assí,

Derechamente corriste a la palma,
Dexaste el cuerpo atrás, avante el alma.

AURELIO
O buen Mauricio y con qué medecina
Ungiste la mi llaga, honda, cruel,
Con tan dulce brevage, y tan divina,
Que me diste por medida, y por nivel,
Aquel mal, muerto que me uviera aína
Tú me salvaste de las manos dél,
Hiriérame el dolor que aya mal grado
Áyaslo bueno tú, que me has sanado.

Agora pues tal es, amigo escucha
Provaré la çampoña, si ha también
Cobrado aliento, traz l'angustia mucha,
Que a revezes se van el mal y el bien,
Cayendo y levantando como en lucha,
Las ondas con el viento van y vien,
Ora la buena Celia se levante
Para que della taña, y della cante.

*Canta:*

Alçóse deste baxo Celia a buelo
Dexó la tierra, que della era indina,
Passó nuves, passó de cielo a cielo,
Mató la sed en la fuente dvina,
Cessen los llantos, cesse el desconsuelo,
Que ella nos llama a fiestas, y encamina
No se oigan más aquí, salvo cantares,
Dezídmelos a cientos, y a millares.

Óyanme todos que la Celia nuestra
Es hecha de mortal que era, inmortal,
Quién no lo vee? A quién no lo demuestra

Claramente tal vida? Y muerte tal?
Quán differentes fiestas que ya le muestra
Su guía (a toda parte) angelical
Bolved todos por ende en vuestras menguas
A Celia el coraçón, bolved las lenguas.

O buena, o santa Celia, estos estremos
Que viste y vees d'allá de temporales,
No labramos las tierras, no tenemos
Con qué, ni para qué, si tú no vales,
Quanto sudamos, quanto que hecho avemos
Todo fue por de más, a tantos males,
De Dios algún remedio nos alcança
A los tuyos (oy más) cierta esperança.

Demuéstranos d'ella Celia aquel santo
Amor, que de los tuyos te encendía
Que amaste tanto y te amaron tanto,
En ti el su mal, en ti el su bien se veía
Y con qué angustia el mal, el bien con quánto
Zelo de caridad? Con qué alegría?
Como en la casa veese al grande espejo
El que entra ledo, o triste, el mozo, el viejo.

A quién irán con fiuza en los clamores?
En las sus rogativas y demandas
Son qu'a ti buena Celia tus pastores
Y las zagalas partidas en bandas?
Ellas cantando dellos sus loores,
Ellos callados texendo guirlandas,
Ellos, y ellas todos tus devotos
Comiença a acostumbrarte a nuestros votos.

Ergued aquí comigo un memorial
Que a cierto tiempo vengan por los años
El buen viejo anciano, y buen zagal

Y juntamente vernán con sus rebaños
Que de mala cagión guardes, y mal
De malos ojos que hazen tantos daños.
Vernán honestas, y buenas Zagalas
Manda el bosque vedar (Celia) a las malas.

Qué es esto? O si me engaña el gran desseo
O cierto que las agoas deseadas
Caerán presto, que señales veo,
Las garças van bolando en alto alçadas,
Muévese la floresta, a lo que oteo,
Muestra la Luna manchas assombradas,
Vanse los altos de niebla cubriendo,
El Sol embuelto en nuves escondiendo.

MAURICIO
Como quien atraviessa un monte erguido
Sin sombras, y sin agoa, en las calores
De Julio y Agosto, un mes, y otro cumplido,
Y quando son en toda parte ardores
A tanto mal, cansa[n]cio aún añadido,
Falta el aliento, crecen los sudores:
En fin por una peña agoa que caya
Se buelve luego a vida el que desmaya.

Tanto tus dulces versos me pluguieron,
Y tanto tuvon de fuerça y poder,
Que otro me han fecho, cómo se perdieron
Entre nos el cantar, cómo el tañer?
Que tanta fama a los pastores dieron?
Mas dízenme que vienen a correr
Ciertos pastores del Estremadura,
Que deste aire hecharon la niebla escura.

AURELIO

Oyes? O quiçá no, Mauricio hermano
Aquél por cierto s'es el triste Amaro,
Que con la muerte va peleando en vano,
Passado del dolor de claro en claro,
Hanlo como metido a sacomano,
Amor y muerte fecho exemplo raro
De la fortuna y de sus embaraços,
Con el bravo dolor anda a los braços.

AMARO

A qué parte se es ida esta alma mía?
Quién me la enseñará? O qué hago aquí?
Sin ninguna de dos que antes tenía?
Entramas se ajuntaron contra mí,
Déxanme ciego, déxanme sin guía,
Paréceos éste Amor? Dexárme ansí?
Nunca han querido consigo llevarme,
Nunca tornarme a veer, ni a consolarme?

Como una llama por el monte ardiendo
Que presto en alto buela, y no aparesce,
Sale de vista assí, viendo y no viendo
El humo sólo turbio remanece,
Ora tal claridad resplandeciendo
Agora, agora, cómo se escurece
Ansí tan presto? Triste, a dó me iré?
Sin ti, y allá sin ti qué me veré?

Cuitado, y los lugares do te veía
Y donde me eras cad'ora presente,
Y todo aquello que en tu compañía
Me era vida y salud, son me otramente
Son ansias, soledad, y cuita mía,
Huyendo se va el coraçón doliente

Dexadme ir a buscallo, y si no viene
Tenga también a mí quien me lo tiene.

MAURICIO
Sintionos compañero, y no ha parado
Cómo pararía, y a dó, quien de sí fuye?
Bien como herido corre el gran venado,
Crece corriendo el mal que lo destruye,
Que labra el hierro y tiro avelenado,
Tanto más con el trabajo la vida concluye
Ya que no puede más, caer se dexa,
Pone a la vida fin, pone a la quexa.

Mas vamos al lugar religioso
Ya agora, y será en él siempre por venir
A todos, donde en paz yaze y reposo
Lo que de Celia no pudo sobir
Por ora al cielo, mas oh qué sabroso
Letrero Aurelio, pónteme a oír
Verás poner seis cientos por aquí
Tal deseo dexó Celia de sí.

EPITAPHIO:
Buen'alma que la carne acá dexaste
No podiendo sufrir más tiempo el peso
Suyo, con quien en bregas siempre andaste
De mí piedad te mueva, que aquí preso
Al amor de las cosas que acá amaste,
Estar me mandas, ay no basta el seso
A tanta cuita, todo pruevo en vano
Estiéndeme d'allá, Celia, la mano.

AURELIO
Éste sacolo Amor de las entrañas
D'aquel preciado, tamaño pastor

No podieron las fuerças ser tamañas
En otro spírito, ni tan raro amor
Vernán pastores de nuestras montañas
A provar sus sampoñas y valor:
Mas quién quieres que iguale, o taña, o cante?
A quien amando assí pasa adelante?

Ora abalemos para el nuestro abrigo,
Que ya me parece que urrian las cabras,
Y las ovejas Turibio y Rodrigo,
Otros sueltan los bueyes, dexan las labras.

MAURICIO
Sí, qu'es tiempo, mas, primero amigo
Digamosl'estas devidas palabras:
Séate (ó Celia) la tierra liviana,
Nascan rosas aquí, nasca la grana.

## ANDRÉS

*Ao Duque de Aveiro*[1]

El congoxoso llanto, el temerario
Amor del nuestro Andrés, la maravilla
Que al hato lo volvió, todo al contrario
Que dantes era, ya manso y sin renzilla,
Tanto medio mudo, y solitario,
Que sólo vello mueve a aver manzilla,
Mientras yo canto, cante aquí comigo
Amor, aunque cruel, aunque enemigo.

El primer amor suyo, el primer fuego,
Y los primeros suyos desconciertos,
Centellan los sus ojos sin sossiego,
A desora de lágrimas cubiertos:
De malos celos, y de furia ciega,
Vase braços cruzados, quando abiertos,
Que reposo no dase, ni un pequeño
D'espacio, ni al comer, ni al dulce sueño.

Señor, y no os sea en menosprecio
La çampoña de Pan Dios de pastores,
Tenida antiguamente en tanto precio,
También entre los Príncipes mayores,
No podemos a Codro, a Mucio, a Decio
Todos cantar, no los altos señores,
Los Reys vuestros passados y presentes,
Esforçados en guerra, en paz prudentes.

A vos señor no os cupo en suerte guerra,
Estámonos aquí como en vedado,
Por el gran Rey que en paz rige su tierra,

A nos un Numa, Rómulo grande armado,
A los infieles que lexos destierra
Temido dellos, de nos mucho amado:
Entretanto os abrís altos caminos
Por los libros humanos, y divinos.

Entre los quales tienen su lugar
Las blandas Musas, que alivian el peso
Del mucho estar atento a especular,
Que aturar no lo puede humano seso,
Más alto s'alça que solía estar
El ramo, que algo yuso estuvo preso,
Y puédese mejor boltando un trecho
Subir al monte, que luego al drecho.

Pudiérades passar la juventud
Como otros grandes Príncipes, andando
A passatiempos, y a la multitud
De los deleites, onde, como, y quando
Hiziésseos más hermosa la virtud,
Assí como ella va de flaco vando:
Tan presto conoscistes los afeites,
Y el falso resplandor de los deleites.

Bien vimos quánto os plugo la pintura
De Hércules quando moço en despoblado,
Por hierta vía d'una vieja dura,
D'una moça por llana encaminado.
La vieja espinos muestra hasta el altura,
Flores, fuentes, la moça por el prado:
Mas aquel coraçón que no desmaya,
Por el monte agro va, dexa la playa.

Ora otra vez a Andrés, que va fuyendo
De los otros pastores, y lugares,
Y aun los caminos cuitado, añadiendo

Vanamente, cansancio a los pesares,
Ah loco y de quién fuyes? Vas corriendo,
Vas dando viento al fuego, y si mirares
Arde la llama más, otra vez loco,
Por qué corres al mal? Ve poco a poco.

Tú mientras que los otros apascientan
Los sus rebaños, Ioan, Pedro, y Rodrigo,
En duro pedernal huego arrebientan,
Y furtados al viento en buen abrigo,
De los passados sus cuentos recuentan,
Tú, debatiendo vas sólo contigo,
Mientras tañiendo están, mientras cantando,
Tú solo assí te vas devaneando.

Pascoala cruel sierpe (no offendida
A lo menos de mí), toda inflamada
De su veleno, da[s] d'arremetida
El cuello, el pecho, y la cabeça alçada,
En tres partes la lengua repartida
Como llama de fuego apressurada,
Qu'es esto? Qu's lo que hize? Ah qué me quieres:
Cruel, la más cruel de las mugeres?

Querida sobre todas las zagalas,
Oh qué hechizos, oh qué encantamento,
Y dura fuerça de palabras malas,
Ansí te han hecho sin conoscimiento!
Bien pintan al amor ciego y con alas,
Alçóse presto, y tan liviano al viento,
Yo tras él d'assomada en assomada,
Que no sé tras qué voy, voyme tras nada.

Y nunca quiero entrar comigo en cuenta
Que cierta sea (triste) ni saber
La causa por que esta alma a sí se affrenta,

Que a nadie más que a sí deve querer,
Amor como enemigo, que consienta
Me dize, vine triste a un cierto ser,
No sé a quién fuyo, fuyo mi ventura,
Qué buen remedio locura a locura.

Aun las fieras selvages como son,
Vencer se dexan de humanidad buena,
El toro bravo, el tan bravo león,
Con tiempo muestran que no sienten pena,
El uno en yugo, l'otro en la prisión,
Si la boz conoscida al aire suena
Del halconero, luego desd'el cielo
Oyéndola el halcón, baxa de buelo.

Todo lo vence el tiempo, y la porfía:
En piedras duras si el agua desciende,
Ella tan blanda, cava toda vía;
Es duro el hierro, gástase por ende,
Lo que un día no puede haze otro día,
A las sus fuerças quien se le defiende?
Duríssima Pascuala, quánto en ti
Amor, trabajo, fee, tiempo perdí?

Vemos la golondrina, buelto el pecho
Al viento, como un rayo irse bolando,
Or'en cielo, or'en tierra, el cuerpo estrecho,
Sin las alas mecer, son quando en quando:
Contra la vena d'agua va al derecho
La trucha, aun las açudas traspassando,
Con quantas aves mientras día buelan,
Otras ay que las noches se desvelan.

Ay animales que a los nuestros fuegos
Se acogen, constreñidos del mal frío,
Otros nos huyen, son como unos juegos,

Unos al monte vanse, otros al río,
Otros por dentro de la tierra ciegos,
Ende se biven, otros del rocío,
Otros del fuego: no tienes Pascuala
Condición de muger, no de zagala.

Mas antes de zagala, o de muger,
Que debaxo d'aquella vista hermosa,
Tan llegada a divina al parecer,
Escondió la natura artificiosa
El mayor mal que pueden ojos ver
Engaño que haz la pena deleitosa
Ponçoña de gran fuerça mata el vellas,
Mata el oíllas, mata el oír dellas.

Oh que ayas mucho de mal grado Amor,
Que assí nos turbas el entendimiento,
En lo qu'es más dañoso ay más sabor,
Errado el peso, la medida y el cuento,
Donde se sigue que de aquel error
Se vengan recreciendo ciento y ciento,
Qual fuente avelenada perenal,
Donde mana después tanto de mal.

Suerte triste y cruel, que tal consiente,
De monte en monte voy, de valle en valle,
Huyendo lo pisado de la gente,
Para que solo grite, y solo calle:
Amor viense tras mí porfiadamente,
Que no sé quién lo enseña a que me falle,
Ya tiempo ser devía que dexase
Este Andrés triste, y qu'otro Andrés buscasse.

A quien como a zagal mucho sandío
Mostrasse qu'en bolviendo los sus ojos
Tan blandamente, no dexa alvedrío,

Inchiendo el aire de vanos antojos,
D'un querer, d'un esperar, más que baldío,
Gozos inciertos, ciertos los enojos:
En fin (como se dize en viejos cuentos)
El aire lleva los encantamentos.

Aquellas sus pinturas tan hermosas,
Aquellos muchos en puntos pequeños,
Aquellas prayas tanto deleitosas,
Aquellas tantas riquezas sin dueños,
Tantas sin precio piedras preciosas,
Las naves viento a popa, vanos leños,
Las fuentes claras, tan frescas verduras,
A desora (no veis?) son peñas duras.

Mas eya, que ansí manda aquel villano,
Aquel niño, aquel ciego, aquellos celos,
Que vaya adonde el mundo, el siempre cano,
De nieves blancas, de continos yelos,
Las aguas presas, el sol cansa en vano,
Siempre nublados, y turbios los cielos,
Como se alçaron en las mis entrañas,
A ver si resfriarán llamas tamañas.

O por ventura sería mejor
Irm'hazia estotra parte, adonde vea
El sol andarme siempre al derredor,
Que no s'esconda, como que esto sea
Siquiera algún alivio a mi dolor,
De que esta alma vencida devanea,
Triste, d'otr[o] quiçá podrás fuir,
De ti cómo podrás descabullir?

Si un'hora no podía estar sin ti,
Cómo podré passar por los tamaños
Días, como ora vienen sobre mí?

Cómo las tristes noches? Que son años?
Si todo, si a mí mismo aborrecí?
Después que supe más destos mis daños,
Ora desengañado aquí qué attiendo?
Qué m'aconseja amor? Que no lo entiendo?

Con qué viene de nuevo esta malsana;
No sé si es alma la que me detiene,
De noche aviendo miedo a la mañana,
De día a la su noche quando viene.
Ora fuye, ora buelve a mí liviana,
Por como algún antojo sobreviene,
Ya que no veese aquí remedio alguno,
A qué provándolos anda uno a uno?

Ay qué queréis de mí, muerto a la luenga?
Quánto tiempo que mal gasto en querellas!
Dexadme ir ver primero Blanca y Menga,
Que m'embían dezir que vaya a vellas,
Las mis buenas amigas, y no es luenga
Jornada, harelo todo antes d'estrellas,
No lleveism'allá no, que Dios os vala,
Que no está como solía ende Pascuala.

Mudó los passatiempos que tenía
Aquélla ya mi Pascuala, antes agena,
Antes tod'otra cosa, que no mía,
Quien la quisiere hallar busque Ximena,
Busque Anna la sua buena compañía,
La Sancha, la Toribia, y la Morena,
Enseñadas a hazer por mis peccados
D'un solo coraçón muchos guisados.

Mas yo a quién me aquexo? El de culpar
Yo soy: de quién me quexo pues qu'andava
Con tanta diligencia a m'engañar?

Si m'era el que traía y que llevava
(Qual dizen) al sabor del paladar?
No veía, no entendía, no escuchava,
Qué más ciego, o más sordo puede ser
D'aquel que ya nada oír quiere, ni ver?

Quál vida, quál salud se le pudiera
Igualar a tal muerte como aquella?
Que oyendo respondiendo se partiera,
Los ojos al quebrar de vista en ella,
Que cogía la niebla postrimera
De los sus ojos, que aún alçava a vella,
Vete en paz moço con tales despojos,
Que no buelvan atrás nunca tu ojos.

Dexadme ir a los montes, qu'un Cingial,
Un osso, un lobo, mientras los persigo,
Quiçá un día darán fin a mi mal,
Murió en el monte Adonis,[2] d'enemigo
Colmillo en furia herido (y qué zagal
De tan hermosa diosa hermoso amigo)
Ella lo tine en braços, quien los viere
Apenas juzgará quál dellos muere.

Y quando fuesse que en los montes fríos.
Peligros ni cansa[n]cios me venciessen,
Y que los hielos por los hondos ríos
Por su dureza passada me diessen,
Acertars'hia que los canes míos
De rabia, o quiçá de hambre, me comiessen,
Por los diversos acontecimientos
Que nos hazen creer los viejos cuentos.

Quién te sabra dezir cierto sin falla
En qué parte del mundo, en agoa, o tierra
Te desafía muerte a la batalla?

Que siempre amenazando a un punto aferra
Como le aplaze, mejor es sin falla
Anteviniendo dar fin a la guerra:
Vamos, que traerá después la suerte
Justa vengança a la mi injusta muerte.

Allá me llama amor d'aquella altura
A bolar, tras él voy, veré si ansí
Podrá fin darse àquesta mi locura:
Passarán los pastores por aquí
Cantando de la mi corta ventura,
Cruel llamando amor, cuitado a mí,
A prissa por salir del val priado,
Por la muerte de Andrés mal estrenado.

Los unos a los otros cantarán,
Huid la valle do yaze el zagal,
Los otros tanto les responderán
Huid la valle do yaze el zagal:
Y todos juntos más añadirán,
Que por amar tan bien murió tan mal,
Que por amar tan bien tan mal murió.
Dessa peña tan alta Amor lo despeñó.

Sí cantarán quiçá por las florestas
En tiempos por venir buenos pastores
El cuento mío, y las duras requestas,
Los faltos de ventura mis amores:
En verano a las sombras por las siestas,
Al fuego, o sol passadas las calores:
Qué refrigerio avrán los huessos fríos,
Sintiendo assí acordar los casos míos?

Dixo, y teñido de color de muerte,
Vase subiendo por la brava breña,
Amor aquí los mis versos concierte,

Si a los suyos y a mí versos enseña,
Aunque sería bien d'aquella suerte
Que dizen, Al mar agua, al monte leña,
En versos añadir más a las cosas
Y a las obras de amor maravilhosas.

Agora qué me haré? Qué me aconsejas,
La mi çampoña tanto ida adelante?
Las musas vergonçosas zagalejas
Todas se me demudan al semblante,
Los ojos baxos, baxas las sus cejas,
Mas Apollo el mayor manda que cante,
Por fuerça es que se cumpla su mandado,
Sino que mal me tiene amenazado.

En la gran peña una honda cueva avía
No por fuerças humanas, ni exercicio,
La natura allí escondida la tenía,
Obra de las sus manos, y arteficio,
Para quando un tal caso acontecía:
Ora Andrés que al su proprio sacrificio
Pensava, ende arribó, diz que acontece
Tal vez creciendo el mal que se guarece.

Fuesse verdad, o fuesse sueño, Andrés
Vio dentro (o pensó ver) d'aquella cueva
Sátiros que cantavan cabripiés,
Y faunos y silvanos, cosa nueva
Antes no vista, que yo sepa, ni después,
Crean los por venir, qu'harto es gran prueva
Vello de loco sano, veer que alguna
Noche el caso cantó solo a la luna.

Dizendo enfin saltavan las sus fiestas
Nuestros rústicos dioses, yo estordido,
De lo que veía, con mi mal a cuestas,

Caí por tierra, serme ha mal creído,
En derredor boltavan las florestas
Boltava juntamente el mi sentido:
A revezes cantando unos dezian,
Los otros después, otros respondían.

SÁTIROS

Pasiphae (ah que vergũença) va buscando
El toro hermoso,[3] vase a las manadas
De las sus vacas, sola suspirando,
Teneisme acá el mi amor? Tan mal miradas
Que me forçais del mío, y veis qual ando,
(Dezia, de mil lágrimas regadas
Las sus mexillas blancas) ah cruel,
Que s'anda tras vosotras, yo tras él.

FAUNOS

Rodeava las aguas una y una
(Del blanco Cisne enamorada) Leda,[4]
Álçase a buelo, ella sin ninguna
Color de biva, un blanco mármor queda,
Él que traspone, ora aquella laguna,
Ora aquel rio, quanto mirar pueda,
Con mil sospiros busca siempre en lloro,
Allá va el coraçón tras su thesoro.

SILVANOS

A quién su coraçón a gran guerrera
Simiramis dará? Salvo al ardiente
Cavallo,[5] qu'en las armas conosciera
Corriendo, ardid, al freno obediente,
A quién los pies, a quién un blanco abriera
Por medio la orgulhosa, y alta frente,
Y aquella que por sí no teme a cosa
Por él a la batalla entra medrosa.

SÁTIROS

Fueron las nietas de Bello[6] cincuenta
Y cincuenta los nietos, ajuntó
El casamiento a todos: de tal cuenta
De la su sangre limpias no guardó
Las manos, salvo qu'una muy sangrienta
Y cruel noche, que tal encubrió:
Tardava el sol a ver el caso indigno,
Quando huvo de venir cubierto vino.

FAUNOS

Beldad, sangre, thesoros, arte, y estrellas
Todo lo tuvo en su favor Medea,
Aquí perdonen las nobles donzellas,
Si del su amor se cuenta obra tan fea,
Qué buen remedio de las sus querellas
(Quasi lugar no dexa a que se crea)
A los sus hijos tiernos airada puso
Manos, devidas más a rueca y huso.

SILVANOS

Un pastor bravo de luengos cabellos,[7]
Ante quien no paravan los leones,
Quántas injurias por amores bellos,
Más que buenos passó, quántas prisiones
Y en fin la muerte que no vee los sellos,
No sé cómo assí son sus coraçones
Al revés, por bien mal, por el mal bien,
No miran cómo, no por qué, no a quién.

SÁTIROS

La joya de Erifile, que escondía
Tantos de males en la su riqueza,
Sobre los otros tantos que hecho avía,
Hizo aquella infamada, y gran crueza,

La muerte d'Anphiarao, que toda vía
Más no pudo, pero con la dureza
Del hado, tal prudencia, y tal saber,
Todo venció cobdicia de muger.

FAUNOS

Esta nuestra riqueza ansí aldeana
Offrecida peró, quién la desecha?
El don hermoso de la blanca lana,
Bien sab'el nuestro Pan quánto aprovecha,
O que ella fuesse, o pareció Diana,
Era alta la floresta, uvo sospecha,
No burlo mas de veras, cómo es esto?
Quien más cargado va, llega más presto?

SILVANOS

Aquel Galo[8] pastor, aquel que tanto
El Títiro alabara por licores,
(Zagala ingrata) todo en cuita y llanto,
Cómo muerto quedó matando amores:
Ella sigue las armas, que ni tanto
O quanto, a lloros mira de pastores,
Socorriose el cuitado a la çampoña,
No remedió a aquel mal, antes ponçoña.

FAUNOS

Las sus parientas tan ricas zagalas,
De tanto ganado, y de thesoro,
(En todas partes se ay de las Pascualas)
Colgó su amigo Andrés de un cordón d'oro,
Que ella labrara por sus manos malas,
La mayor,[9] la segunda,[10] siempre en lloro,
Y sangre, concluía el su amor breve,
El Sebetho lo sabe, y quien lo beve.

SILVANOS

A cab'del turbio Tibre, que rebaños
Ay de zagalas, más que deven sueltas!
Que biven de doblezes, y de engaños,
Palabras dulces, en ponçoña embueltas,
Con que a los moços, con que a viejos d'años
Hazen que ciegos van dando mil bueltas,
Isla de Circes mala: allí veréis
Unos tornados puercos, y otros bueys.

TODOS

Quién bastará contar cosas sin cuento?
Lo sin medida, quién piensa medir?
Amar las redes, que no fuya el viento?
En blanca arena sembrar y cubrir?
Bien veese qu'es muy vano pensamiento:
Las leys communes hanse de cumplir,
Más que emendar: a vezes se sostienen
Las cosas, que unas van, y otras vienen.

AUTOR

Siguiose deste mal grande provecho,
Que oyendo de Pascuala y de Andrés
Hablar, erguime a fuerça en gran despecho,
Mas buelto a mí, diziendo, Esto cómo es?
Si sueño? O vanamente si sospecho?
Beso la tierra, y dando de los pies,
Voyme a un'agua corriente, ende lavado
Bolvime al hato, huelgo ansí apartado.

## NEMOROSO[1]

*a Antonio Pereira, senhor do Lamegal, e do Basto*

De los nobles Floiais
En Pereiras mudados,
Derecho tronco, sin algún contrasto,
Que por nombre contáis
Todos vuestros passados,
Del tiempo del buen Rey Alonso el Casto,
Tan bivo se halla el rast[r]o
De successión derecha,
Y noble antiguedad,
Hast'esta nuestra edad,
Si al gran coraçón algo aprovecha,
Oíd vuestros pastores
Que riñen, y otros cantan sus amores.

Espero que algún día
Aún se oiga en lexos parte
(Sino qu'l gran desseo siempr'engaña)
Otra çampoña mía
Labrada con más arte,
De fino box, y no de flaca caña:
Agora en mi cabaña
Adonde al importuno
Tiempo me vine huyendo,
Qué mal si estoy tañiendo
Rústicamente y no offiendo a ninguno?
Que abrigado esté fuera,
Son qu'entran acá vientos de fuera.

Quánto tiempo perdí,
No sé por dónde anduve,

Vi tierras, vi costumbres differentes,
Ya tarde buelvo en mí,
Un poco sobr'estuve
Arrimado, y dexé correr las gentes,
Por los inconvenientes
Ver con ojos mejores
Segura, dulce, y santa
Vida del monte! Ah quánta
Vana fatiga vi! Quántos sudores!
Y ansí cansado y muerto,
De polvo llegué aquí todo cubierto.

Bien pudiera jugar
Todo el día al tablero,
Con la suerte engañosa porfiando,
Pudiera trasfegar,
Los ojos al dinero,
Por él jurando, por él perjurando
Mas fuime sosacando
A peligros de villas,
Y embates del concejo,
Busca abrigo el buey viejo,
No es tanto el mal d'acá, no las renzillas:
Embiásteme el buen Lasso,[2]
Iré pagando assí mi passo a passo.

Al qual gran don, yo quanto
Devo, sabéis, que ardía
Temiendo y desseando juntamente:
No me atrevía a tanto,
Qu'el son que me plazía
Por mí aplazer fiziesse a nuestra gente,
Aquí cab'esta fuente
Jugava solo el juego
Sacaisme allá a la clara,

Lo que antes no acabara
La sobervia amenaza, o el blando ruego:
En compañía tal
El bien será más bien, menos el mal.

*Pastores da Égloga:*
*Pelayo. Sancho. Rodrigo. Sallicio. Bras. Serrano.*

PELAYO
Dime pastor de cabras alquilado
(Y no te enojes con la tal demanda,
Que m'echas un mal ojo atravessado);

A quién embió Toribia la guirlanda
Qu'ella traía sobre sus cabellos?
Cantando, y con qué boz? Clara y quán blanda?

Y a quién embiava juntamente aquellos
Sus ojos, que de amor son corredores,
Y qu'él mismo se va biviendo dellos?

Mañana de San Juan, quando a las flores
Y al agua todos salen, quién tal gala
Vio nunca, y sus desdenes matadores?

Ora qué parescía allí Pascuala?
Y Menga? Qué Constança, y la Perona?
Aquellas que a su veer quién las iguala?

Qué gracia, qué frescura, y qué persona,
Qué color d'una rosa a la mañana
Se muestra al sol, que se abre, y se corona?

SANCHO
Soldada tuya fue, cabeça vana
Todo esse cuento, sirves año, y años,
En fin poco ganado, y poca lana.

Simple, que no percundes los engaños
Dessas demostraciones apparentes,
Vestidas por de fuera en verdes paños.

Tú duermes, y no duermen los parientes,
No los amigos, no quien cada día
A tus locuras claras para mientes.

Pelado, oh, oh que erré; Pelayo, es mía
Un'hora, es otra tuya, otra verná
De otros, que ansí se truecan a porfía.

Quando el tiempo sereno y claro está
Más que no suele, recogiendo, assuela
Todo con su tormenta por do va.

El feo turbión, y escuro, buela
Todo, embuelve consigo quanto aferra,
Amenaza la villa, y el aldehuela.

Mudado aquel sossiego en tanta guerra
Tómate descuidado el temporal,
Ni quién eres sabrá, ni de qué tierra.

Correr no puede siempre el río igual,
Ni el viento soplar manso, blando, y quedo,
Más durar (mal peccado) suele el mal.

Va ledo, va seguro, va sin miedo,
Sobervio, todo inchado va, que ansí
Se cae a ser más triste, que antes ledo.

PELAYO

A vos gracias mis ojos, con que vi
Uno que anda por ser ya del concejo,
Y yaze sin saber parte de sí,

Cierto no se llotrava de buen rejo.
Fazía unos pasmar, otros reñir,
No lo tien' para sí, quier dar consejo.

SANCHO

Qué locura podéis mayor oír,
Oídos pacientes? Que un bavoso
Creer que fortuna siempre le haya a reír.

Que no pueda estar queda, por donoso
Por más sabido de toda el aldea,
No, no, son por más lindo, y más hermoso.

En fin pro te haga, por tu bien te sea
Zagal nascido en hora tan plaziente
Si confiança a mal no te acarrea.

Toribia, o qué diré? Brava serpiente
Puede tener amor? Antes terná
Lloviendo el río hinchado, su corriente.

Y en seco los sus pesces dexará
Cada uno de los ríos Tajo y Duero,
Destemplose el relox, quántas que da.

PELAYO

Todo se mude, vaya al ventisquero
Bolando el Galápago, y ponga boca
A la gaita el novillo plazentero.

Baile el buey perezoso, y viejo, en poca
De plaça; pues ay lengua tan osada,
Tan atrevida, tan dañada, y loca.

Más muerde sierpe mala arraviada,
Seas quien sueles: que será quien fue
Toribia, siempre hermosa, y siempre amada.

El perro por costumbre, a quanto vee
Y no vee, ladra, sin más dilación,
Corre acá, corre allá, no sabe a qué.

Mas eis aquí que pongo el mi çurron,
Tomo el cayado, salga a campo quien
Defenderme quisiere outra tención.

Toribia (ay quien lo niegue?): es quanto bien
Tenemos (ay quiçá quien contradiga?);
En bondad, y beldad digo también.

SANCHO
Tus palabras (parlero) una hormiga
Al viento alçallas ha, no pesan más:
La tu locura propria te castiga.

Pero porque loquillo inchado estás,
Solamente diré que essa perjura
Pensar, ni hablar más della, es por demás.

Que de muger no tien' son la figura,
Con que engaña los ojos; un bien tiene,
Que sea mucho el mal, mucho no dura.

La tan liviana cosa no sostiene
Reposo alguno: mas viene Rodrigo,
Otro tiempo será que te lo appene.

RODRIGO

Yo voy fuyendo, va sólo comigo
Este enemigo Amor, siempre riñiendo,
Que no lo entiendo, aunqu'harto lo he tratado,
Siempre enojado, siempre murmurando,
Causas buscando para sus sospechas,
Cuentas estrechas, de celos pesados,
Por mis peccados (como a Amor pluguiera)
Un bien me diera en que pensar pudiesse,
Siquiera fuesse acompañado, o solo:
Luego turbolo aquel plazer tamaño,
Un caso estraño, que en el pecho trayo,
Era por Mayo el tiempo, y mis amores
Llevavan flores, vino un cierço frío
En daño mío, todo lo ha quemado.

Ah bien passado, quando alcé mis ojos
Secos abrojos vide, que otro no,
Quién lo mudó assí todo d'otramente?
Quién la mi fuente turbió limpia y clara?
Do me mirara: y vi la gloria mía,
Quando fuía el tiempo a tal sabor,
Mientras a Amor le plugo, y mi ventura
Poco segura, fuidiza, y vana,
Suerte villana: mas yo quién oteo?
Zagales veo, Amor enemigo,
En buen abrigo me faltó el reposo,
Menesteroso aquí, y en toda parte.

PELAYO

Rodrigo guarte, no te aya traído
La mala suerte quando ivas fuyendo
Los hombres, donde el drago era escondido.

Adonde con la su lengua esgrimiendo
A bivos ni a los muertos no perdona.
Ora pensando mal, ora dizendo.

SANCHO

El mismo soncas es, que se apregona
Hablando assí, que bien hablar no sabe,
Su gesto lo descubre, y su persona.

PELAYO

Ha, ha, no cale más que otro se alabe,
Ni que a otr[o] desprecie, que oy tal día
Se puede todo veer antes que acabe.

Si manda que partamos la porfía
A cantar y bailar, si quiere a lucha,
O si a puñadas, mas qué plazer me haría.

Si canta, y no baila, y si no lucha,
Ni tiene manos, que no tenga boca,
Quiere a tañer, tú juzga, y nos escucha.

RODRIGO

[Ho]la, teneos, qué discreción poca
Es esta vuestra? Soncas bien tuvistes
De tiempo a la locura que ora os toca.

Si como adrede esperando estuvistes
Por mí, justo es también que de vos sepa
A punto, por quál causa ansí reñistes.

SANCHO

Yo m'estava arrimado a aquesta cepa
Deste fresno, pensando al refrán viejo,
Qu'en su pellejo cad'uno se quepa.

Vínose este loquillo zagalejo
Habló como quien es de buena entrada,
Y no cupo por cierto en su pellejo.

RODRIGO
Al mal se vaya el mal, dese passada
A toda furia, y todo encendimiento,
Que la passión es ciega, y no vee nada.

Sancho, y tú deves de tener más tiento,
Qu'eres mayor de días, y tú es bien
Que le tengas Pelayo acatamiento.

Mas oigo una çampoña, y no sé quién
Lo acompaña cantando, al que parece
Salicio, y Bras, el uno y el otro bien.

SALÍCIO
Quando se pone el sol, quando amanesce,
Siempre anochesce en este valle aquí
Triste de mí, de doze o treze estíos,
Los ojos míos quándo enxutos vistes?
Ojos tan tristes, de lágrimas ciegos,
Que tantos fuegos acendéis llorando,
Cuitado y quando, pensé qu'eran muertos,
Siendo cubiertos de tanta y tanta agua,
En la gran fragua alçose mayor fuego,
Dezidme os ruego de qué pedernal
Se aciende tal hoguera, y que tanto arde
Tanto a la tarde, que quando todo falta
Llama más alta sube, y más se esfuerça,
Toda otra fuerça, o vence o mengua el día,
Sola esta mía congoxa está dura,
Ay la ventura cómo vas burlando,
Bien esperando si yerra, mal si no yerra,
Fuhí por tierra, fuhí por la mar,
Nunca aportar a parte pude estraña
Nunca a tamaña de aire differencia,
Qu'esta dolencia, Amor, locura, o qu'era
Ende primeramente no arribasse:

Y me mostrasse que era por demás
Bolver atrás, ni escabullir por pies,
Prové después, la mi paciencia luenga
Mas a la luenga, todo a faltar viene.

RODRIGO
Acá se vienen mis buenos hermanos,
Quantas de quexas van de los amores,
Las quexas vanas, los amores vanos.

Duelen más que de veras sus dolores,
Sea mucho en buen'hora la venida,
Llegaos más acá buenos pastores.

SALICIO
Sea la voluntad tuya cumplida,
Rodrigo estés con bien, Sancho, y Pelayo,
Todos plazer ayáis, y larga vida.

RODRIGO
Y a vos amigos el cumplido Mayo
Corto os lo hagan los plazeres buenos.
Con que el tiempo se huye como un rayo.
Acá nuestros amigos están llenos
(Ansí lo digo a entramos de consuno),
De celos arrabiados quando menos.

SALICIO
Dexemos los pastores, que ninguno
Sin quexas d'Amor va; dadme las aves,
Dad pesces, y animales, uno a uno.

Todos yazen debaxo de sus llaves,
Y los Dioses también; por éste Apollo
Inchió los campos de cantos suaves.

Pobre pastor de Admeto,[3] oyolo, y violo
Con çurrón y çampoña el río Amphriso,
Su cayado sopuesto triste y solo.

Quántos de lloros, por no sé qué riso!
Siquier nonadas, mas son quexas viejas,
Guai de quien por señor lo quiere, o quiso.

BRAS
O si no me engañan las orejas,
No me engañan por cierto; éste es Serrano
Balando le responden sus ovejas,
Qué çampoña, qué voz qué suelta mano,

SERRANO
Arrayad los ojos ya por las alturas
Daquestos montes, salga el su luzero,
Huyan oy más d'aquí sombras escuras.

O buena Delia, nasca el verdadero
Sol nuestro, nuestra luz, y nuestro día,
Y nuestro resplandor claro qu'espero.

Hermosa Delia, real seña, y guía,
Aparece a los tuyos que desmayan,
Y amenazados de la muerte fría:

Los ojos tuyos socorriendo vayan
A quien de otro no bive, ni otro espera,
A todos da remedio antes que cayan,

Si amaneciesses sería Primavera,
Y llevaría flores quanto alcança
Aquella claridade relampaguera.

Quiera ella, o no, do los sus ojos lança
Fuele dado tal don, vida va dando,
Todos los bienes da, salvo esperança.

Por dónde assomarán? Que en assomando
Estos tus ojos, de las fuentes frías
Saldrán sus nimphas al sol, irs'han peinando.

Luego las Drías, y las Amadrías,
Iranse passeando las florestas,
Como quando entre nos aparecías.

Verse an Oreas por sus montes puestas,
A ver los ojos quales no se vieron,
Jamás en tierra, y estars'ha todo en fiestas.

Mas yo que veo? Con qué me firieron
Súbito de una luz, como de rayo,
Con que mis ojos la suya perdieron?

Ó Delia, mientra los avezo y ensayo
A tanta claridad, que no sostengo,
Detente, que o me muero, o me desmayo;

Sea paz con tus ojos, que no tengo
D'aliento tanto, ay que desbaratan
Si no te vengo a ver, triste a qué vengo?

Ojos son éstos que ansí desbaratan?
Comiençan de alegrar, quitan sossiego,
Comiençan a dar vida, y luego matan.

Cubre, oh cubre essos ojos, que tal fuego
Alçan al su bolver, que luego enciende,
Quien no se les desvía, ess'ora es ciego.

O Delia, qu'el poder suyo se estiende
A más de lo que piensas, no los abras,
Trato entr'ellos y Amor, que no se entiende.

Mas qué diré, si las mismas palabras
Me dexan ya? Si fuego se derrama
Por montes, por los prados, por las labras?

Que no son ojos no, mas biva llama
De fuego, que siempre arde en sus meneos,
Bive ende, y reina Amor, ama, y desama.

Quién aguarda estos ojos Meduseos?[4]
Que en piedras nos transforman con su brío,
Por mucha y desusada beldad feos,
Si se puede dezir tal desvarío.

RODRIGO
O buen Serrano, a buen tiempo arribado
Sea por suerte buena, y no por vana,
Dame la mano acá de bien llegado.

Por essos mismos ojos, más que humana
Beldad, y con razón tan alto erguidos,
Delante quien no para alma villana.

Ayúdanos, que somos repartidos
Contigo assí a cantar como aquí estamos
A pares, lo demás juzguen oídos.

Defiéndennos del Sol los verdes ramos,
El agua clara, y dulce son combida,
Y tal acierto, a que gasajo ayamos.

Del dia (pienso) la mayor partida
Passose en quexas, y parte en renzillas,
Sea ora en paz siquier la despedida.

Dexemos las questiones a las villas,
Cantemos, y tañamos los pastores
Entretanto d'Amor las maravilhas.

SERRANO
Cantando un tiempo fue, los mis amores,
Todo este grande cielo el Sol corría,
Después las noches con los Ruiseñores.[5]

Ay buenas avezillas, que a porfía
Unas con otras, en pendencia ufana
Cantastes, yo también de compañía.

Hasta que de color de roxa grana
Abriéndose los cielos al Naciente,
Las aves saludavan la mañana.

RODRIGO
Los milagros d'Amor quién no los siente?
Quién no está escarmentado? Y no quexoso?
Más no se ha de cantar d'él al presente.

Cumplido el año del buen Nemoroso,[6]
Que solos nos dexó (mas quánto aína)
Él fue se al desseado su reposo.

Qué podemos hazer cosa más digna
D'él, y de nos, que somos naturales,
Que cantar d'él agora a la contina?

Quedará por exemplo a los zagales
Que de los semejantes hagan fiestas,
Y también hagan ellos por ser tales.

SALÍCIO
No puede ser la causa más honesta,
Uno taña, otro cante, a quien la suerte
Cupiere, sin escusa, y sin requesta.

SERRANO
Ora que sea assí sin mal sin muerte,
A quien la más cumplida, ésse nos taña,
Y cante aquel a quien la corta acierte.

RODRIGO
La mayor cupo a Bras; cómo es tamaña!
La pequeña a Salicio.

BRAS
Artes usas?

RODRIGO
Engañado se vea el que te engaña.

PELAYO
Suso a cantar, sin más escusas!

SALICIO
Taña Bras, yo diré del Lasso nuestro,
Con buena ayuda suya y de las Musas,
Con grande perdón suyo, y grande vuestro.

SALICIO (*En la muerte del buen pastor Nemoroso, Lasso de la Vega.*)
Rezién subido al cielo
Pastor tan raro acá,
De muchos que entre nos pascen la sierra,
Que assí te alçaste a buelo,
En tiempo a ti quiçá
A nos por cierto estraño, y esta tu tierra,
Temor el seso afferra,

Y flaco entendimiento,
Que sin ayuda d'arte
Se dispone a loarte,
Solos sospiros derramando al viento,
Y espedaçadas quexas,
Qu'en memoria de ti solas nos dexas.

El nuestro Nemoroso
Que las Musas d'España
En mil regalos avián criado,
Dexado el buen reposo,
Llevolo a tierra estraña,
De Marte el coraçón, o fuesse el hado,
La su çampoña al lado,
Con que fuerças oviera
De a la muerte poder
Cantando enternescer,
Si ni a la muerte supplicar supiera:
Mas quando assí la vio
Airada, y toda fuego, arremetió.

No fueron los ganados
Dignos, no fuimos nos
Pastores de la tierra, ingrata gente,
Por los nuestros peccados,
Que nos dexasse Dios
Gozar de tanto bien permanesciente,
Que tan suavemente
Del Tajo a la ribera,
Y por doquiera que iva
A toda cosa biva
Con la su dulce boz enternesciera:
Y mientras él cantava
Apollo el su pastor d'alto escuchava.

Las Nimphas por las manos
Náyad[e]s y Nape[a]s,
Al son andavan, al son desandavan,
Los Faunos, y Silvanos,
Sátiros, Cabripiés,
Las bastas sobrancejas encarnavan:
Las aves que bolavan,
Partiendo el aire puro,
Por do sobía el son
Baxavan de rondón,
Dexando el cielo por el suelo duro,
Oyéndolo a sabor
El merlo, la calandria, y el ruiseñor.

Mas aquel claro pecho
Do tanta de vista uvo,
Por esta nuestra noche escura todo vía,
Todo tuvo en despecho,
Todo en nada lo tuvo,
Salvo dos llamas en que su alma ardía,
Una de que tañía
La su dulce çampoña,
Otra de su valor,
Aquel y aqueste amor,
A la su corta vida una ponçoña:
Mas párateme ledo,
Que siempre gran virtud se acabó cedo.

Allá por essos altos
No van los coraçones
Siempre dubdando, y en nuevos pensamientos,
Allá no ay sobresaltos,
No vanas opiniones,
Pagadas siempre d'arrepentimientos,
Y no torres de vientos,
Que amenazan caída:

Mas cierta y fiel suerte,
Segura de la muerte,
Y de cansancios desta estrecha vida,
Y tiempo apressurado,
A bolverte a quitar quanto te ha dado.

Por otros frescos mirthos,
Y sauzes más crescidos,
Otros más verdes prados, otras fuentes,
Entre raros spritos,
Que adelante eran idos,
Destos que acá dexaste differentes,
Qué nuevo gozo sientes,
A ti gozoso viendo
Venir el Sannazaro,
Don Sebetho[7] más claro,
Por la su orilla fresca [d]epartiendo
Con el su Melisseo,[8]
Del Reino resplandor Partinopeo.[9]

Quánto pastor Toscano,
Que Arno en la deleitosa
Ribera suya, oyó cómo han cantado,
Vendrán aquella mano
Tocar aventurosa,
Que honrava or'el espada, or'el cayado,
Dos que agora han alçado
Sena, y Florencia tanto
Por noble sangre y lengua,
Daño tan grande y mengua,
Que nunca pudo igualalla el llanto,
Aunque fuera de ley,
Juan Ruscula, y Latantio, y Tolomei.[10]

Qué daño incomparable,
De ingenios tan subidos,

Embiados acá tan raramente,
Y la suerte mudable
A todos los nascidos,
No les perdona como a esta gente,
Suerte que tal consiente
Quán poco ha que los viera,
Agora, agora, agora,
Tan súbito a desora,
Mas son de vista, y d'esperança fuera,
Ay fuydiza, y vana,
Que fuyes de la noche a la mañana.

Pero, buen Nemoroso,
Mal por los tus pastores,
Sin fiestas, sin plazeres, sin cantares,
Dexados sin reposo,
Quién cantará de amores?
Quién las nimphas, y quién otros cantares?
Quién los nuestros lugares
Será que venga a ver?
Quién las nuestras majadas
Antes sin ti nonadas?
Podístenos hazer y deshazer:
Pues nos por ti qué haremos?
Si no se puede más, que suspiremos.

Alçaste el tu Toledo,[11]
Correr más claro heziste
El noble Tajo al gran padre Oceano,
Mostrarse ha siempre al dedo
El lugar do caíste,
Ah, ah, golpe cruel, bárbara mano!
Que hazía el Tajo ufano
Commún naturaleza
Más qu'el rico thesoro
De las arenas de oro,

Con que al mar llega embuelto en su riqueza,
Que de Numancia abona
Hasta l'antigua, noble, y gran Lisbona.

Al mui antiguo aprisco
De Lassos de la Vega,
Tuyo, el nuestro de Sá viste ayuntado,
Buen tiempo, o mal pedrisco,
Abrigando se allega
Y canta end'el pastor, huelga el ganado,
Elisa[12] el tu cuidado
Que acá tanto plañiste,
Quexoso de la muerte,
Cruel, ay, dura suerte,
Quién no plañió? Después do la subiste?
Ora ella en alto erguida,
Dexas la muerte atrás, vas te a la vida.

En lo demás, pastor qué te va a ti,
Todo el daño es d'España,
Si enriquescen tus huessos tierra estraña.[13]

## ENCANTAMENTO

*a D. Manoel de Portugal*[1]

Filho daquele nobre e valeroso
Conde, mais junto à casa alta Real,
Abastara dizer do Vimioso,
Senhor Dom Manoel de Portugal:
Lume do paço, das Musas mimoso,
Que certo vos darão fama imortal,
Quando homem cuida que no cabo estais,[2]
Tornando olhos a vós, por vós passais.

Em que vos servirei[3] cá deste monte
Ũa mercê,[4] na terra pouco usada?
Tanto em outra aqui logo defronte:
Aquela égloga vossa me foi dada,
Encostado jazendo à minha fonte,
De versos estrangeiros variada,
Parecia que andava a colher flores,[5]
Co'as Musas, co'as graças, c'os amores.

Então tornando em mim, disse comigo,
Certamente eu trazia errada a conta,[6]
Qu'inda há quem nos renove[7] o tempo antigo,
De que tanto se escreve,[8] e tanto conta,
Agora me reprendo, e me castigo,
Fazia à nossa Lusitana afronta,
Cuidei que só buscava prata e ouro,
Buscastes-me no meu escondedouro.[9]

Andando após a paga, houve aos sisos
Grã medo (que o confesso) e a uns pontosos,[10]
De rostos carregados,[11] e de uns risos

Sardónios,[12] ou mais claro, maliciosos,[13]
Quem tantos tentos,[14] quem tantos avisos
Terá? Que empare os golpes perigosos.
E acostumados ora entre pastores?
Que vos venham cantando os seus amores.

Querem-vos por senhor, não por juiz,
Rigores[15] a de parte, que são dignos
De perdão os começos: já que fiz
Aberta[16] aos bons cantares peregrinos,[17]
Fiz o que pude, como por si diz
Aquele, um só dos Líricos Latinos,[18]
Provemos[19] esta nossa linguagem,
E, ao dar da vela ao vento,[20] Boa viagem.

*Pastores da Égloga:*
*Gonçalo. Bieito. Inês. Beatriz.*

GONÇALO
Quantas cousas (Inês, madrinha, e tia)
Se me vão descobrindo d'hora em hora,
Inda que faça corpo, e gesto,[21] e ria,

Pola alma de quem mais não pode, afora
Outros respeitos,[22] cumpre haver paciência,
Té que seja da vida, ou da dor fora.

Aos erros é devida a penitência
Por seu conto, e medida, e por balança,
Pelo que sabe a própria consciência.

Peró quando ao contrário da esperança
Em vez de galardão acode a pena,
Quem terá sofrimento em abastança?[23]

Amor que por antolhos[24] tudo ordena,
Mui pouco se lhe dá, nem da fé santa
Quebrada ou tida,[25] grã culpa, ou pequena.

Faz ũa e outra pousa[26] o galo, e canta
Or'eis-m'os pés, or'eis-m'à cabeceira,
Té que o cansaço vence, e me alevanta.

E vou-me ao meu fuzil e pederneira[27]
Em fogo aceso, o fogo acendo, e ando
Do quente ao frio, do frio à fogueira.

Assi de cá de lá cansado ando,
Dou volta à cama, abrolhos[28] me semelham
De claro em claro o coração passando.

Os fracos dos sentidos ajoelham,
Trabalham por soltar-se, aperta o laço
Em poder da má dor mal se aconselham.[29]

INÊS
Afilhado e sobrinho, juras faço
Que disso mais não sei certo que seja
Só que perdeste muito em pouco espaço.

Quem não morria por aqui d'enveja
De ti Gonçalo em tudo o que fazias,
Que graça, manha,[30] e força te sobeja.

Todos nas festas onde aparecias
Um rosto, outro tenção logo mudava,
Ciscava-se outro pelas companhias.

Onde cantavas, ninguém mais cantava,
Onde tangias, ninguém mais tangia,
Onde te espias, ninguém mais lutava.

E lembra-me que, estando ora qual dia;[31]
Comigo Andresa, Joana, e Beatriz,
Tínhamos antre nós certa porfia.

Como vês que ũa diz, e qu'outra diz,
Naquele próprio ensejo eis que passavas,
Passando dissest'alto, Eu que lhe fiz?

Parece que contigo aporfiavas,
Como acontece, que ias bracejando,
Sem dar vagar algum, nem o tomavas.

Vi-te, ouvi-te, calei-me; senão quando
Disse ũa contra[32] mim, Qual vai Gonçalo,
Como muitos, diss'eu, vai fadejando.[33]

Tudo aquilo são mimos,[34] e fez calo[35]
(Diss'outra) nuns assanhos de mimoso,
Ou que olho mau lhe fez algum abalo.[36]

Quando eu já aquilo ouvi, S'ele é pontoso
Ou se há n'aldea samica[37] outro tal,
Contemo-lo[38] antre nós por trabalhoso.

A primeira tornou como um coral,
A companheira toda descorada,[39]
Parece que ambas o tomaram mal.

Tanto sei dizer, é pouco ou nada
Salvo que às vezes estes nadas são
Muito ao miolo que já traz pancada.

GONÇALO
Quantos sonhos que vem, quantos que vão,
Coitado do dormente,[40] que assi jaz
Ora torcendo-se, ora rindo em vão.

Quanta conta se faz, e se desfaz,
Erradas as pequenas, e as maiores.
Feitas em desavença, e inda em paz.

INÊS
Certo mal comedidos são pastores,
(Haja de ti perdão) sempre queixosos,
Não os entendo nestes seus amores.

Chamam isto antre nós, são rovinhosos,[41]
Não sabem estremar[42] o mal do bem,
Sempre agravados,[43] sempre suspeitosos.

GONÇALO
Mal te saberia ora por ninguém
Nem por mim responder, seja o que for,
Corram ventos d'aquém, corram[44] d'além.

Mas di-me tia pelo meu amor
Isso das mais louçãs de toda a terra,
Quanto há que foi; lembram a minha dor.

INÊS
Por certo se a memória me não erra
Contando, o Sol despois não se escondeu
A nós dez vezes, e dez deu vista[45] à terra.

Inda te mais direi que aconteceu
O que já disse, por sinal em logo
Onde tu já cantaste outrem gemeu.

Dia de muito riso, e muito jogo,
Venceste à luta e à choca, e avantejado
Correste, e em fim cantaste a nosso rogo.

E mais aquele teu cantar gabado
De todos tão sentido, e tão queixoso,
Onde me acolherei tudo é tomado?

GONÇALO
Como fazendo vai o sol trigoso[46]
Tantas mudanças, quanto dos cantares,
E quanto do cantar fui cobiçoso!

De todos me esqueci, muitos a pares,
Até as vontades muda o tempo, e leva
Consigo, e do prazer faz[47] maus pesares.

El'é o em que vai tudo o que releva,
Faz, desfaz a desora as agonias,
Não olhes mais se chove, venta, ou neva.

Mas quanto ora ao cantar que antes dezias,[48]
Disso me lembro bem, era em setembro,
Quando as noites voltam sobre os dias.
Do cantar provarei se m'ora[49] alembro.

*Canta em oitava rima*

Onde m'acolherei? Tudo é tomado,
Não aparece esperança nenhũa,
Sombras negras, e feas[50] mal pecado,
Estas si que aparecem, cousa algũa
Não ficou por fazer, tudo é provado,
E tudo por demais,[51] ouça-me a Lua
Delgada, que transpõe[52] pelo alto monte,
Seus trabalhos c'os meus coteje[53] e conte.

E se nos velhos solaus[54] há verdade,
Bem sabe ela por prova[55] como Amor
Magoa, e haverá de mim piedade,
Endímio tão falado,[56] e tal pastor,
Entre as flores dormia em flor da idade,
Ela olhando do céu mudava a cor,

Té das flores ciosa, e água clara,
Que o seu fermoso amor lhe adormentara.

Cantam e contam mais, que houve um tirano,[57]
De poder grande, e muito grande haver,[58]
Vendo a moça e minina em corpo humano,
Que andava a colher rosas, e a prazer,
Salteou-a, roubou-a,[59] e foi-se ufano,
Por força, ou por vontade houve de ser,
Riquezas más, injusto senhorio,[60]
Que ajuntais à vontade o senhorio.[61]

Ora a mãe preguntando longamente
Por um só bem que tinha, ond'o achará,
D'ũa gente passando em outra gente
Também os Deuses culpa, ah sorte má,
E justiça maior que tal consente!
Buscando por demais tudo o de cá,
Acha-a no reino de sombras escuras,
Correm lágrimas vãs, fazem leis duras.

Partem o tempo[62] de todo devido
À mãe triste e roubada, à qu'é dos Reis
Dali veo este nome de partido,
Em que seja forçado, e contra as leis,
Que se pode fazer do já perdido,
As vossas lágrimas que as enxugueis,
Como puderdes…

INÊS
Não te deixaram ũa e outra fonte
Desses teus olhos, somente acabar,
E os meus, que já também punham-se a monte.[63]

Andamos em tormenta como em mar,
Com outrem e connosco em diferenças,
Cuidando o tempo que há de melhorar

Pera o corpo se acharam mil doenças,
E para a alma cem mil inda peores,
Tantos acordos, tantas desavenças.

Governam essa vã idade amores,
Estende-se[64] inda às vezes té a velhice,
Quando já tudo é pressa, e tudo dores.

Que lhes falece de clara doudice?
As mãos, os olhos desassossegados,
Choros e gritos, como em meninice.

Aqueles seus suspiros apressados[65]
Aos ventos que ouvindo homem desatina,
Aqueles seus imigos, seus cuidados.

GONÇALO
Passou ora qual dia[66] um sanfonina
Pola aldea cantando, era ele cego,
Guiava-o loura e bela ũa minina.

Também aquele não tinha assossego,
Chegámos a ouvir certos pastores,
Pelaio, Pedro, João, Gil, e Diego.

Parece que suava ainda suores
Mortais,[67] do peito suspiros saíam
Aos pares, cantou bem, mas mal de amores,
Fez-nos entristecer quantos o ouviam.

## Cantiga do Cego

Un tiempo mirome Elena,
Sospeché qué éramos, mas
Nunca cosa hize tan buena,
Como no miralla más.

Amor anda en sus consejas,
Mas bien sería gran loco
Quien de sus mañas tan viejas
Mucho fiasse, ni poco,
Alma de lástimas llena,
A qué vienes, y a qué vas?
Qué puedes negar Elena
A quien los tus ojos das?

Enemiga y suerte triste,
Hasme la vida quitado,
Y a quien piensas que la diste
Quiçá que nada le has dado.

Harto mal, peor se ordena,
Mas qué debato yo más?
Si aun de ti apena, apena,
No sé si lo negarás.

Y estes ojos de mis juras
Si se burlan, a la fe
No sé fíen en locuras,
Caten que los quebraré,
Esta culpa sea agena,
Otras son mías assaz,
Por razón va que en la pena
Vença lo que pena más.

INÊS
Razões d'ímpeto cheas, e paixão,
Não quero ora dizer que seja engano,
Mas que às vezes por si mesmas se vão.

Não faças longo com queixumes o ano,
Tem-te como árvore aos ventos em pé,
Dá tempo, dá lugar ao desengano.

GONÇALO
Não me dirás madrinha Inês até
Quando esperar me mandas um ingrato,
Que dizem que não ouve, e que não vê?

Esperei e sofri, fiz mal barato[68]
De mim, e quem mal cai, diz que mal jaz,[69]
Adeus, madrinha, torno-me ao meu fato.

INÊS
Quisera-te dizer, Vai-te ora em paz,
Porém com que esperança? Mas, quem vejo
Lá vir, que em queixas todo se desfaz?

GONÇALO
Este vos é Bieito, e bom varejo[70]
Dizem qu'ele houve ogano,[71] e anda à caça,
Ai que não sei de mim, e outrem correjo.[72]

Neste mundo d'escárnio tudo é graça,
Não sabemos o quando, como,[73] o quanto,
Às vezes muito bem mal te ameaça,
Oferte-se cada um tia, a bom santo.

BIEITO
Quem deu a Amor quebranto e fez cruel?
Quem tornou tudo fel, quanto aprazia?

Que se fez deste dia hoje tão claro?[74]
Como se vendem caro os pensamentos![75]
Que foi daqueles ventos d'hora em ante?
Manda-me amor que cante a frauta[76] branda,
Que jogos faz? Em que anda à custa alhea?[77]
Adeus por sempre[78] aldea, té que caia[79]
Debaixo ou desta faia, ou deste freixo,
Por onde m'ora queixo andando em vão,
Ali se acabarão muitas contendas,[80]
Vai-se a água polas fendas, feit'é a conta,
Um pouco mais que monta de tal vida?
Toda cousa nascida, quantas são
Naturalmente[81] dão do seu perigo
Sinal, como a imigo, por que seja
Aviso a quem o veja, que não tarde,
Vemos o fogo que arde, ir-lhe diante
Fumo escuro que espante: ante a tormenta
Pelas devesas venta levemente,
Ameaçando a enchente,[82] vem zoando
Vem de brava escumando, abate, estronca,[83]
O mar de longe ronca, alça-se[84] inchado,
Logo a algum abrigado pola terra
O pescador aferra, com grã pressa,
Polo monte atravessa o mau faminto,
Do lobo, por destinto o gado atende,[85]
Ajuda-se, defende, e agasalha,
Ordena-se em batalha, um usso[86] erguido,
Corre logo o apelido, e sai sem cor
Da cabana o pastor, que todo treme,
Do dano o medo empreme[87] antes do dano,
Ora este amor humano, que assi apraz
No começo, e assi em paz a alma repousa,
Ũa tam branda cousa, com que empece
Isto como acontece à natureza?
Que de certa se preza?[88] Quem diria
Onde triste trazia isto escondido?

INÊS
Traspôs, e em vento é ido como tudo
Soar fazia a ribeira tam bem,
Parece que ficou todo este ar mudo.[89]

GONÇALO
Vês ali o que faz: mas eu com quem
M'estou tia falando?

INÊS
Inda lh'ouvi
Suidades[90] do meu mal, todo meu bem.

GONÇALO
E tu não cuidarás qu'isto é assi,
Que são queixas vãs, como vós dais
A mor parte a André, fosse ora assi.

INÊS
Também vós outros todos vos queixais
(Como já disse) muito, e mais costume
Parece, que rezão que ora tenhais.

Cad'um se chama facha[91] ardente e lume,
E fragua, onde se prova sua fineza,[92]
E destes tais, queixume após queixume.

Quisera nos amores mais simpreza,[93]
Ou digo que os quisera mais singelos,[94]
E mais dissimulada esta tristeza.

Não os queira assi tão amarelos,[95]
Nem tão achacadiços,[96] este geme,
Destoutro choram os seus olhos belos.

Outro por julho e por agosto treme,
Arde em dezembro, foge à claridade,
Suspeitoso,[97] de si mesmo se teme.

Mas empreendia or'eu outra vaidade,[98]
Deixar-nos-emos d'estar mais às chaças,[99]
Cuido em fazer-te mal, bem à vontade.

GONÇALO
Ó tia prazer hajas, que assi o faças
No que puderes, seja sem trespasso,[100]
E quanto a mim, mas qu'inda me desfaças.

INÊS
Um pouco se nos vai fazendo escasso
O tempo, porém peito à montanha,
Crescem as sombras,[101] vá crescendo o passo.[102]

GONÇALO
Passadas[103] dizes? Ora olha esta tamanha,
Qu'aqui te dou, log'outra e outra aperto
Ora vejamos quem mais terra apanha.

INÊS
Tenho suspeita qu'eram em concerto[104]
De fazer romaria as mais louçãs,
Pode ser, e não ser, valha o acerto.

E que nos saiam as passadas vãs,
Não serão já as primeiras, mal pecado,
Nem dizem sempr'as tardes co'as manhãs.

GONÇALO
Como logo s'enxerga o bom cuidado,
Inda somos a tempo, é bom sinal
Tanto amarelo, azul, tanto lavrado.

INÊS
Olha que em tudo o sofrimento val,
A cabeça não corra mais que os pés,
Quem guia sempre seja a principal.

GONÇALO
Ó boa tia, e grande amiga Inês,
Tu me guia e governa, qu'eu não rejo,
Não sei; tu sabes; não vejo, tu vês.

INÊS
Olha que não t'empeça o ser sobejo,
Que se ũa ora aproveita, muitas dana,
Benze-te do diabo, e do desejo.

Cada ũa destas moças anda ufana,
Cuidam que o sol lhes[105] baila, são gabadas,
E já não há quem cuide que se engana.

Guardemo-nos das horas minguadas,
Se nos sentirem, logo hão de pôr selo,[106]
Qu'eu sou a que ando nas mexericadas.

Mas afilhado tornas-te amarelo,[107]
E branca[108] a boca como esta toalha,
Tens as mãos frias como um caramelo.[109]

GONÇALO
O tamanho alvoroço a tudo atalha,
Muito mais o prazer, que a paixão, toma
Poder do coração posto em batalha.

Esforça, que ũa moça o adufe[110] em soma
Começa de tanger[111] com tanta graça,
Parece que transpõe, ora que assoma.

Or'eu por fiador,[112] a alguém prol faça[113]
S'ela tão bem cantar como parece,
E como sói, qu'inda ela hoje nos faça
Desta tarde que é já, quando amanhece.

### Canção do Encantamento

*Beatriz canta*

Em tempo antigo, longe, em terra estranha,[114]
Um Rei, e ũa Rainha
Houveram filhas: a primeira veo
De beldade tamanha,
Que algũa igual não tinha,
Somente a que despois foi a do meo:
Mas logo sobreveo[115]
Inda outra, qu'estas fez como às estrelas
Faz o Sol claro tanto que[116] aparece.
Falavam cavaleiros e donzelas,
Como nas cousas raras acontece,
A gente se lhe ofrece[117]
Como a Deusa imortal,
Té do bem o sobejo sempre é mal.

Não sofreu tal ofensa Amor altivo
Que fosse às Deusas feita,
Seu arco encorda,[118] os tiros apurou,
De chumbo e d'ouro vivo,
Voando ao ar se deita,[119]
Num momento tudo atravessou;
Mas muito se enganou,
Que quando aquela Ifante ante si viu
Fugiu-lhe o coração, a frecha cai,
E no pé que diante ia o feriu.
Chora o mimoso, e grita pola mai,

Com tal conselho sai,
Faz um parque encantado,
I geme, ali suspira magoado.[120]

Já d'antes disto àquela acesa fama
Da fermosa Princesa,
A grande Vénus toda receosa,
Os seus archeiros chama,
Em secreta defesa,
As mostras são porém de andar ciosa,[121]
Quando pola amorosa
E delicada praia rumor corre
Incerto asi do povo
Que o poderoso Amor de amores morre:
Mas outra e outra vez torna de novo,
A mãi com tal renovo[122]
Põe atrás tudo, e ceva[123]
A moça de alto sono, e ao Parque a leva.

Cai a noite do céu, mas é de lumes
Vencida, e fazem dia,
Ali acordada vê vivas pinturas,
Ardem ricos perfumes,[124]
Os cantores que ouvia
Eram pera abrandar[125] as pedras duras:
Põe-se a mesa: figuras[126]
Correm, de vasos sem preço e sem conto
Mansamente ordenado e sem peleja,
Tudo se faz ali prestes[127] num ponto,[128]
Que banquete quereis que o d'Amor seja.
Não acha ali a inveja
Que possa desdenhar,
Nem apetitos[129] que mais desejar.

Mas eu por que me vou ora detendo
Por cousas que o sentido

Deixa por um tamanho espaço atrás?
Respeito ao sol havendo,
Direi dum só partido
Que Amor logo tirou, mas duro assaz,
Disse, Não me verás,
Contente-te o que vês: a sorte esquerda
Tudo acomete,[130] vá tal pensamento
Em pedaços ao vento, cuida a perda
De se esvaecer[131] tudo em um momento,
Há mister[132] sofrimento
O mal, e é o bem,
Pouco estimado daquele que o tem.

Promete do por vir ousadamente,
Fazem-se comprimentos
Em abastança, tem-se despois mal,
Deseja ver sua gente
Para assoalhar seus ventos,[133]
Quer-lhe mostrar andando o tal e o tal,
Cousa que tanto val,
C'os nossos coraçõezinhos pequenos:
Ora indo assi crecendo estes desejos,
A fermosura cada vez é menos,
Quanto dos mimos mais, mais dos entejos,[134]
Em fim (diz) bens sobejos
Sem as minhas irmãs,
Não sois riquezas não, mas visões vãs.

Ouviu e estremeceu Amor, com tudo
Houve de dar licença,[135]
E diz no cabo, Pois ela assi quer
(Por um pedaço mudo
Esteve.) e porém vença
(Tornou) usada assi sempre a vencer:
Vem-na as irmãs ver,
Mas vendo i tanto de que haver inveja

Mais tristes que antes (dizem) malfadadas,[136]
C'o que se perde aqui, c'o que sobeja,
Fôramos todas bem-aventuradas:
Nadas, menos que nadas
Nossas fracas[137] riquezas,
Como esta as chamará tudo pobrezas?

A moça amostra cá, e amostra lá,
Do que não vêem lhes conta,
Andava à face toda, elas d'envés,[138]
Não sofrem ver mais já,
Não podem co'a afronta
Com tudo: e cedo irão dar a través,
O Sol anda de pés,[139]
E juntamente[140] prazeres desandam:[141]
Também as que fingiam suspiravam,
Quem sabe os corações alheos que andam
Fazendo? Se quereis, inda choravam,
Mas donde se entronavam
Aqueles vasos de água?
Parecia irmandade,[142] ela era mágoa.[143]

Não se pôde mais ter ũa: E em tal vida
Que gosto podes ter,
(Disse) nossa irmã triste assi enganada?
Chorámos-te perdida
Vínhamos-te ora a ver,
Tornamos-te a chorar por mal achada.[144]
E feita mais ousada[145]
Tomou-lhe a mão essoutra, E quem seria
(Disse) que cuidasse al, se te ama tanto?
E se tal fosse, ele s'amostraria,
Respondes que não quer, disso m'espanto,
Ora eu não to alevanto,[146]
Mas dizem neste lago
Que às sonoutes se vê voando um drago.

Não disse mais: os olhos não sei mais
E os jeitos, que disseram,
Fazendo casos:[147] a moça enfraquece,
Vão suores mortais:
Todas nisto vieram,[148]
Que, quando há tempo, o dilatar empece:
Eis a barca aparece
Em que se hão d'ir, e deixam-lhe um lume aceso,
Ordenam o que faça antes que vão-se,
Veja-se em todo caso o tão defeso[149]
Esposo, e tão gabado, então descanse:
Outra vez as mãos dão-se,
Soltam ao vento a vela,
Fogem elas c'o barco, co'a praia ela.

Ora já noite, chega Amor cansado,
Lança-se no seu leito,
Lança-se[150] à boa fé, e dorme quedo:[151]
Da Ifante o delicado[152]
Singelo[153] e brando peito,
Vence-se, ora de amor, ora de medo:
Descobre-se o segredo
D'Amor (cousa divina) olhos humanos
Como ter-se podiam ao resplandor?
Malina inveja, que causou tais danos![154]
Deixa-o dormir, dormisse sempre Amor:
A simple[155] com temor
Os passos desconcerta,[156]
Cai-lhe no peito o fogo, ele desperta.

Quantos e que suspiros aí de novo
Que gritos ameúda!
O jardim deleitoso[157] em um momento
Em brejo escuro e covo
(Quem o crerá?) se muda,
Que se fez de tão rico apartamento?[158]

Cousas sem fundamento
Assi se tornam em nada a desora:
As más irmãs, más fúrias[159] infernais,
Como bichas[160] assanhadas lançam fora
De si mesmas a paga hajam as tais:
À moça ensinou[161] mais
Simpreza santa, e jouve,
E chorando em terra um tempo, perdão houve.

Esta canção que eu fiz
Cantando, minha em parte,
Já algũa acena e diz,
Não sei qu'eu disto ouvi, em tod'ou em parte.
Perdão de parte a parte,
Vós mesmas m'ensinastes,
Que, do que outr'ora ouvistes nos cantastes.

# EPITALAMIO PASTORIL

*a Antonio de Saa, no casamento de sua filha,*
*a Senhora Dona Camila de Saa.*[1]

Derecho successor, firme coluna
Desta casa de Saa, que siempre entera
(De las edades corriendo cad'una),
Por sí segura, y tan constante, espera
(Que reja, o no reja la fortuna),
Cogida o desplegada la bandera,
En vos quanto esperar se puede sobra,
En quien corren a par desseo, y l'obra.

Y no qual por aquí pechos ufanos
De sus blasones y escudos pintados,
(Cuentos inciertos quiçá y algunos vanos)
(Porque puedan pasar), mucho ha passados.
Quién fizo differencia de villanos
A cavalleros, blandos, y enseñados?
Sino proezas y buena criança?
Toman las fuerças al tomar de lança.

Vos aunque tantos costados contáis
Noble de toda parte (como aquí
Bollicio algún se siente) allá boláis,
Testigo es Cepta, testigo, Çafí.
Con quánta diligencia que buscáis
Grandes afrentas, y no a la buelta ansí,
Mas en reposo todos los recelos,
Que reposo no os dan vuestros abuelos.

Cuéntase destas fiestas con espanto
Allá entre nos, mandadnos dar la puerta,
Cantaros ha esta gente aquí entretanto

Que el mayor regozijo se concierta,
Aunque al palacio no convenga tanto
La çampoña aldeana, aun poco abierta,
Y en fin un Pithalamio, otros cantores
Ah de los míos Amores, Amores?

*Pastores del Epithalamio:*
*Nuño, y Turibio.*

NUÑO
A dó te llevan Turibio los pies?
Mas yo qué digo? Eres tú éste, o no?
Ni si te veo sé, ni si me vees.

Tal te paraste? Quién te demudó?
Mal espantado me has, y no se estrece,
Que alguna escura sombra te assombró

No sé, de mí quiçá que te parece
Puede ser que otro tanto: mas pariente
En ti muy poco de ti remanece.

TURIBIO
Piensas que con los pies, y no otramente
Somos acá y allá soncas llevados,
Como los más se piensan d'essa gente?

Eres en muy gran yerro, y si guiados
Cuidas que somos de los nuestros ojos,
Los nuestros guiadores son cuidados.

Que d'antojos nos llevan en antojos,
Como plumas que alçadas lleva el viento,
Si una vez de plazer, muchas de enojos.

A mí llévame ora assí sin tiento
No (como dixe) pies, mas no sé que
Que a pocas no me sobra entendimiento.

NUÑO
Lo que yo, pariente diría que fue
La tu alma enagenada en fuerte punto
Passose a cuerpo ageno, y d'allá vee.

D'allá responde a lo que te pregunto,
A ti mismo eres fecho como estraño,
Bives en otr[o], en ti y eres defunto.

Una mala dolencia, un claro engaño,
Antojadizo, sin juizio, o tino,
Oy mal y cras peor, al mes y al año.

Yo no soy escolar, mas adevino,
Que bien indilgaré sin errar nada,
Como un ciego que está cabe el camino.

Mas es fatiga vana, y mal tomada,
Por un yerro común de los zagales
Que por rodeos van, dexan la estrada.

Atiente, si me crees, a las señales
Más que a palabras destos trasportados,
Que mucho más que el bien precian sus males.

Dízese en general que enamorados,
A todos juzgan los otros por ciegos
Y al contrario ellos son d'ojos quebrados.

Bien entiendo pariente aquessos juegos,
Juegos son y digo, o qué digo? Locuras
De los pastores, y aun de palaciegos.

No sé darme a consejo, voyme a escuras
Hasta que estos antojos yuso cayan
Y a plaça vengan sueños, y solturas.

Ciertos brevages sé, con tanto que ayan
A tí mismo en ayuda, si los beves
Yo fío que la puerta al quicio trayan.

TURIBIO
Quién sabe qué podrá? Son cuentos largos
Los míos, va mi mal muy de rondón,
He miedo de añadir cargos a cargos.

NUÑO
Qué poquedad es éssa? Eres varón
Vees la vergüença que es peor que el mal
Levántate a pesar del coraçón.

Toma a la soledad odio mortal,
No te engañen lugares deleitosos,
Abrigados al cierço y al vendaval.

Los prados con las sus fuentes hermosos,
Flores, y arroyos, que van discorriendo
Con los sus pexezicos bulliciosos,

Abejas que andan la su miel cogiendo,
Con el [s]onido sordo por las flores
Y no vees que allí falte, ellas partiendo.

Y luego buelves suspirando, Amores
Sin que os coste nada, me podréis
Hazer el mayoral de los pastores.

Tiene por cierto Amor estrañas leys,
Mas lo que con paz tuya dicho sea
Tomado lo avéis tal, tal lo tenéis.

Avísote también: quando alborea
Tus oídos atapa al cantar blando
Del ruiseñor que el aire y el bosque arrea

Ruego, requiero, y si más puedo, mando
Que arrojes lexos de ti la çampoña,
Los tus cantares no vas recordando.

Trae cada cantar su carantoña,
No podrás con la carga y grave peso,
Es música a aquel mal, clara ponçoña.

No confíes (te aviso) del tu seso
Al tu peligro busca compañía,
Que te ayude a soltar, ya que estás preso.

Del buen amigo todo lo confía,
Descárgate seguro en sus oídos,
Que en noche tan escura cumple guía.

Va pidiendo prestados los sentidos,
Que los tuyos ya vees que los perdiste,
No te pierdas también tras los perdidos.

Mas pecador de mí que no me oíste,
Estoyte hablando, pero qué aprovecha?
El cuerpo aquí se está, tú trasposiste.

TURIBIO
Conviéneme passar la puente estrecha,
Y (como dizen) bevella, o vertella,
En fin que fue verdad la tu sospecha.

El alma mía a aquesta parte, y a aquella
En un punto llevada, mal podría
Estar queda, segura, y sin querella.

NUÑO
Turibio contra el mal de fantasía
(Que es ligero, y acomete hombre a desora)
Cumpre vela, atalaya, escucha, y espía.

Y no dexarte trasportar cad'ora
Diziendo, Oh, que iva Olaya tan loçana?
D'aquellos ojos quién no se enamora?

Si es fresca, tan apuesta, y tan galana,
Cómo no es tal a Diego, y es lo Elena?
Y a Pedro Elena no, es lo Ioana?

Y esse tu cuerpo grande cómo acena
A caerse cansado, arde el pavilo
Veese la llama, la candela apena.

Ayúdate, zagal airado dilo,
Contra ti mismo ayas de ti vergüença,
Como un bovo no estés preso d'un filo.

Vees que amor al peor siempre enderença,
Despierta la razón lidien abraços,
Ayúdala, siquier que una hora vença.

TURIBIO
Ay las mis cuentas, antes embaraços,
Aquí estoy mal, peor si la mi tierra
Me dexó, haziendo el coraçón pedaços.

Que mirando después d'aquella sierra
Hazia ésta, pienso quán triste diría
Quién me lança de ti? Quién me destierra?

A dó me lleva Amor? Que es la mi guía?
Él fuesse buen juez, pesasse el yerro,
Él pesasse el tormento, y cuita mía.

Ansí passando mal de cerro en cerro,
Ora mirando acá, ora acullá,
Todo se es aguzar hierro con hierro.

NUÑO
Por demás son remedios, mi fe ha
A quien oíllos no quiere, ni vellos,
Vasija rota, que toda se va.

No se puede salvar ni por cabellos,
Son quien se ayuda, y aun ésse con fatiga,
Quien remedios quisiere ande tras ellos.

Date date al trabajo, el cuerpo obliga,
Sabe que reina Amor en ocio blando,
Luengo y duro trabajo lo castiga.

Toma el açada v[e] despedaçando,
La tierra no mollida, enxiere y planta,
Ve la siebe, y pared y vallo alçando,

Desvélate la noche, el lobo espanta,
Aticia los canes, como si lo viesses
Ya la oveja afferrar por la garganta.

Después cansado vella que no cesses,
Al fuego trabajando en tu cabaña,
Que mejor de trabajo es que muriesses.

Nunca falta al pastor que bien se amaña
En qué se passe la noche sombría,
Y el trabajo tal vez cantando engaña.

Refresque siempre la melanconía,
Los dessabridos desprecios, y bríos,
Que Amor passando va de día en día.

No te combido con brevajes fríos,
Hechizos suzios, mágicos cantares,
Vanos remedios, antes desvaríos.

Yerbas d'allende de los nuestros mares,
Cogidas a la Luna, en las entrañas
Buenas a quitar vidas, no pesares.

Cuentan las viejas, en las sus patrañas,
De cierta encantadera, que bolvía
Los que arribavan ende, en alimañas.

Era una isla en la mar, allí gruñía
El puerco, uviava el perro, el osso tanto
Temido, el léon bravo ende rugía.

TURIBIO
O buen amigo, tú no vees que en quanto
Nos departimos, sube una avezilla,
No sé ni si es cantar, no sé si es llanto,

Subió, que malavés aturo a oílla,
Ni vella, son de quando en quando apena,
Digo en buena verdad, que uve manzilla.

Parecía espiritillo que anda en pena
Por essos aires, Nuño; si la oyeras…

NUÑO
Dizen por esso tal, Hija sei buena.

TURIBIO
Ora, Nuño, ora di cuenta de veras
Que de veras te escucho, y estoyme atento,
Cuéntame más daquellas hechizeras.

NUÑO
Sería esso tener mano en el viento,
Si no hablo mal, empero si lo has gana,
Otro te contaré, dexo aquel cuento.

TURIBIO
Perdona, amigo, a la cuita villana
Que comigo arremete, y sobresalta,
Esta alma mía, mal cuerda, y mal sana.

Y fázeme caer cad'hora en falta
Mas cuenta Nuño que atento estaré,
Aunque en el pecho el coraçón me falta.

NUÑO
De Ribero[2] has sabido bien quién fue,
Quánto pudo en tañer, quánto en cantar,
D'él, y Gil otro tal, te contaré.

Y quando otro tal digo, has de pensar
En algún gran pastor de nuestros hatos,
Que con él ser oído pudo a par,

Acuérdome a la sombra d'unos latos
De sauzes altos, verdes, y graciosos,
Se ajuntavan pastores muchos ratos.

Como vees que acontece a los ociosos,
Hablar desto y de aquello, y más, zagales,
Que son parleros, y son porfiosos.

En fin fin los conciertos fueron tales,
Cad'uno déstos cante su canción,
Uno bienes d'Amor, otro los males.

Es de saber, Ribero en la prisión,
D'Amor, sus quexas nos representasse
Las sus grandezas Gil, al mismo son.

TURIBIO
Ay mi buen compañero, no traspasse
Tamaña ocasión al mi desseo,
Darm'has la vida, que anda al passe, passe.

Comigo, hermano, hasta agora peleo,
Agora pelearé soncas contigo,
Que muchos días ha que lo desseo

NUÑO
A la ribera d'un gracioso río
Quantos aquella vez eran presentes,
Ribero, todo demudado y frío.
Cantó temblando los versos siguientes:

*Canta Ribero los males de Amor.*

Mandaisme ora que cante,
Triste qué cantaré?
Y más d'Amores que enemigos son?
Mandadme que levante
Suspiros, que esto sé,
Conformándome al tiempo y a la razón,
Pues atinando al son,

Quexoso de mis daños,
Diré mil desconciertos
O que serán más ciertos
D'Amor, y como quier, por cierto estraños.
Que me han este mal sano
Pecho, todo metido a sacomano.

Esto que Amor llamáis
(Del qual me avéis forçado
Entre vos a dezir), más razón fuera
(Si a las obras miráis)
D'él ser antes nombrado
Enemigo cruel, son que yo me muera.
Sabéis de qué manera
Por bosques solitarios,
Nos lleva dando gritos,
Suspiros infinitos,
De que son nuestros pechos tributarios,
Si aquella es la su cura,
Por sus remedios, veréis que es locura.

Después mirad sus fuegos,
Sus mudanças tan prestas,
Sus gestos, sobresaltos, y meneos,
En verdad que son juegos,
Que corren sobre apuestas,
Llevados de los locos sus desseos.
Viejos demonios feos,
Teñidos, mal teñidos,
Los gestos trasportados,
Los pechos ora inchados,
Ora d'el todo en vista consumidos,
Muérdese uno arraviado,
Otro estatua de piedra, anda pasmado.[3]

Viene otro murmurando
Consigo, y no se entiende,
Todos se burlan d'él, y él no los vee,
Vanlo al dedo indilgando,
No esperéis que se emiende,
Siempre esto assí será, siempre assí fue:
Cómo me ayuntaré
En tan poco d'espacio,
Tantas diversidades
De las sus liviandades
Que aun pensar no se pueden sin cansancio:
Diré sólo este poco,
Qu'a tantos de mil locos, manda un loco.

También yo, mal peccado
Ende voy de consuno,
Que ni lo que hago sé, ni lo que digo.
Hemos mal barajado,
Yo comigo importuno
Como enemigo con otro enemigo,
Quando se siembra el trigo,
Quando anda por las eras,
Passa uno, y passa otro año,
No sientes el engaño,
Son quando ya del todo desesperas.
Sin ya triste en ti ser
Ir adelante más, ni de bolver.

Qué valles no corrí?
Qué bosques no busqué?
Qué peñas? Qué escondrijos d'animales?
Por me furtar a mí?
Quál destos cerros fue,
Que no sepa mis quexas desiguales?
De qué ríos caudales

No rebolví riberas?
Ora arriba, ora ayuso,
Quál monte no respuso
A mis finales bozes lastimeras?
Tan claro que yo bolvía
Ojos atrás, por veer quién respondía?

Engaño poderoso,
Meter yo mesmo en seno
Un fuego que ende alçó llama tan brava?
Amor tan gracioso,
Amor tan blando y bueno,
Cómo tanto de mal dissimulava?
Que cad'hora me lava
De lágrimas el gesto,
De tal color teñido
Que es trabajo perdido
Esperallo lavar soncas tan presto,
Onde esperança pone
Corriendo allá me lleva, ella traspone.

En infierno, ay quien cuenta
Por un monte alto arriba
C'un canto a cuestas sube un condenado[4]
Jamás por jamás se assienta,
Quando que a lo alto arriba
Resvala, y buelve el peso atrás priado:
Prestamente el cuitado
Torna a la su demanda,
Eislo sube del hondo
Con su canto redondo,
Qu'otra y otra vez cae, y enbald'anda
Igual embaïmiento
Lleva, y trae el Amante en tal tormento.

Qué vos dirí[a] d'Amor que no sepáis?
Enemigo cruel,
Que los más suyos, más se quexan d'él.

Ansí cantó Ribero, y vimos claro
Mientras cantava, que lo interrumpían
Muchos solloços del su pecho amaro.

Lágrimas de los ojos le cahían
Unas tras otras por la cara ayuso,
Con harta compassión de los que oían.

TURIBIO
Yo vide algunos versos que él compuso
Quasi todos llorosos, tuvo vena
Blandíssima, y aun más blanda con el uso.

Mas Gil por la tu fe (si no te pena)
Que vino de la su parte arguyendo
No le avía a faltar gracia, ni lena.

NUÑO
Primero uvo que hazer, unos diziendo
Que el su mal proprio cantava Ribero,
No los d'Amor, los otros defendiendo.

Que ansí dezían quien se paga el fuero
Sabe sus males de toda manera,
Del cabdal de las geras, y dinero.

Con todo Gil, bien vimos que quisiera
Descabullirse al reto porfiado,
Por buena voluntad no fallesciera.

En fin tomó el Rabel como forçado,
Y afinándolo estuvo cuerda a cuerda,
El arquillo bolava, y ansí afinado
Acudía apuntando con la esquierda.

*Canta Gil los loores de Amor.*

No veis cómo al cantar
D'Amor el Sol se aclara?
Las avezillas a buelo se erguieron.
No veis regozijar
Los pexes al agoa clara?
Luego acá, luego allá se arremetieron?
Mas ah que me fuyeron
El aliento y la lengua,
Dubdando a la empresa alta
A tal tiempo, tal falta,
A quién bolverme devo en tanta mengua,
Son al fresco moçuelo
D'Amor, que siento andar cercano a buelo.

Amor que en un momento
Visita este aire puro,
Del nombre solo, quién no se enternece?
Común consentimiento
Le dio deidad de juro,
Y niñez, que jamás no se envegece
Todo desaparece,
Y todo a prissa fuye,
Pera la bolver más,
Ya fuera todo atrás
Son que Amor (su merced) lo restituye
De nuevo refaziendo
(Quién lo puede negar?) siempre aplaziendo.

En primavera ufana
Mirad que se enamora,
La misma tierra, ved cómo se arrea
D'oro, y plata, y grana,
Viene Pomona y Flora,
Que la cubren, vestiendo a su librea:
Verá quien quier que vea
Toda cosa criada
D'Amor favorecida,
De nuevo ir dando vida
En ríos, en la tierra, y en mar salada:
Saltar pexes tan altos,
Que más parecen buelos, que no saltos.

Las aves y las fieras,
Que nacen tan armadas,
Luego en poder d'Amor se paran blandas,
Mas antes lisongeras,
Las fuerças olvidadas,
Ronceando se van en sus demandas:
Señor que todo mandas,
Nuestros pechos visita,
Tu buena merced sea,
Entra por nuestra Aldea,
Ínchela toda d'Amor, y odios quita,
Que por muy buena suerte
Todo eres vida Amor, desamor muerte.

Entre flores suaves
Si estás contra tu grado,
No te podrán tener, ni aun en cadenas.
Ay quánto que son graves,
Las fiestas al forçado,
Quanto bien ende ven, buélvese en penas.
Malas cosas y buenas

Haze Amor, y deshaze,
D'absoluto poder,
Quereislo claro veer?
No llamamos plazer, son lo que aplaze,
Quánta noche esclarece,
Y quántos días que Amor escurece?

Ciertos embolvedores
Falsos, y fementidos,
Entran hurtados (siendo Amor ausente),
Al arrayal d'Amores,
Ende desconocidos,
Tornan a engaño al simple, al innocente
Causa que tanta gente
Vaya con boz llorosa
Demandando piedad,
Tornad en vos, tornad,
Que aun trabajos d'Amor, son dulce cosa,
Catad que essos moçuelos
Que por Amor passáis, son malos celos.

Amor nunca alabado
Por mucho que sea assaz,
Si a lo que se le deve se miró,
Quién al mal prolongado
O fuesse en guerra, o en paz,
Puso dulce esperança, si Amor no?
Quién el palacio enchió
De ricos atavíos?
Aquellas opiniones
De galas y invenciones,
Qué serían sin él? Son desvaríos?
Él puso ende las damas
Arde el palacio todo en bivas llamas.

Y a nos quién nos sostiene
Entre tantos sudores,
Desta vida cansada acá de fuera?
Salvo este Amor, que viene
Con los sus lamedores,
A esforçar uno a uno que no muera?
Templad d'una manera
En sus iguales modos
Estos nuestros rabe[l]es,
Tocad uno después,
Sin que otros no toquéis, responden todos,
Amor qué no podrá,
Si tanta fuerça a los conciertos da.

Es trabajo sin fin que me avéis dado
Que alabança mayor
No quier Dios de nos mas, que sólo Amor.

Ansí nos cantó Gil, y a nos bolvido
Dixo, esto fue complir vuestro mandado,
No cantar, no tañer, que no lo ha sido.

TURIBIO
O mi buen compañero, ah que me has dado
La vida con las tus buenas canciones,
Menudamente de todo acordado.

NUÑO
Si ansí Turibio te plugón sus sones,
Oyéndolos a ellos, qué fizieras:
No pude más, conviene me perdones.

Mas tú quiçás no vees las cantaderas
Que allá parecen? Qué frescas Zagalas,
Vestidas como a guisa d'estrangeras.

Dos Mengas, dos Elviras, dos Pascoalas,
Semejan entre mil como escogidas,
En cuerpos, gestos, gracias, y en las galas.

A fiestas deven d'ir tan guarnecidas,
Y tan acompañadas, abalemos

TURIBIO

Ah Nuño, Cómo? Y a fiestas me combidas.

NUÑO

Otros a tantos de zagales vemos,
A la porfía contra les teniendo,
No lo sufre razón que tal dexemos.
Passar carillo, viendo, y no lo viendo.

*El Epithalamio*

ZAGALAS

Razón ay que tal sufra? Una donzella
Criada a mil regalos, en el seno
De su madre, ella çahareña y bella,
Que venga uno de fuera, un como ageno
Y que la lleve mientras se querella?
El gesto todo de lágrimas lleno,
Qué se puede pensar cosa más fea?
Entrada de enemigos el Aldea?
Sá, Saa, por aire, tierra y mar ressuena
En común alegría, y buena estrena.

ZAGALES

Padres, madres, hermanos son vencidos
En los proprios amores verdaderos
Destos esclavos que llamáis maridos,
Hasta la muerte sanos compañeros:
Pero los suegros (como embevecidos

Del plazer grande) piden nuevos fueros,
Dad que gelos devéis nietos a pares,
De que donaires cuenten a millares.
Sá, Sá, por aire, tierra y mar ressuena
En común alegría, y buena estrena.

ZAGALAS

Ay zagalejas nuestras tan preciadas,
Y vos que lo pensáis, por ende altivas
Andáis (al parecer) glorificadas,
Que no semejáis quasi a cosas bivas:
Perdeislo todo como sois casadas,
Passaisvos de señoras a cativas,
Quién lo puede negar? Y en tanto daño
Apesar de razón, vence el engaño.
Sá, Sá, por aire tierra y mar ressuena
En común alegría y buena estrena.

ZAGALES

No se puede negar que todo fuye,
Quánto más las livianas voluntades,
Este tiempo glotón todo destruye,
Las duras peñas, quánto más beldades,
Tan delicadas, quién lo restituye
Todo, si Amor, no por sus bondades?
Él solo nos defiende a la fortuna,
A las bueltas del Sol, y de la Luna.
Sá, Sá, por aire, tierra y mar ressuena
En común alegría, y buena estrena.

ZAGALAS

Essa restitución de que acenáis,
(Que son los hijos), ay las sus fatigas,
Ah los trabajos grandes que calláis,
Dissimulando cuitas tan antigas:

Que vosotros sabéis que las causáis,
Días crueles, noches enemigas.
Desigual parçería, juzgue Amor,
La parte flaca más, passa peor.
Sá, Saa, por aire, tierra y mar ressuena
En común alegría, y buena estrena.

ZAGALES
Passáis des[a]gradecidas, como en juego
Tantos suspiros de los servidores,
Óyame el turbio Duero, oya el Mondego,
Cad'uno con la su fuente de Amores,
No sabéis como va derecha al fuego,
Árbol sin frutto aunque lleve flores?
Y dize el que la riega, y que la escava,
Qué quiero más aquí dest'Árbol brava?
Sá, Sá, por aire, tierra y mar ressuena
En común alegría y buena estrena.

ZAGALAS
O dulce liberdad, cómo te vas
Assí cubierta de nombres pintados!
Que nunca buelves ni apareces más?
Corre el engaño todos los estados,
Si pudiessen bolver tiempos atrás
Como no pueden, ni consienten hados,
Averían lugar buenos consejos,
Seríamos a nos buenos espejos.
Sá, Sá, por aire, tierra y mar ressuena
En común alegría y buena estrena.

ZAGALES
Relampaguean fuegos que nos ciegan,
Veis quánta gente? Veis quánta señal?
Y todas d'alegría saltan y se allegan

A nos, que no será soncas por mal,
Éstas lo que más dessean, niegan,
Los sus esposos, no les creáis tal,
No os engañen fingidos sus enojos,
No las lágrimas falsas de sus ojos.
Sá, Sá, por aire, tierra y mar ressuena
En común alegría, y buena estrena.

## MONTANO[1]

*a João Rodrigues de Sá e Meneses.*

Por estas verdes florestas,
Onde correm águas suaves,
Por aquelas partes, e estas,
Aonde cantam as Aves
Suas, e minhas requestas.
Fugindo do povoado
M'acolhi para esta serra,
Sei fui mal aconselhado,[2]
Mas não tenhamos nós guerra[3]
Sobre quem foi acertado.[4]

Que emudece a fantasia[5]
Ver tanta contradição,
Perde a verdade a valia,
Anda corrida[6] a rezão,
Prevalece a Hipocrisia.
Crece o dano, e não se cura,
Todos gemem, e nenhum fala,
Polos cantos se murmura,
A honra, e vida se escala,[7]
Nenhũa cousa é segura.

Cuidar no que ontem se via,
Nos magoa o coração,
Foge de nós alegria,
Em tamanha confusão,
Determinar venceria.
Mas tornemos aos pastores,
Que vos querem por juiz,
Deixemos de cantar dores,

Vereis o que cada um diz,
Mas não se queixam d'amores.

*Pastores:*
*Bieito e Montano*

BIEITO
Que é isto Montano amigo,
Como andas cá apartado
Em este despovoado,
Assi somente contigo
Em companhia do gado.
Vejo-te a cor mudada
Sem o teu saio[8] de festa,
A pessoa maltratada,[9]
Grã paixão deve ser esta,
Que tens esta madrugada.

Folgavas[10] quando me vias,
Não me queres ver agora,
Mudou-se o tempo, e a hora
Contra ti, que não soías
Andar tão triste cá fora.
Fizeste grande mudança,
Cada vez para pior,
Trazes a vida em balança,
Guar-te, amigo meu pastor,
Porque o mal de si se alcança.

Lembra m'ora, que ogano,
Andand'eu fora da serra,
Ouvi desta tua guerra,
Se tu és inda Montano
Natural da minha terra.
Assi tão só te vieste,

Tomaste forte aburrão,
Tantos amigos vendeste,
Não sei porque, nem que não,
Pois que a mim não mo disseste.

Qu'inda que hũa tal mudança,
Feita a torto, ou a direito,
Assi te tenha desfeito
Se quer hás de ter lembrança
Deste nome de Bieito.
Mas porém deste desterro,
Que tu cá trazes contigo,
De ti saber o espero,
Como do maior amigo,
E que entre tantos mais quero.

MONTANO
Seja a vinda em hora boa,
Meu tão amigo Bieito,
Eu digo amigo escolheito,
Como quem o leite coa,
Que deça limpo a seu peito.
E respondendo ò que dizes,
Vês-me fardel, e cajado,
Não vou armando a boizes,
Ando trás este meu gado,
Bem sei que há muitos juízes.

Parece que folga mais,
(Eu folgo c'o que ele quer)
Por agora de pascer
Por esses andurriais,
Faça como lhe aprouver.
Que por certo homem dirá
Nas cousas que não são certas,
Eis-nos cá, e eis-nos lá,

Às vezes também acertas,
Mas as mais no pior se dá.

A nós parece-nos muito,
O que não peza, nem val,
Diz Toríbio, e diz Pascoal
Palavras vãs, e sem fruito,
E às vezes também sem sal.
Em fim nos tempos d'agora,
Lá por esse povoado,
Não se vive hũa só hora,
E assi menos enganado
Ando, andando cá por fora.

E porém sabes que digo,
Para que milhor m'entendas,
Fugi às grandes contendas,
Como ogano fez Rodrigo,
Porque nele me comprendas.
Agora o mundo vai tal,
Que é milhor cá nos desertos
Sofrer, e calar o mal,
Que descobrir os secretos
Deste nosso temporal.

BIEITO
Quem sabe do mal fugir,
Muito faz em se apartar,
Que o cuidado,[11] e o cuidar
Bastam para destruir
O que mais firme se achar.
A vida sempre sustém,
Mas isto não é d'agora,
Aí há mal, [a]í há bem
Se tudo junto não fora,
Não foras tu, nem ninguém.

MONTANO

Os tempos vão de mudanças,
Da rezão mui diferentes,
Os seguros de acidentes
Nas maiores esperanças
Nos acham menos contentes.
Pelo qual vês levantadas
Gentes mesmas contra gentes,
Com as vontades danadas,[12]
Sem respeito de inocentes,
Com as almas condenadas.

Tal não posso comprender,
Não sei que diga ao fado,
Que possa tanto o pecado,
Que o justo[13] venha a morrer
Por culpas[14] do condenado.[15]
Quando nisto cuido eu
Em tão grande diferença,
Quero-me tornar sandeu,[16]
Porque foi a mor sentença,
Que entre todos se nos deu.

Por tanto dou estes brados,
Ouça-me quem tem ouvidos,
Assi vão tempos perdidos,[17]
Que os maus são levantados,[18]
E os bons são destruídos.
Não te pareça pastor,
Que me diz isto a paixão,[19]
Nem nenhum outro rancor,
Mas de ver ir a rezão[20]
Sempre de mal em pior.

BIEITO

Assi é certo Montano,
Bem dizes, Deus nos proveja,
Que neste mundo de enveja
Há nele tanto engano,
Que não sei quem ledo seja.

MONTANO

Ainda mais te direi,
Bieito pastor amigo,
Encobrir-te nada sei,
Não há já amigo d'amigo
Nem ninguém vive por lei.

Se andas[21] pela verdade,
Tudo acharás mentira,
Em vão vive, em vão suspira,
Porque as cousas da vontade
Fazem-se todas com ira.[22]
Quem mais furta, esse é bem quisto.
E faz por se descobrir,
O furto é de todos visto,
Mas não no vejo punir,
Não sei a qu'há de vir isto.

O pobre do Zagalejo[23]
Não tem onde se acolher,
Quando se quer defender,
O que tem mais de sobejo[24]
Não no consente viver.
Se algum justiça brada,
Que lhe roubam seu rebanho,
Ou lho levam da manada
Por que seja mor o dano
Ninguém lhe responde nada.

E se porventura alguém
Lhe responde, é de través,
Enfim pastor quanto vês
Tudo é de mal, não há bem,
Porque tudo anda ao revés,[25]
Esses que governam prados,[26]
Esses Sátrapas[27] maiores
Usam tanto dos cajados,
Que são lobos, não pastores,
Por nossos grandes pecados.

Pois mais claro hás de saber,
(Se eu não erro o que digo),
Perto vejo o seu perigo,
Vejo mui cedo perder
Seu curar, e seu abrigo.
Porque Deus lá onde está
Também dá suas pancadas[28]
A quem não vive bem cá,
Asi às longas jornadas,[29]
Como viste que fez já.

Que tarde, ou cedo aparece
A vingança[30] divinal,
E quem fez mal, faz-lhe mal,
De ponto nenhum se esquece,
Por ser a todos igual.
Ouvi já o outro dia
N'Aldea dizer a Brás,
Que o mundo se perdia,
E olhando pera trás
Desta maneira a dezia.

Eu vejo vir o grão Cão
Por cima deste montado,[31]
Como perro[32] mui danado,

Com faminto coração
Nos roubará nosso gado,
Que assi o fizera o verão
Lá pelos campos de Ungria,
Deu no curral de João
Por hũa negra porfia,
Que teve André com Beltrão.

Por má guarda dos rafeiros
Perde o pastor as manadas,
Que andam todas derramadas[33]
Por cima desses outeiros,[34]
Corridas, desabrigadas.
Quando isto nos contava,
Assi coitado chorando,
Muitas vezes suspirava,
Cansado, de quando em quando,
Em seu bordão[35] se encostava.

Muitas cousas disse ali,
Do porvir,[36] e do passado,
E depois de já cansado
Volveu seus olhos a mi
Com um sobejo cuidado.
E disse-me: Ah Montano,
Pois és zagal entendido,[37]
Fuge, fuge a tanto dano,
Antes de ser mais crecido,
Que te roube[38] o seu engano.

Por isso cá me apartei,
Como tu Silvestre, vês;
Não no fiz em que me pês,[39]
Mas parece que acertei
Nos passos que dei c'os pés.
Quis fugir aduladores,

Quis fugir adulações,
Estes montes são milhores,
Que as praças de confusões,[40]
Nas quais os erros são mores.

Andem pelos povoados,
Os que em muito tem a vida,
Porque é cousa mui sabida,
Que os que estão mais levantados
Dão consigo mor caída.
Sem concerto,[41] e sem direito
Sabes como anda tudo,
Que a Deus não tem respeito,[42]
Quem presume mais d'agudo[43]
Não quer ter nenhum sujeito.[44]

O que vive mais errado
Em esta vida emprestada,[45]
Esse tem maior soldada,
Mas quando for condenado,
Ela será condenada.
Que o que é virtuoso
Não no deixam descansar,
Nem com vida, nem repouso,
Se me deixassem falar,
Mas falar pastor não ouso.

Porque dizer a verdade
Livremente, e sem engano,
Traz consigo tanto dano,
Que pode tanto a maldade,
Que faz mal o desengano.
Logo aquele blasfemou,[46]
Que fala pontos devidos,
Os que Deus quis, e mandou,

Que reprender[47] os perdidos
A muitos santos matou.

Assi vivem sem vergonha
Vestidos[48] de mansidão,
Mas dentro no coração
Anda escondida a peçonha,[49]
Que por mezinha nos dão.
Ouviste o dito daquela
Velha, não sei se to diga,
Todo o mal é da panela,
Dela só é a fadiga,
Só dela é toda a querela.

Destas leis tais arrenego,[50]
Ser tudo contra os piquenos,[51]
A justiça não na vemos,
Senão no manco, ou no cego,
Em nós que pouco podemos.
Mal no vale, mal na serra,
Em toda a parte vai mal,
Dá grandes brados a terra,
Falta-nos o temporal,
Mas não peste, mas não guerra.

Isto fazem volvedores,
E muitos pecados feos[52]
Aos suores alheos,
Que apanham roubadores,
Sem justiça, e sem bons meos:
Pelo qual olha ao que digo,
Minhas redes encolhendo,[53]
Sobre tudo vem castigo,
Como tu verás vivendo,
Meu Bieito, e meu amigo.

BIEITO

Bem vi eu já do passado,
Como nos Deus castigou,
Na cabeça nos tocou,
Deixando o corpo aleijado,
Mais do que nunca ficou.
Tu cansaste de falar,
Não quero gastar perlongas,
Vou m'ora pera o lugar,
Que o vejo lá fumegar,
Vejo ir-se o Sol, vir-se as sombras.

# CANÇÕES

## CANÇÃO A NOSSA SENHORA

Virgem fermosa, que achastes a graça
Perdida antes por Eva, onde não chega
O fraco entendimento chegue a Fé;
Coitada desta nossa vista cega,
Que anda apalpando pela névoa baça,[1]
E busca o que ante si tendo não vê,
Sem saber atinar como, ou porquê
Entrei pelos perigos,
Rodeado de imigos,
Por piedade a vós venho, e por mercê,[2]
Vós que nos destes claro a tanto escuro,[3]
Remédio[4] a tanta míngua,[5]
Me dareis língua, e coração seguro.[6]

Virgem toda sem mágoa[7] inteira, e pura,
Sem sombra[8] nem daquela culpa, herdada
Por todos nós, té o fim desde o começo,
Claridade do Sol nunca turbada:
Santíssima e perfeita creatura:
Ante quem de mim fujo, e me aborreço:[9]
Hei medo a quanto fiz, sei que mereço,
Dos meus erros m'espanto,[10]
Que m'aprouveram tanto,
Agora à só lembrança desfaleço:
Mas lembra-me porém que vós fizestes
Paz entre Deus e nós,
E a quem por vós chamou sempre a mão destes.

Virgem seguro porto,[11] emparo e abrigo
Às mores tempestades,[12] ah que tinha

Aos ventos esta vida encomendada.[13]
Sem olhar[14] já a que parte ia ou vinha,
Descuidado[15] de mim, e do perigo,
Surdo[16] aos conselhos, tudo tendo em nada:
Não vos seja em desprezo esta coitada[17]
Alma que ante vós vem
C'os receos que tem,
De imigos grandes mal[18] ameaçada:
E que eu tão pecador e errado[19] seja,
Vença vossa bondade
Minha maldade grande, e assi sobeja.

Virgem do mar estrela,[20] neste lago[21]
E nesta noite[22] um Faro,[23] que nos guia
Pera o porto, antes claro e certo Norte:[24]
Quem sem vós atinar; quem poderia
Abrir somente os olhos? Vendo o estrago
Qu'atrás olhando deixa feito a morte?
Quem me daria proa com que corte[25]
Por tão brava tormenta?
De toda a parte venta,
De toda espanta o tempo feo e forte:
Mas tudo que será? Co'a vossa ajuda
Névoa d'alagoa,
Que ao vento voa, e num momento a muda.

Virgem perfeita, e do Sacrário santo
Porta qu'Ezequiel cerrada via,
À parte que responde[26] ao Oriente:
Alto Silvado, que todo ele ardia
Sem ofendido ser tanto nem quanto,
E foi tal testemunha ali presente.
Velo de Gedeão, divinamente,
E divino sinal
Do orvalho celestial,
Que tudo o mais enxuto, ele só sente:

Senhora que podeis, em tal afronta[27]
Restituí-me a mim
Antes da fim,[28] que o sol vai se e trasmonta.

Virgem e madre juntamente, quem
Tal nunca ouviu? Nem dantes nem depois,
Somente em vós então quem o entendeu?
Vós madre e filha, vos esposa sois
Daquele que apertado ao peito tem
Vossos braços, o que não pode o Céu,
Na vossa alta humildade se venceu
O soberbo tirano,
Que com enveja e engano
Nos fez tão perigosa e longa guerra:
Por mulher[29] se causou tal dano nosso,
Quem nos restituiu[30]
De vós saiu[31] Senhora, o preço[32] é vosso.

Virgem nossa esperança, um alto poço,
De vivas águas, que contino corre:
Em que se matam pera sempre as sedes,[33]
Não de Nembrot, mas de David a torre,
Donde socorro espero ao meu destroço,
Assi tão perseguido como vedes,
D'antre tão altas, tão grossas paredes,
De ferro carregado,
Um coração coitado[34]
Chama por vós envolto em bastas redes:
Ũas sobre outras; porém sinais tenho
De ser do vosso bando,
Que a vós bradando por piedade venho.

Virgem do Sol vestida,[35] e nos seus raios
Claros, envolta toda, e das estrelas,
Coroada, e debaix'os pés a lua,
São vindas minhas culpas e querelas

Sobre mim tantas, valei-me aos desmaios,
De muitas que possa ir chorando algũa:[36]
Não me deixaram desculpa nenhũa
Os meus erros sobejos,
Levaram-me os desejos[37]
Tantas ocasiões, indo ũa e ũa;
Quem tormenta passou[38] per toda a praia[39]
Com os ventos contrastando
Saia nadando já co'a vida, e saia.[40]

Virgem horto[41] precioso, alto e defeso,[42]
Rico ramo do tronco de Jessé,
Que floresceu milagrosamente,
Custódia[43] preciosíssima da Fé,
Que vós só toda tivestes em peso,[44]
Tendo um e o outro Sol sua luz ausente;
A alma que os seus enganos tarde sente
Altíssima Senhora,
Por vós suspira e chora;
Ontem minino, sou velho ao presente,
De dia em dia vou-me, d'ano em ano,
À minha fim[45] chegando,
Dissimulando a vergonha e o dano.

Virgem andando aqui, já celestial,
E em corpo assi levada ao Céu empíreo,[46]
Sem ser vista mais cá de olhos humanos,
Certa porta do Céu, dos vales lírio,
Que nunca teve nem terá igual,
Dada por só remédio a nossos danos,
Contra os demónios, sejam meridianos,
Sejam da noite escura;
Esperança segura
Tais forças,[47] contra tais mestres d'enganos,
Com vosso esforço[48] por terra e por mar,

Não digo eu haver medo,
Mas sair ao campo ledo, e pelejar.

Virgem das Virgens, como o tempo voa![49]
Nossa certa esperança,
Por toda a vezinhança
Quanto gemido[50] a toda a parte soa!
Quantas lágrimas caem mal derramadas!
Mas posto de giolhos[51]
A vós os olhos, tudo o mais são nadas.

## À FESTA DA ANUNCIAÇÃO DE NOSSA SENHORA[1]

Dia gracioso, e claro[2]
Prometido[3] de tanto,
Tempo à gente por Deus escolhida
Para ser nosso emparo,
Ah mistério tão santo,
Que nos tolheu a[4] morte, e deu a vida,
Mercê[5] não merecida,
Que o entendimento abate.[6]
Celeste mensageiro,
Que ao longo cativeiro[7]
Nos trouxe hoje do Céu um tal resgate,[8]
Sejais na minha ajuda,
Socorrei em tal pressa, a língua muda.[9]

Fizera-se tirano
A cabeça da enveja,
(Não sei o que me logo entrando digo)
Do novo estado humano,
Que d'altivez[10] sobeja,
Tantos dos seus perdera[11] ali consigo,
Um ódio[12] tão antigo
De jornada em jornada,
Que avante cada hora ia,
Quem remédio i poria,
Senão quem por nós fez, tudo de nada,
Na culpa entrou mulher,
Assi convinha no remédio[13] ser.

Virgem sagrada, e pura,
Que a natureza esmalta,[14]

É tanto atrás de si tudo deixou
Perfeita criatura,
Posta em parte tão alta,
Que nunca culpa[15] algũa lá chegou,
Connosco conversou,
No mundo[16] por seu meo
O Verbo divinal,
Por nós feito mortal
Co'a Cruz às costas de tão longe veo,
E com tais armas sós,
Tais imigos[17] venceu só para nós.

Foi o primeiro Adão
De Limo[18] Virgem[19] feito,
Inspirando-lhe[20] ali divino esprito.
Assi estava em rezão,
Que estoutro mais perfeito
De ventre virginal saia bendito,
Isento[21] do delito
Em que a serpente antiga
A todos envolvera,
O Céu que Eva perdera,
Quem no-lo abriu, ficou fora de briga,
Foi-lhe hoje entregue a chave,
Foi-lhe o nome mudado d'Eva em Ave.

O Embaixador Divino
Com tal acatamento[22]
Propôs, como o menor, ante o maior,
A Virgem indo a tino[23]
Regia[24] o pensamento,[25]
Deixando nas mãos tudo do Senhor,
Divino Resplandor,
Divina Claridade,
Em noite escura ali tão claro dia,
Quanto em glória subia,

Tanto descia mais em humildade,
Temia, e confiava,
Cuidando ora no Céu, ora ond'estava.

Contemplava[26] cada ora[27]
Que havia de parir,
Ũa Virgem, sinal dado na lei,
Sempre diz, ah quem fora
Digna de a servir,
Virgem, e Madre d'um tão alto[28] Rei.
Pecador, que direi
Em mistérios tão altos,
Filho no Céu sem mãe?
Filho em terra sem pai?
A tais escuridões tais sobressaltos:[29]
Este pó terra indigna,[30]
Quando cuida que atina, desatina.

Se à tua grande, mas pobre vontade
Fora dada igual graça,
Sair puderas Canção minha à praça.

# ELEGIAS

## A UMA SENHORA MUITO LIDA, EM NOME DE UM SEU SERVIDOR

Cuidando em vós senhora, no alto[1] engenho,
Delicado saber, na tanta estima,
Não sei com que ousadia ante vos venho.

Por dom da natureza, posta em cima
De todo o que aqui vemos descoberto,
A que é tão necessária vossa lima.[2]

Ocasiões esperando, e algum acerto,[3]
(Que tudo é cheo d'acontecimentos)
Quantos males passei quam encoberto?

As esperanças foram-se c'os ventos,
Já há dias se eu tivera vista algũa,
(Mas assi é bem que vão vãos pensamentos.)

Senhora quanto sol e quanta lua
Em quanto eu cuido e temo, se me vão
Vivendo triste sem vida nenhũa.

Cuidava que valesse esta razão
A que tanto se dá, val pouco em fim,
Nomes vistosos,[4] que remédios não.

Comigo aos braços, a que estado vim?[5]
Lidando noite e dia,[6] eles quebrados
Uns me mostram ao dedo, outros sorrim.

São fogos como os que vemos pintados
Não chego a dizer mais, digo o que posso,
Os d'alma são os vivos,[7] e os calados.

Não sei como não vistes este vosso
Spirito em tanto tempo? Onde assi val
Este nome de meu, e inda o de nosso

E como tanto andais cuidando em al,
Que não vistes esta alma há tantos dias
Que a vós só vê seu bem, tendes-lho a mal.

E não se vos mostrou por tantas vias,[8]
Tanta verdade, por experiência tanta,
Apurada[9] em tais fogos, e agonias.

Aquela vista que a todos espanta,
Aquele entendimento tão profundo,[10]
Não sei quem nisto o cega ou que o encanta.

Hércules tão falado pelo mundo[11]
Quantos trabalhos venceu, mas a dura
Madrasta[12] nem por isso se quebranta.

Em fim vê-o no fogo,[13] inda assegura
Seus olhos farta, e quanto às imortais
Honras que se lhe devem, torna escura.

Julgam-se as cousas pelos seus sinais,
Melhor que por palavras, que farei?
Tudo me lembra, e tudo por demais.

Tirania cruel, áspera[14] lei,
Que assi quer o que quer, brava opinião[15]
Abasta, assi me apraz, assi mandei.

Menosprezando de todo a razão
Seja a culpa d'Amor que envolve tudo
Deixai chamar os seus por ele em vão.

O duro, o brando, o sem siso, o sesudo,
O velho com suas lágrimas piadosas
O moço aos sobressaltos branco[16] e mudo.

Amor tem cheo d'armas vitoriosas
Em padrões altos, tudo ao derredor,
Polas façanhas suas espantosas.

Poderoso, absoluto, e só senhor,
Os Deuses tem os fados sobre si,
Livremente o que quer só pode Amor.

Os santos[17] juramentos, ora assi
Ora assi feitos, passa em graça[18] e riso
Té da lagoa sobterranha ri.

Não se pode falar estando em siso[19]
Nas grandezas[20] de amor, cumpre que estê
O entendimento, do corpo diviso.[21]

Ao baixo olivel[22] nosso, o que se vê
Tudo também é baixo: estes sentidos
Levemente enganados, não dão fé.

Os remos n'água parecem torcidos,
Os olhos nos enlea um jogo leve
De mãos, e assi se enganam os ouvidos.

Senhora bem sabeis o que se escreve
De dous pintores[23] nobres à porfia,
Em que cada um vencer o outro se atreve.

Fruitas pintou um deles, que de dia
Vinham aves comer, outro de um véu
Pintado, fez que a sua obra encobria.

Vede quanto a arte pode, não valeu
Ali vista e saber, o véu de diante
Mandava alevantar o que perdeu.

Diz ledo o vencedor, Foste bastante.
A enganar aves? Que vitória a minha
Enganando um pintor tão posto avante!

Aquele leve Grego que ia e vinha
Com tanta ligeireza,[24] e tal fervor[25]
Que os pés voavam, quedo[26] o corpo tinha.

Quando cuidavam que havia de traspor,
Inda desse lugar não se movera
De que esperava mercês[27] e louvor.

El-Rei Agesilau[28] que não pusera
Nisto cuidado mais, não disse então
Somente que jogral lhe parecera.

Ora tornando a trás, certo mais são
Os nossos olhos que os dos morcegos
Que ũa cousa só vem, as outras não.

Os seus tesouros, os ricos empregos[29]
Alcançam-se por sorte[30] grande e rara[31]
Jazem em mui profundos e altos pegos.[32]

Tanto há que canso me desempara,
O mesmo tempo, as forças desfalecem,
Ai quanto custa[33] ũa esperança cara.

A alguns queixumes de fora parecem,
E talvez o serão, só a alma o sente,
E estes olhos coitados que amolecem.[34]

Entretanto que cuida a leve gente
Destes que vemos tantos a milhares
Regidos do só caso e acidente.

Ondas que aos ventos vão correndo os mares,
Andábatas[35] que ferem às escuras
E sem certeza dão por esses ares.

Estas seriam as desaventuras
Que Heraclito chorava em vida andando,
E Demócrito ria por loucuras.

Com muitas outras que fazem gram bando,
Peró sempre hão de ser as principais
Dos que perdendo vão-se, outrem buscando.

Meus desatinos onde me levais?
Vadiamente assi de monte em monte,[36]
Ou (como dizem) por andurriais?[37]

Tomastes-me[38] jazendo à minha fonte,
O caminho não míngua,[39] antes mais crece
Por muito que a razão[40] clara[41] desconte.

E não me abasta[42] o mal que m'acontece,
(Qu'é tanto em meu quinhão[43]) inda a vergonha,
Que de mim mesmo e que doutrem me recrece.

Que sorte tão estranha de peçonha!
Ando em busca de mim não sei por onde,
Em quanto esta alma tresvalia, e sonha.

Aqui somente a vã Eco responde,
Que parece também que and'ela em busca,
Não sei per que cavernas se m'esconde.

Quando o mundo esclarece, e quando embrusca,[44]
Suspirando eu, suspira, ah crueldade,
Também dirá por mim, Este que busca?

Triste, que já não ando após piedade,
Som em poder da dor, entendo o erro,
Entendo o dano, entendo a vaidade.

Sigo ũas sombras vãs, que nunca aferro,[45]
De ũa só folha que atrevessa tremo,[46]
O tempo gasta as pedras, gasta o ferro,
Por mim já nada, por vós tudo temo.

## A ANTÓNIO FERREIRA

Esta branda Elegia, esta tão vossa,
Quero dizer de tanto preço, e tal,
Que vai fugindo ant'ela a névoa grossa.[1]

Bem vejo que era a empresa[2] principal,
Esta a que vinha, mas a dor rezente
Tempo esperava, cura mais geral.[3]

Quanto que àquela vea assi corrente[4]
Se deve! àquele engenho pronto, e raro,
Que assi sente! assi diz tudo o que sente!

E mais em tal sazão, tal tempo, avaro
De louvores alheos, em gram dano
Dos engenhos, que s'acham sem amparo.

Vem um dando à cabeça, e entra ufano,
Cousas do seu bom tempo, ardendo em chamas,[5]
Polas que fez, todo al lhe é claro engano.

Andam se às razões frias polas ramas,
Um vilancete brando, ou seja um chiste,[6]
Letras[7] às invenções, motes às damas.

Ũa pregunta escura,[8] esparsa triste,
Tudo bom, quem o nega? Mas porquê
Se alguém descobre mais, se lhe resiste?[9]

E como, esta era a ajuda? Esta a mercê?
(Deixemos já as mercês) este o bom rosto?[10]
De menos custa em fim? Que este tal é?

E logo aqui tão perto com que gosto
De todos, Boscão, Lasso,[11] ergueram bando,
Fizeram dia já quási sol posto.

Ah que não tornam mais, vão-se cantando
De vale em vale, de ar mais lumioso,[12]
E por outras ribeiras[13] passeando.

Tornemos ao desastre a nos choroso,[14]
Furtando-m'ia à dor qu'inda ameaça
Como um parto ao fugir mais perigoso.

Não ouso inda a falar tanto de praça,
Falo convosco como em puridade,[15]
Incerto do que diga, e do que faça.

Quando mandei meu filho em tal idade
A morrer pola fé, se assi cumprisse.
(Qu'esta era a verdadeira sua verdade,)[16]

Tu vás pelo caminho agro[17] (lhe disse)
Que tu mesmo tomaste à tua conta;[18]
Sem perigos quem se acha que subisse?

De tempo que assi foge, que te monta[19]
Vint'anos, trinta, mais? Que montam cento?
Ergueu a vista a mim alegre, e pronta:

Suspirando por ser lá num momento,
(se ser pudesse) tão de pressa os fados
Corriam (nomes vãos, sem fundamento.)

Então o encarreguei destes cuidados,[20]
Deus, e logo honra;[21] logo o capitão;
Quam prestes a cumprir foi tais mandados![22]

Parece que os levou no coração,
Não soltos por de fora nos ouvidos,
Como outros fazem, que perdendo[23] os vão.

Do corpo aqueles espertos[24] sentidos,
Mais inda os d'alma tão limp'[25] e tão pura;
Já agora os bons desejos são cumpridos.

Viu onde a deixaria em paz segura,
Depressa à ocasião[26] arremeteu,[27]
Não quis mais esperar outra ventura.

No dia do começo a conta encheu;[28]
Seguro viu a morte, espanto antigo;[29]
Nós sonhamos[30] aqui, tu vás-te ao Céu.

Ditoso aquele Mestre, dom Rodrigo
Manrique,[31] a quem em seu tempo louvou[32]
O filho, e deu ao corpo em mort'abrigo.

Era ela conta igual,[33] que quem entrou[34]
Antes à vida, saísse[35] primeiro,
Eu sou que devera ir, quem nos trocou?

Cordeiro,[36] ante o trono alto do cordeiro[37]
Lavado[38] irás no teu sangue sem mágoa,
Oh quem como era pai, fora parceiro.

A Paulo da fé nossa ardente frágua,[39]
Que pera o filho, o pai ponha em tesouro
Parece natural um correr[40] d'água.

Não assi ao contrário, abaixo o Douro
Aqui perto ao gram mar se lança[41] escuro,
Mondego, e Tejo das areas d'ouro.

Quanto mais certo contra o imigo duro
Podes que outrem dizer, vim, vi, venci,
Cerrando e abrindo a mão posto em seguro.

Não se vejam mais lágrimas aqui,
Salvo se por nos forem, que em tais trevas,
E tão cega prisão,[42] deixaste assi.

Vai-te à boa hora,[43] não tens de que devas
Temer, la tudo é paz, tudo assossego,
Quem leva um tal seguro,[44] qual tu levas:

Ditoso, que não viste de dor cego,
Por senhor um imigo da tua lei[45]
A tanta pressa, fora um certo emprego.

Quantas graças meu Deus, quantas te dei,
Sabendo d'alma qu'era livre e viva,
Sem ela ao corpo de que temerei?

Sabia a sua condição[46] altiva,[47]
(Nesta só parte) no mais, branda, humana,
Era para morrer, não ser cativa.

A sepultura que os olhos engana,
É levíssima perda, assi também
É lodo, é terra, é pó, terra africana.

Que tão estreito mar antre si tem,
Abila e Calpe,[48] foi tempo, um somente,
Dous agora, um d'aquém, outro d'além.

Nos quais, duas colunas pôs defronte:
Hércules, qu'ali entrada ao gram mar deu.
Falece antes quem crea, que quem conte.

Os Gregos no que escrevem, põem de seu
Às vezes muito, e há quem diz que chamadas[49]
Já foram as colunas de Briareu.

Acabemos nas bem-aventuradas
Almas subidas para sempre à luz,[50]
Sem trevas, rindo la dos nossos nadas.

Um só[51] qu'em sangue aberta traz a Cruz
Branca por armas, deu Deus à cidade,
Milagre, que em sinais claros[52] reluz.[53]

Rotas[54] as armas, rota a humanidade
Por muitas partes, Mouros a milhares,
Morde-se a enveja às mãos, ri-se a verdade.

Para as festas divinas que lugares
Tão claros, i ganhastes polas lanças,
Correndo ledos a tal glória a pares,
Sem fim, sem sobressaltos, sem mudanças.

## À MORTE DO PRÍNCIPE DOM JOÃO[1]

O Príncipe Dom João de Portugal
É morto, ouça-o a grande natureza[2]
Que no-lo dera em mostras d'imortal.

Como pode cair tanta grandeza?[3]
Como puderam os pecados tanto,
Que alcança a perda a toda a redondeza.[4]

Eu digo os nossos, que no peito santo
Nunca pecado entrou, nunca entrou erro,
Bem se vê da sua glória, e nosso pranto.

Nesta terra já não, antes desterro,
Dai lágrimas sem fim ao mal infindo,
Idade pouco há d'ouro, hoje de ferro.

Que mais vos pede a tea, que em se urdindo
Cortada foi, debuxo,[5] e obra tão prima[6]
Num só momento tudo à terra é vindo.

Ah que das cousas de tamanha estima
Não somos dignos, mostram-se somente
Para subir por elas ao de cima.

Seus olhos alevanta então a gente[7]
Ao Céu co'aquele espanto ergue o sentido,[8]
E cuida no porvir, deixa o presente.

Aquele real corpo bem nascido,[9]
Entendimento muito mais que humano
Subitamente desaparecido.

Ó grande, e rico Reino Lusitano,
Em tão pequeno espaço hoje tão pobre,
Para que foi tal bem, para tal dano?

Vãmente os olhos buscam aquela nobre,
Aquela só real mostra[10] em verdade,
Que escuríssima nuvem no-la encobre.

Tudo é cheo de dor, e de saudade,
Tudo de confusão, tudo é patranha,[11]
E tudo o que cá vemos é vaidade.

A nossa grande, e rica sorte estranha,
Tal enveja te fez o fado duro?
Nossa não só, mas de toda esta Espanha.

A quem contra infiéis fora alto muro,[12]
Ora envolvam-se[13] as fontes, e águas claras,
Seja na terra tudo triste, e escuro.

Que longes tão fermosos, que almenaras[14]
Mostravas, mais cruel quando assi ofendes
Menos mal se de longe ameaçaras.

Quando prometes mais, mais te arrependes
Contra nós manha, e força exercitaste,
Quando será cruel que no-lo emendes?[15]

Cruel fado por certo que mudaste
Ũa tal claridade em noite escura,
Por que contra nós tanto, te assanhaste.

Aquela mais perfeita criatura,
Que nunca entre nós houve; ah grave dor,
Meteste-a em ũa negra sepultura.

Oh que vitória a tua, oh que valor
Contra um corpo tão tenro, e tenros anos[16]
Inda pediste ajuda ao cego Amor?

Ó mundo tudo vento,[17] e tudo enganos,
Qu'é de aqueles triunfos,[18] qu'é das festas,
Que haviam de tornar cedo em mais danos?

Sabe quem tudo vê, que logo eu destas
Outras que se seguiram me temi,
Andando polas sombras das florestas.

E polos bosques, onde me escondi
Há tanto já, guiado da influência[19]
Quando d'aquele Inglês malvado[20] ouvi.

Altíssimo Senhor, tua paciência
Não se pôde vencer posto na Cruz
Sofreste agora, e então sem resistência.[21]

Então perdeu o Sol sua clara luz.
E agora este Sol nosso aborreceu
A terra, e fugiu dela, e já não luz.

Assi me queixava eu, quando do Céu
Me senti reprender, qual Job jazendo
Com grave dor, mas dor mor me venceu.

De cima um ar singelo ir-se movendo
Ouvi claro dizer, ora que queres,
Queixumes vãos, vãmente ao ar perdendo.[22]

Aquele entre os nascidos das mulheres
Príncipe santo, foi-se a seu lugar,
Vossos nadas deixou, foi-se aos prazeres.

Vós lá debaixo que podeis julgar,
Neste vale de lágrimas, e dores,
Onde o mais que sabeis é só chorar.

Gentes queixosas, vãos murmuradores,[23]
Pois não alcançais o grande, o alto conselho,[24]
Convertei os queixumes em louvores.

E os olhos levantai àquele espelho[25]
Que nesta gram tormenta, como um faro
Vedes nas mãos daquele honrado[26] velho.

O qual co'alta Rainha exemplo raro
De virtude, o menino oferecera[27]
À santa proteção, ao firme[28] amparo.

Dum santo natural nosso, a que erguera
De novo um templo, claro tanto em tudo
Que as névoas d'Amarante esclarecera.[29]

Donde a Deus torna, em voz louvando o mudo
E o que pedras lançando vinha à gente
Repousado,[30] também, torna e sesudo.

Torna o aleijado são, torna o doente,
Milagres uns sobre outros à porfia:
A fonte mana, e não água corrente.

E lembrai-vos também daquele dia,
Àquele santo mártir[31] consagrado[32]
Que é vosso protetor na Epidemia.

Qu'esse Reino vos tem dela amparado,
Não se vos pode dar mais clara prova,
Que o próprio braço seu a El-Rei mandado.

Dos altos Céus, o Céu geração[33] nova
Vos torna a dar, e tudo o que falece
No mundo que com ela se renova.[34]

Este avô tal, que tudo a Deus merece
Antes os dous avós d'ambas as partes[35]
Lhe irão caminho abrindo em quanto crece.

Despregando a bom tempo os estandartes
Para lhos entregarem vitoriosos,
Dous Rómulos, dous Numas, e dous Martes.

Se devo comparar c'os fabulosos[36]
Os altos feitos de que será herdeiro,
C'os mais cinco escudos gloriosos.

De que o seu lhe esmaltou o Rei primeiro,[37]
Que a altíssima[38] visão viu, como vira
Constantino a Cruz alta c'o letreiro.

O que logo no Tibre se cumprira
Contra o tirano que impaciente jaz,
Onde inda agora, parece, os corpos vira.[39]

Denis c'os outros passo,[40] em guerra, e em paz
Honra das armas, honra dos costumes
Que ao novo sucessor gram lugar faz.

E deixando no filho os seus queixumes
Que erros foram porém da mocidade,
No mais esclarecido,[41] e de mil lumes.

Assegurou em Espanha a cristandade
Vencendo os Mouros, vencendo a cobiça
De tão rico despojo, oh gram bondade.

Pedro, que amores teve co'a justiça
Real, e não cruel inclinação,
Fez Moisés, fez Samuel justa carniça.[42]

A justiça conforma[43] co'a rezão,
E quer São Paulo que se tenha aos Reis
Temor, não vai diante o estoque em vão.

Muda o tempo costume, muda as leis
Humanas, está firme[44] o natural.[45]
Isentos, olhai bem como viveis.

Não vos isentam para fazer mal,
Deixai-vos desses vossos argumentos
Que não val ante Deus o que lá val.

Ora a ti torno, não brades aos ventos,
A antiga busca, busca a nova história,
Toda ela é chea d'acontecimentos.

Finalmente João da boa memória,
Conhecerá[46] o quinto neto Augusto,[47]
Digno Sebastião de tanta glória.

Por justíssima lei, título justo,
Do pai tudo era, passou se[48] a milhor vida,
E dessa lá não quis mais pelo custo.[49]

Não te nego porém que era devida
Mágoa[50] a tal perda, mas entende, e crê-me.
Põe em Deus teu cuidado,[51] alma esquecida,
E somente a Deus ama, e dele treme.

# CARTAS

## A EL-REI D. JOÃO

Rei de muitos reis, se um dia,
Se ũa hora só, mal me atrevo
Ocupar-vos, mal faria,
E ao bem comum[1] não teria
O respeito[2] que ter devo.

Que em outras partes da Esfera,[3]
Em outros céus[4] diferentes,
Que Deus té'gora escondera,
Cada ũa de tantas gentes
Vossos despachos espera.

Porque senhor, eles sós[5]
(Justo e poderoso Rei)
Desdão, ou lhe cortam nós,[6]
Como também entre nós,
Que sois nossa viva lei.[7]

Onde há homens há cobiça,
Cá, e lá tudo ela empeça,
Se a santa igual justiça,
Não corta, ou não desempeça,
O que a má malícia enliça.[8]

Senhor qu'é muito atrevida,
E onde ela nós cegos deu
Cortar é cousa devida,
Exemplo o jugo de Mida,
Qu'el-Rei vosso avô fez seu.[9]

Ora eu que respeito havendo
Ao tempo mais qu'ao estilo,
Irei fugindo ao que entendo,[10]
Farei como os cães do Nilo
Que correm, e vão bebendo.

A dignidade Real
Que tem o mundo a direito,
Sem ela ter-se-ia mal,
É sagrada, é natural,
Deixemos medo e proveito.

As vossas velas que vão
Dando quási ao mundo volta,
Raramente contarão
Gente de algum Rei solta,
Sem cabeça, o corpo é vão.

Dignidade alta e suprema
Quem há que a não reconheça?
Viu-se em Marco António tema[11]
De a César pôr diadema
Real sobre a cabeça.

Que o nome de Emperador
D'antes a César se dera,
Sem suspeita, e sem temor,
Qu'inda então muito mais era
Ser Cônsul, ser Ditador.

Um Rei ao reino convém,
Vemos que alumia o mundo
Um sol, um Deus o sustém,
Certa a queda, e a fim tem
O reino onde há Rei segundo.

Não a sabor das orelhas
Arenga[12] cuidada[13] e branda,
Abastem as razões[14] velhas,
A cabeça os membros manda,
Seu Rei seguem as abelhas.

A seu tempo o Rei perdoa,
A tempo[15] o ferro[16] é mezinha,
Grandeza, e condição boa
Ao Leão deram coroa[17]
Entre a gente montesinha.[18]

Às aves (tamanho bando,
Doutra liga,[19] e doutra lei)[20]
Por vencer todas voando,
A águia foi dada por Rei,
Que o sol claro atura olhando.

Quanto que sempre guardou
David lealdade, e fé
A Saul! quanto o chorou?
Quantas maldições lançou[21]
Aos montes de Gelboé?

Onde caíra o escudo
Do seu Rei, inda que imigo,
Inda que já mal sesudo,
Saindo de tal perigo,
E subindo a mandar tudo.

O senhor[22] da natureza,
De que o Céu e a terra é chea,
Vestido em nossa baixeza,[23]
De Real sangue se preza,
Por Rei na cruz se nomea.

Sobre[24] obrigações tamanhas
Velem-se com tudo[25] os Reis
Dos rostos falsos, e manhas,
Com que lhes fazem das leis
Fracas teas das aranhas.

Que[26] se não pode fazer
Por arte, por força, ou graça,
Salvo o que a justiça quer
Senhor não chamam poder
Salvo o que lhes val na praça.

E por muito que os Reis olhem[27]
Vão por fora mil inchaços,[28]
Que ante vós senhor se encolhem,
Duns gigantes de cem braços,
Com que dão, e com que tolhem.

Quem graça[29] ante o Rei alcança,
E i fala o que não deve,
(Mal grande de má privança)
Peçonha na fonte lança
De que toda a terra bebe.

Quem joga[30] onde engano vai[31]
Em vão corre, e torna atrás,
Em vão sobre a face cai,[32]
Mal hajam as graças más,
De que tanto engano sai.

Homem dum só parecer,
Dum só rosto,[33] e d'ũa fé,[34]
D'antes quebrar, que volver,
Outra cousa pode ser,
Mas de Corte homem não é.

Ouço gracejar de cá,
De quem vai inteiro,[35] e são,
Nem se contrafaz[36] mais lá,
Como este vem aldeão,[37]
Que não sabe onde s'está.[38]

As públicas santidades,
Estes rostos transportados,
Não em ermos mas cidades,
Para Deus são vaidades,
Para nós vão rebuçados.[39]

Mas despois que lhes fazemos?
Pode ser, pode não ser,
Adiante o saberemos,
Estamos um pouco a ver,
Cai-lhes o rebuço,[40] e vemos.

Senhor hei-vos de falar
(Vossa mansidão[41] m'esforça[42])
Claro o que posso alcançar,
Andam pera vos tomar[43]
Por manha,[44] que não por força.

Per minas trazem suas azes,[45]
Encobertos seus assanhos,[46]
Falsas guerras, falsas pazes,
De fora são mansos[47] anhos,
De dentro lobos robazes.[48]

Tudo sua cura tem,
Que é assi bem o sabeis,
E o remédio[49] também,
Querei-los conhecer bem,
No fruito os conhecereis.

Obras,[50] que palavras não,
Porém senhor somos muitos,
E entre tanta obrigação
Tresmalhamos-vos os fruitos,
Que não saibais cujos[51] são.

Um que por outro se vende[52]
Lança a pedra, e a mão esconde,[53]
O dano longe se estende,
Aquele a quem dói, entende,
Com sós suspiros responde.

A vida desaparece,
Entretanto geme e jaz
O que caiu, e acontece
Que de um mal que se lhe faz,
Muito mais se lhe recrece.[54]

Pena e galardão[55] igual
O mundo em peso sustém,
É ũa regra geral,
A pena se deve ao mal,
O galardão ao bem.

Se algũa ora aconteceu
Na paz, muito mais na guerra,
Que a balança mais pendeu,
Faz-se engano às leis da terra,
Nunca se fez às do Céu.

Antre os Lombardos havia
Lei escrita, e lei usada,
Como inda hoje parecia,
Onde a prova[56] falecia[57]
Que o provasse a espada.[58]

Ali no campo[59] às singelas,[60]
Em fim morrer, ou vencer,
Fosse qual quisesse delas,
Não era milhor morrer
A ferro que de cautelas?[61]

A um nosso Rei excelente
Dom Dinis tão acabado,
Tão justo, a Deus tão temente,
Falsa, e maliciosamente
Foi grande aleive assacado.[62]

Ele posto em tal perigo,
Rei que Reis fez e desfez,
Co'as manhas do falso imigo,
Foi-lhe forçado essa vez[63]
À lei chamar-se[64] que digo.

E às vilas, e às cidades,
A que cumpriu d'acudir
Pelas suas lealdades,
Tanto são más as verdades
Às vezes de descobrir.

Da mesma casa Real
Em verdade um grande Ifante[65]
Tratado por manhas mal,
Bradava por campo igual,[66]
E imigos claros diante.

Em fim vendo a astúcia e arte[67]
Quanto que pode, chamou
Um leal conde[68] à de parte,
Só com ele se apartou,
Foi viver à milhor parte.[69]

Onde tudo é certo e claro,
Onde são sempre ũas leis,
Príncipe no mundo raro,
Sobre[70] tanto desemparo
Foram três seus filhos Reis.

Ó Senhor quantos suores[71]
Sua o corpo, e a alma em vão,
Em poder de envolvedores,[72]
E em fim batalhas que são
Salvo uns desafios mores?

Co'a mão sobre um ouvido
Ouvia Alexandre as partes,
Como quem tinha entendido
Por fazer certo o fingido
Quantas que se buscam d'artes.

Guardava ele aquele inteiro,[73]
Para a parte não ouvida,
Não vai nada em ser primeiro,
Quem muito sabe[74] duvida,
Só Deus é o verdadeiro.

A tudo dão novas cores,[75]
Envolvendo[76] os peitos[77] puros,
E falam sempre em primores,[78]
Ante os Reis vossos senhores[79]
Vindes com rostos seguros.[80]

Contais, gabais, estendeis[81]
Serviços, e lealdade
Olhai que a não daneis,
Falai em tudo verdade
A quem em tudo a deveis.

Senhor nosso padre Adão
Pecara, chama-o o Juiz,[82]
Tenha que dizer ou não,
I sua fraca razão
Porém livremente diz.

Sempre foi, sempre há de ser,
Onde ũa só parte fala,
Sempr'a outra haja de gemer,
Se um jogo[83] todos iguala,
As leis que devem fazer?

Vidas e honras[84] tomais
Debaixo de vosso emparo,
De estranhos, e naturais,[85]
Suspiram, não podem mais,
E às vezes isto mal claro.

Também trás aquela arde
Tão estimada a fazenda,
Por mais que se vele e guarde,
Tem ela milhor emenda,
Se não fosse mal e tarde.

Geralmente é presumptuosa
Espanha,[86] e disso se preza,[87]
Gente ousada, e belicosa,[88]
Culpam-na de cobiçosa,
Tudo sabe Vossa Alteza.

Pensamentos nunca cheos,[89]
Não tem fundo aqueles sacos,
Ainda mal com tantos meos,
Para viver[90] dos mais fracos,[91]
E dos suores alheos.[92]

Que eu vejo nos povoados
Muitos dos salteadores,
Com nome e rosto d'honrados,
Vão quentes, andam forrados
De peles de lavradores.

E senhor não me creais
Se as não acham mais finas[93]
Que as dos lobos cervais,[94]
Que arminhos,[95] e zebelinas[96]
Custam menos, cobrem mais.

Ah senhor que vos direi?
Que acode mais vento às velas.
Nunca se descuide o Rei,
Que inda não é feita a lei,
Já se lhe buscam cautelas.

Então tristes das mulheres,
Tristes dos órfãos coitados,
E a pobreza dos mesteres,[97]
Que nem falar são ousados
Diante os mores poderes.[98]

Os quais quem os assi quer,
Quem os negocea[99] assi,
Que fará dês que os houver?
Nossos houveram de ser,
Buscaram-nos para si.

[Ora já que as consciências[100]
 O tempo as levou consigo,
Venhamos às penitências,
Senhor se eu vira castigo[101]
Boas são as residências.[102]

Mas eu vejo cá na Aldea
Nos enterros abastados,
Muito padre que passea,
Em fim, ventre, e bolsa chea
Absoltos de seus pecados.

Se se hão de reconciliar[103]
Uns c'os outros tem seu trato,
Basta-lhes só acenar,
Não nos fazem tão barato[104]
Ao tempo de confessar.][105]

Senhor esta vossa vara
Como as mãos em qu'anda é,[106]
A boa é ave mui rara,
Crede qu'sta nunca é cara,
Que seja muita a mercê.

Livre de toda a cobiça,
A Deus temente, e a vós,
Sem respeitos, sem perguiça,[107]
Varas direitas, sem nós,
Se quereis que haja i justiça.

Tomai senhor o conselho
Do bom Jetro[108] ao genro amigo,
É verdade, é Evangelho,
Como disse aquele velho
Humilmente assi vos digo.

Qu'estas leis Justinianas
Se não há quem as bem reja
Fora de paixões[109] humanas,
São um campo de peleja,
Com razões fracas[110] e ufanas.

Morre o nobre Conradino,[111]
C'o parceiro em todo[112] igual,
Cada um de tal morte indigno
Porque o duro ou o maligno
Doutor interpreta mal.

Diz Agostinho sãmente,
Cesse o sangue, a guerra finda,
Diz mais, d'alguns maiormente,
Vem grosas[113] que[114] corra ainda
O Real sangue inocente.

Mas senhor milhor o temos,
Sendo vós o que mandais
Todos nos revolveremos,[115]
Os que tanto não podemos,
E aqueles que podem mais.

Quem por amor se encadea,[116]
Não é nome errado,[117] ou novo,[118]
Se por livre se nomea,
Não tem tanto amor de povo
Rei em quanto o mar rodea.

Não assoberbam soldados
Aqui, nem soa atambor,
Os outros Reis seus estados
Guardam de armas rodeados,
Vós rodeado de amor.

Achar-nos-ão as divinas
No meo dos corações,
Esculpidas vossas quinas,
Estas são as guarnições
De vós, e dos vossos dinas.

É sem duvida o Francês
A seu Rei de amor aceso,
Não lho nega o Português,
Traz porém guarda Escocês,[119]
Que não é de pouco peso.[120]

O Padre Santo assi faz,
A quem certo se devia
Alto assossego, alta paz,
E tem guardas todavia
Com que vai seguro, e jaz.[121]

Que se pode ir mais avante,
C'os olhos, nem c'o sentido?
Sem ferro, e fogo qu'espante,
Com duas canas diante
Is amado,[122] e is temido.

Uns sobre os outros corremos,
A morrer por vós com gosto,
Grandes testemunhas[123] temos
Com que mãos, e com que rosto
Por Deus, e por vós morremos.

Outrossi[124] pera os reveses,
(Queira Deus que não releve)
Em vós tem os Portugueses
Codro dos Atenienses,
Décios, que só Roma teve.[125]

Do vosso nome um gram Rei
Neste reino Lusitano,
Se pôs essa mesma lei,
Que diz o seu Pelicano
*Pola Lei, e pola Grei.*[126]

Mas eu sou um guarda cabras,
Vão-se assi de ponto em ponto,
Queria só duas palavras,
Que dos gados, e das lavras[127]
Despois não tem fim nem conto.

Assi que seja aqui a fim,
Tornem as práticas vivas,[128]
Perdestes mea hora em mim
Das que chamam sucessivas[129]
Estes que sabem Latim.

## A JOÃO ROIZ DE SÁ DE MENESES

Dos nossos Sás Coluneses[1]
Gram tronco, nobre coluna,[2]
Grande ramo dos Meneses,
Em sangue, e bens de fortuna,
Qu'é tudo antre os Portugueses.
Mas vós que sempre vos ristes
Do povo que não vê mais,
Ricamente[3] a alma vestistes,[4]
O mais tendes por demais.

Aos grandes, aos valerosos
Passados, de quem herdastes
Sobrenomes tão lustrosos,
Dês que nas armas pegastes
Não fostes dos ociosos.[5]
Pudéreis também folgar,
Que foram tempos de paz,
Pudéreis rir,[6] e jogar,
Como se na terra faz.

Mas entrastes[7] noutra afronta,
I fizestes novo emprego,
Desejando de dar conta,[8]
Também daquele assossego,
Como de Catão se conta.[9]
As letras[10] que i não achastes
Trouxestes de fora à terra,[11]
À nobreza as ajuntastes,
Com quem d'antes tinham guerra.[12]

Dizem dos nossos passados
Que os mais não sabiam ler,
Eram bons, eram ousados,
Eu não louvo o não saber,
Como alguns às graças dados.[13]
Louvo muito os bons costumes,
Dói-me se hoje não são tais,
Mas as letras ou perfumes[14]
Quais no-los danaram mais?

Destes mimos Indianos
Hei gram medo a Portugal
Que nos recresçam tais danos
Como os de Cápua a Anibal[15]
Vencedor de tantos anos.
A tempestade[16] espantosa
De Trébia, de Trasimeno,
De Canas, Cápua viciosa
Venceu em tempo pequeno.[17]

O Marquês de Santilhana[18]
Homem de braço[19] e saber[20]
Antre a nação Castelhana,
Da lança soía dizer
Co'as letras que se não dana:
Est'é a quem João de Mena[21]
Fez alta coroação,
Tinh'ele já grande pena,
Mas aparada[22] inda não.

Dous vencedores do mundo,
César, e Alexandre o grande,
Nas letras foram té o fundo,
Em que a fortuna não mande
Ponho[23] aqui Bruto o segundo,[24]
E os grandes dous Cipiões,[25]

Fim (como dizem) fatal,
De Cartago, e dous Catões,[26]
Pudera pôr Anibal.

A fortaleza[27] louvada
Anda em braços co'a prudência,
Irmã sua muito amada,
Põe-na avante a experiência,
Tudo sem governo é nada.
Pouco por forças podemos,
Isso que é por saber[28] veo,
Todo o mal jaz nos extremos,
O bem todo jaz no meo.[29]

Os Poetas vão a tudo,
Buscando por alto o cravo,
Olhando pelo miúdo
O seu grande Aquiles bravo
Rege o Centauro sesudo.[30]
Que lhe abrande aquela sanha
Natural sua, qu'é muita,
Nũa cova soterranha[31]
Tange o velho, o moço escuita.

Veados correm c'o vento
Em contenda,[32] e os leões
Tem força, e atrevimento,
Tem seus bravos corações,
Nós temos entendimento.
Por onde antre nós devemos
Estimar aqueles sós
Que naquilo em que vencemos,
Nos vencem eles a nós.

Quando dava homens a terra,
O que já tanto não faz,

Da paz tratavam na guerra,
Tratavam da guerra em paz,
Em tudo já'gora s'erra.
(A de parte algum abrigo)
De mal lavrada, ou de fraca,
Semeais, esperais trigo,
Nace joio e ervilhaca.

Diógenes claro o dia[33]
Buscava andando à candea,
Que nunca a cabeça erguia,
Em Atenas (em que aldea)
Já cansado assi dezia:
Vou-me por aqui buscando
Entre tantos homens um,
Neste vão trabalho ando,
Qu'inda não achei nenhum.

Deixemos queixas antigas,
Dar-vos-ei conta de mim,
Que destas vossas amigas,
(Digo as letras) pera a fim[34]
Ajunto como as formigas,
Porque ninguém me lançasse
Como à cegarrega em rosto,[35]
No dezembro que bailasse,
Pois cantara no agosto.

Perdido tudo no mar,
Saindo o gram Zeno[36] a nado,
Vendo a fazenda[37] ondejar,[38]
Parece que assi despojado
Me mandam filosofar.
Já vou sentindo algum fruito[39]
Cad'hora espero que creça,

Andei fora ao vento muito,
Fez-me grão mal à cabeça.

Cura-me a Filosofia,[40]
Que me promete saúde[41]
Dou-lhe a noite, dou-lhe o dia,
Ouço falar da virtude,
Se a visse sarar-me-ia.
Diz Platão (que é dos melhores)
Quem pusesse os olhos nela,
Qu'altos que acesos amores
Sempre traria co'ela,

Como digo, eu só d'ouvir
Ando assi como pasmado
Desejoso de a seguir
Chorando todo o passado,
Temendo todo o porvir.
Em toda a parte há perigos,
A cuja lembrança tremo,
Mais ao perto uns maus imigos,
De casa, que muito temo.

Aquela Mestra[42] o assento[43]
De viver assi cá fora
Louva, e faz-me atrevimento
D'ir avante hora por hora,
Inda qu'assi cego,[44] e atento.
Sobre todos os doutores
Santos, louvam tal tenção
Pera cuidar nos amores,
Tão certos no galardão.

Em quem tanta força houvesse
Como cumpre à vida ativa,

Qu'òs encontros se tivesse,[45]
Virtude er'ela mais viva,[46]
De mais fruito e interesse.
Por Raquel que não por Lia,
Sete e sete anos servi,
Pode ser por ela um dia
Qu'inda voasse daqui.

Entretanto, conselheiros
Busco, que andem às verdades,
Estes livros meus parceiros,
Não das praças, e cidades
Dos passeos nos terreiros.
Amigos de louvaminhas[47]
Como grimpa ao vento o peito,
Fazem como as andorinhas,
Vão e vem c'o tempo feito.[48]

Sofistas me são defesos,[49]
Com todas as suas cismas,
Ei-los soltos, ei-los presos,
De fé que não de sofismas
Quer Deus os peitos acesos.
Quer nas águas encharcadas
I se ajuntam como rãs,
Fazem grandes matinadas,[50]
Tudo são palavras vãs.

As Musas me não defendem,
Deixemos as demasias,
Que a toda boa alma ofendem,
Mandam rir de cousas frias,
D'alguns que agudezas vendem.
Entendimentos diversos
Com que arte vos encantam?

Salmos que são senão versos,
E os hinos que a Deus se cantam?

Aqueles cantares finos,[51]
A que líricos disseram[52]
Os Gregos, e os Latinos,
Digam-me[53] donde os houveram,
Salvo dos livros divinos?
Quanto que i se limou,[54]
Levam as águas à mão,
Safo, Píndaro regou,
Regou seus campos Platão.

Mas o que por ora aprendo,
É ler livros de giolhos,
Divinos, que mal entendo,
Mas fossem dignos meus olhos
De cegar sobre eles lendo.
Que de seus mistérios altos
Assi lobrigando[55] vejo
Que não sou pera tais saltos,
Porém suspiro e desejo.

Era em grande diferença
Se casaria, ou se não,
Houve de sair sentença
Que a só ũa o coração
E as mais desse licença.
Isto dito, amor mais raro
Deu sinal como era ali,
Outro som do coldre[56] claro,
Outro das frechas ouvi.

Amor que estás sempre avindo
Co'aquela[57] pura verdade,

Sejas por sempre bem-vindo
Ao entregar da vontade
Qu'entrego em t'aqui sentindo.
Põe do teu fogo a esta casa
Faze quanto nela há teu,
Que Deus é fogo que abrasa,
Sei-o, de[58] um privado seu.

## A PÊRO DE CARVALHO

No lugar onde me vistes
D'água e de montes cercado,
E doutros males que ouvistes,
Tenho mais dias contado
De ledos, que não de tristes.

Isto que ora ouvis de mim
Não sei se ouvireis d'alguém,
Buscai, preguntai sem fim,
No desejado Almeirim
No farto de Santarém.

Que guerra que lhe fizestes
À terra que me criou,
De que tanto às línguas destes,[1]
Porquê? Que vos acoutou[2]
Da peste com que i viestes?

Fostes mal agasalhados?[3]
Certo não, que té as fazendas
Vos davam parvos[4] honrados,
Pois porquê? Porque os privados[5]
Tínheis longe vossas rendas?

O qu'eu por parcialidade
Nem outro respeito digo:
Da antiga e nobre cidade
Sou natural, sou amigo,
Sou porém mais da verdade.

Como vós partistes d'i,
Logo abrigados achei
Onde me desencolhi,
Seguramente dormi,
Seguramente velei.[6]

Cidade rica do santo
Corpo do seu Rei primeiro,
Qu'inda vimos com espanto[7]
Há tão pouco, todo inteiro[8]
Dos anos que podem tanto.

Rei a quem Deus se mostrou,[9]
Rei que tantos Reis venceu,
Rei que tais Reis nos deixou,
O bom filho i se lançou,[10]
Que té Sevilha correu.

Outro Rei[11] nosso sem mal
A que empeceu a bondade,
O quarto de Portugal,
Qual teve ele outra cidade
Que lhe fosse tão leal?

Qual a sua fé[12] salvou
Por tanto trabalho e medo?
Em fim nunca se entregou,
Primeiro as chaves mandou
Ao seu Rei morto em Toledo.

Mas tornando ao abrigado,
Em que me furtei aos ventos,
I depois de em mim tornado
Que rir, que esmorecimentos
De tempo tão mal gastado!

E o fogo que ora se acende,
A presteza das mudanças,
Mal que mui longe s'estende,
À vida curta defende
Tomar longas esperanças.

Giges[13] na sua abastança
Que de toda a parte ajunta,
Cuidando em tanta possança,[14]
Inchado[15] a Apolo, pregunta
Pola bem-aventurança.

Tal fumo[16] Apolo entendendo,
Pôs avante ao seu estado
Aglau, que só pastor sendo,
Ia cantando e tangendo,
Olhos somente ao seu gado.

Ó ricos,[17] qu'esta riqueza
Está no contentamento,
Mais tem quem mais a despreza,
Não foge o rico avarento
Por mais que fuja, à pobreza.

Onde pode mais caber
Sinal é que fica i vão,
Que se pode mal encher,
E os corações[18] hão de ser
Ricos, que os cofres não.

Por faminto que venhais,
Morto com sede, ou com frio,
Do fogo onde quer achais,
Vai muita água polo rio,
A terra dá que comais.

Quem a apetitos dá crença
Ũa mão toma outra pede,
Nunca espereis que se vença,
Sinal d'ũa má doença
Quanto mais água mais sede.[19]

Cobiça a da boca aberta,
Isto que te assi parece
E trás que andas tanto alerta,
Luz de fora, e resplandece,
Dentro não há cousa certa.[20]

O juízo e razão ata,
Tudo fica escuro, e em erro,
Às leis e a Deus desacata,[21]
Do brando ouro, e da prata
Faz duras prisões de ferro.

Esta entrada em nossos peitos,
Fez neles estragos tais,
Qu'ermos jazem e desfeitos
Abertos[22] por mil portais
A qualquer rumor sujeitos.

Que não fará? Quem trocar
Nos fez a paz pela guerra?
Faz uns a outros matar,
Passou de vivenda ao mar
Homens naturais da terra.

Escravos mais que os escravos,
Por razão, e por justiça,
Deixai-vos de vossos gavos,
Que vos vendeu[23] a cobiça
A mar bravo, e a ventos bravos.

Espritos vindos do Céu
Postos aos lanços na praça,
Com que nadas vos venceu![24]
Porque nadas vos vendeu!
Milhor fora antes de graça.

Metais de tão baixa liga
Que nos na terra escondera
Natureza, mãe e amiga,
E antre nós e eles pusera
Tanto trabalho e fadiga.

Assi maior apetito
(Disseram cobiça e enveja),
Em fim seu feito seu dito,
Para al criado[25] o esprito
Isto só sonha e deseja?

E porém que são engano,
(Que mais ũa mãe fizera.)
Afastava-nos o dano
Aos filhos que à vida dera
Deste amor aceso humano.

Mas que pode aproveitar
Se lhe fazemos tal guerra
C'o contino[26] trasfegar,
Ora revolvendo o mar,
Ora revolvendo a terra?

Nas minas altas que digo,
Revolta a terra té o centro,
Que faz o homem imigo
Do seu descanso, lá dentro,
Com tal trabalho, e perigo?

Debaixo da terra fria,
Haja vergonha a razão,
Haja a alma que mais devia:
Que deixam atrás o dia.
Pola noite avante vão.

Não tem termo homens ousando
Do seu siso ao desamparo,
Tudo foram apalpando,
Por este ar tão solto e raro,
Houve quem fosse voando.

Gente que não teme nada,
Com tudo se desafia,
Por mares sem fundos nada,
Passou a zona torrada,
Anda por passar a fria.

Não é para tanto a vida,
Quanto milhor escolheu
Quem na dorna[27] ao sol volvida
Viveu mais rico e morreu
Que Cresso, que Crasso, e Mida.[28]

Fugia Crates[29] ao outro
Como um covarde ao ferro,[30]
E às cousas de mau agouro,[31]
Lançou ao mar grão tesouro,
Quem fará agora tal erro?[32]

Por força a cidade havida[33]
Que responde a seu imigo
Bias,[34] a que fica a vida?
Tudo o meu levo comigo,
Fica a fortuna corrida.[35]

Aos d'Esparta naturais
Responde Apolo a seu rogo,
Se a liberdade estimais
Velai-vos deste ouro mais
Que do ferro, nem do fogo.

Do grande Epiteto,[36] o nobre[37]
Spirito, o só livre e franco
Num corpo coitado,[38] e pobre[39]
Escravo, e ainda manco,
Quanta da bastança[40] encobre!

Da sua fraca casinha
Ledo sai, ledo a ela torna,
O mesmo que ia, esse vinha,
Casa que porta não tinha,
Que mais montava que dorna?

Jesu Cristo busca obreiros,
Não os quer espedaçados,
Quer os seus de todo inteiros,
Dos corações alugados,[41]
Poucos são os verdadeiros.[42]

Gente de vontade dura,
(diz ele) que não andais
Em quanto esta luz vos dura?
Não vos tome[43] a noite escura[44]
Antes que vos acolhais.

Não seria, eu isto vendo
De juízo, e razão sã,[45]
Andar-me o dia perdendo,
Comecei ante menhã
Não sei que andava fazendo.

Ia-me enjoado assi,
Ao tom per onde os mais andam,
Olhe cada um por si,
Que estes bens falsos[46] daqui
Se não são mandados,[47] mandam.

Os desejos são sem termo,
A esperança é saborosa,[48]
Eu contentei-me deste ermo,[49]
Pola razão[50] da raposa
Que deu ao leão, enfermo.

Meu Rei, meu senhor Leão.
Olho cá, e olho lá,
Vejo pegadas no chão,
Que todas para lá vão,
Nenhũa vem pera cá.

Esta Circes feiticeira,
Todos os peitos trasanda,[51]
Este faz onça ligeira,
Lobo outro, qu'à carniça anda,
Outro cão que empraza, e cheira.

Alguns papagaios vão,
Outr'usso direito em pé,
Cad'um de sua feição,
Outro gatinho ermitão,
Destes que vem de Guiné.

Vou c'o pensamento, e venho,
Devo ao meu medo muito,
Por quem assi me sustenho,
Pelo que vi, e que escuito,
Nisso que tenho, assaz tenho.

Do com que folgo outros rim,
Cad'um terá sua escusa,[52]
Dei-vos já muitas por mim,
E estas cousas são em fim
Como delas homem usa.

Sejam razões poderosas,
Olhai que o ferro se deu
Para cousas proveitosas,
Despois este meu, e teu,
Fez dele armas tão danosas.

O fogo que nos foi dado
As tantas necessidades,
Não quis que fosse apreçado,[53]
Fará e fez no passado
Em pó já muitas cidades.

Deste engenho que diremos
De que nós tais gabos damos?[54]
Com quem tudo acometemos,[55]
Quantas vezes dele usamos
Mal, e como não devemos?

Dom do Céu nosso especial,
E veo a ser todavia
Este homem racional
Tão engenhoso em seu mal,
Como ontem na artilharia!

A tantos e tantos males,
Que remédio se acontecem?
Diz São Paulo, Homens errados
Se os ódios antre vós crecem,
Comer-vos-eis a bocados.

O nome da ociosidade[56]
Soa mal, à boa e sã,
(E mais já sobre a idade)
Sócrates da Liberdade
Lhe chamava sempre irmã.

Dou-vos Énio[57] por autor.[58]
Quem usar não sabe do ócio
Cansa, e anda d'arredor,
E vem a ter mais negócio
Que um grande negociador.

Porque este sabe após que anda,
Aquele a si não se entende,[59]
Quanto anda, tanto desanda,
Não se obedece[60] nem manda,
Ora se apaga, ora acende.[61]

Vê-lo ir, vê-lo tornar,
Vê-lo cansar e gemer,
E em busca de si andar,
Cobrar[62] a cor[63] e perder
Que se não pode topar.

Mas eu porque passa assi,
Que seja muito, direi
Dias há que me escondi,
C'o que li, c'o que escrevi,
Inda me não enfadei.

## A SEU IRMÃO MEM DE SÁ[1]

Em quanto de ũa esperança
Em outra esperança andais,
Fazer-vos quero lembrança
Como é leve,[2] e não se alcança,
Que sempre adiante é mais.

Cuidais que sois já com ela,
Quando vo-lo mais parece
E quereis lançar mão dela,
Mete remos, mete vela,[3]
Vai rindo, e desaparece.

Mas não sofre o coração
Soltá-la assi levemente,
Tamanha deleitação[4]
Ah que a tinha na mão
Se fora mais diligente.

Dos alquimistas se diz
Despesa é fadiga vã
Cobiça é cego juiz
Deixai que se hoje o não fiz
Fá-lo-ei logo amenhã.

Não lhes val ver a fazenda
Ir após as esperiências,
Andam[5] de emenda em emenda,
Da fornalha para a tenda,
D'assoprar fazem ciências.

Aperfiou, e caiu
Faeton[6] do carro do dia,
Que ao pai por seu mal pediu,
Sentiu a terra, sentiu
Um rio da Lombardia.

Não soube Ícaro reger
As asas que houve de seu,
Subindo, veo a decer,
Aos peixes deu de comer
E ao mar novo nome deu.

Após o que há de cair[7]
Por alevantar andamos,
Que nos não deixa dormir
A alma que pode subir
A esta as asas quebramos.

Em quanto um busca seus danos,
E outro já té os olhos jaz,[8]
Por muitas sortes[9] d'enganos,
Morte que não conta os anos,
Vem, e leva o que lhe apraz.

Quantos a que era devida
Dos nossos (deixo os alheos)
Ao menos mais longa vida,
Que por conta não sabida,
Tinham perto os dias cheos.

Vistes ũa claridade
Que de cá, té lá correu
Como raio? Em tal idade
Tanto saber, tal bondade
Assi desapareceu?[10]

Alma bem-aventurada
Daquele moço tão nobre,
A ũa mui alta assomada,[11]
Tudo lhe pareceu nada,
Quanto se dali descobre.

Dous condes d'ũa alta vea,
Que alumiam Reino e língua,[12]
Em dano e em perda alhea,
Tinham sua conta chea
No tempo da nossa míngua.[13]

Ao menos pera esforçar
Os engenhos que atrás vem,
Que os soe a terra de dar,
O passo é mau d'acertar,
Ficamos muitos d'aquém.

Polo qual a este abrigo
Onde me acolhi cansado,
E mais inda a grão perigo,
E àquelas letras que sigo[14]
Devo que nunca me enfado.

Devo à muito minha amada,
E só rica liberdade,
Que tive aos dados jogada,[15]
A que somente é mandada
Da razão boa, e verdade.

Nas cortes não pode ser,
Vedes[16] os tempos que correm,[17]
Vedes fugir e correr,
[P]or fugirem té morrer,
Dos lugares donde morrem.

Ora pôr peito à corrente,[18]
Que sejais[19] forçoso[20] e são,
E de sangue inda fervente,
Grão nadador claramente,
É quebrar braços em vão.[21]

Cansar, e sonhar[22] privanças,
Dar d'entrada à liberdade,
Logo por vãs esperanças,
Esses jogos,[23] essas danças,
Passem co'a mocidade.

Ando alimpando[24] a pousada,
Lembra-me quem diz qu'está
Ante a porta, bate, e brada,
Se a sentir despejada,
Pola ventura entrará.

Olhai as aves do ar,
(Diz o Senhor qu'enriquece
O céu, a terra, e o mar)
Vede-las ledas cantar,
Dizei-me que lhes falece?

Da muita vossa fraqueza
Vem estes tantos suores,
Estes medos à pobreza
Vedes como a natureza,[25]
Vestes[26] ricamente as flores?

Andando nestes enleos,[27]
Em quantos erros caímos?
Sem conto, sem fim, sem meos,
Dormimos sonos alheos,
Os nossos não os dormimos.

Queremos o que outrem quer,
O que não quer enjeitamos,[28]
Dizei-me como isto é ser,
Rimos[29] o alheo prazer,
E ainda quando choramos.

Como de casa saía,
Sempre dos seus olhos água
A Heraclito corria,
Pelo que ouvia, e que via,
Que de tudo tinha mágoa.

Em fim vendo o povo incerto
Que pressa a errar levava,
Não sofreu tal desconcerto,
Fugiu pera o campo aberto,[30]
Livre[31] sem muro e sem cava.[32]

São Jerónimo, alumiado[33]
Da clara e divina luz,[34]
Passava a vida apartado,
Das letras acompanhado,
Que nos consagrou a cruz.[35]

Aquele peito seguro,
A quem o mundo era riso,
Às torres altas, e ò muro,
Cárcer[36] lhe chamava escuro,
E àquele ermo paraíso.

Da nossa tão clara herança
Cegos, que razão daremos?[37]
Como nos não faz lembrança
Ũa tão certa ordenança
Do céu, e do Sol que vemos?

Este posto, a noite traz
Consigo tantas estrelas,
De que fermosa se faz,
Qual descuido pode em paz
Alçar[38] os olhos a elas?

Não se gaste mais pavio[39]
Após nossa alma esquecida,
Lançada do Senhorio,[40]
Tornemos atrás ao fio,
Desta a que chamamos vida.

Ponhamo-nos em razão,[41]
Cousa é que verá um cego,
Queremos repouso,[42] ou não?
Queremos, todos dirão
Ninguém não quer assossego.

Dizei-me, e quando será
Que nos lembre, e que nos doa,
Quam certa que a queda está,
Seguindo[43] a mentira má,
Deixando a verdade boa?

Que vejamos como demos
Cousas sem preço, por preço
Que lhe tão baixo pusemos,
A que estado nos decemos,
E de quam alto começo.

Antre os brutos[44] animais
Não se houveram por seguros,
Os homens racionais,
Eram bravos, e eram mais,
Fizeram armas, e muros.

Agora por que vos conte
Quanto vi, tudo é mudado
Quando me acolhi ao monte
Por meus vizinhos defronte
Vi lobos no povoado.

Um rato d'ũa cidade
Tomou-o a noite por fora,
(Quem foge à necessidade?[45])
Lembrou-lhe a velha amizade
Doutro que i no monte mora.

Saiu-me a conta errada
(Muitas vezes acontece)
Creceu-me[46] a minha jornada
(Diz entrando na pousada[47])
Logo cidadão parece.

O pobre assi salteado[48]
Dum tamanho cidadão,
Em busca dalgum bocado
Vai, e vem muito apressado,
Que não punha os pés no chão.[49]

Ordena sua mesinha,
Inda tinha algum legume,
Inda algum pó de farinha,
Pôs-lhe i tudo quanto tinha,
Pede perdão por costume.

Diz, Quem tal adivinhara,
(Contra o cidadão severo)
Tanto revolvera, e andara,
Que algũa cousa buscara,
A quem tanto devo e quero.

Cumpre[50] muito aquela mesa,
Mais da fome que da gula,
Tem a fogueirinha acesa,
Faz rosto ledo à despesa,
C'o trabalho dissimula.

Diz o cidadão consigo
Que gente há d'antre penedos!
Que vai de Pedro a Rodrigo![51]
Bem disse o bom senso antigo,
Que não são iguais os dedos.[52]

Depois do fraco comer,
Estando detrás o lar,[53]
Começa o rico a dizer,
Dous dias que hás de viver
Aqui os queres passar?

Na aspereza do deserto,
Que não sei quem o suporte,
D'urzes e tojos coberto,
Sendo tudo tão incerto,
E tão certa só a morte?

Vive amigo a teu sabor
Mais é que cousa perdida,
Quem por si toma o peor,
Vai-te[54] comigo onde eu for,
Lá verás que cousa é vida.

Quando as ambas[55] provares,
(Que eu d'outrem não adevinho)
Quando[56] te enganado achares,
Aí ficam teus manjares,
Aí tens também o caminho.

Assi disse, Eis o vilão
Em alvoroço e balança,[57]
Ia e vinha o coração,[58]
Ora si, e ora não,
Venceu porém esperança.

E que pode i al fazer?
Vive com tanto cansaço,
Inda não pode viver,
Não pode o ano vencer,
Que lhe assi corre d'espaço.

E diz, Quem não s'aventura
Não ganha,[59] quem é que o negue?
Escolhem hora segura,
Era pela noite escura,
Guia o rico, o outro segue.

Entram por paços dourados,
Cheirosos inda da cea,
Fiquem os casais[60] colmados,[61]
Por sempre do sol torrados,
Fique a faminta da aldea.

Vou-me por meu conto avante,
Amostra o cidadão tudo,
Que traz no bucho um ifante[62]
Quem quereis que não s'espante?
Anda o vilãozinho mudo.

Que tão somente em provar
Das cousas que mais lhe aprazem,
Começam já d'enjeitar,
Começam de bocejar,
Em finos tapetes jazem.

Ora, o despenseiro chega,
(Que estes bens não duram tanto)
Sente-os, mas a pressa o cega,
Um tiro, e dous mal emprega,
Segue-os de canto em canto.

Os cães à volta correram,
Ladram, que é alto serão,[63]
As casas estremeceram,
Uns e os outros i correram,
Quis Deus que os gatos não.

Sabia o de casa a manha,
Sabia os passos, fugiu,
O Ratinho da montanha
Aos pés em pressa tamanha
O coração, lhe caiu.[64]

Mas espaçado[65] o perigo
Da morte que ante si vira,
O coitado assi consigo
Polo seu repouso antigo
Que mal deixara, suspira.

Minha segura[66] pobreza,
Se chegarei a ver quando
A ti torne? E esta riqueza
Mal que todo o mundo preza,[67]
Fuja se puder voando.

Mal tomadas esperanças
A paga aqui não me tome,
Traças que não abastanças,
Assaz vi das vossas danças,
Deus me torne à minha fome.

## A ANTÓNIO PEREIRA, SENHOR DO BASTO, QUANDO SE PARTIU PARA A CORTE CO'A CASA TODA

Como[1] eu vi correr[2] pardaus[3]
Por Cabeceiras de Basto,
Creceram cercas,[4] e o gasto,
Vi, por caminhos tão maus
Tal trilha,[5] e tamanho rasto.

Logo os meus olhos ergui
À casa antiga, e à torre,
E disse comigo assi,
Se Deus nos não val aqui
Perigoso imigo corre.[6]

Não me temo de Castela,
Donde inda guerra não soa,
Mas temo-me de Lisboa,
Que ao cheiro desta canela,
O Reino nos despovoa.

E que algum[7] embique e caia,
(Afora vá mau agouro)
Falar por aquela praia
Da grandeza de Cambaia,
Narsinga das torres d'ouro.

Ouves Viriato o estrago[8]
Que cá vai dos teus costumes?
Os leitos, mesas, e os lumes,
Todo cheira: eu óleos trago,
Vem outros trazem perfumes.

E ao bom trajo dos pastores,
Com que saíste à peleja
Dos Romãos tão vencedores,
São mudados os louvores,
Não há lá quem t'haja enveja.

Entrou dias há peçonha
Clara pelos nossos portos,
Sem que remédio se ponha,
Uns dormentes, outros mortos,
Alguém polas ruas sonha.[9]

Fez no começo a pobreza
Vencer os ventos, e o mar,
Vencer quási a natureza,
Medo hei de novo à riqueza,
Que nos venha a cativar.[10]

Estas terras e penedos
Fazem-se-vos vistas feas,
Torceis o rosto às aldeas,
Direis dos vinhos azedos
O que já disse Cineas,[11]

A quem nos convites dado
A provar, se lhe aprouvesse,
Despois nos olmos[12] mostrado,
Nunca vi (disse) enforcado
Que a forca assi merecesse.

As vozeiras[13] montarias,[14]
Derribar aves[15] que vão,
Cantando inverno e verão,
Que al é salvo remir[16] dias
Do enfadamento aldeão?

Que trabalhosos concertos[17]
De vilãos[18] desentoados,[19]
Os de vilãos mal cobertos,[20]
E o que é peor, pouco certos,
Muito desarrezoados.

Direis, e eu não vo-lo nego,[21]
Mas quereis também que diga?
Este mundo é armado em briga,
Não busqueis nele assossego
Nem nũa alta ermida antiga.

Todavia há diferenças
Antre o de cá, e o de lá,
Cá nas mais das desavenças
Éreis mestre das sentenças,
Para onde is outrem as dá.

Tereis em troca manjares,
Composições[22] delicadas,
Ũas por outras grosadas,[23]
Pelos tempestuosos mares
A gram perigo buscadas.

Convites de quem convida,
Amostram-vos suas tendas,[24]
Quanta cousa i é perdida!
Ceas imigas[25] da vida,
Imigas más das fazendas,

Disto o cheiro, disto a cor,[26]
Que preço não tem igual,
Milagres de Portugal,
Cousas de tanto sabor
Para saberem tão mal.

Onde se há de lançar tanto?
Aquilo é pagar o pato,
Em fim quando m'alevanto,
Ou hei de morrer d'espanto,
Ou se não m'espanto, mato.

Que contas vão tão erradas,[27]
Enfastia o que sobeja,[28]
Quem come o que não deseja?
Soíam ser as convidadas[29]
Vontades, agora é enveja.[30]

Entra convosco a menhã,
Falam-se muitas linguages,[31]
À tal cea cortesã
Quanta mestura vai vã,
Afora as novas potages?[32]

Os bons convites antigos
Antes de se tudo alçar,
Eram para conversar
Os parentes, e os amigos,
Que não pera arrebentar.[33]

E de viver juntamente,
Houveram convites nome,
Soltos[34] os olhos da gente,
Por que vissem que somente
Ali se matava a fome.

Aquela ufana Rainha
Irmã do vil Tolomeu,[35]
Que o rico pendente[36] deu
Prodigamente à cozinha
Num grande banquete seu.

Vendo tudo ir-se a perder,
Os amigos convidava,
Já porém não de viver,
Mas d'assi juntos morrer,
Na sua língua os chamava.

A vossa fonte tão fria
Da Barroca, em julho e agosto,
Inda me é presente o gosto[37]
Quam bem que nos i sabia
Quanto na mesa era posto.[38]

Ali não mordia a graça,
Eram iguais os juízes,
Não vinha nada da praça,[39]
Ali da vossa cachaça,
Ali das vossas perdizes.

Ali das fruitas da terra,
(Que tem cada mês a sua)
Colhida em sazão[40] cada ũa,
Nunca o sabor à cor erra,
Nem ao nome de nenhũa.

Ó ceas do paraíso[41]
Que nunca o tempo vos vença,
Sem fala trocada,[42] ou riso,[43]
Nem carregadas de siso,[44]
Nem danadas[45] da licença.[46]

Des i[47] o gosto chamando[48]
A mores outros sabores,[49]
Líamos polos amores,
Tam bem escritos d'Orlando,[50]
Envoltos em tantas flores.

Líamos os Assolanos
De Bembo, engenho tão raro
Nestes derradeiros anos
C'os pastores italianos
Do bom velho Sanazaro.

Líamos polo alto Lasso,
E seu amigo Boscão,
Honra d'Espanha que são,
Ia-me meu passo, a passo,
Aos nossos que aqui não vão.

Se eu isto estimado agora
Vira, como d'antes era,
Por meu conto avante fora,
Mas não diz hora com hora,
Vai-se como ao fogo a cera.

Que troca, ver lá pasquinos,[51]
Desta terra cento a cento,
Quem o vê sem sentimento.[52]
Tratar os livros divinos
Com tal desacatamento![53]

E o que não devem d'ousar,
Dizer, se em giolhos não,
(Que graças para chorar!)
Torcem,[54] fazendo falar,
Ao som da sua paixão.

Esquecidos do conselho[55]
Mas que digo eu? Do mandado
Sendo por quem foi vedado,
No Santíssimo Evangelho,
Aos cães não deis o sagrado.

Peitos que sonhando andais,
O muito não no troqueis
Por nadas, como o trocais,
As perlas Orientais
Aos porcos as não lanceis.

Jogareis? Oh razão cega
Sempre o jogo fiz defeso,[56]
Que tem noite, e dia preso.
O triste que assi o emprega,
O seu tempo todo em peso.

E dês o Grou, té Folosa,
Homens de seiscentas cores,[57]
Só no jogo não tem grosa,
Conversação perigosa,
Missa d'arrenegadores.[58]

Mal sem emenda[59] é o jogo,[60]
Antre os seus males maiores.
Um Rei de grandes primores,[61]
Dos nossos, mandou pôr fogo
À casa, e aos jogadores.

Das leis antigas imigo,
Desprezador das modernas,[62]
Continuador do perigo,
Dores sempre aqui, consigo,
Vai caminho das eternas.

Passemos por outros jogos
Que lá vão, por outros tratos,
Fazer, desfazer contratos,
Salamandras nos seus fogos
De Herodes para Pilatos.[63]

E aquele grande alvoroço
D'Atambor que à guerra chama,[64]
Leva o velho, leva o moço,
Que entram primeiro em destroço
Que[65] percam de vista Alfama.

Oh vida dos lavradores,
Se eles conhecessem bem
As avantages que tem,
Co'aqueles santos suores
Que a si e o mundo mantém.

Tratando co'a madre[66] antiga
Que de quanto em si recebe
(Não entre engano, ou má liga[67])
Singelamente se obriga[68]
A pagar mais do que deve.

Aqueles maiores nossos
Antigos Padres primeiros,
Eram no começo inteiros,
Eram santamente grossos,[69]
Sem mal como os seus cordeiros.

Regidos da natureza,[70]
Nem tanto papel escrito
Vem um reza, e outro reza
Sem cansar, e sem certeza,
Buscam, nunca acham o fito.[71]

Foi sem malícia e mau erro
A boa idade dourada,
Apressou-se a prateada,
Não tardou nada a de ferro,
Que tudo pôs à espada.

Quanta sombra que aparece?
Tapai-me a boca co'as mãos,
Ora atrás que não me esquece,
Também por cá se adoece,[72]
Vão porém ares mais sãos.

Por isso a gentilidade
Que em tudo filosofava,
Ao Deus da saúde[73] alçava
Templo fora da cidade,
I por ela se ofertava.

E àquele Vírbio[74] a quem
Dera vida, nunca às festas
Nunca às cidades vem,
Sempre só por fora o vem
Caçando polas florestas.

I que encontre[75] c'um Lião,
C'um usso que anda ao través,
Traz consigo a seus librés[76]
Com que lhe o caminho dão,
Não é aquela a sua Rês.

Da cousa má claramente
Logo quem a vê se vela,
Chega-se à que branda sente,[77]
Por isso à antiga serpente
Pintam rosto de donzela.

Quando os antigos a alguém
Louvavam, não de senhor,
Nem de rico[78] era o louvor,
Chamavam-lhe homem de bem,
E ainda bom lavrador.

A nossa gente que quis
Arremedar[79] nos louvores,
Que agora parecem vis,
Aos bons Reis Sancho e Dinis
Chamaram-lhes lavradores.

Os prudentes dos Romanos
Antes que o tino perdessem
Donde cuidais que escolhessem
Cincinatos e Serranos,[80]
Que ante si em campo pusessem?[81]

E aquela sua grandeza,[82]
Que o tempo não quer que moura
Vemos que à mais da nobreza
Sobrenomes da riqueza
Não pôs, antes da lavoura.

Inda hoje vemos que em França
Vivem nisto mais à antiga,
À vila o vilão se abriga,
Donde traz nome de herança
Mantém-no a sua fadiga.[83]

Acende a frágua[84] o ferreiro,
Juntamente, e o galo canta,
Morde o couro o sapateiro
Brada c'o moço ronceiro[85]
Que inda se envolve na manta.

Vive a nobreza por fora
Segura, os despovoados
Corre c'os[86] lobos ousados,
Por d'arredor donde mora,
Mantém livre o mont'òs gados.

Da má gente aventureira,
Que às escuras traz seu trato,
Que possa livre[87] quem queira
Cantando ir de noit'à feira,
Ou dormindo no mulato.[88]

Bom tempo, quando segura
A cabeça s'encostava
Onde o sono a convidava,[89]
Contente da cobertura
Tão rica, que lhe o céu dava.

Bebiam tomada às mãos
D'água, que fosse em velhice,
Melhor que por vasos vãos,
Lavava ela os peitos sãos,
Antes da gargantoíce.[90]

Jacob fugindo ao irmão,[91]
Qu'o mal tinha ameaçado,
Pastor ao campo usado,
Passou o rio Jordão,
Na ajuda do seu cajado.

Como o sol ao mar deceu[92]
Comeria do fardel,
D'água no rio bebeu,
Nũa pedra adormeceu,
Pôs nome ao lugar Bethel.

Natureza nos pusera
Como[93] os olhos nos abriu
Ao perto, tudo o que viu
Que necessário nos era,
Do mais tudo se sorriu.

Como ũa ave já vezada[94]
A toda delicadeza,[95]
É milhor ajuizada,
Foge à gaiola dourada,
Vai buscar a natureza.

Ũa disposição má,
Longa enfirmidade e dor,
Que vai de mal em peor,
Onde remédio achará
Se à natureza não for?[96]

Cega da minha fadiga,
Qu'em vão tanta razão gasta,
Que fazeis? Que vos obriga?
Deixais esta madre[97] antiga,
Is-vos buscar a madrasta.[98]

Dos vossos nobres avós
As Cruzes em sangue[99] abertas,
Vos põem obrigações certas
Que não as deixeis cá sós,
A ser do musgo cobertas.

O que porém não dirão
Em quanto cá tem tal feira,
Como é a de tal irmão,
Que não houve o nome em vão
De Nuno Álvares Pereira.

Por toda esta grande Espanha
Froais que soíam chamar,
Fez em Pereiras mudar,
Não do Rei mouro a patranha,[100]
Mas vosso antigo solar.[101]

Do qual não há muitos anos[102]
Que um que aqui Braga regeu,[103]
Pondo a parte os longos panos,[104]
Um passo aos Castelhanos
À espada defendeu.

Ao Reino cumpre[105] em todo ele
Ter a quem o seu mal doa,
Não passar tudo[106] a Lisboa,
Que é muito o peso, e com ele
Mete o barco n'água a proa.

E mais is-vos muito ao ponto
Para qualquer apetito,
Então j'eu ouvi um conto,
A quem espreita e está pronto,
Não vades mudar o fito.

Tereis lá conversações,
Tereis graças delicadas,
Do ar do paço adubadas,[107]
E às vezes das pregações,
Com muito gosto furtadas.

Traspuseram[108] os amores,
Deixaram o paço às cegas,[109]
Saem de novo mantedores,[110]
Continuos murmuradores,
Pola praia d'Enxobregas.

Vereis barcos ir à vela,
Uns que vão, outros que vem,
Como que se desavém,
C'ũa viração[111] singela,[112]
Tanta força a arte tem.

Os marinheiros vadios
Que vilmente[113] a vida apreçam
Polas cordas dos navios,
Volteam como bugios,[114]
Inda que vos al pareçam.

Não hei por perda[115] esta leve,[116]
Que sejam[117] palavras tudo,
Mas ao coração acudo,[118]
Senão dizei quem se atreve
À dor esperá-la mudo?

São elas porém já muitas,
Fê-las ir crecendo a mágoa,
Lembro-vos as vossas fruitas,
Lembro-vos as vossas truitas,
Que andam já por vossas n'água.

## À MANEIRA ITALIANA, A D. FERNANDO DE MENESES, EM RESPOSTA DO QUE LHE ESCREVEU DE SEVILHA

Guadalquibir arriba, a rica[1] praia
Que vistes, os perigos, e armadilhas,
De que escreveis,[2] ouvindo homem desmaia.

Vistes nũa Sevilha mil Sevilhas,
Guarde-se da fortuna, e dos reveses,
Que assi creceu co'este ouro das Antilhas.

Senhor meu dom Fernando de Meneses,
Eu vi Roma, Veneza, e vi Milão,
Em tempo d'Espanhóis, e de Franceses.

Os jardins de Valença d'Aragão,
Em que amor vive e reina, e forças ganha,
Por onde tantas rebuçadas vão.

Mas isso (assi direi) mais já parece
A cova da Sibila sobterranha,
Onde a vida em prazer desaparece.

Se cousa é pera crer, e não patranha,
Mas isso, assi não fosse ele verdade
Como é, sabei que amor usa de manha.

Spreita onde vê rica ociosidade,
I enarvora[3] bandeira, solta a vã
Desenfreada prodigalidade.[4]

Imiga das leis santas, e da sã
Da boa temperança,[5] e vida pura,
Mas dessa Sevilhana amada irmã.

Aqueles são seus parques, i assegura[6]
(Eu digo amor) o seu estado e Cortes,
Ali é gram senhor, dure o que dura.

Por i passea, e vai a seus deportes,[7]
Vive ali Salamandra no seu fogo,
Que a ele vida dá, aos seus mil mortes.

Minino e cego (ó risos) foge logo
A doce liberdade, e nunca mais
Em quanto o sente i, torna, nem em jogo.

Mas tornemos às novas que me dais
Das senhoras, e das casas, e das sedas,
Pedraria que cega[8] os avençais.[9]

Per onde correm[10] todas as moedas,
As d'ouro poderoso, e prata fina,[11]
Em ricas praças ricas almoedas.[12]

Quem vem a estar aos lanços, desatina
A primeira aventura é a do siso
Que logo perde, tudo à banda inclina.

Ali suspiros, ali o brando aviso,
As boas manhas todas quantas são,
Nobreza, parecer, é tudo um riso.[13]

Vendendo elas o seu tanto ao pregão,
Cousas que se acham nas tendas por nada,
Regateiras cruéis, por quanto as dão?

Mas que cegueira tão acostumada!
Em todo o estado, toda lei, e idade,
Quem mais leva na bolsa, esse arrecada.[14]

Não falemos naquela enfermidade
Dos seus privados,[15] que é como se acerta,
Por apetites sós, e liviandade.

Onde pôr não se pode regra certa,
Somente assi lhe apraz, a quem se obriga
Dos outros e cada um como se oferta.

Quem o crerá? Que nisto a gente antiga
Que tanto viu, viu pouco, do costume
Cega, e desta baixa humana liga.

Despois co'a melhor lei, entrou mais lume
Suspirou-se melhor, veo outra gente
De que Petrarca fez tão rico ordume.[16]

Eu digo os Proençais, de que ao presente
Inda rimas ouvimos que entoaram
As Musas delicadas altamente.

Aqueles dantes, que versos danaram,
Perdoem, ah que o digo vergonhoso,
Com dó de bons engenhos que enganaram.

Todavia Xenócrates famoso
Saiu rindo de Lais por quem se chama
O porto de Corinto perigoso.[17]

Vinham de toda parte ali por fama
Da sua fermosura, ele foi tal
Que vencedor ficou, vencida a dama.

E mais sendo o perdão assi geral
Naquele tempo, a todos tanto a usança[18]
A dar culpa[19] e desculpa, pode e val.

Porém dũa tamanha confiança
De si, e co'a virtude, tais amores
(Qu'um só seja aqui dito em abastança.)

Enxamea[20] este mundo, e dá das flores
Como lhe apraz a grande natureza,
Dos santos, não me meto em seus louvores.[21]

Que não se atreve a tanto esta rudeza[22]
Do baixo estilo, e minha fraca vea,
Qu'entendo,[23] e não m'engana sua pobreza.

Ora sois já na Corte, onde se atea
Pera vós outra chama, outras contendas,
Outra prisão[24] mais nobre, outra cadea,[25]

Digna de vós, não tem a chave as rendas,
Não negociações,[26] que isso seria
Tirar o poder a amor, dá-lo às fazendas.

Amor é senhor grande, e não se guia[27]
Por interesses vis, dar e tomar,
Amor noites não tem, que todo é dia.

Amor que nunca sabe atrás olhar,
Que não sabe pôr nódoas de suspeitas,
Na fé, não em querer, nem duvidar:

Não ergue ao ar figuras contrafeitas,[28]
Como vemos às tardes nuvens raras,
Em pouco espaço[29] feitas, e desfeitas.

Não traz contrassinais, nem almanaras,
Não manda escuitas fora, ali é paz boa,
Das fontes limpas, correm águas claras.

Quam longe do outro cego, que ao ar voa,
Todo desassossegos e queixumes,
Cuidais qu'is vent'à popa, is vento à proa.

Mandam-no desconfianças e ciúmes,
Uns nadas, que porém ferem d'agudo,[30]
Reina no povo, guarda os seus costumes.

Todo é palavras, estoutro cási é mudo,
Ouçam-se os corações, que ouvidos tem,
Mais certos, e outros olhos que veem tudo.

E os peitos passam da banda d'além,
Como o sol dando faz nũa vidraça,
Os claros corações claros se vem.

Verdade que não dão os tempos graça
Tanta, como eles davam no passado,
Anda encolheita, não sai tanto à praça.

Teme-se dum amigo apoderado
Do tempo, que os sonha Índia e Brasil,
Té que cada um de lá torne dourado.[31]

Lançou-nos a perder[32] engenhos mil,
E mil, este interesse que haja mal,
Que tudo o mais fez vil, sendo ele vil.

Os momos,[33] os seraos de Portugal,
Tão falados no mundo, onde são idos?
E as graças temperadas do seu sal?

Dos motes o primor,[34] e altos sentidos,
Os ditos delicados[35] cortesãos,
Qu'é deles? Quem lhes dá somente ouvidos?

Mas deixem de tratar os Aldeãos
Da Corte, sempre foi, sempre será,
Trocam-se os tempos, fogem d'antre as mãos.

Não vedes quantas voltas o Sol dá?
Ora aparece, ora desaparece,
Debaixo deste Céu quedo que está?

O que ontem muito aprouve, hoje aborrece.
As que agora eram faces, são já enveses.[36]
Nos poços sobe um balde, o outro dece.

Porém (ó bom dom João o de Meneses,
E ó Manuel) que tais tempos lograstes,[37]
Dous Condes nos amores tão corteses.

Vós dias, vós as noites suspirastes
Com tanto louvor vosso, ind'eu ouvi
Os queixumes finais que ao ar soltastes.

Depois de fora parte, por aqui
Se ouvem cantares, não dos naturais,
Mas estrangeiros, j'eu cantara assi.

Ora outra vez a vós senhor que andais
Naquela viva chama dessa idade,
De que os amores se apoderam mais.

Não me seja contado isto a vaidade,
Mas eu não vejo cá cousa mundana,
Que tanto suba sobre a humanidade.

Quem cuidando será por força humana,
Com que tão altamente a alma se escora,[38]
Que esperança nem medo a não abana.[39]

Alça-se o tempo, e vai de foz em fora,
Dos sentidos convém todos se alive,
E que ouça, veja, e viva, hora por hora.

De tudo (que já muito me detive)
Faz a conta que faz de névoa e vento,
Passou-se a corpo alheo, e ali se vive.

Buscou, e pôs tão alto o fundamento,
Que por cousa nenhũa que aconteça,
O mesmo é no prazer, que no tormento.

I se acaba o seu bem onde começa,
Faz com'águia òs filhos, que os enjeita
S'a vista ò sol d'algum vê qu'enfraqueça.

Assi toma aos cuidados conta estreita,[40]
E aquele que o seu bem claro não vê
Não é dos seus, num nada a cont'é feita.

Assi se abraça só co'a sua fé,
Nela s'envolve, nela se adormenta,[41]
Que riqueza grandíssim'aquel'é,
De que outrem viver possa, e ela o não senta.

## CARTA EN RESPOSTA A JORGE DE MONTEMAYÓR

Monte mayor, que a lo alto del Parnaso
Subiste, porque al nuestro Lusitano[1]
Truxiesses dulces agoas de Pegaso.

Qué haré que al responder tiembla la mano?
Trabajé por escusa, si la hallara,
Buscando lo que no ay, cansase en vano.

No dissimularé la verdad clara,
Yéndote a responder, atrás bolvía,
Viendo tu pluma quanto que me alçara

Temía lo que aún temo, que diría
El que oídos alçara a la respuesta
La tierra tan preñada, que paría.

Soltose en risa todo, tanto cuesta
Esperar mucho, viendo por d'antojos,
Quanto a mí, quien me loa me amonesta.

Poniéndome delante de los ojos
Como en pintura, lo que seguir devo,
Que en traje de loores, son abrojos.

Forçado a responderte en fin me muevo,
Yerro a sabiendas, van y vienen sudores,
Agora el huelgo, ora la pluma pruevo.

Si con Monte mayor trato d'amores
Quándo lo alcançaré? Va de corrida,
De laurel coronado, yedra, y flores.

Y si antes quiero tratar de la vida
Que sola es vida perpetua y segura,
La entrada es alta, ciega la salida.

O buen Mondego que en la Estremadura
Nuestra, a Neptuno pagas el tributo
Devido, cómo uviste gran ventura;

Al fin (diré) del mundo has dado un fructo
Que lo inche de odor todo, y que levanta
Del campo y sierras niebla, el campo ha enxuto.

Mientras tañendo va, mientras él canta
La su Marfida, por los campos llanos
De tus agoas regados, quién no espanta?

Por donde (un tiempo fue) mil gritos vanos
El mi Diego espargió, sin alvedrío
D'amontado allí de pies y manos.

Estotro con mejor suerte el tu río
Passó, los altos puertos, buelve lleno
De mucha gloria al nido suyo y mío.

Todo este se fizo más sereno
La nuestra Lusitana a lexos tierras
Se va, de boca en boca, seno en seno.

Fue Monte mayor ya mentado en guerras
Del santo abbad Don Juan (cuéntase assí)
Agora dexa atrás agoas y sierras.

Quando los moros lançavan de aquí
(Ah los muchos peccados de Christianos)
Quedose el leal Monte en salvo allí.

Marsilio[2] de gran nombre entre paganos,
Del Hebro a la Ribera puso silla
Ya raya entre Carthago y los Romanos.

Entraron Maomethanos por Castilla,
D'Amor, y Marte fiero uvo aventuras,
Quien cree, quien no lo cree, se maravilla.

Grandes cosas se cuentan cómo a escuras
D'aquellos tiempos de vista Turpino,
A estranhos cuentos orejas seguras.

El hadado Roldán, Reynaldo,[3] dino,[4]
Que le fuera fortuna más cortés,
De sus riquezas, un tal Paladino.

Rogel, del ingenioso Ferrarés,
Tanto alabado, en tan sabroso estillo,
Astolpho aventurero, y vano Inglés.

Qué dio la muerte al fabuloso Horrilo?
Violo el blanco Grifón, violo Aquilante.
Negro, hermanos, ribera del Nilo.

Dos guerreras, Marfisa, y Bradamante,
En campo armadas, tormenta y terror,
Por enemigas hazes adelante.

Hasta tanto llegué, por tu sabor
Que todo es en Marfida, he te servido
Si mal no deprendí las leyes d'amor.

Vezino a aquel tu monte do has nacido,
Cogí este aire de vida, y del Mondego
Tan clara y tan sabrosa agoa he bevido.

Assiento de las Musas, tras el ciego
Niño que buela, perdí el tiempo andando
Uno de los sus locos, no lo niego.

Y aun aora, la memoria quando
Buelvo por las pisadas que atrás dexo,
Lo que me hago no sé, si ando o desando.

A tal sazón quiçá de amor me quexo,
Si viste algunos de los mis renglones,
Triste Andrés, triste Diego, triste Alexo.[5]

Qué haremos a estos nuestros coraçones?
Si se nos hurtan toda vez que quieren?
Vanse como acogiendo a sus prisiones.

Bien vees que estos sentidos en nos mueren,
Biven en otra parte, allá passados,
Allá nos llaman, d'allá nos requieren.

Y más con qué blandura! amenazados
Como esclavos huidizos, noche y día,
Duras leyes, duros fuegos, duros hados.

Hasta el mal d'otro tiempo desafía
La vida, y con desseos de presencia
Se buelve a codiciar lo que dolía.

El nuestro Andrade[6] vi muerto d'ausencia,
Sprito tan gentil, tan mal tratado,
A mal tan áspero, tanta de paciencia.

Nacido para amar y ser amado,
Mas es amor cruel naturalmente
Tanto en contrario al nombre que le han dado.

O ciegos, ciegos, quál razón consiente
Que lo que os aquexava allá, cad'ora
Acá con su deseo os atormente?

Quién no sabe que amor al que lo adora,
Y más de vientos beve por sus cosas,
Por una vez si ríe, quántas que llora?

Qué muestras son las suyas tan lustrosas;
Qué pintadas; qué lexos tan divinos;
Agoas que caen d'alto tan hermosas;

Qué soledades d'unos altos pinos,
Como del monte Menalio,[7] a las estrellas
(Licencia ayan palabras) tan vezinos.

Que los cantares, antes las querellas,
De sus pastores oyen en tal parte,
Parece que responden al fin dellas.

Demos buelta al Archero, que reparte
Tan mal sus flechas, vanlo acompanhar
(Por la razón que ende ay), Venus y Marte.

Con qué palabras te podré rogar,
(Sea con gran perdón de quien te llama)
Que no nos quieras tan presto dexar.

Marfida, el fuego tuyo y dulce llama
Avrá por bien de ser acá cantada,
Do no vino en persona, venga en fama.

Sabe bien que la muerte toda airada
Amenazó quanto nace, y no perdona
A cosa biva, y todo buelve en nada.

Enterneciste esta brava leona
A los cantares de tu ingenio raro
Con gran favor del hijo de Latona.

Levanta los sentidos al amparo
Tan seguro y tan alto, como tienes
Desta Princesa nuestra,[8] un sol tan claro.

No seas como muchos, que sus bienes
Bien no conoscen, mira que acontece
A pocos lo que a ti, si bien te avienes.

Yo digo con tu suerte, que esclaresce
Por la Casa Real en todo estado
Do por costumbre antigua embidia cresce.

En fin las Musas ternán el cuidado
Del su Poeta, que lo quieren tanto
Como a quien de años tiernos han criado,

Al son de las sus vihuelas, y al su canto
Lo entonan siempre, vese clara prueva,
Cantando él mueve a gozo, mueve a llanto.

Destos muy cuerdos, no me es cosa nueva
Que estén burlando esclavos del provecho
Onde aparece, o que arda el cielo, o llueva

Esforçándose siempre, o con derecho,
O sin derecho (aquí poned el tino)
Inchamos esta casa, hasta el su techo.

El oro blando a todo abre el camino
Más que el hierro, y sólo él es dicho Aver,
Nadie inquiere después de dónde vino.

Las buenas Musas bástales tener
Lo necessario, para qué es affán
Vano, y sin fin? Que poco es menester.

No vees los días qué prissa se dan?
Unos tras otros, pocos son los ledos,
Y todos juntos pero qué serán?

Humos y vientos que nunca están quedos,
Esse poco de vida y breve instante
Lleno de sobresaltos y de miedos.

Otra vida a Beatriz ha dado el Dante,[9]
A Laura hizo el Petrarca tan famosa,
Que suena deste mar al de Levante.

Bocacio alçó Fiumeta en verso y prosa,
De Pistoia el buen Cino a su Selvaja,
Ah buenos años, buena edad dichosa.

Parece que este mundo haze ventaja
En tiempos a sí mismo, otros se esfría,
De toda parte, y como que se nos coaja.

A ti las Diosas de la Poesía
Y a tu Marfida, os harán inmortales,
Que nunca le anochezca al vuestro día.

En lo del cuerpo destos animales
Que dizen brutos, mucho atrás quedamos,
En un sentido, mas [n']otros iguales
Hemos de confessar que no queramos.

## A SEU CUNHADO MANUEL MACHADO DE AZEVEDO[1]

É, senhor, grande trabalho[2]
Escrever de gerações!
Nem todos são Cipiões,
E podem cheirar ao alho
Ricos-homens e infanções.

Se dizeis verdade a todos,
De nenhum estais seguro,
Que não há sangue tão puro,
Nem para avós[3] tantos godos
Que um não achem no monturo![4]

Escrever com louvaminhas,
Não é minha profissão;
Tirar unhas ao leão
Para pô-las nas galinhas,
Outros o façam, que eu não.

No tempo dos reis primeiros[5]
Era a corte nestes montes;
Vim bever de suas fontes,
Que há lá por baixo atoleiros
Que não tem barcas nem pontes.

Dinheiro, ofícios, privanças[6]
A nobreza nos desterra:
Judeus e mouros à terra
Nos trazem[7] suas lianças,[8]
Que é nesta paz mor guerra.

Estes querem tingir tudo
Com poder mais soberano,[9]
Quem não veste do seu pano,
Convém-lhe fazer-se mudo
Por evitar maior dano.

Os del-rei Sancho, guardai,
Que bom testemunho dão:[10]
Cante a cigarra o verão,
Mas o inverno lhe aguardai,
Que vos virão ter à mão;

Então sem contradições
Vossos avós mostrareis[11]
Que reis deram e foram reis.
Deixai-lhes dourar brasões,
Que vós lhos desdourareis.[12]

Se nove torres tiraram
Que guardavam três Machados,
Com dous mais bem vos pagaram,
Pois Torres Novas entraram,
Martim c'os quatro criados.

Se o Primaz os ajudou
Com informações erradas,
Outro Primaz nos deixou
Por suas cartas firmadas[13]
O que Sancho confessou.

Por mais que queiram, senhor,
Nada vos hão de empecer,
Que não leva o jogador
Mais paus por mais se torcer
Se lança a bola peor.

# ORAÇÃO AOS REIS D. JOÃO III E RAINHA D. CATARINA NA CIDADE DE COIMBRA QUE FEZ FRANCISCO DE SÁ NO ANO DE 1527[1]

Muitas vezes nos mostrou Nosso Senhor manifestamente que tinha cuidado e lembrança particular destes vossos reinos, de que parece que nos tinha dado como em arrefém as vossas armas reais, que, certo, não são águias, nem leões, nem onças, mas são cinco chagas de Jesu Christo, verdadeiro Deus e verdadeiro homem; são a sua santa cruz; são aqueles trinta dinheiros por que ele quis ser apreçado e vendido; são finalmente as principais memórias de sua sacratíssima paixão: pelo qual, por vezes que estes reinos estiveram pera se perder per guerras, ou para se mesturar com outros reinos comarcãos per casamentos, sempre vimos que Deus aí meteu sua mão e se quis lembrar dos portugueses como de gente que traz sobre si e debaixo de sua bandeira. Isto que digo se viu muitas vezes nos tempos passados e quem algũa ora, e ainda nas obras de Deus, é cousa certa e clara.

Mas quem poderia, Senhor, ser em vossos feitos tão descuidado e tão dormente que não visse que nos fostes dado pela mão de Deus? Que o vosso saber e a vossa mansidão, a vossa temperança e o vosso regimento, tudo nesta vossa idade por milagres os tenho eu, que não vos hei, Senhor, por tão grande que tenhais tanta parte na Europa e tanta na Ásia, nem por terdes tantos reis vossos súbditos e tributários, nem porque as vossas mãos[2] tenham dado volta inteira quási a toda a terra e navegado quási todo o mar; nem porque tenhais descoberto os antípodas, cousa que aos mais dos antigos pareceu patranha ouciosa, e viste-la vós, Senhor, fazer tamanha verdade; nem porque ensinais aos vossos pilotos a navegar sem norte, e nos descobrísseis não tão somente mares e homens novos mas céu novo a nós e estrelas novas.

Espantem-se disto os estrangeiros e aqueles que não sabem quantas mores cousas temos descobertas em vós que vós no mundo, e a vossa grandeza, Senhor, e o vosso espanto dentro em vós estão, e vossa própria é.

Por mui difícil cousa houveram todos os que escreveram que se pudesse achar um rei a que devessem obedecer as terras e os mares, e per cujo parecer se houvessem de fazer as guerras e assentar as condições das pazes, e a quem se houvesse, neste mundo, de entregar poder enteiro sobre os homens, igual quási ao de Deus òs homens, pera quem ele tudo criara e por quem despois tudo fez.

Isto que assim (como já disse) pareceu dificultoso àqueles grandes sabedores, e a grande experiência dos tempos longos no-lo faz parecer ainda despois muito mais até que vós, Senhor, fostes dado por Deus (que assim o torne a dizer), e vos mostrastes em vós, o que outros sempre desejaram e outros reinos desejam ainda agora, que, despois que fostes posto nesta altura, donde podeis ver bem quam longe vosso poder se estende, jamais olhastes salvo até onde se ele devia estender. Quanto mais vistes que poderíeis tudo o que desejásseis, tanto menos desejastes. Quanto mais vos vistes posto sobre os homens, tanto mais vos lembrastes sempre que todavia éreis homem. Às leis que vós podíeis fazer como mais vos aprouvesse, destes por vossa vontade inteiro poder sobre vós.

Aos senhores vossos irmãos, a que todavia era grande louvor ser bom irmão, quisestes vós ser sempre não menos que bom pai.

Donde, Senhor, vos veo que os mores príncipes do mundo, com os quais tínheis tão estreitas obrigações de sangue, todos as quiseram acrecentar convosco de novo per casamentos tais que, não tão somente a vossos reinos dão certa confiança de repouso, mas a toda a cristandade assossegasse os corações desassossegados de tanto tempo;

Donde, Senhor, vos veo dar-vos Deus tal mulher (se mulher se pode chamar) que assim vos ama e a quem vós assim amais e que assim merece ser amada, tamanha parte da bem-aventurança deste mundo, e esperança tão certa para o outro;

Donde, Senhor, vos veo que este vosso povo tirasse todo o amor de si mesmo e de seus próprios filhos e casas e fazendas e ainda das próprias vidas, e o assentasse todo em vós. E assim como vós, Senhor, quisestes seguir em ele aquele exemplo novo da natureza das abelhas, assim o quer todo ele seguir convosco, que todo anda após vós, como vedes, vivendo de vossa vista, e os que vos não podem seguir com os corpos, seguem-vos com as vontades;

Donde finalmente veo que esta mui antiga e mui nobre, sempre leal cidade de Coimbra nunca é alegre verdadeiramente senão com vossas alegrias.

*Dixi.*

# TEATRO

Sargenta

Muitos sisos, e muitas virtudes.

Petrónio

De quem, Sargenta?

Sargenta

De Lucrécia.

Petrónio

Assi faze, nomea-ma muitas vezes.

Sargenta

Nunca se tal graça viu, nem tal siso.

Petrónio

Tal assento, nem tal fermosura.

Sargenta

O que todo homem vê pera que é dizer-te mais?

Petrónio

Ora vem cá, Sargenta, que te quero agora preguntar por um ponto, cousa em que te nunca falei. Ouviste algũa hora falar num mancebo espanhol que segundo dizem, anda aqui perdido d'amores por ela?

Sargenta

Qual? Um capa em colo, que à primeira parece algũa cousa, já agora não terá que despender, e parece que caiu da torre?

Petrónio

Ah, ah, ah, como o pintaste tão bem!

Sargenta

Cousa é isso pera te somente lembrar?

Petrónio

A mim não, mas a Lucrécia.

Sargenta

Que riso, não é isso senão pera a [illegible]

Petrónio

Ao homem [illegible] muito.

Sargenta

E bem, que [illegible]

# COMÉDIAS

cheguei, achei
então começou
eu também

se vai o grande

cada dia, salvam-

alguns dedos quei-

# OS ESTRANGEIROS

*Dirigida ao ifante cardeal dom Anrique*

No que V.A. manda, que se pode dizer mais? A Comédia qual é, tal vai, aldeã, e mal ataviada. Esta só lembrança lhe fiz à partida, que se não desculpasse de querer às vezes arremedar Plauto, e Terêncio, porque em outras partes lhe fora grande louvor, e se mais também lhe acoimassem a pessoa de um Doutor, como tomada de Ludovico Ariosto, que lhes pusesse diante os três advogados de Terêncio, dos quais um nega, outro afirma, o terceiro duvida, como inda cada dia acontece: assi que dês aquele tempo vem já o furto, não se enganem c'o nome de Doutor novo, bárbaro, e presuntuoso, como são muitos títulos, assi dos escritores, como das obras dos nossos tempos, tão diferentes do comedimento dos passados, como foi o de Filósofo dado por Pitágoras. Túlio com que ameaçava já seu amigo Trebácio, tamanho jurisconsulto, senão com as graças de Labério? E Horácio com quantas de suas graças passa um sermão c'o mesmo Trebácio? A Comédia tão estimada nos tempos antigos, que al disseram aqueles grandes engenhos que era, senão ũa pintura da vida comum? À dos Príncipes se repartiu a Tragédia. Todos estes, e outros muitos inconvenientes eu passava levemente, o mais que arreceava eram más interpretações a cada passo, às quais quem pode fugir, se té os hereges quantos são também trazem a Sagrada Escritura em sua ajuda interpretando mal, e o diabo também. A isto tudo houvera algum remédio, que era o do fogo, mas ao mandado de V.A. que farei, salvo obedecer, e pedir-lhe que empare estes *Estrangeiros* como fazem os grandes Príncipes, e de cujo emparo somente confiam os que vão por terras alheas? Eu não vou pedindo, salvo perdão, este pelo provérbio grego é devido no começo das cousas. Nosso Senhor, sua vida, e real estado, etc.

Pessoas da comédia:

*Amente*, mancebo
*Alda*, moça de servir
*Dório*, casamenteiro
*Devorante*, truão
*Petrónio*, Doutor
*Guido*, mercador
*Vidal*, servidor
*Cassiano*, aio
*Ambrósia*, velha
*Briobris*, soldado
*Calídio*, mancebo de serviço
*Sargenta*, mulher de serviço
*Galbano*, velho
*Reinaldo*, velho

*A pessoa da Comédia faz o Prólogo.*

## Prólogo

Estranhais-me, que bem o vejo, que será? Que não será? Que entremez é este? Foi grã dita que não apodais[1] já, mas não há de falecer quem me arremede. Os Portugueses sois assi feitos logo pola primeira, despois dareis o sangue dos braços. Agora parece que me estranham ainda mais, parece-vos que não diz a fala c'os trajos? Esperáveis deles alguns triques troques,[2] ora me ouvi, dir-vos-ei quem sou, donde venho, e ao que venho. Quanto ao primeiro, sou ũa pobre velha estrangeira, o meu nome é Comédia, mas não cuideis que me haveis por isso de comer, porque eu naci em Grécia, e lá me foi posto o nome, por outras razões que não pertencem a esta vossa língua. Ali vivi muitos anos a grande meu sabor, passaram-me despois a Roma pera onde então por mandado da fortuna corria tudo. I cheguei a tanto que me não faleceu um nada de ser Deusa: despois a grandeza daquele Império que parecia pera nunca acabar, todavia acabou. E assi como a sua queda foi grande, assi levou tudo consigo, ali me perdi eu com muitas das boas artes, e aí jouvemos longo tempo como enterradas, que já quási não havia memória de nós, té que os vezinhos em que duns nos outros ficara algũa lembrança cavaram tanto que nos tornaram à vida, maltratadas porém, e pouco pera ver. Agora que já íamos (como dizem) ganhando pés, sentiu-nos logo aquela nossa imiga poderosa que nos da outra vez destruíra, foi-se lá, pôs outra vez tudo por terra. Bem entendeis que digo pola guerra imiga de todo bem. Venho fugindo, aqui neste cabo do mundo acho paz, não sei se acharei assossego. Já sois no cabo, e dizeis: «ora não mais, isto é auto», e desfazeis as carrancas, mas eu o que não fiz até'gora, não queria fazer no cabo de meus dias, que é mudar o nome. Este me deixai por amor da minha natureza, e eu dos vossos versos também vos faço graça, que são forçados daqueles seus consoantes. Eu trato cousas correntes, sou muito clara. Folgo de aprazer a todos. Direis vós que não é muito boa manha de dona honrada: direis, que Portugueses sois. Finalmente a mim nunca me aprouveram escuridões, nem falo senão pera que me entendam, quem al quiser não fale, e tirará de trabalho a si, e a outrem. Muitas contas vos dou de mi logo de boa entrada, cuidáveis que não havia de trazer de mulher senão o trajo? Ora vistes que também trouxe a língua. Agora sabei que inda havemos de fazer um caminho longo. Já ouviríeis falar de Palermo, cidade nobre em Secília, i vos hei de dar a mostra da minha tenda, por que lá sejais também estrangeiros. Cuidais que gracejo? O meu poder é mor do que pola ventura cuidais, não me tenhais em pouco por me verdes assi tão conversável, não se mova ninguém, assegurai-vos. Vedes-nos em Palermo todos a salvamento. Ora daquelas casas defronte sairá um mancebo valenciano por nome Amente, a este segue um seu aio que o vigia quanto pode, e destes e doutros sabereis o mais, que eu lhes mandei a todos que falassem Português, e por que ouçais c'os corações repousados, eu vos tornarei donde vos trouxe, já sabeis que o posso fazer. Ouvi, e favorecei-me.

## ATO I

### CENA I

*Amente,* mancebo*; Cassiano,* aio.

AMENTE

Já vens após mim, Cassiano? Que me queres? Por vida se pode haver um tão pesado cativeiro?

CASSIANO

Cativeiro chamas tu ao teu remédio? Assi fazeis vós outros a tudo, mudais os nomes como quereis, e ficais contentes, eu, Amente, eu sou o cativo, que me trazes sempre após ti por onde queres.

AMENTE

Ainda os escravos tem horas livres, tem suas festas, eu sempre hei de jazer debaixo deste jugo? Que me queres? Queres-me acabar de matar?

CASSIANO

Mas tu que queres? Queres-te acabar de perder? Ó Amente, quão mal te ensinou a minha mansidão.

AMENTE

Como? Sempre hei de ser menino?

CASSIANO

Agora te é a ti mais necessário o teu aio, que nunca.

AMENTE

Não me dirás que me queres?

CASSIANO

Guardar-te, que este é o meu cargo, como me encomendou teu pai.

AMENTE

De que me hás de guardar?

CASSIANO

Da tua doudice, pois queres que to diga.

Amente

Cuidas que te hei de fugir?

Cassiano

Não andas tu nesses tratos. De Palermo não fugirás tu, mas de mim si. Ora já que tu fazes o que não deves, deixa-me a mim fazer o que devo.

Amente

Que desaventura tamanha foi a minha?

Cassiano

À boa companhia, e bons conselhos de seu aio, chama este ora cativeiro, ora desaventura, não suspires, crê-me que te hei de seguir como a tua sombra.

Amente

Essa não me segue polo escuro, e tu si. Mas não estemos mais nestes debates, antes me tornarei a casa, i[3] que mal posso fazer? Tu guarda a porta, se quiseres.

## Cena II

Cassiano (*só*)

I lá tomar cuidado de filhos alheos. Onde há isto de ir ter? Que se fez do acatamento que estes moços soíam de ter a seus aios, que não somente lhe ousavam de levantar os olhos? Agora vedes em que mundo somos, que às vezes vos cumpre fazer que não vedes, e outras que não ouvis. A doudice não sabe ter meio. A tanto são chegados, que gracejam, e dizem que já se não costumam aios, como se fossem trajos curtos, ou longos, e dos velhos dizem que cantam por ũa corda, e por fabordão. Oh pois que música a sua deles, e que contraponto; muitos escárnios, muitas mentiras, pouca verdade, menos vergonha. Beijam-vos as mãos cem mil contos de vezes, cedo hão de beijar também os pés como ao Papa, se ele não acode por seu estado. Entregam-se-vos por escravos c'os ferros nos pés, e c'os ferretes nas testas, então, quando os requereis, foi a mor mofina do mundo, porque aquilo só não podem. Ora da outra parte cotejai o cantochão dos nossos velhos, o seu si, polo si, polo não, não, o seu rego vai, rego vem, o seu dizer, e fazer, qual haveis por melhor música? Digo-vos em boa verdade que o d'agora tudo parece escárnio quanto vedes, porém não se lancem os pais de culpa, que os criam tanto na vontade. Todos somos enfeitiçados co'estes filhos, despois que os danam, encomendam-no-los. Quanto há que partimos de Valença, íamos pera Rodes, nosso amo quisera encostar este filho àquela Religião, estando aqui esperando passagem, vieram novas do cerco. Agora já dizem mais da tomada, temos gastado muito do tempo, e o dinheiro todo. Este moço namorou-se-me aqui, e perdeu o siso, eu ando em vésporas de perder também o meu co'ele, tenho escrito a seu pai que acuda, espero sua reposta, entretanto ando assi tendo-me ao mar. Esta doudice dos amores nace de ociosidade, e nela se mantém, esta ao menos lhe queria tirar, e por isso o persigo co'a minha presença, ao menos não falará tanto co'aquele seu grande privado Calídio.

### CENA III

*Alda,* moça de servir*; Ambrósia,* velha*; Cassiano.*

ALDA

Assi é como dizes, minha tia Ambrósia, mas andemos mais, que faço já grande detença.

AMBRÓSIA

Bem dizes, Alda filha, se eu pudesse, mas vou muito carregada.

ALDA

De quê, tia?

AMBRÓSIA

D'oitenta anos que trago às costas, e pesam muito.

CASSIANO

À míngua daquela cárrega, anda meu criado Amente tão leve.

ALDA

Mal é esse que todos desejamos.

AMBRÓSIA

Com muitos outros de companhia que tu não dizes.

ALDA

Que tais?

AMBRÓSIA

Estes homens, filha, principalmente.

ALDA

Gracejas, tia?

AMBRÓSIA

Gracejar dizes? Antes te esconjuro mil vezes que te não ponha ninguém medo com outras almas pecadoras.

ALDA

Não serão todos tão maus.

CASSIANO

Já aquela jaz. Medo hei que a velha acuda já tarde ao arroído.

AMBRÓSIA

Todas queremos fazer essa experiência de novo, então filha quantos queixumes?

ALDA

Ditosa é logo esta tua Lucrécia, que tantos aqui andam bebendo os ventos por ela.

AMBRÓSIA

Assi queira Deus que não se solte tudo em ventos.

CASSIANO

Como velha prática, e sesuda.

ALDA

É o Doutor Petrónio tão rico.

AMBRÓSIA

Bem o sei, mas tu dizes tão rico, e não dizes tão calvo.

ALDA

Diz que a tomará em camisa.

CASSIANO

E se vierem aos lanços, meu criado Amente a tomará nua.

ALDA

E a isso cuido que és agora chamada, porque o Doutor aperta muito.

CASSIANO

Que me matem se esta não é a paixão em que agora anda o doudo de meu criado Amente.

AMBRÓSIA

Aquele Dom Abade, tio de Lucrécia, Religioso como eles soíam de ser, tanto lhe deixou do seu, que Betrando a pode casar sem lhe custar nada, e mais com tal ajuda de Deus como é parecer seu, e o siso.

Alda

Lá saberás tudo, não façamos mais detença.

## Cena IV

Cassiano (*só*)

Se esta moça verdade conta, empresto eu a nosso amigo uns poucos de maus dias com suas noites, que o negócio de Doutor é de siso, não pera ele, mas pera Betrando, e pera a moça também, se ela é sesuda, como diz a velha, falo como se costuma de falar, que todos nos lançamos a este proveito do Doutor, crede, se a colhe às mãos, que ele terá cuidado de fechar suas portas, e janelas a tempo, então deixai vós ao doudo rodear a casa, e suspirar toda a noite, vós todavia não duvideis, que entretanto o sono não preste mal ao coitado do velho, e desconfiado. Ah que queremos forçar tudo, e a natureza também. Velho namorado com moça fermosa, e empolada, não há i pera dous dias, despois não lhe há de falecer outro melhor empenado, com quem logre o que lhe o velho deixar por sua alma tanto às suas custas. Mas deixemos a cada um fazer suas contas, e cuidar que as acerta, prouvesse a Deus que visse já o casamento feito, o Doutor entraria em fadiga, eu pola ventura sairia dela.

## Cena V

*Dório; Cassiano.*

Dório

Até quando traremos nós ao pescoço este jugo dos Espanhóis? Até quando jaremos[4] neste sono, e neste esquecimento da nossa liberdade?

Cassiano

Também este vem bracejando, e falando consigo.

Dório

Quando lhe[5] cantaremos nós outras vésporas secilianas como fizemos aos Franceses? Venha (como dizem) o diabo escolha, todavia o Francês rouba-te, e convida-te, o Espanhol sempre quer senhorear, como se pode sofrer tanto senhor Capitão?

CASSIANO

Coitados que neste murmurar nos mantemos.

DÓRIO

Se a terra destes é como eles dizem, que buscam na nossa, ó ilha tão abastada, e tão rica por teu mal? Mas vejo quem buscava.

CASSIANO

A mim se vem, não o conheço, que me quererá?

DÓRIO

Senhor meu, quando o assi por bem houvesses, releva-me muito ouvires-me duas palavras.

CASSIANO

Não digo eu duas, mas duas mil, se tantas mandares.

DÓRIO

Pola tua humanidade, e cortesia: ora a mim me chamam Dório, não sei se me conheces, mas sou muito conhecido nesta cidade, por tratar meu ofício muitos anos há com grande limpeza, e fidelidade.

CASSIANO

E que ofício é o teu?

DÓRIO

Grande, e de muita confiança.

CASSIANO

Que tal?

DÓRIO

Casamenteiro, a serviço de Deus, e dos bons.

CASSIANO

Pera tratar tamanha, e tão santa cousa como é o casamento, não se podia escolher salvo pessoa das calidades que deve d'haver em ti.

DÓRIO

Não polo eu merecer, mas faço todavia polo não desmerecer. E vindo ao meu caso, digo que vivendo eu aqui em paz, e amor de todos, servindo meu ofício como todo mundo sabe, agora já no derradeiro quartel da vida, um mancebo de que me dizem que tens cárrego anda de todo posto em me matar.

Cassiano

Matar, ou como?

Dório

E mais sobre meu ofício.

Cassiano

Quem te disse tal?

Dório

Muitos, e antre os outros ele mesmo.

Cassiano

Conta-mo.

Dório

Passando por mim ameaçou-me mordendo um dedo da mão, e dizendo não sei que palavras.

Cassiano

São braburas[6] de Palermo.

Dório

I vê homem cada dia matar muitos.

Cassiano

Inda esse que dizes tem por matar o primeiro.

Dório

Não queria que começasse em mim.

Cassiano

Justiça há na terra.

Dório

Despois d'eu morto, quer a haja, quer não.

Cassiano

Não, que a sua pele te guardará a tua.

Dório

A muitos a não guardou, que sei eu de quais serei?

Cassiano

Não cuides somente nesse cachoparrão.

Dório

Esses, senhor meu, são os que eu arreceo, que não os velhos, sesudos, lançadores de contas. Ando assi como vês metido neste mantão, ũa mão sobre a outra, que mais é matar-me a mim que a ũa ovelha?

Cassiano

E porque há de matar ninguém essa ovelha?

Dório

Uns pela lã, outros pela pele.

Cassiano

Conhece-lo tu bem?

Dório

Assi o não vira nunca, nem ele a mi.

Cassiano

Por te pôr esse medo te ameaçou? Agora, se a ti fosse, andaria eu mais seguro.

Dório

Amigo, e senhor meu, mais gente mata o descuido, que os cuidados. É-me necessário dar mil voltas à cidade de dia, e de noite, digo-te que hei medo aos acontecimentos, quanto mais aos propósitos.

Cassiano

Tens-lhe feito algum agravo?

Dório

Não que eu saiba.

Cassiano

Que te diz o coração?

Dório

Não me sei afirmar, mas pode ser que por ir à casa de Betrando, onde já não vou, no que recebi a perda que Deus sabe.

Cassiano

De cujo mandado ias lá?

Dório

Isso não posso dizer, que são segredos do ofício que tenho.

Cassiano

E a esse teu matador que lhe vai nisso? Que hás, por que cospes?

Dório

A longe vá mau agouro.

Cassiano

Porque lhe chamei teu matador? Cala-te, que não te há por isso de matar.

Dório

Às vezes se dizem as palavras em tal conjunção.

Cassiano

Grandes arreceos trazes a esta tua vida.

Dório

Tenho necessidade dela pera mim, e toda a minha gente.

Cassiano

Que lhe vai a esse mancebo nisso?

Dório

Não sei, ele o saberá.

Cassiano

Ora Dório amigo meu, quanto ao medo não sei que te faça, que não é em mi tirar-to, no mais farei quanto em mi for, não te posso prometer mais.

Dório

Nem eu pedir-te mais, e porém isso te peço muitas vezes.

Cassiano

E eu muitas to prometo, descansa que não será nada.

Dório

Assi queira Deus.

Cassiano

Este doudo em que anda cuida que pelas suas ameaças há ele de ficar por casar. Ũa hora do dia que se me furta, logo deixa rasto por onde vai, que faria se lhe eu tanto não desse em que entender? Houve dó do pecador que se dá por morto, e tremiam-lhe os beiços que badalejava. Ora me deixai c'o doudo que por isso o hei de perseguir mais. Isto ganhará co'as suas ameaças, quero ir ver o que faz.

*Fim do primeiro ato.*

## ATO II

### Cena i

*Briobris,* soldado*; Devorante,* truão.

Briobris

Assi que me tendes aqui cativo em Palermo em tempo de paz, e terra de Cristãos?

Devorante

São obras do amor, que já fez a Hércules, conquistador do mundo, fiar, e debar.[7]

Briobris

E eu que achando-me na de Ravena, Chirinola, Vicença, Milão, que viesse assi a cair nas mãos dũa moça; que te parece?

Devorante

Assi contam que se toma o Alicorne,[8] animal tão bravo.

Briobris

E assi aconteceu a Roldão, e Reinaldo.

Devorante

E ontem a El-Rei Carlos, o da cabeça grande, em Piamonte.

Briobris

Não sou acostumado a sofrer desejos.

Devorante

Acostuma-te por amor de mim, que os amores de seu natural são brandos, e querem-se por bem.

Briobris

Arrenego destas vossas branduras, tenho-me co'a guerra, onde se tudo faz por força.

Devorante

Fala mais sem paixão, que te demudas, e fazes-me haver medo.

Briobris

Esse mal tenho, sou temeroso.

Devorante

O que doutra parte és mais gracioso que a mesma graça.

Briobris

Porém quando me vem esta paixão perdoai. Se me viras no campo?

Devorante

Aí dão os homens testemunho verdadeiro de quem são.

Briobris

Digo que se me lá viras. Andava mais acompanhado que o Capitão. Ele morria d'enveja, e eu não morria d'abafas. Contei-te já dos toques que lhe dei?

Devorante

O da Temuda?

Briobris

E esse não foi mau, mas primeiro te hei de contar doutros Anjos cosidos.[9]

Devorante

Que aramá[10] lá fui? Cuidei d'atalhar, e rodeei, após estes virão os fritos, e despois os assados.

Briobris

Este Capitão tocava no Tribo de Judá, e como disse, tinha-me grande enveja, polo qual mastigava, e grosava[11] ditos meus, que todos traziam na boca, polo qual eu a um propósito não falando mais com ele, que c'os outros disse um dia: «não se há aos súpitos de buscar a escama detrás a orelha».[12]

Devorante

Ah, ah, ah!

Briobris

Que houveste?

Devorante

Não é pera ninguém brincar contigo, como dizem do ferro. E os outros?

Briobris

Torciam-se todos. Mas quem te disse o da Temuda?

Devorante

Mil pessoas que o sabem, e o contam, entre outras graças tuas. E ele mesmo foi o que m'o contou, mas que hei já de fazer?

Briobris

Este mesmo Capitão trazia amores em parte que me ia nisso algũa cousa. A dama chamava-se Temuda: mas que havia o diabo de fazer? Viemo-nos ũa sonoite[13] a encontrar em um lugar escuso, ele rebuçou--se, mas eu ao passar disse: «pera que é andar tão temudo?»[14]

Devorante

Destruíste-o. Esse homem como se não foi logo lançar num poço?

Briobris

E isto em dizendo fazendo.

Devorante

São graças naturais que Deus reparte por quem quer bem.

Briobris

Não o digo por me gabar, mas quantas vezes me aconteceu não me darem somente vagar com requerimentos de cartas d'amores, uns a um propósito, outros a outro?

Devorante

Quais havias por mais trabalhosas?

Briobris

As primeiras.

Devorante

Como mestre.

Briobris

E assi dũas, como doutras os começos, que despois ũa palavra leva a outra por ũa maneira nova que ora descobrimos, que tudo se vai apurando cada vez mais.

Devorante

Ficar-te-iam os treslados que leremos sobre mesa.

Briobris

Nunca as guardo, mas lembra-me um começo, e dizia assi: «nas ondas destas lágrimas que me levam assi na sua corrente, não tem estes meus olhos outro norte, por que se rejam senão os teus».

Devorante

Ai, ai, que farei? Isso não se sofre.

Briobris

Outra.

Devorante

Dará cento como relógio mal concertado.

Briobris

«Os enganos, senhores da vontade, fazem o que querem de mim, e eu não quero acabar de entender o que entendo, e fico assi como em mares encruzilhados onde a força não esforça, nem governa o governalhe.[15]»

Devorante

Busca quem te aguarde tais pancadas, que eu não posso.

Briobris

Pois se quisesses que te esmiuçasse isto pelo meúdo.

Devorante

Fugirei quanto puder, tão endiabrado és por bem, como por mal.

Briobris

Assi hão de ser os homens, e não como estes frieirões, que não são peixe, nem carne. Outra: «no meio dos desejos não acho cabo, no cabo não acho meios: tal aviamento acho pera o meu desaviamento, e tal esperança pera o cabo da desesperação».

Devorante

Finalmente pera esta tua navegação tudo o mais temos, a moça só nos falece, esta busquemos.

Briobris

Não se pode errar que não há outra em Palermo, como em Palermo? Como em Palermo? Não há outra no mundo. Aqui achei, aqui perdi, aqui me perdi.

Devorante

A bom santo te encomendaste, eu te tornarei a achar.

Briobris

Os cabelos como fio d'ouro, os olhos verdes que eschamejavam.

Devorante

Tais que te fartaram os teus?

Briobris

Mas tais que mos deixaram famintos pera sempre.

Devorante

Ora corta-me este pescoço, e acaba. Que mais poderá dizer um Mancias?[16]

Briobris

Pois ando pera me enforcar como vês.

Devorante

Não faças por amor de mim que é cousa de que te arrependerás.

Briobris

Nunca fiz cousa de que me arrependesse.

Devorante

E eu cada dia, e cada hora. Vamo-nos a jantar, ficar-nos-á tempo pera os negócios.

Briobris

Não o hão inda de ter prestes, eu vou a dar pressa, e terei cuidado do teu mantimento, tu tem cuidado do meu.

Devorante

És ũa fonte perenal de eloquência, nunca te acabarão d'esgotar.

Briobris

Pois crê-me que não anda aqui um terço de mim.

## Cena ii

Devorante (*só*)

A que tempo me Deus deparou este soldado, que não achava já aqui ũa vez d'água? Neste mundo tudo são começos. Foi-me bem uns dias, agora andava já às moscas. Cada tarde me assentava sobre um penedo a divisar dali o mundo, e dando ao papo como francelho manso, olhando pera onde tomaria o voo. Trabalhoso ofício este nosso, que tem sempre o mantimento em mãos alheas. Muito bem me dizem dos Galegos, e tem razão, que nunca em al falam, segundo me dizem, senão em comer, e beber. Nunca se viu tão roim mundo, o dizer bem das pessoas é cousa fria, e ainda desaprazível, o dizer mal é perigoso, quem quereis que tome um porto tão estreito? E por inda ser nossa mofina maior, os mancebos servidores das damas, com quem era todo nosso ganho, vieram-se-nos a fazer mais graves que seus pais. Ó joias, joias, quem tivesse bem de comer pera se rir de vós, como i não houve amores, não houve homens, com eles se foram as canas, os touros, as justas, e finalmente a liberalidade, nós outros ficámos como sinos em castelo despovoado, tangendo às gralhas, e assi já eu era (como digo) na espinha, lembrou-se Deus de mim, e acudiu-me com este soldado, apetitoso, convidador, mais vão que a mesma vaidade, nas armas um Roldão, mais fermoso, e mais namorado de si mesmo que Narciso, mas a mim que se me dá? Vem da guerra, e destes seus a que chamam sacos, onde roubam a Deus, e aos santos. Vós porém vede como falais, e não lhes chameis roubos, se não olhai por vós, sacos si quantas vezes quiserdes. Quem me mete a mim com seus pontos de honra? Venha donde vier, ganhasse-o como quisesse, sou pola ventura seu confessor? Come, bebe, joga, e é de mulheres, aqueles tais são os meus homens. O mal ganhado mal se há de despender. Vivamos todos. É de louvaminhas: farto-o delas. Quer contar suas mentiras, aparelho os ouvidos, encho-o de vaidade, e ele a mi que não sou tão espiritual, enche-me disso que se vende na praça, seja nas boas horas, trato é em que ele põe dinheiro, e eu palavras, dure o que durar. É enfadonho? Não há logo de ser tudo como homem quer; e de que me podem melhor servir os meus ouvidos, e a minha língua, que de me ganharem de comer? A moça não vos há de ser outra senão esta Lucrécia, pera quem agora toda a cidade se embica. Guarda de escandalizar ninguém por ninguém, que as obrigações esquecem logo, as mágoas nunca, lá se avenham, que eu não me mantenho d'olhos verdes quando me veredes. A mor ciência que no mundo há assi é saber conversar c'os homens, bom rosto, bom barrete, boas palavras não custam nada, e valem muito, e assi quem sabe de tudo isto faz bom barato, os parvos dar-vos-ão antes dinheiro, e eu antes o queria. Isto não se aprende em Paris. Vou-me a comer.

### Cena III

Cassiano (*só*)

Meu criado como me sentiu em casa dissimulou, e partiu, verdadeiramente o mais certo preso é quem guarda o preso. Achei esta carta, parece-me que lhe caiu co'a pressa: letra de mulher é, deve ser da moça, quero ver o que diz: «Não sei por que folgas fazer tanto mal a ti, e a mim». Bem me pudera esta moça também aqui meter no começo desta carta. «Que te perdes, e não olhas com quanta perda minha, querendo-me obrigar co'isso». Milagres são que as fermosas fazem a que se não pode dar razão. «Em pago de me pesar do teu mal, queres ser causa do meu». Mais pesa a seu aio, e mais pesará a seu pai quando o souber. «Olha que ainda se pode remediar tudo». Não a bolsa que trouvemos que arqueja, e tira quanto pode polo fôlego. «Disseram-me de tua parte que não querias mais que este meu desengano, aí o tens». Que fará agora Amente senão ir-se deitar naquele mar assi desenganado? Quanto melhor remédio fora não lhe dar nunca olhos, nem ouvidos, mas isto, por boas filhas que elas sejam, não lho mandeis, que lhe manda o seu natural outra cousa. O artifício com que se já tudo diz, e faz, e digo em maiores casos. Mas é ele o que lá vem? Esse é. Bem sabia eu que esta carta mo havia de tornar à mão, quero-lha ir pôr onde a ache, não acabe de sair de seu siso, se isto se pode dizer por quem já não tem nenhum.

## Cena iv

Amente (*só*)

Não passa assi o pesar. Quão pouco há que saí daquela casa com tanto prazer, vendo-me livre de Cassiano, eis-me agora torno por mi mesmo à prisão, de que fugia, c'o prazer de todo perdido, e a carta pouco menos, e mais a que tempo, quando me já não ficava outro bem, outro descanso, outra nenhũa consolação, salvo aquelas poucas regras. Cuidei que a levava no seo sobre o coração, donde a nunca tirava, ele foi o que achou menos, queria-me saltar fora do peito, fez-me tornar em sua busca. Mas é aquele Calídio? Quero-o esperar, não sei que novas trará. Co'a cabeça baixa vem, não é aquele o seu costume, acabem já de me matar os amigos, e os imigos.

## Cena V
*Calídio; Amente.*

Calídio
Quem concertará tantos desconcertos? Digo-vos que cuido, e cuido, e não lhes posso achar saída.

Amente
O que aí não há, como se pode achar?

Calídio
Estes namorados não vivem senão d'esperanças.

Amente
Que assi são elas mui saborosas.

Calídio
Olhai que peças: Doutor honrado, e rico, os dedos cheos de anéis.

Amente
Pera mal vai este conto. Calídio, Calídio!

Calídio
E o negócio está em Betrando, tão sesudo, e tão pesado.

Amente
Calídio! Ouves-me? Vem cá, soubeste mais algũa nova?

Calídio
Falei com Alda.

Amente
Com Alda? E que te disse?

Calídio
Que o Doutor apertava muito o negócio.

Amente
E de Lucrécia?

Calídio
Que não trazia rosto de contente.

Amente
O que farei a estes rostos, que tão asinha se mudam? Que disse Betrando?

Calídio
Que cala, e passea.

AMENTE

E a mulher?

CALÍDIO

A ambas as mãos polo casamento.

AMENTE

Não é sua filha.

CALÍDIO

Nem é ela a que há de casar, e dá tantas razões tão sesudas. Já sabes que cousas são mulheres.

AMENTE

E tu já sabes que se não faz em casa senão o que elas mandam.

CALÍDIO

Mal pecado.

AMENTE

Disse-te mais algũa cousa?

CALÍDIO

Que ia em busca de Ambrósia a velha, que criou Lucrécia.

AMENTE

Pera quê? Triste de mim.

CALÍDIO

Preguntei-lho, mas deu aos ombros.

AMENTE

Que suspeitava?

CALÍDIO

Mal.

AMENTE

E mal será, que assi acontece as mais das vezes.

CALÍDIO

Que pressa é esta tua, e mais pera casa donde sempre foges?

AMENTE

Pera que queres saber mais das minhas desaventuras? Furtei-me de casa com tamanho açodamento, que perdi aquela minha carta que sabes. Eu i adiante achei-a menos, foi-me como achar menos o coração, torno em sua busca, deixa-me ir só.

### Cena vi
*Devorante; Calídio.*

Devorante

Então deixai vós frades bradar do púlpito, e bracejar que não há i dias aziagos.

Calídio

Mau rosto traz, será com fome.

Devorante

Ditosos homens que se lhes crê quanto dizem.

Calídio

Ando magoado de lhe já ninguém crer cousa nenhũa.

Devorante

Que horas estas pera andar inda em jejum, inda que fora dia de jejum.

Calídio

Bem me parecia que dali vinha a tosse ao gato.

Devorante

Todos fartos, e cheos, então querem gracejar, que me anda o diabo atentando pera fazer ũa doudice, então vereis como logo todos me dão o corro, como dizem do touro.

Calídio

Pois quanto à míngua da boa cornadura não fique.

Devorante

Cuidei de achar já o meu soldado à mesa, e ia lambendo os beiços d'antemão, senão quando eu vejo que me estava aguardando à sua porta um taverneiro, a que sou em dívida dalguns maravedis, olhei mais, e vejo-lhe um beliguinaz[17] ao lado. Ia-lhe a cair nas mãos. Quanto val um homem acordado, descobri-os dũa légua, desviei-me então por outra rua, eu lá, alevantava-se um arroído como barborinho em tardes de verão, lanças, pedras, espadas, não sei como saí vivo.

Calídio

Vaso mau nunca quebra.

Devorante

Um jantar que te Deus ministra, quantas cousas te estorvam?

Calídio

Pois ainda o meu quinhão te está cá guardado.

Devorante

De que te aproveita ser sesudo antre tantos doudos? Judeu houveras de dizer que não sesudo.

Calídio

Ó meu grandíssimo amigo Devorante, quanto ora folgo contigo!

Devorante

Este me direis vós a mim que não é dia aziago?

Calídio

Que é isso que assi vens de má graça? Não era esse o teu costume.

Devorante

Deixa-me passar que não hei contigo nada.

Calídio

Que te fiz? Algũa agulha ferrugenta se meteu entre nós.

Devorante

Requeiro-te da parte de Deus que me deixes ir em paz. Não sejas aqui hoje o meu pecado.

Calídio

Espera que logo te aviarei.

Devorante

Que me queres?

Calídio

Dous toques de trovas d'improviso que tens nisto gracia *gratis data*.[18]

Devorante

Não ia eu ora cuidando em al.[19]

Calídio

Tanto mais d'improviso.

Devorante

Começo:

Se és quebrado, ou se és inteiro,
Que assi vás aos foles dando,
Dás à cabeça escornando,
Se és touro, ou velho sindeiro?
Eras pera alfeloeiro,[20]
Que vai cascavéis tocando,
Bem sei que foste apalpando,
Mas não és bom chocarreiro.

Calídio

Ora o fizeste como quem és, e mais pelos consoantes[21] outr'hora te convidarei, já podes passar.

## Cena vii

*Briobris; Devorante.*

Briobris

Passam as horas do comer, o jantar dana-se, grão força de negócio detém a Devorante.

Devorante

Quando me haverei eu dentro naquela casa, que me hoje tantas cousas defendem? Mas vejo o meu soldado.

Briobris

Que detença foi esta? Houve quem te fizesse algum desprazer?

Devorante

Já me conhecem por teu, digo-te que não querem provar como pões as mãos, e o ferro.

Briobris

E o fogo inda deverás de dizer.

Devorante

E o fogo também.

Briobris

Que não há muito que eu chamusquei uns poucos de vilãos por um desprazer que me fizeram. Nem saberás como eu jogueto[22] d'arcabuz.

Devorante

Saibam-no teus imigos.

Briobris

E dos soldados desta vossa guarda de Palermo.

Devorante

Si, de como os desbarataste.

Briobris

Com ũa só palavra queres tu passar por tamanho feito?

Devorante

Isso seria se as muitas abastassem.

Briobris

Bem dissestе. Como és avisado.

Devorante

Vou aprendendo de ti.

Briobris

E do usso[23] tamanho, e tão medonho que me dizes, pois o viste?

Devorante

Sabes que então disseram todos?

Briobris

Quê, por tua vida?

Devorante

Que se apalpara o usso com o Leão.

Briobris

Ah, ah, ah! Ora nunca vi melhor dito de povo.

Devorante

Assi diz o povo que nunca viu melhor feito de um homem só.

Briobris

Nem de dez.

Devorante

Nem de vinte: ó Senhor Deus, que não fará dizer a fome? Não sei pera que foram mais polés, nem mais dados na testa, aquele é um usso manso que anda por essas ruas brincando.

Briobris

Benzer-te-ias quando me visses saltar a través tão ligeiro.

Devorante

E tão airoso. Mas tu não me preguntas por nada?

Briobris

Ó meu amigo grande, como quem descansa sobre ti.

Devorante

Não é pera as ruas cousa de tal segredo, e preço.

Briobris

Entremos em casa, lá saberás maravilhas, e eu também contarei das minhas.

Devorante

O demo diz a este que hão de ser mentiras por mentiras.

# ATO III

## Cena i
*Petrónio.*

Petrónio (*só*)

Se nós outros passamos tão asinha, que podemos fazer que dure muito? *Tempus edax rerum tuque o invidiosa vetustas. Omnia consumitis.* Aquela tão antiga, e tão nobre cidade de Pisa em que naci, é como posta por terra pois perdeu a sua liberdade, e os seus cidadães espalhados pelo mundo antes que se verem servir aos Florentis seus imigos. Fizemos todos o que pudemos, e o que devíamos, agora que temos de Pisa senão pardieiros, e campos, *ubi Troia fuit*, como diz aquele divino poeta? A mim coube-me em sorte este Palermo onde me magoam estas lembranças muitos anos há, mas que farei? Sempre assi hei de andar gemendo? Ora quem viver verá também a Florença a sua pancada que quanto vai mais crecendo, tanto será mais cobiçada. Não se começaram em nós, nem acabarão em nós, estes jogos da fortuna. Com isto me vou consolando, os homens da minha calidade per si se hão de curar, e se não embalde embranqueci sobre os livros, *Patria est ubicumque bene est.*[24] O bom jogador emenda o lanço mau quanto pode c'o saber, por que não farei o mesmo? Fez-me o mau lanço estrangeiro a estes, eu me lhe farei natural co'as boas obras, co'a mansidão, e c'o saber, e mais se acabamos este casamento, como cuido, cada dia espero por meu irmão, dizem-me que é arribada ũa nau de poente, assentar-nos--emos aqui ambos. Certo os homens não deviam de falar nas cousas do mundo senão despois de muita infinda experiência, que segundo o Filósofo, *est mater rerum.*[25] Quantas contas tenho nesta vida feitas que me agora cumpre de riscar: o casamento a que tantas vezes chamei cativeiro acostumado, torno agora a ver que é cousa santíssima, e necessária. Os filhos de que tantas vezes ri c'os mesmos pais de como não sabem falar, salvo nas suas graças, dei de novo volta, e acho que são todo o gosto da vida, e da fazenda, e bem souberam as leis o que diziam em chamarem seus próprios herdeiros ponto alto, e *de apicibus iuris*.[26] Quanto a casar por amores, e mais nesta idade, digo: nela me é mais necessário algum contentamento, quando me os outros todos vão desemparando. Que diferenças de costumes! Aqui me deram dote honrado com Lucrécia, e logo defronte em África compram as mulheres quem as quer, parece que não é má razão. Mas vejo eu a minha criada? Si, vejo, novas teremos.

### Cena II

*Sargenta; Petrónio.*

Sargenta

Duas sortes de homens há no mundo que se possam servir, ou muito parvos, ou muito namorados, e inda os namorados tem grande ventagem. Quanto tempo há que sirvo meu amo sem medrar um vestido, nem ũa boa palavra que custa menos.

Petrónio

Que dar de língua; grão caso este das mulheres.

Sargenta

Vem o velho, e namora-se, logo fui vestida, e privada.

Petrónio

Não a posso bem entender.

Sargenta

Nunca vistes tão boa gente, nem que assi se vos deixe enganar tão levemente.

Petrónio

Enganar, ou como? Não hei aquela por boa palavra.

Sargenta

E mais Dório fora já do trato.

Petrónio

Nem tratos tão-pouco.

Sargenta

A verdade é apanhar.

Petrónio

Pior que pior.

Sargenta

Muitas mercês à fermosura de Lucrécia.

Petrónio

Todo estremeci ouvindo aquele nome, de lá deve de vir, assi com ele na boca a quero chamar. Sargenta, Sargenta!

Sargenta

Ui, aquele é nosso amo. Se me ouviria, mas ele não ouve já muito bem.

Petrónio

Vem cá Sargenta, chega-te mais a mim que te quero preguntar donde vens.

Sargenta

E logo te o coração disse donde?

Petrónio

Que maravilha! Se ele sempre por lá anda.

Sargenta

E a mim me parece que o vi.

Petrónio

Folgo com isso muito. E pois que anda a minha alma fazendo por lá?

Sargenta

Espalhando trovoadas como sino de virtudes.

Petrónio

E parece-te que fica o céu despejado de todo?

Sargenta

Limpo como um espelho.

Petrónio

Nem lá contra o poente não enxergas nada?

Sargenta

Ũa pouca de névoa, e vento.

Petrónio

Daí se levantam às vezes grandes trovoadas, mas que entendeste dela?

Sargenta

Muitos sisos, e muitas virtudes.

Petrónio

De quem, Sargenta?

Sargenta

De Lucrécia.

Petrónio

Assi faze, nomea-ma muitas vezes.

Sargenta

Nunca se tal graça viu, nem tal siso.

Petrónio

Tal assento, nem tal fermosura.

Sargenta

O que todo mundo vê pera que é dizer-te mais?

Petrónio

Ora vem cá, Sargenta, que te quero agora preguntar por um ponto, cousa em que te nunca falei. Ouviste algũa hora falar num mancebo espanhol, que segundo dizem, anda aqui perdido d'amores por ela?

Sargenta

Qual? Um capa em colo, que à primeira parecia algũa cousa, já agora não terá que depender, e parece que caiu da forca?

Petrónio

Ah, ah, ah, como o pintaste tão bem!

Sargenta

Cousa é isso pera te somente lembrar?

Petrónio

A mim não, mas à Lucrécia.

Sargenta

Que riso, não é isso senão pera a nomeares muitas vezes.

Petrónio

Ao homem sesudo tudo há de lembrar, e mais isto, das idades releva muito.

Sargenta

E bem, que disposição é assi a tua?

Petrónio

Da disposição, Deus seja louvado, não hei enveja a ninguém, a idade pola ventura[27] parecerá mais do que é c'os nojos,[28] e c'os trabalhos com que se as cãs adiantam.

Sargenta

Quem não sabe que as cãs não fazem velhice?

Petrónio

E mais, segundo o Filósofo, no casamento, o homem há de ter boa aventagem d'anos à mulher.

Sargenta

Muito releva o que quer o Filósofo pera o que elas querem.

Petrónio

Ao homem é necessário mais siso, e mais experiência como quem há de governar. Mas aqui temos Devorante, acolhe-te Sargenta, que este sempre anda em espreita pera levar novas duns pera os outros.

Sargenta

Que dita tamanha vir quem nos espartisse.[29] Não sei por que dizem tantos males da mentira, digam o que quiserem. Como? E bom siso fora contar eu a nosso amo mui verdadeiramente donde vinha, e tudo o que fizera? Oh que prazer pera ele, e pera mi que proveito! E assi co'estoutra mezinha, ele fica doudo de prazer, e eu vou em paz.

## Cena III

*Devorante; Petrónio.*

Devorante

Não haja i mais tal parvoíce, nem se enforque ninguém por paixão que lhe venha.

Petrónio

De boa têmpera parece que vem.

Devorante

Como eu hoje andava joia! Com todos queria haver brigas. Bem dizem que fome, e frio... Mas o frio é vento. Esperarei quanto frio há em Alemanha com esta capa safada, não me fale ninguém em fome.

Petrónio

Fome, ou quê? Não é pera o esperar, que se inviaria aos dentes.

Devorante

Em fim quis-me Deus dar sofrimento, quando cheguei, achei tudo prestes. O soldado bebera já à minha revelia, então começou a contar das suas façanhas, matou, venceu, cativou, eu também entretanto por não estar ocioso dei saco à mesa.

Petrónio

Bem está, farto deve de vir. Saibamos novas. Onde se vai o grande meu amigo Devorante?

Devorante

Onde mais cumprir aos seus senhores, e amigos.

Petrónio

Que novas correm?

Devorante

Muitas, e pouco certas como em Palermo acontece cada dia, salvam-te se é verdade ũas que me deram pouco há.

Petrónio

Que tais, Devorante?

Devorante

Que és já dos nossos.

Petrónio

E isso hás por cousa nova?

Devorante

Si, que dantes tínhamos-te como emprestado.

Petrónio

E agora como?

Devorante

Por mais que nosso.

Petrónio

Assi quis a fortuna.

Devorante

E o amor também.

Petrónio

Ah já te entendo, e nisso haverá mil sentenças.

Devorante

Antes a todos ouço falar por ũa boca, deixemos alguns dedos queimados fora.

Petrónio

Ah, ah, ah, e esses farão a mim inda mais velho, e a ela inda mais moça!

Devorante

Como que não víssemos por aqui moças sesudas, e velhas doudas que farte, e se muito te cumprirem de minha casa podes ser servido.

Petrónio

Eu to agradeço muito, mas por agora na praça estão às moscas.

Devorante

Tomai lá! Assi fazem, pagam ũa graça com outra.

Petrónio

Que dizes?

Devorante

Que tudo se acha em ti: sisos, graças, e galantarias.

Petrónio

De ti me vem que me alevantas os espíritos, mas falando de siso, grandes privilégios tem as mulheres dos Doutores, se os elas entendessem.

Devorante

Que negra consolação principalmente pera as belas mal maridadas. E assi os outros homens em vosso respeito[30] certo que se podem chamar corpos sem almas.

Petrónio

Donde singularmente vão inferindo os nossos Doutores que se não pode doutorar um homem morto.

Devorante

Isso é certo?

Petrónio

Certíssimo.

Devorante

Que mais queres? Eis o que se diz de cabra morta: não diz mé.

Petrónio

Espantas-te? Pois nota mais, que cabendo nas mulheres tão altos títulos como é Condessas, Duquesas, Rainhas, Emperatrizes, etc., mas Doutoras isso não por mais letras que tenham.

Devorante

E essas não tem espírito?

Petrónio

*Subtiliter*[31] Devorante, mas respondendo *breviter*,[32] declaro-me, que o do espírito que disse, procede *negative*, *non affirmative*.[33]

Devorante

Todavia a mulher do cavaleiro, tampouco se chama cavaleira, nem escudeira a do escudeiro.

Petrónio

Porque não são Amazonas que tragam armas, e escudo, e por isso logo das nossas disse «por mais letras que saibam», que te parece?

Devorante

Não sei, lá vos entendeis, grande vida levais.

Petrónio

Assi podemos dizer co'aquele nosso grande Justiniano, *noctes ducimus insomnes*,[34] etc.

Devorante

Pois desse vosso Justiniano não sei quê eu já ouvi dizer.

Petrónio

E quê?

Devorante

Que não fora ele dos mais católicos.

Petrónio

Oh línguas de serpentes, escrevendo ele tão altamente *De Summa Trinitate*, e *Fide Catholica*.

Devorante

Tão enfadonho é este, e tão vão como o meu soldado. E não convida também, que faço aqui? Mandas de mi algũa cousa mais?

Petrónio

Não al senão que sou teu, eu, e quanto tenho.

Devorante

Eis-me rico, e bem-aventurado. Assi viva ele, e assi medre, e despois sabeis que vos respondem por suas leis? Que palavras de cortesia não obrigam. Nunca tais direitos vistes. Acham que ũa só palavra obriga, e muitas não: não hajais vós medo que co'estes tais eu faça muita farinha.

## Cena IV

Petrónio (*só*)

Dês que homem nasce té que morre, não trata cousa de mor peso, que a do seu casamento, que cada dia rematamos tão levemente. Grande feito, que se te vendem um rocim manco, ou ũa mula maliciosa, logo i são mil leis a te ajudar, e tem procuradores tanto que dizer e alegar, e na tua mulher, por quem deixamos os pais, e as mães, ali nos desempara tudo, e só a morte pode ser boa. Pelo qual estive tanto tempo solteiro, vim aqui, com sós as letras, de que me a fortuna não pode roubar: co'elas me remediei, que a estes nossos direitos não se lhes pode negar o senhorio de todas as outras ciências. Os Teólogos jazem por todos esses mosteiros mendicantes, como se eles chamam. Filósofos já passaram mal avindos uns c'os outros, com suas barbas, e gravidade. Poetas tudo põem em flores, polo fruito não espereis. Os Oradores nós os tiramos das suas vezes. Os Astrólogos sempre tratam do porvir, de que eles, nem ninguém sabe pouco, nem muito. Físicos ganham bem de comer, porém é c'o ourinho na mão. Artistas debatem sempre sobre a lã da porca, e antre todos estes não há um homem de negócio: somente Jurisconsulto é o que pode tratar, e rematar dúvidas de substância. Todavia frades entremeter-se queriam: mas não tem asas com que voem, que a vontade não lhes falece. Só o Jurista pode andar c'o peito alto, e satisfeito do seu saber, quer seja pera concertar as cousas desta vida, quer da outra. Isto é o que te releva, e crê-me que te não busca ninguém senão o que te há mister.

## Cena V

*Guido e Petrónio,* irmãos.

Guido

Ainda me não parece que ponho os pés em cousa firme.

Petrónio

Um estrangeiro vejo, quero ver se traz novas.

Guido

Este mar tamanho, tão bravo, tão mudável, tão espantoso, quem ousou primeiramente de acometer?

Petrónio

Não sei se me engana o desejo: mas este me parece Guido, meu irmão, por qu'esperava.

Guido

E mais neste tempo em que homem que no mar entra, o menos que teme é o mesmo mar.

Petrónio

Sem dúvida este me parece.

Guido

Quem sempre anda coberto de nossos imigos, e da fé.

Petrónio

Sem dúvida algũa este é: ó meu irmão Guido, boa seja a tua vinda!

Guido

Meu irmão, e pai, és tu este?

Petrónio

Pois tu és vindo a salvamento, este sou, e tudo é salvo.

Guido

Se inda o bem soubesses, segundo se os tempos tornaram aos navegantes. Ah pecador de mim, que bem deveram de abastar os seus males próprios de mar.

Petrónio

*Qui ascendunt mare, in navibus, viderunt opera eius*, e por isso as nossas leis seis meses do ano defendem a navegação.

Guido

Todos doze a deveram de defender.

Petrónio

Inda agora vens, como estiveres em terra dous dias, tornarás outra vez a bradar polo mar.

Guido

Bem sei que assi somos feitos.

Petrónio

E todavia eu bem folgo de vires assi aborrescido destes caminhos, se não é com grande perda da fazenda.

Guido

Tudo passou tormenta, e porém somos em Palermo, e acho-te vivo, e são.

Petrónio

E daquela nossa minina descobriste nova algũa?

Guido

Dir-t'-ei o que pude saber. Em Serdenha achei um nosso paisano, e conhecente, este me contou que a vira despois em Florença, e despois em Roma.

Petrónio

Em Roma? Ora a dá por perdida de todo.

Guido

Não sabes que as duas partes de Florença são passadas com este seu Papa a Roma?

Petrónio

Não me fales naqueles clérigos tão ricos, e tão ociosos, que eu não cuido que Deus com toda sua paciência os possa sofrer muito tempo.

Guido

Inda então pola idade era cousa impossível.

Petrónio

Tanto mais feito Romão.[35]

Guido

Contava mais que dera em Roma a peste em casa daquele mercador florentino, onde a menina estava, e que um Dom Abade seu irmão dele, homem religioso, e bom, a trouxera pera esta terra, onde ele tinha renda, agora com estes sinais [não] te pode errar.

Petrónio

Daqui por diante busque-a quem quiser.

Guido

Porquê?

Petrónio

Porque as mulheres não hão de andar muito caminho, que são ũa perigosa mercaderia, quebram como vidro.

Guido

Em tempo de tantos trabalhos, e tamanhas mudanças, que menos se podia acontecer?

Petrónio

Eu to direi, perder-se de todo, que nunca dela mais soubéramos.

Guido

Tu mo encomendaste.

Petrónio

Desejava de ter novas que escrever a seu pai, e essas quem lhas escreverá?

Guido

Iremos por estes sinais mais avante, pola ventura não será o mal tanto. Tenho necessidade de repousar que inda me a cabeça dá voltas.

Petrónio

Vamos, e lá te darei muitas outras contas.

## ATO IV

### Cena i

Cassiano (*só*)

De me não poder mais ter as lágrimas, me saio cá pera fora, não sei que faça a este moço, entrou desatinadamente em casa em busca de sua carta, eu dissimulei, fazendo que entendia em outras cousas, ele como a achou, tornou em sua cor, e acordo, falou, riu, finalmente jantámos em paz: mas despois que passeou, e cuidou, recolheu-se à câmara, ali fez suas lamentações, eu que o espreitava, e que o criei não no pude sofrer mais, venho fugindo à minha fraqueza, chore à sua vontade, e desabafará, que a sangria destes males tais, são lágrimas. Despois que chorar muito tornará a rir. Mas que doudo é o que vem correndo? Não lhe errava eu ora muito o nome, que este é Calídio, que cabeça.

### Cena ii

*Calídio; Cassiano.*

Calídio

Aparta, aparta, que provo estes meus pés, pera quanto são quero ver o que tenho neles, nas pressas se conhecem os amigos. Guarda de diante, guarda, que vai sobre aposta.

Cassiano

Isto passa já de doudice, e deve ser vinho.

Calídio

Não se me ponha ninguém diante, se não quer saber com'o encontro.

Cassiano

Ora nunca vi bêbado tão desenvolto dos pés, quero-o chamar: Calídio, Calídio!

Calídio

Aquele é Cassiano, assi somos neste mundo, e eu buscava Amente.

Cassiano

Ó doudo, que te mingua pera tirares pedras à gente?

Calídio

E disso que me mingua me pesa.

Cassiano

Porquê?

Calídio

Não sabes tu aquele dito tão verdadeiro, que o homem, ou havia de ser rei, ou doudo?

Cassiano

Pois quant'à de doudo[36] eu te asseguro. Mas porque corrias assi?

Calídio

Dos doudos todos se rim, e não se espanta ninguém.

Cassiano

Mal se podem rir os a que eles fazem mal.

Calídio

E eu que mal te fiz?

Cassiano

Quantos passámos em Palermo, que são muitos.

Calídio

E assi o dizes a todo mundo.

Cassiano

E ainda essa má vingança não queres que tome?

Calídio

E assi o hás de dizer a nosso amo.

Cassiano

Quando será isso?

Calídio

Cedo.

Cassiano

Onde?

Calídio

Nesse mesmo Palermo.

Cassiano

Doudo, que nunca homem sabe quando fala de verdade.

Calídio

Agora.

Cassiano

Quem to disse?

Calídio

Estes meus olhos belos.

Cassiano

Em que lugar?

Calídio

Na ribeira.

Cassiano

Porque o não acompanhavas?

Calídio

Vim diante a dar recado.

Cassiano

Torna após mim. Vai.

Calídio[37]

Por agora só. Folguei de me despejar deste por buscar Amente pera lhe dar estas boas novas, com que haja seu conselho, que eu havido tenho o meu d'apanhar os pés. Andava o triste pera perder o siso c'o negro casamento, agora que fará com tal ajuda? Ai, mimosos, criados em vossos apetites, que em fim vem a ser o que não quereis crer, nem ouvir, então esmorecer. Mas pai, e filho são. A mim só cumpre buscar meu remédio, e mais com tal valedor como tenho no aio. Mas eu esta conta faço, que tão pouco tenho aqui como em Valença, bons pés tenho, e arrezoada língua, do mais (como dizem) sobre a terra anda o haver. Quem sai de nossa casa?

## Cena III

*Amente; Calídio.*

Amente

Cassiano não aparece, nem Calídio, onde fugirei dum, e onde acharei o outro?

Calídio

No pior não falas que é teu pai?

Amente

Hoje co'a pressa da carta não tivemos tempo.

Calídio

Cada vez se ele vai encurtando mais, Amente.

Amente

Quem me chama? Ó meu Calídio, que a ti buscava eu.

Calídio

E eu a ti!

Amente

Desviemo-nos, e vamos buscar algum lugar em que falemos à nossa vontade.

Calídio

Ó Amente, à nossa vontade não podemos nós falar.

Amente

Porquê, Calídio?

Calídio

Despois que me deixaste, dei comigo na ribeira que me temia muito do mar, e velava-me dele, em fim tantas vezes fui lá até que arrecadei.

Amente

E quê, Calídio?

Calídio

Achei novas de teu pai.

Amente

Triste de mim! É ele morto, que assi te demudaste?

Calídio

Tu, e eu, Amente, somos os mortos, que ele vivo é, e são.

Amente

Isso é bem.

Calídio

E dentro em Palermo.

Amente

Isso é mal.

Calídio

Não vês quão perto estava o mal do bem?

Amente

Contas-me tu verdade, Calídio?

Calídio

Muito contra minha vontade.

Amente

Que te parece desta sua vinda a tal tempo?

Calídio

A meu parecer o aio o mandou chamar, e assi quando lhe agora dei a nova, não duvidou dela muito.

Amente

Falaste-lhe?

Calídio

Falar dizes? Valeu-me que o vi primeiro que ele a mi. Doutra maneira (como dizem do lobo) tolhera-me a fala de todo.

Amente

Que conselho, amigo meu Calídio?

Calídio

Amente, o espaço é pouco, as palavras não podem ser muitas. Teu pai bem o conheces, há de trazer suas contas repartidas em duas partes não iguais, a ti reprender-te, e a mim castigar-me. Bem sabes que se criou em galés, aquele amor de pai, que o cá traz te há de valer, não te encomendes a outro santo, a mi é necessário encomendar-me aos meus pés. Oulá, quem é aquele? Todo homem me agora paresce valenciano.

Amente

Assi me deixarias em tal desemparo?

Calídio

Tu mesmo me devias de aconselhar que fugisse, se te lembrasse o perigo em que me vês, pois é tanto mor que o teu.

Amente

Lembra, mas não vês em que tempo me este mal toma?

Calídio

Se visse em que te pudesse ser bom, tudo o mais me esqueceria.

## Cena iv

*Devorante; Amente; Calídio.*

Devorante

Em Doutor me falais em tempo de paz? Bem me parescia a mim que havia o negócio de dar a través.

Amente

Aquele é Devorante, que já também foi dos meus em mais bonança, todos me vos is um, e um.

Devorante

Quando ele aqui veo ter de Pisa, não trazia aquela barriga, porque naquela sua terra acostumava-se então o ferro, e aqui agora costuma-se mais a pena.

Amente

Que diz?

Calídio

Mil sentidos que tivesse, todos traria ocupados com teu pai.

Devorante

Em fim que houve de levar a moça, agora enforcar servidores?

Amente

Entendeste?

Devorante

Mancebos barbipoentes,[38] bem despostos. Vem um Doutor velho com seus hábitos longos, e derriba-lhes a lebre diante.

Amente

Parece que fala no Doutor.

Devorante

E o meu soldado mui posto em sair domingo com ũa invenção de laberintos[39] por Lucrécia.

Amente

Ó meu coração!

Devorante

Esta noite teremos festas, e cea.

Amente

Que te parece?

Calídio

Calaceiro, que nunca sonha em al, salvo em convites.

Devorante

Fortemente atalharam a minha negociação, que eu andava por alongar, e encurtaram-ma; agora, quero buscar o dos laberintos, e tirá-lo-ei daquele trabalho em que anda.

## Cena v

*Amente; Calídio.*

Amente

Tu vês a que termo eu sou chegado? Segundo as novas que tu dũa parte, e Devorante doutra me dais? Cuidei que tinha de ti algũa necessidade: mas pois as cousas assi vão, té a vida me sobeja, procura pola tua.

Calídio

Vós outros mimosos logo quereis morrer.

Amente

Não se ajuntaram embalde tantos males a um tempo.

Calídio

Tão pouca confiança tens em Lucrécia?

Amente

Ah Calídio!

Calídio

Que «ah Calídio!»?

Amente

Que esperança tão fraca.

Calídio

Queres dizer como de foão?[40]

Amente

E de foã, e de foã.

Calídio

Naquilo tem razão, e mais nesta terra, em que o poerão mui asinha em cantar seciliano, como dizem. Vem cá Amente, serás homem pera me ajudares a um feito?

Amente

Em tal desesperação, que posso eu arrecear?

Calídio

Ora bem vês que esta vinda de teu pai embaraça tudo, pelo qual aqui cumpre de acudir, se queres remédio.

Amente

A maneira é a que não vejo.

Calídio

Dir-to-ei; façamos que não conhecemos teu pai, por mais valenciano que fale.

Amente

E em tamanha agonia podes estar gracejando?

Calídio

Não gracejo, mas antes te dou um cavalo na batalha, se tu fores pera o tomar.

Amente

E a meu aio que lhe faremos?

Calídio

Como quê? Diremos que esse é o que faz todas estas calabreadas,[41] e que traz este velho falso aqui com nome de teu pai, e assi não recolheremos em casa um, nem outro.

Amente

Nisso bem vejo eu o erro, o remédio não o vejo.

Calídio

Eu to direi; podemos acudir ao negócio do casamento, como dantes, e se cumprir, diremos duas palavras ao Doutor, que não sejam de libelos dar, nem lides contestar.

Amente

Chamar-se-ão à justiça.

Calídio

Que fraco remédio uns, e os outros. E quanto ao Doutor, deixá-lo revolver seus Bártolos.[42]

Amente

Assi que também queres que erre a Lucrécia?

Calídio

Por amor da mesma Lucrécia.

Amente

Al quisera eu fazer por ela.

Calídio

Não pode por agora. És moço, ensina-te a acudir sempre ao mor perigo.

Amente

Não tenho rosto contra a verdade.

Calídio

Acharás logo muitos que o tenham, e ficar-te-ão com grande aventagem *in agibilibus*,[43] como dizem estes práticos.

Amente

Logo a mentira se extrema da verdade.

Calídio

Antes se vieram a parecer tanto, que cada dia [ũa] se passa por outra.

Amente

Triste de mi, que farei?

Calídio

Se queres conselho nega, e se não entrega-te.

Amente

Como hei de negar cousa tão sem dúvida?

Calídio

Negando (dizem eles) se faz tudo duvidoso.

Amente

Mas não se faz por isso torto do direito nem direito do torto.

Calídio

Antes que isso se declare, um juiz é suspeito, outro ocupado, outro vagaroso. Isto não é tempo de mimos, teu pai não pode tardar.

Amente

De que me velarei em tamanho aperto?

Calídio

Do desavergonhamento sobre todas as cousas; brada, jura, esbravea, queixa-te, chama por justiça, olha pera o céu.

Amente

Morreu-me o coração de todo.

Calídio

A mau tempo te deixou, mal o fez contigo.

Amente

Não me ficou outra cousa, senão mãos pera me matar.

Calídio

E a mi pés pera fugir; e vê-lo que aparece.

Amente

Aquele é, não o posso esperar.

Calídio

Que fazes? Onde te vás? Torna, que eu era o que havia de fugir.

Amente

Perdoa-me, Calídio, e lembra-te de mi, que se não pode sofrer o rosto do pai a que tens errado.

Calídio

Foi-se, e deixa-me a mi c'os combates. Que farei? Que hei assi de fazer, senão ter-lhe companhia com fugir? Estes moços fouveiros[44] são muito moles dos cascos. O homem há de ser calejado pera correr o mole, e o duro. Quanto folgara de nos vermos c'o velho aos itens. Que nos houvera assi de fazer? Pôr justiça? Teria procurador, e nós procurador; diria o seu, e nós o nosso. Pois inda hei d'espreitar mais deste negócio, que não estamos agora em Valença, pera havermos tamanho medo a este velho, que virá enojado.

## Cena vi

*Galbano,* velho*; Vidal,* seu criado*; Calídio.*

Galbano

Em que idade estava eu j'agora, pera tornar a sofrer o mar, e os marinheiros?

Vidal

Certo regeste-te nisso polo amor de pai, e não por razão.

Calídio

Aquele é Vidal, homem de bem, criado seu antigo, os outros não conheço, roim gente me parece; ũa por ũa[45] não vem com ele Cassiano, de que muito folgo.

Galbano

Isso assi é, mas que remédio?

Vidal

Deixá-lo lutar um pouco co'a fome, e frio, que eles to castigarão.

Galbano

Houve medo algum mau recado, que nesta terra aposentaram os Poetas as suas sereas.

Vidal

Já é algũa maneira de desculpa.

Galbano

Naquela idade tão cega, e sobretudo tais conselheiros?

Calídio

Aqui somos.

Vidal

Quais conselheiros?

Galbano

Os que aqui tal vida levam às minhas custas.

Vidal

Coitados dos servidores que inda hão de fazer mais que servir.

Calídio

Oh que homem, sempre assi foi desenganado.

Galbano

A mi eram obrigados a servir, que não a ele.

Vidal

Teu filho é já homem, e afora Cassiano seu aio, o ofício dos outros era servir, que não aconselhar.

Calídio

Oh bom procurador, e mais sem dinheiro. É um milagre. Aqueles outros carrancudos, não hajais vós medo que ajudem, nem c'ũa só palavra, nunca os ajude Deus.

Galbano

Ao doente não se lhe há de fazer a vontade, e que[46] ele por então o não conheça; despois o conhecerá, e agradecerá.

Calídio

Aquele é forte ponto, vejamos que ali responde o nosso procurador.

Vidal

Nesse caso que dizes, o que jaz doente, jaz fraco, e não pode fazer mais que ameaçar, nestoutro, põem-te logo as mãos, e vingam-se.

Calídio

Isto não é já procurador, mas um pai.

Galbano

Já te disse que a mi houveram eles de ter respeito.

Vidal

Estavas longe, acudirias tarde, entretanto o espancado andara espancado, o roto roto, o agravado agravado.

Calídio

E mais que peça é andar agravado? Que fogem de ti ũa légua, como de cão doente.

Galbano

Mas foi bem feito deitar assi a perder um moço tão bem principiado?

Calídio

Já se o velho assanha, assi fazem quando os atalham per razão.

Vidal

Estamos em tempo em que ninguém quer ouvir conselho. Ora achas Amente vivo, e são, tudo o mais se fará bem.

Galbano

Assi o queira Deus.

Calídio

Digo-vos que este Vidal me curou de todo do meu medo. A razão o velho a conhece já, do mais que me pode fazer? Sei que não estamos em Valença d'Aragão.

Vidal

Por aqui me disseram que pousava, não vejo a quem preguntar.

Calídio

Quero acometer o velho, que pode ser mais?

Galbano

Cá vem um, e é ora este o bom de Calídio?

Calídio

Que é isto, milagre, ou sonho?

Galbano

De que te espantas?

Calídio

De não saber se estou em Valença, se em Palermo.

GALBANO

Quero dissimular co'este roim. Estais cá todos de saúde?

CALÍDIO

Todos por agora.

GALBANO

Guia pera a pousada, que venho cansado, queria repousar.

CALÍDIO

Aqui é. Oulá, abri. Esta gente não ouve: abri, digo.

GALBANO

Enquanto este fala c'os de casa, falo eu com vós outros, trazei-me este raposo diante de vós, e se revelar, entre por força.

VIDAL

Ah senhor...

GALBANO

Cala-te, boa parece a casa, e em bom lugar.

CALÍDIO

Dizem-me que não são cá Amente, nem Cassiano, vou-me em sua busca.

GALBANO

Agasalha os hóspedes primeiro.

CALÍDIO

Não tenho com quê.

GALBANO

Co'a boa vontade.

CALÍDIO

Oulá, que quer isso dizer? Quereis provar forças comigo? Olhai que chamarei por justiça: oh, oh!

GALBANO

Tapa-lhe essa boca, Grifão, e tu, Feramonte, desapega-lhe essa mão da porta, e fecha sobre ti.

## ATO V

### Cena I

Reinaldo (*só*)

No cabo desta minha tão longa, e trabalhosa jornada, quando os outros descansam começa o mor cansaço meu, co'a dúvida que tenho se acharei aqui ũa filha em cuja busca venho. Té'gora na minha esperança ia passando meus males, sem ela como passarei isso que fica da vida? O mor bem que neste mundo tive que foi a mãe desta moça, a morte mo levou dias há, o da filha que me em seu lugar ficava, se mo também tem levado, fê-lo cruelmente comigo, que me não deixou nesta vida a que possa alevantar somente os olhos. Aquele foi o meu primeiro amor, aquele será o derradeiro, a grande dor da sua morte me lançou então de toda Itália, o desejo da filha me torna agora cá. Deixei-a encomendada a um Doutor grande amigo meu em Pisa onde então estudava, entretanto que aquela nobre cidade esteve em pé sempre tinha novas, dês que ela caiu fiquei às cegas, té'gora que venho a Palermo onde me disseram que acharia o amigo em cuja busca ando há dias. Assi venho com tão pouca certeza e, quanto mais me vou chegando a esta minha esperança, tanto se me faz ela mais pequena. Hoje é o dia da sentença, eu apercebido venho pera tudo, todavia ao abaixar do golpe a carne é fraca, e estremece toda. Achasse já o amigo, vê-lo-ia, e saberia da filha em que parte ma come a terra, se já lá é, e então determinarei de mi e do meu o que me parecer. Que fortes brados vem aquele homem dando, os pés pera cá o trazem, os olhos parece que lhe ficam atrás naquela casa pera onde olha.

## Cena II

*Calídio; Reinaldo.*

Calídio

Regedores, cidadães, homens de bem, os grandes, e os pequenos, todos me acodi, todos me valei que a todos releva, se aqui há algũa lembrança de liberdade, e justiça.

Reinaldo

Tamanhas duas cousas cuidavas tu d'achar assi polas ruas?

Calídio

No meio do dia, no meio de Palermo não me ouve ninguém, não me acode ninguém.

Reinaldo

Cala-te ora com teu mal.

Calídio

Que fazem aqui tantas varas de justiça?

Reinaldo

Que riso!

Calídio

Todo o mundo dorme?

Reinaldo

Dormes? Tu sonhas? Tu tresvalias?

Calídio

Ah cidadães, que todos somos escravos.

Reinaldo

Já vai entrando em seu acordo.

Calídio

Assi há isto de passar? Esfolou-me, açoutou-me, matou-me, se me a justiça não acode, acabarei de entender que faz cada um nesta terra o que lhe vem à vontade, e farei também o que me à minha mais der que faça.

Reinaldo

Olha, não vás, como dizem, de mal em pior.

Calídio

Velho falso, dissimulado, como me acolheu, bem empregado foi em mi. Mas vejo vir Devorante com seu soldado. A que tempo quando eu buscava quem houvesse de mi dó, e me aconselhasse, outra gente me cumpre de buscar.

## Cena III

*Briobris,* soldado*; Devorante; Reinaldo.*

Briobris

Não acharemos hoje este Doutor, e faremos esta demanda mais curta, que a das suas audiências.

Devorante

Nunca homem acha o que busca.

Reinaldo

Mande Deus não seja eu assi.

Briobris

Não acabaremos com este Doutor, co'este Petrónio?

Reinaldo

Assi se chamava aquele amigo que aqui busco.

Briobris

Já revolvi toda a cidade.

Devorante

Aprenderia quando era escolar a se fazer invisível.

Briobris

Cumpre-lhe logo andar sempre metido na sua serpente.

Devorante

Ah, ah, ah!

Briobris

Tu ris-te?

Devorante

Quem se terá às tuas graças? Mas dar-t'-ia um conselho d'amigo.

Briobris

Que tal?

Devorante

Pois não podes alcançar o que desejavas, que desejes o que podes.

Briobris

Como me enfadam estes sisos que todos trazem na boca, e ninguém por obra.

Reinaldo

E Lucrécia havia a minha filha nome.

Briobris

E se não nunca mais cingiria espada. Onde tem este Doutor a pousada?

Devorante

Junto daquela igreja alta.

Briobris

Bem está, perto tem logo outra pousada pera mais dias.

Devorante

Não no hás agora d'achar em casa.

Briobris

Esperarei até noite, não tem onde se me acolha,[47] sete braças entrarei depós ele pola terra dentro como pedra de corisco.

Devorante

Santa Bárbora Virgem, cuidei que era morto, *Pater Noster* pola alma do Doutor.

Reinaldo

Estou em Palermo, ouço falar em Petrónio Doutor, ouço falar em Lucrécia, que cuidarei? Quero falar ao que fica só no terreiro. Amigo, Deus te salve.

Devorante

Sejas vindo nas muitas das boas horas.

Reinaldo

Por cortesia, que Petrónio é um em que faláveis?

Devorante

Por que o perguntas?

Reinaldo

Por bem.

Devorante

Não é natural desta terra.

Reinaldo

Donde veio aqui ter?

Devorante

De Pisa nobre cidade de Toscana.

Reinaldo

De que idade pouco mais, ou menos?

Devorante

D'arredor dos sessenta.

Reinaldo

Casado, ou solteiro?

Devorante

Antre ũa cousa, e a outra.

Reinaldo

Pois a idade não é já muito pera esposado. Também faláveis em ũa Lucrécia.

Devorante

Muitas cousas quer este saber de mi, que sei eu onde isto irá ter?

Reinaldo

Não me respondes?

Devorante

O outro foi que falou em Lucrécia.

Reinaldo

Si, mas falava em som como que a conhecias.

Devorante

Não sei mais que ouvi-la por aí gabar de fermosa.

Reinaldo

Natural, ou estrangeira?

Devorante

Muito anda este após as naturezas. Amigo, e senhor meu, tudo saberemos, se nisso te vai algũa cousa.

Reinaldo

E aquele teu amigo, porque ameaçava tanto o Doutor?

Devorante

Amigo, ou como? Nunca outro tanto com ele falei como agora.

Reinaldo

Parecia que tinha dele algũa paixão.

Devorante

Lá se avenham co'as paixões, dos prazeres queria parte, das paixões lá se avenham.

Reinaldo

E este teu amigo é tão merencório[48] como parece?

Devorante

Que forte preguntador. Cuida que me tem alugado, por pouco que me peites[49] eu to segurarei desta vez.

Reinaldo

Este me parece duns truães[50] que sempre há nos lugares grandes. Vou-me em busca de Petrónio.

Devorante

Vistes o grande preguntador donde me agora saía de través? Que sei eu quem este é, nem que por aqui andará espreitando? Ũa por ũa muitas cousas queria saber de mi. Outro vejo dos mesmos trajos, vejamos se é outro tal: mas eu vos direi, o meu cabedal tudo é palavras, isso aventuro.

## Cena IV

*Galbano; Devorante.*

Galbano

O bom Calídio partiu não pola fria (como dizem) mas pela quente, como cuido que ele vai: vá, e leve novas aos outros.

Devorante

Velhos, e mais de má graça, não está aqui muito certo o ganho.

Galbano

De quanto bom tempo tem aqui levado, descontem.

Devorante

E sobretudo contas, e descontas, não me apraz.

Galbano

Servidores todos se tem uns c'os outros, não mo açoutaram bem, mas já é começo de paga.

Devorante

Dai-o ao demo, em pagas anda, e não me deve nada, que sei se lhe deverei eu, e andará arrecadando? Mas tudo é provar. Deus te salve, senhor meu, pareces-me estrangeiro, e eu sei que cousa é andar por terras alheas, ofresço-te a meu serviço.

Galbano

Muito to agradeço.

Devorante

Tens negócio na terra?

Galbano

Não de mercadorias, como pola ventura cuidarás; mas busco um filho mancebo, que se me perdeu por aqui.

Devorante

Terra é pera isso, mas os sinais?

Galbano

Um mancebo valenciano, que já lhe começará de vir a barba, soía de ser gentil-homem.

Devorante

O nome?

Galbano

Amente, se o ele cá não mudou, como fez a outras cousas.

Devorante

Como, e tu és Galbano seu pai, em que tantas vezes ouvi falar?

Galbano

Eu, por meus pecados.

Devorante

Aqui pousa, e por sinal que tem um aio, que se chama Cassiano, e um servidor por nome Calídio.

Galbano

Conheces bem toda essa gente?

Devorante

Como minhas mãos: mas como não estão aqui contigo?

Galbano

Estamos desavindos.

Devorante

Asinha isso foi.

Galbano

Não por minha culpa, que em chegando logo convidei Calídio de boa entrada.

Devorante

Trarias fruitas de Valença, que está homem pasmado de tanta gentileza, e perfeição.

Galbano

Tempo foi, já tudo isso é passado a Portugal.

Devorante

Tão convidador vinhas?

Galbano

Havia muito que nos não víramos.

Devorante

Assi hão de ser os homens da tua calidade. Ora dize-me que iguarias haveis lá entre vós por mais saborosas?

Galbano

A vingança.

Devorante

Eu falo em iguarias, não em alegorias.

Galbano

Queres que te diga o claro: vinguei-me em chegando desse ladrão, que mandei açoutar, nunca me cousa assi soube, entendeste-me?

Devorante

Agora si, isso chamo eu falar ao pé da letra.

Galbano

Ora já aquele pagou, os outros pagarão.

Devorante

Outros, ou como?

Galbano

Truães malvados, que tanto do meu aqui tem comido, e bebido.

Devorante

Comigo o há.[51]

Galbano

Mas eu vo-lo farei amargar.

Devorante

Já me a mi começa o mau sabor da boca.

Galbano

Comer, beber, jogar, franquear.[52]

Devorante

Que mais claro quereis que um homem fale? Com que negros convidadores vou topar hoje. Quero-me acolher[53] com minha honra, se puder.

GALBANO

É aquele Cassiano?

DEVORANTE

Aquele é, um bom homem. Ora me contai c'os convidados, se mais aqui espero. Quantas cousas tereis ambos de falar, pois vós inda não vistes. Quero despejar.[54]

GALBANO

Espera, cearemos todos.

DEVORANTE

Não curo de convites.

GALBANO

Que é isso, porque corres? Deve de ser algum desassisado, e deu-lhe o vento na corda.[55] Vou-me esperar Cassiano em casa, e assentar--m'-ei, que inda não tive vagar.

## CENA V

CASSIANO (*só*)

Venho pasmado dos acontecimentos, andando em busca de nosso amo fui dar com Reinaldo, nosso natural, que agora também chegou. A um trouxe cá um filho perdido, ao outro ũa filha que perdera muito há. Ó filhos desejados, e estes são os vossos descansos? Doutra parte tendo o Doutor concertado seu casamento, chega Reinaldo e acha neste próprio dia, nesta hora, neste ponto, que Lucrécia aquela que a todos nos tem dado tanto trabalho é a sua própria filha que andava buscando por mar, e por terra, e sobretudo que é afilhada do mesmo Doutor, assi lhe pudera ser inda mais. E não se saber a tempo. O coitado que não via já o dia, nem a hora, e que estava co'a boca aberta pera papar a moça, ficará assi co'ela às moscas. E polo contrário meu criado Amente que lhe era lá posto o cutelo na garganta, esperando só pelo pregão, vê a fortuna melhor casamenteira muito que Dório, e negocea-lho tudo a pedir de boca. Que diremos às cousas deste mundo? Ũas parece que se alcançam a poder de negociação, e viva diligência, outras por só dita, e bom acerto. Já acharei nosso amo em casa, vou-me lá dar-lhe estas novas, e passarão as paixões, e tormentas que tão armadas estavam.

## Cena VI

Devorante (*só*)

Venho espreitando o aio por ver se o convidará também o velho em chegando como fez a Calídio, e quisera fazer a mi, mas Devorante não dorme. Como me quisera acolher aquele velho falso, nunca se outro tal viu. Cuida que é senhor de Palermo, assi ameaça, e assi assopra. Custado me houvesse do meu muito, e pegasse outras poucas ao aio com toda sua gravidade. Ou! Quem vem lá? Cuidei que me atalhavam por estoutra parte. Estes são Amente, e Calídio, e inda não sei o que será, que este malvado tem já o seu quinhão, e andará ajuntando mais convidados. Mas que me não vingo eu do truão que me assi hoje queimou o sangue, vejamos que trovas agora faz de improviso.

## Cena VII

*Amente; Calídio; Devorante.*

Amente

Tais novas me trazes tu, Calídio, com tal rosto? Não te pude ser bom no teu mal, perdoa-me e ajuda-me a sofrer tanto bem, que não tenho outrem com quem o parta.[56]

Calídio

Do mal partiste comigo bem, do bem partirás mal.

Amente

Não me doeu nada menos que a ti.

Calídio

Não sei, mas bem te punhas em salvo.

Amente

Lá me coube o meu quinhão.

Calídio

Mostra-me ora em ti algum sinal dos meus açoutes por este corpo.

Amente

Não teriam menos os meus se os pudesses ver.

Calídio

Pois eu não recebo pagas invisíveis.

Devorante

Quanto que sabe este malvado co'ele me tenho.

Amente

Assi me contas de Reinaldo, e que é Lucrécia sua filha, e filha também espiritual do Doutor?

Calídio

Assi passa.

Devorante

Um destes anda fora de si com dor, outro com ciúmes, não lhes creo nada.

Amente

Ó Calídio, amigo da minha alma, que te direi? Que te darei? Que te farei, por tais novas, e a tal tempo?

Calídio

Outras tais alvíssaras como as de teu pai, que em fim estes são os vossos galardões.

Devorante

Ó falso, como os conheces bem!

Amente

Hei medo que me dê o miolo volta c'o prazer.

Calídio

E a mim c'o pesar.

Amente

Prometo-te que eu te agalardoe como tal obrigação merece.

Calídio

A vós outros mais vos lembra um serviço por fazer, que cento feitos.

Devorante

Dai-o ao diabo, que inda fala a propósito.

Amente

Como se pôde desempeçar tal meada em tão pouco tempo.

Calídio

A verdade logo vai por diante, e foi grande ajuda a velha que hoje achei com Alda.

Amente

O Doutor estaria finado.

Calídio

Todavia ele falava.

Amente

E quê?

Calídio

Uns poucos dos seus latins.

Amente

Que tais?

Calídio

Alevantou dous dedos nos quais repartiu seus direitos naturais, e espirituais, concruindo todavia que naquele caso cabia dispensação.

Amente

Como dispensação?

Calídio

E ainda te digo que soltou ũa má palavra.

Amente

Que tal triste de mim.

Calídio

Disse que por dinheiro não ficasse, e bateu na bolsa.

Amente

A essa não chamas tu mais que má palavra? Chamo-lhe eu mortal.

Calídio

Mas sabes quem desatou todos aqueles empeços, e razões doutorais?

Amente

Quem, Calídio?

Calídio

Lucrécia.

Amente

Como?

Calídio

Disse que não queria, que toda sua vida fora órfã, e estrangeira, agora que lhe deixassem ir a servir aquele pai a que tanto devia, e lográ-lo algum tempo.

Amente

Oh feito de Lucrécia!

Devorante

Estava recolhendo novas pera o meu soldado, agora elas todas entornadas, que deixará logo o Doutor, e há de querer pôr toda Valença à espada.

Amente

Como pudeste saber tanta cousa em tão pouco tempo?

Calídio

Tive cuidado.

Amente

E eu terei lembrança.

Calídio

Pera quando?

Amente

Bem vês tu que eu agora não posso.

Calídio

E despois não quererás.

Devorante

Evangelho. Mas por que me não vingo eu deste roim de Calídio, e que lhe tardo mais? Deus vos salve, e a ti Calídio, prol faça.[57]

Calídio

Passo[58] que falamos segredo.

Devorante

Não ias tu hoje de tão má graça, quando trovavas de improviso.

Calídio

Nem tu de tão boa. Serão milagres do vinho.

Devorante

Isso se poderá dizer mais por ti, pois te convidaram em chegando.

Calídio

E tu em convites.

Devorante

Dura-te ainda aquela vea de trovar, romperemos aqui um par de lanças por festa diante de Amente.

Amente

Deixa-o pera outra hora Devorante, que temos al em que entender.

Devorante

Já hei de ver pera quanto é, que não me valeu co'ele ereita,[59] nem sopé.[60]

Devorante

Calídio j'eu vi outro homem
Mais são das costas que ti,
Porque te torces assi?
Pulgas sei que te não comem
Vergões, pode ser que si.

Calídio

Devorante que se tanja,
Que se cante em Paraíso,
Não é aquela a tua granja,
Pois se lá fala de siso,
E não é terra de manja.

Devorante

Não valha que não foi polos consoantes.[61]

Amente

Não seja mais, ambos o fizestes bem.

Devorante

Tudo se faça hoje à tua vontade, e tudo seja festa.

Calídio

Donde aventou este corvo carniçal a carniça?

Devorante

E errei hoje a tua que foi arrezoada.

Amente

Não lhe respondas, Calídio. E tu, Devorante, não fales mais sob pena de te ser aquela porta cerrada enquanto aqui estivermos.

Devorante

Não me verás mais boquejar.

Amente

Ora nos vamos cear com meu pai.

Devorante

Ele mesmo me convidava pouco há.

Calídio

Eu não vou por agora a essa casa, perdoar-me-ás.

Amente

Como, e tu só me hás de falecer, em quem eu tinha toda minha esperança?

Devorante

Vem cá, Calídio, dá-me essa mão, sejamos amigos, e dir-t'-ei como façamos, que eu também não me fio ora muito de ninguém. Acompanhemos Amente até à porta, daí espreitaremos, e assi como veremos assi haveremos nosso acordo. Já sabes o que se diz, não te fies e não te enganarão.

Amente

Ditos de gente baixa, e desconfiada. I comigo seguramente.

O Representador

Não foram necessários rogadores, nem arengas, o filho lançou-se por terra aos pés do pai, ele c'os olhos cobertos d'água alevantou-o, de ũa parte, e da outra as lágrimas supriram por palavras. A cea faz-se prestes. Ao Doutor, e ao soldado não falecerão outros amores, as outras festas hão-se de fazer em Valença de Aragão.

*LAVS DEO*

# OS VILHALPANDOS

*A Fama faz o Prólogo.*

Eu não venho a vós voando, ave nova bem empenada, tantos olhos, quantas penas, tantas línguas e ouvidos: que joguem por debaixo como artelharia, assi como me pintaram estes chocarreiros dos Poetas, que sempre querem gracejar. Mas assi como todos me chamam Fama, assi venho nestes hábitos de mulher. Aqui no cabo do mundo é agora o meu assento, e não no meo: onde os mesmos bons dos Poetas me aposentaram, em ũa casa toda aberta, e descoberta (por certo mal ao menos pera o inverno). Daqui[1] carrego pera todas as partes de graciosas vitórias, todas contra os infiéis. De torna viagem, às vezes não acho senão patranhas (como agora). Que quereis que faça? Quereis que torne com as mãos vazias? Ao menos farei nisto verdadeiros aqueles mesmos Poetas, meus amigos, que de mim disseram, que assi conto o que é, como o que não é. E eles lula (como diz o nosso rifão antigo). Quereis que estê sempre esperando polo coxo: o qual quando vem não acha senão arrependimentos. Quantos exércitos tenho eu só por mim desbaratados, quantas fortalezas rendidas c'os meus medos? Quantas defendidas co'as minhas esperanças? Sabeis de que manha usei estes dias passados naquela grande afronta de Diu? Quando vos não pude espantar c'os Turcos, espantei os Turcos convosco. Em tempo que vos tudo falecia, salvo o coração. E agora em Tolão,[2] como me meti entre as galés dos mesmos Turcos, tantas que cobriam o mar. E i comecei de murmurar da gente nobre, que se juntava em Ceita ao parecer da primeira Andorinha: e elas desapareceram todas, que não sabiam já o dia, nem a hora. Deixo o que fiz em Tunes, onde eu logo descobri aos contrários, quem era o verdadeiro capitão da gente Português,[3] que logo fez tremer aquela barba roxa.[4] Quantas destas obrigações tenho eu espalhadas polo mundo, que mas reconhecem mal. E deixando a guerra a de parte: em quantos perigos socorro eu aos que escrevem? Os cronistas a cada passo não sabem por onde vão sem mim. Os Poetas andam sempre polos ares, nem tem outro valhacouto, se a mim não. Té estes que governam o mundo, com seus cartapácios (eu digo os que hoje sobretudo chamam Doutores) como rematam eles suas razões, senão c'o meu nome e autoridade?, dizendo por derradeiro: «e desto é púbrica voz e fama». E depois com que gravidade acodem nas suas práticas encadarroados:[5] *fama malum, etc.* Ora todos estes postos a de parte, falemos cá entre nós. E dizei-me, das cousas passadas que tendes, senão a fama? Das presentes quanto vedes? E inda das que vedes, de quanto dais fé? Tudo o mais a quem o deveis, senão a mim? Do porvir não falemos, que o reservou Deus pera si. De todo em todo, não vos fieis em sonhos. Oh como aqueles bons antigos morriam por mim, com tão bom rostro. E eu também que assi lho pagava: vós outros pondes-me alma diante (e assi é razão) todavia bom quinhão me dais de vós. Basta, que eu som[6] contente, não servis a pessoa desaguardecida. Finalmente quereis saber, em quanta obrigação me todo o mundo é: olhai bem, que de quantas cousas em todo ele há, nenhũa responde igualmente a sua fama: nem em Paris, essa cidade, nem essa Roma, la santa. Muito me vos gabo hoje, dir-vos-ei, som (como vos já disse) vezinha e moradora, obrigada som a guardar vossos costumes? Ora venhamos às patranhas. Nós estamos em Roma, naquelas duas casas vivem dous velhos cidadãos, cujos nomes vedes, cada um sobre a sua porta. O Pompónio tem um filho a que chamam Cesarião, o qual filho o pai e a mãe andam por tirar de cativeiro, dũa destas suas cortesãs (que assi lhe chamam). O pai por razão e autoridade, a mãe por devações. A cortesã sem razão, e sem autoridade, e sem devações: faz dele tudo o que quer. Sobre este negócio sairão a vós logo estes velhos, em sua prática vos irá abrindo caminho pera o mais. Ouvi repousadamente.

Figuras da comédia:

A *Fama*;
*Pompónio*, velho;
*Mário*, velho;
*Fausta*, matrona romana com ũa companhia de beguinas;
*Milvo*, alcouviteiro;
*Antonioto*, criado;
*Cesarião*, mancebo romão;
*Guiscarda*, velha e mãe d'Aurélia;
*Vilhalpando primeiro*, soldado;
*Vilhalpando segundo*, soldado;
*Apolónio*, ermitão;
*Fabiano*, mancebo estrangeiro;
*Trefo*, moço;
*Torquemada*, moço;
*Ruberte*, paje francês.

## ATO I

### Cena i

*Pompónio; Mário.*

Pompónio

Boa seja a vinda, Mário, que em tua busca ia.

Mário

Ó Pompónio, e eu na tua, que me disseram em chegando, que jazias em cama.

Pompónio

Não te enganaram, mas soube como eras vindo, e isso me levantou.

Mário

Fezeste mal, que o corpo enfermo, quer-se na cama e não polas ruas.

Pompónio

Si, mas também o espírito cansado quer-se com quem descanse.

Mário

Eu viera a ti, que era mais razão. Mas como te sentes?

Pompónio

Fraco: principalmente destas pernas, que me não podem trazer.

Mário

Não te espantes, que há já muito que te trazem. Que doença foi a tua?

Pompónio

Nunca o pude bem saber.

Mário

Que te diziam os físicos?

Pompónio

Muitas e mui notáveis razões.

Mário

E tu quiseras antes poucas e certas?

Pompónio

Foram e vieram algũas vezes, antes que se concertassem. Finalmente capitularam a doença:[7] e tendo eu mui grandíssimo fastio, mandaram-me que não comesse.

Mário

Perigoso remédio: e mais em tal idade.

Pompónio

De maneira, que se a natureza me não tolhia algũa cousa, assi por desejos: tolhiam-ma eles.

Mário

Matar-te-iam.

Pompónio

Pouco menos: então contavam as vezes das novas correntes, e dos milagres que já tinham feitos em outros, a qual mais.

Mário

E pera ti não deixaram um só?

Pompónio

Não, porque a falar verdade, té do estâmago veio uma velha que me aproveitou mais: disse que era a tavoleta.

Mário

Souberam-no eles?

Pompónio

Não, antes a poder d'aforismos tudo tribuíram aos seus remédios.

Mário

Sangraram-te?

Pompónio

Sabe Deus a sua vontade: cada dia afiavam as lancetas. Porém, eu não quis, como quem sabia o conto dos meus anos, e que o meu sangue pecava mais de queimado que de sobejo.

Mário

Ah que a nós já nesta idade deviam-nos de tornar a curar como meninos, e não com beberagens das boticas: que da só vista sua se arrepia o corpo todo.

Pompónio

Mexidas por cifras, que eles físicos sós entendem, e os boticários seus secretários.

Mário

Assi são mais estimados: e os das outras ciências também quando os entendem menos.

Pompónio

Finalmente assi os sofri um tempo. Depois cobrei siso e despedi-os.

Mário

Oh como fizestes bem.

Pompónio

Como dizem, milhor foi tarde que nunca. Então deixei-me ir mais devagar, espreitando sempre a natureza, e ajudando-a com bom regimento.

Mário

Não soube tanto Hipocras.[8]

Pompónio

Aprendi à minha custa, e como soube da tua boa vinda, levantei-me sobr'este bordão que me ajuda mais, e me custou menos.

Mário

Por amor de mim que repouses.

Pompónio

Que farei, se me não leixam?

Mário

Preza sobretudo tua saúde, não te mates por ninguém. Que ao dó negro, e ao choro dos herdeiros chamam os antigos riso e prazer conhecido, em trajo de lágrimas.

Pompónio

Ouve-me e depois me conselharás.

Mário

Dize o que quiseres.

Pompónio

Bem te deve d'alembrar o que já falámos antes da tua ida, sobre nossos filhos.

Mário

Não são os tais negócios pera esquecer.

Pompónio

Depois tu absentaste-te, e eu adoeci, tudo ajuda o que há de ser.

Mário

Pera que é mais? Danou-se-nos Cesarião, que bem o sei.

Pompónio

Não haviam de falecer messageiros.[9]

Mário

Queres que não vejam os homens, nem ouçam?

Pompónio

Porém não correm eles assi ao bem.

Mário

Não lhe acham tanto sal.

Pompónio

Veio logo aqui ter, a esta nossa rua, ũa velha bolonhesa, com ũa filha fermosa.

Mário

Perigosa vizinhança.

Pompónio

Se o ainda bem soubesses com quanta treição e arte.

Mário

E eles também, que se deixam enganar levemente.

Pompónio

Logo à primeira parecia aquela casa erma.

Mário

Vem pobres, não trazem que assoelhar.

Pompónio

Mas é tamanha a fremosura da virtude, que querem primeiro enganar com ela que com a sua própia.

Mário

Quanto agora não há passo em Roma mais aguardado.[10] Ao menos dos nossos mancebos romãos: os Brutos e os Décios morrem-se pola repúbrica.

Pompónio

Bem fazes de te guardar destoutro estado eclesiástico.

Mário

Em que se não pode somente boquejar.

Pompónio

Ora eu enquanto me Deus dá tempo não o queria perder. E cuidando, não acho milhor remédio a meu filho que o casamento, o qual té os gentios chamaram prisão segura da mocidade.

Mário

Quantos exemplos vês tu hoje neste dia por aqui ao contrairo?

Pompónio

O amor e as graças dos filhos: os bons costumes das nossas mulheres próprias, chamam muito homem pera suas.

Mário

Ao estâmago danado não lhe sabe bem nenhũa cousa boa.

Pompónio

E mais, em lugar de um pai teria ele dous.

Mário

Antes a meu parecer em lugar de ũa fazenda, a tal tempo, meter-lhe-ias duas nas mãos que destruísse.

Pompónio

Não, que a isso venho, dar-te conta da boa disposição, em que agora tínhamos o negócio por ũa grande ofensa, que estas mulheres fizeram a Cesarião, de que está indignado extremadamente.

Mário

Quanto há?

Pompónio

A noute passada.

Mário

Tão pouco?

Pompónio

Porquê?

Mário

Porque aquele conselho santo, o qual nós tão mal cumprimos, que se não ponha o sol sobre a nossa ira: estes o cumprem muito bem.

Pompónio

Não é o sentimento tão pequeno.

Mário

Não te fies disso, que quebram as mais das vezes em maior amor de que procede, polo qual antes quisera que estivera rindo.

Pompónio

Porque se diz logo, que esquivança parte amor.

Mário

Parte, mas não assi às primeiras razões: principalmente co'estas que os homens tomam com tod'as suas tachas.[11]

Pompónio

Não era de perder tal ocasião.

Mário

Crê-me, que j'agora teu filho lança todas as culpas sobre a má da velha.

Pompónio

Si, se a moça se desculpasse.

Mário

Pera quê, que ele mesmo a desculpará? Então ao fazer das pazes mal polos terceiros.

Pompónio

Quantos imigos que tem estas nossas fazendas.

Mário

Por isso dizem que anda o ouro tão descorado como temido de tantos.

Pompónio

Té os cachorros, que saltam por amor del-rei de França.

Mário

Escandalizado ficaste dos físicos corporais.

Pompónio

E dos espirituais também, que tu não dizes. Oh Senhor Deus, como nos apalpam, e a que tempo: lançados fora todos os outros competidores como vencidos.

Mário

Foi tempo que mandavam lavar os pecados com lágrimas.

Pompónio

Agora todos com aquela água que chamam da moeda. E é assi necessário pera gente tão cobiçosa do alheo como somos. Quem não tivera filhos pera se partir, rindo de tão mau mundo. Mas do nosso negócio, que conselho me dás?

Mário

Dir-t'-ei o que me parece. O casamento é a maior cousa que o homem faz em toda a vida: peço-te que o não fiemos de paixões de mancebos.

Pompónio

Como faremos?

Mário

Sobrestemos assi alguns dias, entretanto trabalha tu, que teu filho se emende por siso e razão, não por agravos da Bolonhesa, que comigo não são necessárias outras mais negociações.

Pompónio

Não fora mau corrermos daqui estas más mulheres.

Mário

Pera quê j'agora? Pois onde quer que forem hão de levar o coração de teu filho após si.

Pompónio

Bom é sempre afastar os azos.

Mário

As cousas da vontade não querem força, que então as desejamos mais.

Pompónio

Filhos de Adão, e de Eva.

Mário

Finalmente tem sobretudo cuidado da saúde. E como te já disse, a tudo vai pé ante pé. Entretanto ver-nos-emos muitas vezes, e uns lanços irão descobrindo os outros, que não façamos cegueira em cousa que tanto releva. Deixo-te a Deus, que me chama outro negócio, tu torna-te a casa.

Pompónio

Ele vá contigo. O descanso com que me este manda ir devagar, como se eu tevesse os dias de contado ò canto d'arca pera as necessidades. Trago, como dizem, a alma no papo, e vejo cada dia partir outros mais sãos e mais moços: e este diz que esperemos. Assi nos vai empondo o mundo d'hoje pera de menhã, té que vem aquela derradeira hora, em que tanto há que fazer. Quisera em tamanha tormenta ter meu filho a mais amarras. Esta pressa me fez levantar da cama ante tempo: Mário está tão descansado bocejando. Oh cuidados vãos dos homens, pera isto ajuntei eu e guardei com tantos trabalhos e perigos, pera devassos e devassas? Não consentirá Deus tal. Cesarião se quiser haver siso e responder ao sangue donde vem, será meu filho: quando não, a dor não se escusa, mas enfim toda a perda há de ser sua. Minha mulher se não fizer outro tanto, deixará cá bons herdeiros: três dados e estas boas donas. Cuidais que vê ela os erros deste filho? E se lho digo, logo i são as desculpas. E quando já al não pode ser, antes eu hei de ficar por culpado, ou por áspero, ou por estreito: afora aquele dito geral de todas, que outro tanto faria eu em meu tempo. Sobr'isto não se escusam contendas cada hora, quando nos mais necessário era o descanso, nos veio falecer de todo. Quem sai de minha casa? Oh Fausta é minha mulher, grande companhia lhe vejo, toda de beguinas: nove são, quão certo é que não haviam de ser pares. Negócio é de devações sobr'este filho. Quero-as escutar, vereis que razões tão concertadas.

## Cena II

*Fausta; Pompónio.*

Fausta

Se algũa hora, amigas de Deus e minhas, tomastes cargo de lhe encomendardes algũa pessoa necessitada: seja desta vez, que assi me sereis vós encomendadas sempre nas vossas necessidades.

Pompónio

Muito se lhes oferece, tudo será às minhas custas.

Fausta

Ora cada ũa tome seu ramal de nós: cento e cinquenta por cada ramal.

Pompónio

Boa soma fazem.

Fausta

Tantas vezes há cada ũa de dizer aquela oração que vos dei escrita em pergaminho virgem: que é muito exprimentada.

Pompónio

Como mezinha de velhas.

Fausta

E assi tereis acesas as nove candeas que vos dei também de cera virgem.

Pompónio

As beguinas quer o sejam quer não.

Fausta

E a cada nó beijar a terra, sem falar palavra neste meio tempo.

Pompónio

Forte ponto pera mulheres.

Fausta

No cabo de tudo haveis de dizer: assi como isto é verdade, assi de cor e de vontade: saia nomeai-lho livre e são desta infirmidade, quer seja malícia, quer maldade, de mau homem, ou má mulher, quer outra fortuna qualquer.

Pompónio

Que pode logo Deus i al fazer se vai por consoantes?

Fausta

Entretanto eu falarei com a convertida. E assi espero em Deus, e nas palavras de muita virtude, e na ajuda das pessoas devotas, que meu filho torne à graça de Pompónio, o qual com paixão é posto em cuidados novos, e não de pai.

Pompónio

E pô-las-á em obra: se teu filho se não emenda. Já lá vão, tarde se me ordena hoje o jantar. Quero entretanto dar vista aos banqueiros, não cuidem os devedores que sam[12] já morto.

## Cena III

*Milvo; Antonioto.*

Milvo

Pera que são mais palavras? Pede por boca, a escolher como em lavor d'amigo.

Antonioto

Tão boa novidade houve este ano?

Milvo

Que não há onde a recolher, e sobretudo boa mercadoria, boa.

ANTONIOTO

I vai o feito todo: Milvo meu amigo, no preço me enganem, a mercadoria seja desenganada.

MILVO

Estás em teu siso. Que o rico pera que quer o que tem? O pobre vá pedir por amor de Deus, e não ande d'amores.

ANTONIOTO

Dizes verdade.

MILVO

Ora esse teu enfermo de quais é?

ANTONIOTO

Havia-te em Roma de andar pedindo piedades, e com que esperança?

MILVO

Fraca por certo, que em terra estás onde não saram pobres nenhuns, com quantos hospitais nela vês.

ANTONIOTO

E quem sarassem: ao menos tu não eras o hospitaleiro.

MILVO

No cabo estás. Ora me dize que tal a queres.

ANTONIOTO

Moça aprazerada[13] sem ponta de miolo.

MILVO

Freira nem casada?

ANTONIOTO

São muito trabalhosas.

MILVO

E havia-te d'estar vendendo a dinheiro perigos e trabalhos? A minha gente toda é mansa: mas tenho de muitas sortes, assi como aqui há muitas sortes d'apetitos.

ANTONIOTO

Ah esquecia-me que estávamos em Roma.

MILVO

Virgem te não ofereço, porque és tu. Que a um novel esse fora o primeiro oferecimento.

Antonioto

A que propósito? Pois me já lembraste onde estamos.

Milvo

Que é outra boa mercadoria: punhadas e lágrimas.

Antonioto

E mais onde a descobriríamos?

Milvo

Por aqui se fazem.

Antonioto

Não entremos nessas embrulhadas: queria cousa certa e desocupada.

Milvo

Que dizes?

Antonioto

Que não tivesse muitos negócios.

Milvo

Ora não mais, das enjeitadas queres.

Antonioto

Não assi, mas das que não são ainda tão conhecidas.

Milvo

Que barbarias vão polo mundo, andam-se mortos com seus ciúmes, aquele olhou, aquele riu, aquele acenou, e ainda isto não basta, mas até o que sonham cuidam que é verdade, e de tudo tem paixão; sapos cuidam que lhe há de falecer a terra: os nossos cortesãos, todos corteses, todos galantes, todos postos em razão, ajuntam-se cinco e seis a ũa amiga, e de aprazimento de partes partem antre si o custo e prazeres. Ela a todos granjea e agasalha: cuja acerta de ser a noite esse fica. Os outros não se vão por isso com pior rosto, outro dia lhe virá a sua vez, ali não há ciúmes nem invejas. Que mais paraíso queres neste mundo?

Antonioto

Está bem, mas os filhos como os repartem?

Milvo

Não é gente muito afruitada.[14]

Antonioto

E porém quando acontece?

Milvo

Em tudo há de ser o que ela disser.

Antonioto

Quer o saiba, quer o não saiba.

Milvo

Que cuidas que vai nisso? Enfim querem-lhe bem como a filhos.

Antonioto

O diabo se enforque. Mas este nosso ainda que é Romão, hei medo que nisso queira ser bárbaro.

Milvo

Vá ser ò sol,[15] não vês tu a pompa destas nossas cortesãs? Quem bastará só por si a seu custo? Donde cuidas tu que se elas hão de manter? Que afora de estes certos que digo, ainda lhe ficam de fora outros aventureiros, e não bastam.

Antonioto

Dêmos-lhe algũa noviça.

Milvo

Dêmos, mas seja porém Italiana, que tudo o mais é vento. Francesas e Alemãs com quanto vinho bebem são mais frias que ũa pouca de Água. Espanholas todas vem já coroadas de Calez,[16] e de Valença d'Aragão: e sempre o broquel do rufião há de reluzir em algum canto da casa como por posse. Ora que rosto é o de ũa Romã,[17] que graça das Bolonhesas, Francesas, Mantuanas!

Antonioto

Nisso, e em tudo é esta vossa Itália um jardim do mundo.

Milvo

E assi acertou a natureza de ũa parte de montes altos, e de todas as outras de mar.

Antonioto

Contudo defendemo-la mal dos estrangeiros.

Milvo

Que tanto no-la desejam.

Antonioto

Também as cousas todas vão a reveses, muito tempo mandou, e agora é mandada.

Milvo

E roubada, saqueada, e esfolada. Mas deixemos estar, se me houveres mester busca-me, e seja como deve, que não percamos tempo como agora.

Antonioto

De que maneira?

Milvo

Com aquele ramo com que [Eneas] passou todos os perigos do inferno.

Antonioto

Entendo, mas onde te acharei que certo seja?

Milvo

Em toda a parte que estiveres meia hora quedo, que eu tudo revolvo, não guardo domingo nem festa, ardo sempre de dia e de noite como um forno de vidro: dias há que não perdi outro tanto tempo como agora. Deixo-te a Deus.

## Cena iv

Antonioto (*só*)

Oh doudinho de Antonioto, como havias mester curado desta tua cabeça. Cuidavas pola ventura que estavas em Portugal, onde todo o negócio é suspirar, e dizer saudades? Torna em ti, e lembre-te onde estás. Antonioto, busca dinheiro, e não busques Milvo, nem outrem ninguém. Que farei? Quanto pudemos ajuntar com tanto trabalho tão pouco há, tudo Guiscarda engoliu de um bocado, sem deixar pera ũa corda com que se homem enforcasse. Oh má velha, pior que um cão faminto em engolir, e logo os olhos por mais certo, que não tem memória nenhũa, como dizem os galos, que por isso cantam tanto a meúdo. Quem vir as suas festas ao receber do dinheiro cuidará que já ali tem pera um tempo, dando ũa grã volta não a conheceis, conquanto a vedes sem narizes como dantes. Estamos bem aviados, a velha sem vergonha, Cesarião sem corregimento,[18] o velho escassíssimo, e que anda já sobre aviso: quem cometerá nenhum deles? Oh que inveja hei tamanha àqueles Davos e Sírios[19] das comédias, que tão bons lhe serão de enganar os seus velhos babosos. Com tudo tenho já cometido este nosso, com a alquimia: diz que quem sabe fazer ouro e prata, que não há mester prata nem ouro, aos veadores dos tesouros, diz que lhe não quer mostrar o seu. A quantas destas invenções há polo mundo, responde descansadamente, que não compra esperanças por dinheiro: e sobretudo não quis morrer como cuidávamos. Agora sam em prática com nossa ama per via de devações tenho-lhe muito gabada ũa convertida grega, grande minha oradora: e se por aqui não fazemos algũa entrada no coscorrinho[20] do velho, escusadas são mais práticas de Milvo.

## ATO II

### CENA I

CESARIÃO (*só*)

Este meu coração enlheeiro[21] em que práticas começa entrar comigo, não me queria ele pouco há saltar do peito fora, que o não podia eu sofrer? Deixou-me ele mais dormir nem assossegar? Agora que aconteceu de novo, mandou-se-lhe porventura desculpar alguém, ou chora e suspira alguém de todos senão eu? Como? E tamanha injúria, e tão rezente, pode-lhe lembrar outra nenhũa cousa? Ainda não quer, ainda não cansa. Enquanto houve que dar durou o amor, voou a fazenda, voou ele juntamente. Ah isto é o que pintam ao amor com asas, voou, fugiu, desapareceu, sem nenhũa lembrança de mim, se sam vivo se morto. Como? E tão pouco dura o amor? Cuitado de mim, que fazia fundamento dele pera toda minha vida, assi se põe tudo atrás abrindo as mãos, e çarrando? Bem seria sem nenhum sentimento este corpo tamanho, se em tal ocasião falecesse a si mesmo, e não se pusesse em salvo, apesar do coração. Cheguei a noite passada àquela porta, que todas as horas me soía estar aberta de par em par aquela porta: que também parecia que já me conhecia e que se me abria de seu. Apalpei-a, fiz meus sinais acostumados: que aproveitaram? Bati, bradei, tampouco: que mais quereis? Entrei em dúvida, se errara a porta polo escuro que fazia, tornei pera atrás, reconheci tudo de novo. Aquela era a porta, aquelas as casas, e janelas: mas o tempo não era já aquele que soía. Ah como me tomou este mal tão descuidado. Doudo de mim, que cuidava que tinha aquelas vontades por minhas de juro, e de herdade: e não há cousa no mundo que tão asinha passe. Que se fez de tantos suspiros, de tantas lágrimas, que se fez de tantas palavras, que se fez de tantas más palavras, que me ainda enganavam mais? Como? E fingidas podem ser tantas cousas? Enfim que fingidas foram, aquela só hora foi desenganada, aquela, s'eu entendimento tivesse devia eu de estimar muito. Que tanto aperfiei até que a desnarigada[22] houve, finalmente, de chegar a ũa janela, donde me falou estes amores que vos direi: «quem é o vaganau[23] importuno, descortês, que a tais horas assi bate às portas alheas»? Ouvindo eu tal o sangue me fugiu de todo o corpo, e me deixou como ũa pedra fria, o que ela sentindo, seguiu adiante: «vá dormir onde ceou quem quer que é, ou se anda em busca de algũa má ventura, pode ser que a achará aqui». E assi a tornou a çarrar com tamanho golpe, que também a mesma janela parecia que ameaçava. Aqui que desculpa pode haver? Não me conheceriam? Inde mal muitas vezes, que a outrem poderei enganar com esta rezão, mas não a mim. Era tarde? Estariam pelejadas?[24] Embebedar-se-ia a velha? Ah quantas desculpas, que não bastam. E o pior é, que mas não dá ninguém, senão eu que não devia. Bem empregado seja em mim, que já este não foi o primeiro sinal, se eu ver e entender quisera. Ora sus,[25] será logo o derradeiro, a osadas[26] que bem me curaram das minhas cataratas. Quem sai de sua casa? A velha é, porque me não envio a ela? Mas quero primeiro ver como se me desculpa.

## Cena II

*Guiscarda; Cesarião.*

Guiscarda

Segurai-me bem esta porta, que se não abra a ninguém até que eu torne: quem algũa cousa quiser fale de fora.

Cesarião

Já me viu esta aleivosa, a mintira.

Guiscarda

Quem suspirar suspire, quem se queixar queixe; a minha porta como digo estê a bom recado, que me custou muito e bom dinheiro.

Cesarião

Ó malvada, estas hão de ser as desculpas.

Guiscarda

Gentis servidores, todo seu feito é rodear-vo-la casa, espreitar às janelas, espiar os que entram e os que saem.

Cesarião

Que falece ali já, senão nomear-me polo meu nome?

Guiscarda

E todavia às vezes te darão ũa boa música de noite.

Cesarião

E outros amigos dentro, enquanto os encartados[27] andam por fora.

Guiscarda

E pôr-te-ão o maio à porta, com mais versos que mestre Pasquino, correrão a argola diante das janelas, e farão aquele dia ũa muito boa invenção de máscara.

Cesarião

Esta desnarigada tudo queria que lhe metessem na bolsa.

Guiscarda

No meu bom tempo tal cortesã houve aqui, que a pedraria dos seus chapins era de mais preço, que a da garganta de grandes e ricas donas.

Cesarião

Às custas de um amigo, que porventura prometia pobreza e castidade.

Guiscarda

Àqueles chamaria eu servidores, estes d'agora não se devem chamar senão emportunadores.

Cesarião

Ó velha falsa, ainda te Deus chegue a tempo, que ninguém te importune.

Guiscarda

Aqui estavas Cesarião, e eu não te via?

Cesarião

Pois, Guiscarda, dia claro é, que não de noite.

Guiscarda

E que quer isso dizer?

Cesarião

Porque às vezes se não conhecem os amigos polo escuro.

Guiscarda

Eu não digo que te não conheço, mas que te não via.

Cesarião

E eu que me não conheces.

Guiscarda

Desde quando?

Cesarião

Dês que me roubaste da alma, do corpo, e da fazenda.

Guiscarda

Fazes mal de me assi injuriares, que eu não roubo ninguém.

Cesarião

Mas roubas, injurias, e sobretudo ameaças.

Guiscarda

A quem?

Cesarião

A mim.

Guiscarda

Ah que a isso vem as mais das vezes os muitos mimos.

Cesarião

Mimos dizes: roubado, injuriado, e lançado fora.

Guiscarda

Pois assi queres, venhamos a todas essas tuas contas, e seja por a tua ordenança. Primeiramente ao roubado, de quê?

Cesarião

De quanto tinha.

Guiscarda

Se por não teres mais, queres que seja muito: vás[28] arguindo mais espiritualmente do que devias. Eu não conto senão por três e dous fazem cinco.

Cesarião

Pois, porque não contas assi quantas boas obras de mim recebeste?

Guiscarda

Assi seja, mas as que tu recebeste desta casa, por que também te não lembram, e as não contas?

Cesarião

Enquanto me sentistes que dar, não me faláveis assi: que foi daquele tempo?

GUISCARDA

Passou, como vês que faz: disso te queixas?

CESARIÃO

Quem vos tanto deu como podia durar?

GUISCARDA

Quem tanto de nós queria, que fundamento era o seu?

CESARIÃO

Dei-vos quanto tinha.

GUISCARDA

E de nós houveste tudo quanto querias.

CESARIÃO

Até às almárias[29] brutas, fica algum sentimento das boas obras que recebem: este é o amor das mulheres?

GUISCARDA

E o dos homens? Ah que certo emprego: sois como as andorinhas, vindes com bom tempo e com ele vos partis.

CESARIÃO

Que se fez de quanto vos dei?

GUISCARDA

É gastado, tu querias que ainda durasse? Até quando?

CESARIÃO

Até que me eu pudera remear.

GUISCARDA

Não fazes a tua conta só, e nós entretanto de que viviremos?

CESARIÃO

Nunca te lembra senão o teu interesse.

GUISCARDA

Pecadora de mim, e a ti que te lembra senão o teu?

CESARIÃO

O meu interesse vem todo d'amor, e o teu de desamor.

GUISCARDA

Renego de tal amor, que nos quer deitar a perder.

CESARIÃO

Julgai-o polas obras.

GUISCARDA

Durem-nos elas e durar-te-emos nós.

Cesarião

Oh má velha, como te não mato!

Guiscarda

Farias um feito romão.[30]

Cesarião

Desapressaria a terra de tão má cousa.

Guiscarda

Bem o podes fazer se quiseres, que isso se ganha nestas práticas escusadas.

Cesarião

Foi-se sem me dar nenhũa outra esperança. Olhai as suas desculpas, olhai se ao menos, se lhe fez algũa torvação, ou sinal de vergonha, do erro tamanho que tinha cometido contra mim! Ela é ainda a que quer que se lhe desculpem: qual é o coração que tal sofre? Que farei? Enfim também o passear é mau remédio. Quero buscar Antonioto, que é ido a buscar outros amores novos. Mas triste de mim onde mos achará? Mulheres não falecem, mas amor e contentamento são os que falecem pera que é perder tempo andando? Vejamos o que por hoje se pode aviar, tanto que não[31] i está esse Tibre que tem mortas outras muitas sedes neste mundo, assi fará a esta minha.

## Cena III

*Fabiano; Cesarião.*

Fabiano

Não me fujas, Cesarião, que tenho grande necessidade de ti.

Cesarião

De pessoa tão necessitada?

Fabiano

Que quer dizer, que estás tão demudado?

Cesarião

Disso te espantas, vendo-me lançado aos Leões?

Fabiano

Que te fazem?

Cesarião

Pedem-me mais dinheiro, Fabiano amigo.

Fabiano

Ai cuitado de mi, já o outro é gastado.

Cesarião

E esquecido também que é pior.

Fabiano

Ah e não há mais rezão?

Cesarião

Antes tem trezentas mil.

Fabiano

Nem mais vergonha?

Cesarião

Levaram-lha com os narizes.

Fabiano

Grande feito.

Cesarião

Não te benzas, que se defendera sua rezão contra toda tua filosofia.

Fabiano

A isto me chamas tu mulheres?

Cesarião

Não sei, mas muito se parecem ũas com as outras.

Fabiano

Ah que te não acontece isto senão por grande culpa tua.

Cesarião

Que posso fazer?

Fabiano

Não te averes contigo, como mãe com filho mimoso, que o deixa fazer tudo o que quer.

Cesarião

E que remédio?

Fabiano

Fazê-lo querer o que cumpre com insino, senão com castigo.

Cesarião

Renego destes ditos curtos, tão bons de dizer, e tão maus de pôr por obra.

Fabiano

As mezinhas todas amargam.

Cesarião

Que farei ao coração?

Fabiano

Um coração, que a tal tempo te desempara, pera que o queres?

Cesarião

E tu nos teus amores, assi te hás tão valerosamente?

Fabiano

Mal fazes de cotejar tais amores, que não tem outra cousa uns dos outros, senão o nome só que lhe vós outros pusestes forçadamente.

Cesarião

Deixa-te dessas tuas sofistarias, que não posso em um mesmo dia pelejar com tantos.

Fabiano

Quais tantos?

Cesarião

Andei té'gora em braços com aquela serpe de Guiscarda, e tu sais-me agora de refresco com tuas razões.

Fabiano

Quê, não podes, nem somente ouvir?

Cesarião

Outra hora me tomarás mais mais folgado, então combateremos, que por agora não me falecem razões, mas forças e tempo. Deixo-te a Deus. Fabiano ainda não sabe da pressa em que meu pai anda pera me casar com Hipólita, que aos olhos deste é a mais fermosa cousa que há no no mundo, a mim é ela boa filha, alva, grande e loura: fermosa é só Aurélia. Ó danças, ó jogos deste mundo, como hei de ver eu, e não polos meus olhos?

## Cena iv

Fabiano (*só*)

Que grande poder é o do costume, que fez nesta terra ao amor sofrer praçaria como em qualquer outro trato, e desamarrou-o assi daqueles seus pontos tão perigosos dos ciúmes, porque cada dia em outras partes ferem e matam. Quem poderia isto crer em outra parte, que vem ir as suas amigas com outros a seus prazeres, e passam adiante com bom rosto e graça, e que estes também suspiram, também choram, também tangem, e cantam os seus versos piadosos? E o de que mais me espanto é, que acontece isto a grandes engenhos, que não posso entender, como empregam assi tão baixamente cousas de tanto preço. Vedes este Cesarião mancebo desposto, manhoso,[32] um só filho a seu pai tão rico, que mau pesar é feito dele em tão pouco tempo. Encabrestou-vo-lo assi aquela desnarigada, com ũa filha que tem bonita: que é ũa piedade vê-lo, anda-lhe sempre a darredor da casa com a boca aberta como encantado: infim outro Cesarião de todo em todo, e não é o que soía. Eu sam aqui estrangeiro e seu amigo: quisera-me hoje achar em sua companhia a ver Hipólita, que é fora de casa em ũa devação, pudera assi ver melhor. Mas ei-lo que torna em grandes debates, vem com Antonioto, todos seus caminhos são pera esta parte, andam em busca de dinheiro, dura negociação trazem, não os posso esperar.

### Cena V

*Antonioto; Cesarião; Mário.*

Antonioto

A isto haviam de vir aquelas tuas bravatas, e aquele teu lançar de fogos.

Cesarião

Assi se engana homem consigo muitas vezes.

Antonioto

Que vergonha tamanha, que espera peleijar com um Leão.

Cesarião

Ó meu Antonioto, que eu não sam já o Cesarião, que tu conheceste. Se estas mulheres me mandarem debar,[33] e fiar, fiarei e debarei. Inda hoje tinha algum sentimento do homem, cuidei que tinha coração, e mãos, quando veio ao tempo do mister,[34] nem língua tive.

Antonioto

Como?

Cesarião

Achei Guiscarda, viemos arca por arca.[35] Que queres mais que te diga? Em fim venceu-me.

Antonioto

Não me digas tal.

Cesarião

É como te conto.

Mário

Errei em me mostrar tão frio ao requerimento de Pompónio, que anda doente, e apaixonado. Torno em sua busca.

Antonioto

Onde achaste?

Cesarião

Ante a sua porta.

Mário

Mas vejo Cesarião c'o seu Antonioto.

Antonioto

Isso si, a este tal chamaria eu homem que foi buscar o imigo a sua casa.

Cesarião

A paixão me levou lá, e o desejo da vingança.

Antonioto

E pois que fizeste?

Cesarião

Estive pera me enviar a ela.[36]

Antonioto

Milhor foi assi, que era caso de prepósito.

Mário

Estas são as suas desavenças.

Cesarião

Tolheram-se-me os pés, e as mãos.

Antonioto

Ó Cesarião, pior é já a vergonha que o dano.

Cesarião

Tomou-me esta desaventura muito descuidado, ajuda-me desta vez a salvar, e pera a outra ajuda-me a matar.

Mário

Entretanto mal pola fazenda.

Antonioto

Que gosto podes já ter naquela casa?

Cesarião

Mas em qual outra, posso eu já achar nenhum?

Mário

A tempo vim.

Antonioto

Isso falece em Roma,[37] moças fermosas e chocarreiras, que mas dava Milvo a escolher!

Cesarião

E queres que andemos assi, de Milvo pera Guiscarda e de Guiscarda pera Milvo?

Antonioto

Não sabes o que dizem? Quem se muda Deus ajuda.

Cesarião

Quem pudesse.

Antonioto

Daqui a dous dias quererás morrer outra vez. Antes morre agora. Pera que é comprar tão caro tão pouco tempo, e mais de tal vida?

Cesarião

Asseguremos milhor nossas cousas desta vez.

Antonioto

Que segurança a de Guiscarda!

Cesarião

E eu também da minha terei mais comedimento.

Antonioto

E da sua, que não haja nenhum?

Cesarião

Também que farão? Vês-lhe tu outras rendas?

Antonioto

Ah, ah, ah, vens afiado das mãos de Guiscarda: quem se tomará contigo?

Cesarião

Não te busquei pera desputarmos: mas pera buscarmos remédio.

Antonioto

Não conheces teu pai como é duro? E mais anda já sobreaviso. Sabes quanto? Disse já a tua mãe, que não havia Guiscarda de ser sua herdeira.

Mário

Nem minha a poder que eu possa.

Cesarião

E eu Antonioto, que hei mester pera depois de minha vida?

Antonioto

Um grande epitáfio de morte tão honrada.

Mário

Tem razão.

Cesarião

E tu zombas e ris: mal por quem não pode.

Antonioto

Conquanto me seguravas hoje, que nunca mais, bem me parecia tudo vento, por isso deixa-me ir dar vista a alguns laços que tenho armados. E mais não queria que a tal tempo nos acertasse teu pai de ver juntos, manda-me as más horas e caçarei.

Cesarião

Vai e não tardes.

## Cena vi

Mário (*só*)

Que suspeitosos juízes somos todos nos nossos interesses: parece agora muita razão a Pompónio, que meta eu em tal fogo a filha, juntamente, e a fazenda. Ainda se os nossos casamentos fossem como os antigos, menos mal: que se faziam e desfaziam tão brevemente, mas agora que só a morte os pode apartar: digo-vos que me requere dura cousa. E mais não me deixando a fortuna al, em que possa salvar esta casa, se aquela filha não.[38] Um filho me levou na sua meninice, e polos acontecimentos em que se perdeu, uns anos tive algũa esperança: mas j'agora a filha me convém d'agasalhar o milhor que puder, e polo filho deixar de suspirar mais e que seja o esteo fraco pera o tal peso, que fará quem não tem outro? Antonioto torna com sua alma, assaz tenho sabido do negócio, não quero saber mais.

## Cena VII

*Antonioto; Fausta.*

Antonioto
Mulher santíssima.

Fausta
Muito mais ainda do que dizias.

Antonioto
Eu vou sempre assi atento, e queria que se achasse antes mais que menos.

Fausta
Menos dizes? Como se teveras dito de cem partes ũa.

Antonioto
Em que falastes tanto?

Fausta
Tanto? E a mim parece-me que foi um sonho.

Antonioto
Sabes que sonho? Que se foram as beguinas, e disseram-me que elas teriam cuidado.

Fausta
Estava como fora de mim.

Antonioto
Grandes segredos saberias, que nós outros cá não alcançamos?

Fausta
Nunca tal cuidei de ouvir neste corpo pecador!

Antonioto
Em que falastes, se é pera dizer?

Fausta
Em muitas cousas santas: perguntei-lhe se as comadres conheciam ũas às outras lá no outro mundo.

Antonioto
Que te disse?

Fausta

Que era cousa muito certa.

Antonioto

E a mãe ao filho não, nem o filho à mãe?

Fausta

Que me dirás a isso?

Antonioto

São segredos grandes.

Fausta

Porém prometeu de me ensinar ũa devação pera conhecerem também os parentes.

Antonioto

Bem-aventurada tu, e pola ventura saberá outra pera os amigos?

Fausta

Pois que cuidas?

Antonioto

Ficaríeis grandes amigas.

Fausta

Mais que irmãs.

Antonioto

É verdade que vão as almas em romaria a Santiago?

Fausta

Ui, muito certo: as que lá não foram em vida.

Antonioto

Assi dizem aqui estes judeus, que hão d'ir à terra da promissão em morte por debaixo da terra, foçando como toupeiras.

Fausta

Por isso quem lá pode ir na vida...

Antonioto

Antes a meu parecer será milhor depois.

Fausta

Porquê, cuitada de mim?

Antonioto

Porque, aquela estrada que vemos de noite não tem tantas encruzilhadas nem tantos ladrões.

Fausta

Bom é pagar co'as dívidas.

ANTONIOTO

E far-se-á com muito menos custa, e trabalhos: sem passar polo mau gasalhado de Portugal, nem polas sujidades de Galiza.

FAUSTA

Tudo isso são trabalhos do corpo.

ANTONIOTO

Que te disse da caldeira de Pero Botelho?[39]

FAUSTA

Deus nos guarde, que estão aí sempre tantos imigos com ganhados.

ANTONIOTO

Como tripeiras na praça, e frades na envolta?[40]

FAUSTA

Guarde-os Deus de mal.

ANTONIOTO

Assi os pintam com suas coroas. E João d'Espera em Deus?[41]

FAUSTA

Viu-o, e falou-lhe: parece-me que em Grécia, e nunca mais ria.

ANTONIOTO

É verdade do pesadelo,[42] que tem a mão furada?

FAUSTA

E pois que cuidas? Muito mal se faria logo, se tal não fosse: também me ensinou a sua devação.

ANTONIOTO

Degradam lá pera o mar colhado?

FAUSTA

Ai Antonioto, em vida e em morte.

ANTONIOTO

Em vida também? Faz-me isso cuidar em teu filho, que não parece aquele dias há.

FAUSTA

Muito falámos sobre isso. Diz que pode muito bem ser: quanto à vista, andar aqui e estar lá degradado, deles metidos até à cinta, deles[43] até o pescoço.

ANTONIOTO

Hei medo segundo teu filho anda.

FAUSTA

Prometeu-me de fazer sua oração por ele.

Antonioto

Por te dizer a verdade, isso não me satisfaz muito.

Fausta

Porquê, Antonioto?

Antonioto

Porque é costume destes privados, podendo quanto querem, dizerem sempre: «eu falarei».

Fausta

Ela mo disse com tal graça, que eu fiquei contente.

Antonioto

Dá-o logo por feito. Somos em casa.

Fausta

Depois falaremos mais devagar, não dês conta disto a ninguém.

Antonioto

Descansa. Ó graças deste mundo, não sei como me pude ter ao riso, por vezes fui abalado de maneira, que dei a negociação toda por perdida mas ela não atentava nem via, nem ouvia, que tão ocupada vinha do espírito. Estas vos digo eu que são graças, que não as dos truães frios, qu'estão toda a noite estudando em suas sensaborias. Oh que leve cousa é, enganares a quem deseja de te crer. Guarde-me Deus daquele cabeçudo de nosso amo, que por mais que lhe digais, e jureis sempre está dando à cabeça. Esta si que não duvida. Oh que dias agora há de levar, nos seus ajuntamentos com aquelas suas comadres, que há de conhecer no outro mundo. Deus nos valha, que as outras não hão tampouco de querer trazer ali suas línguas ociosas. Oh senhor, que ajuntar de cabeças, que revolver d'olhos, que bulir de beiços, que afiar de línguas, que ũa não dá lugar a outra. Cuidais que se escuitam? A propósito, estão sempre esperando tempo pera tomarem a mão, depois não a querem perder tão asinha. E aquela vem ali mais rica, que traz mais fortes casos pera contar. Que cousas dirá agora nossa ama? E que enveja lhe hão d'haver as outras? Então estes seus maridos que nos governam, mais barbudos que os ermitães dos montes ermos, são infim governados por elas. Quantas cousas tenho hoje pera fazer.

## ATO III

### Cena i
*Milvo; Vilhalpando.*

Milvo

Que o não digo por me estar gabando, mas quem as manda todas, e as governa senão Milvo?

Vilhalpando

Assi me dizem, que já venho a ti por fama.

Milvo

Que te disseram de minha fé e diligência?

Vilhalpando

Milagres.

Milvo

Não puderas topar em toda Roma com homem que te assi aviasse e desenganasse.

Vilhalpando

Nem tu com quem te assi pagasse: que estes clérigos todos são avarentos.

Milvo

Não pera estas obras de misericórdia corporais.

Vilhalpando

Enfim não te hás de queixar de minha companhia.

Milvo

Sabes em que as senhoreo? Sei-lhes todos seus segredos.

Vilhalpando

A la fé que i vai o ponto. Sus,[44] ponhamos-lhe as mãos, do mais remetamo-nos às obras.

Milvo

Que não há i tais testemunhas.

Vilhalpando

Aquelas são as casas, mas vejo tudo fechado.

Milvo

Oh em Aurélia a bolonhesa me falas.

Vilhalpando

Que olhos, que chamejam mais de dia que as estrelas de noite.

Milvo

Tão boas são as mãos.

Vilhalpando

Divinas, alvas como a neve, compridas: as unhas longas e coradas.

Milvo

Assi caçam.

Vilhalpando

Queria-se-me ontem lançar da janela abaixo: hoje vejo tudo fechado.

Milvo

Tem suas ocupações, nas cousas das mulheres não hás de ser muito especulativo.

Vilhalpando

Oh que boca, oh que riso, oh que graça.

Milvo

Em superlativo grau, mas a língua?

Vilhalpando

Como?

Milvo

A da mãe digo, que dana tudo, é ũa serpente.

Vilhalpando

Encantemo-la.

Milvo

Assi é necessário. Mas com quê?

Vilhalpando

Com palavras brandas e avisadas.

Milvo

Cerra-lhe os ouvidos.

Vilhalpando

Seja com algũa feitiçaria.

Milvo

Traz defensivos.

Vilhalpando

Ou com muito de comer e beber.

Milvo

Faz todos seus partidos em jejum.

Vilhalpando

Com dádivas?

Milvo

Esse ponto me lê,[45] e toda a casa é nossa.

Vilhalpando

Sobr'isso farei inda ũa gentileza com elas.

Milvo

Que tal?

Vilhalpando

Mandar-lh'-ei ũa esparsa[46] de perlas.

Milvo

Segundo a velha é toda gentil.

Vilhalpando

Esta vossa Roma toda se revolve em dinheiro.

Milvo

Somos assi parvos.

Vilhalpando

Quebrarei dez lanças d'armas no canto daquela sua casa.

Milvo

Um Rolão.

Vilhalpando

Lançar-m'-ei em terra, e erguer-m'-ei armado de ponto em branco.

Milvo

Quem fez nunca tal?

Vilhalpando

Saltarei em um cavalo sem pôr pé na estribeira.

Milvo

Ligeireza.

Vilhalpando

Bafordarei[47] por cima daquela torre.

Milvo

Galantarias?

Vilhalpando

Correrei a cavalo em pé na sela.

Milvo

E se ele embicar?[48]

Vilhalpando

Lançar-m'-ei fora como ũa ave voando.

Milvo

Graças que Deus dá às pessoas.

Vilhalpando

Mas pois não querem senão dinheiro, que lho demos.

Milvo

Crê-me, que esse é o mais certo caminho.

Vilhalpando

Parece-te esta boa moeda?

Milvo

Muitos destes me podiam fazer grande senhor.

Vilhalpando

No espiritual e temporal. Mas espera, pedirei aqui papel e tinta, e irá também a esparsa de companhia.

Milvo

Aqui te espero,[49] que as matarás d'amores.

## Cena II

*Antonioto; Milvo; Vilhalpando.*

Antonioto

Falei com a convertida, não se pode crer o seu espírito. Urdimos nossa tea, agora há de vir um ermitão dar-lhe os fios, não me parece ele muito suficiente, mas não tínhamos outro: é este Milvo? Deus te salve.

Milvo

De homens ociosos, e sem proveito.

Antonioto

E tu que fazes agora assi estando?

Milvo

Mais do que tu cuidas.

Antonioto

Sempre fazes casos.

Milvo

Espreita e vê-los-ás, se me não crês.

Vilhalpando

Não te fiz perder muito do dia.

Milvo

Não acharias aviamento.

Vilhalpando

E tu cuidavas que era eu como estes poetas, que andam sempre falando consigo, e carcarejam mais um seu verso, que ũa galinha o seu ovo.

Milvo

És prestes d'engenho.

Vilhalpando

Não sam desses, em dizendo e fazendo está pronto.

Milvo

Com quantos sentidos me Deus deu.

Antonioto

Malvado, que me está dando d'olho.

Vilhalpando

Hércules que la Serpienta
Hidra mató sin temores
tuviera gran sobrevienta
en vos requestar d'amores.

Milvo

Que alto, que heroico começo, inventivo, rodante, acomodado ao propósito.

Vilhalpando

Quam fuera de cartas y coplas para requerir nuevos amores, torno do começo.

Milvo

Dize que estou fora de mim.

Vilhalpando

Hércules que la Serpienta
Hidra mató sin temores
tuviera gran sobrevienta
de nos requestar d'amores.

Milvo

Ai, ai, ai, ai, ai, que farei?

Vilhalpando

Júpiter el falso dios
amor transformado en toro
amor transformado en oro
como agora a mim por vós.

Milvo

Altíssima, santíssima, argutíssima. Acudindo por derradeiro ao nome de Aurélia.

Vilhalpando

Quanto folgo de me assi entenderes.

Milvo

Estou fora de mim.

Vilhalpando

Mas tudo isto é perdido em Roma.

Milvo

Porém em Roma há Aurélia.

Vilhalpando

Bem disseste. Ora estás aviado, negocea, que eu vou entender em certas diferenças.

Milvo

Vai, e descansa: mas dás-me licença que tome o treslado?

Vilhalpando

Não por agora, depois bem se fará tudo.

Milvo

Que te parece, Antonioto? Perdia estando tempo?[50]

Antonioto

Grande homem tens entre as mãos.

Milvo

Não vias como se entoava?

Antonioto

Todos os poetas assi são enfeitiçados com suas cousas.

Milvo

Tenho-me com este ouro, que a todos contenta.

Antonioto

Ah bons são os escuidos.[51] Vou-me, que não é tempo de ter pontos contigo, que tens tais armas d'avantagem.

Milvo

Foi-se, que me matem se este também não jaz nas redes de Guiscarda. É ela que vem acolá? Essa mesma: aqueloutro é Cesarião, rosto fazem um pera o outro.

## Cena III

*Guiscarda; Cesarião; Milvo.*

Guiscarda

Passarei segura?

Cesarião

De quem, Guiscarda?

Guiscarda

Daquelas tuas ameaças.

Cesarião

Tudo me esquece quanto devo de fazer não sei, porque mo lembras.

Guiscarda

Não queres que tema de quem me assi ameaça?

Cesarião

Não é por isso, mas polo muito que me tens errado.

Guiscarda

Se não queres al de mim vou-me, que se não negoceam assi as cousas, que muito relevam. Digo-te que dormes, e não dormem outros.

Milvo

E mais com tal moeda na mão.

Cesarião

Dormir, dizes? Não sabes tu que tens mudado o costume aos meus olhos.

Guiscarda

De que maneira?

Cesarião

Que todo aquele tempo que soíam de dormir agora choram.

Guiscarda

E de que serve? Vigia e negocea.

Milvo

E mais pera que medranças.

Cesarião

Sempre hei de negociar? Té quando?

Guiscarda

Sempre hás de querer mais de nós? Té quando? Se te não aprazemos já, amigos como dantes.

Cesarião

Que pouco mais ou menos, toda é ũa mesma amizade.

Guiscarda

Enfim és casado, vai-te pera tua mulher.

Cesarião

Casado? E quem me quererá a mim desta maneira?

Guiscarda

Mancebo, gentil-homem, um filho só dum pai muito rico e muito velho: és pera enjeitar.

Cesarião

E porém assi sam enjeitado, e lançado fora dessa casa.

Guiscarda

A qual casa faze conta, que se não pode manter de suspiros.

Cesarião

Os meus apetitos vos puseram nesse estado.

Guiscarda

Que passam abrindo a mão e çarrando.

Milvo

Prática cossaira.[52]

Cesarião

Depois que me houvestes às mãos a triste da minha alma, e o triste de meu coração, enjeitais-me o corpo, e quereis-me assi deixar morrer.

Guiscarda

Tu sararás.

Milvo

Como fala ousada, porque não tem narizes.

Cesarião

Assi que me não dás remédio nenhum?

Guiscarda

Pedes-me o que não tenho pera mim.

Cesarião

Nem esperança?

Guiscarda

Infim dir-t'-ei ũa verdade, a nós cumpre-nos viver como nossas vizinhas, que todas tem amigos certos, imos já çarrando nossa conta, no lugar que ainda fica não enjeitaremos a ti tanto por tanto polo amor que te temos. E hoje haja tua reposta, que não queremos mais estar por este partido de bem te farei.

Cesarião

E muito menos por de bem te fiz, segundo me ora parece.

Guiscarda

Sabes, aquela necessidade que tenho me não dá vagar, nem o posso dar a ninguém.

Milvo

A tempo vem logo os escudos do sol.[53]

Guiscarda

Estamos assi à ventura, não vês tu tantas fermosas polas janelas, e tantos ociosos polas ruas?

Cesarião

E a todos esses tu queres meter em casa?

Guiscarda

Mas a todos esses tu queres que çarremos a porta por amor de ti.

Milvo

Naquilo tem razão, a falar verdade.

Cesarião

Ora dize, pois minha mofina assi o quis, que quinhão será o meu concertando-nos.

Guiscarda

Terás tua noite na somana.

Milvo

E naquilo também comeu muito, qué-lo meter em dieta.

Guiscarda

Se fores nesse conhecimento.

Cesarião

Do que me queres vender como a mouro, ou a judeu, ou de quê?

Guiscarda

Ainda tu és tão aprendiz, que não entendes as avantagens dos servidores novos: que são tão aprazíveis, a toda a casa querem contentar, até os cães e os gatos.

Cesarião

Enfim o vencido, por força, é que viva polas leis do vencedor, pois assi é que havemos de entrar ao escote,[54] carniceira alça o cutelo e reparte.

Guiscarda

Olha, não me chames depois carniceira de verdade.

Cesarião

Foi-se: vou-me enforcar, estes foram os perdões.

Milvo

Como Cesarião é moço: quero dizer, como Cesarião é parvo, que ainda não sabe que ele era o que havia de pedir os perdões. Que pressa a velha leva, vou-me depós ela.

## Cena iv

*Guiscarda; Milvo; Aurélia.*

Guiscarda

Ainda a porta não era bem çarrada já batem, que mau ofício será o de porteiro dos frades.

Milvo

Tá, tá, tá.

Guiscarda

Ou é algum doudo, ou algum privado. Ah bem divinhava eu.

Milvo

Que ençarramento é este?

Guiscarda

Não sabe homem quem lhe quer mal.

Milvo

Quem há de querer mal, a quem não faz mal a ninguém?

Guiscarda

Assi é ele se nos valesse, mas que mandas?

Milvo

Com que pressa te m'acolheste, ainda tu tens boas pernas.

Guiscarda

Trazem-me como dizem as raparigas de cântaro. Mas cumpre-te de nós algũa cousa, que já sabes como tudo é teu?

Milvo

Renego deste tudo, que nunca segura nada: mas há i porventura ocupação, ou como te me atravessas assi diante?

Guiscarda

E mercadaria te parece a desta casa pera estar às moscas?

Milvo

Vou logo avante, que não há i pior negociação que a sem tempo.

Guiscarda

Não me tens aqui?

Milvo

Eu buscava Aurélia.

Guiscarda

Que lhe querias?

Milvo

Nada, não sei que trazia nesta manga, quisera-a convidar.

Guiscarda

És servidor de capelo.

Milvo

Esse mau, tir-te lá que não é pera ti.

Guiscarda

Ah ladrão, que bons escudos: onde os furtaste?

Milvo

Na casa da moeda.

Guiscarda

Novos d'agulha, queres que a chame?

Milvo

Não, se está ocupada.

Guiscarda

Ui, que ocupação pode haver pera ti?

Milvo

Ferida vai, estes são os tiros do ouro que dizem os poetas do seu deus do amor.

Aurélia

Quem é este meu servidor, que nas boas horas seja? Tu eras? Olhai os amores, que há mil anos que me não viu, não te quero falar.

Milvo

Então de que viverei eu?

Aurélia

Si, tolhes-me a vista tantos dias há, razão seria que te tolhesse eu agora a fala.

Milvo

Ora por passar estes agravos, lancemos ũas sortes.

Guiscarda

Que tais?[55]

Milvo

Tenho neste punho ũa peça, neste outra.

Aurélia

Não haja bulra.[56]

Milvo

À fé que não, quem acertar a milhor, a sua ventura lhe valha.

Guiscarda

Esta seja a minha.

Aurélia

E a minha estoutra.

Milvo

Primeiro vejamos a que tomaram primeiro. «Esparsa feita em louvor da senhora Aurélia por um grande seu servidor».

Guiscarda

Seja logo sua, vejamos essoutra.

Aurélia

Isto si, esta é a minha.

Milvo

Espera, que ainda sobr'isso há muito que fazer.

Aurélia

Faze conta que os viste.

Milvo

Estás logo bem, que tens por onde pagar.

Aurélia

Não são mais de dez escudos, quanta hora por tão pouco. Vejamos a esparsa.

Guiscarda

Que iguaria pera enfastiados.

Milvo

Lá falaremos dentro.

Aurélia

Entra, minhas barbinhas d'ouro, minhas perlas, que vem gente.

## Cena v

*Apolónio; Antonioto.*

Apolónio

Por aqui há de ser segundo a informação, hei de esperar piloto que me navegue.

Antonioto

Torno a guardar aquele ermitão, oh que azemel tão pesado da rédea, de quão prestes é a grega.

Apolónio

*Dominum, dominum, dominum.*

Antonioto

E porém às vezes assi carrancudos, e de má graça enganam mais.

Apolónio

*Dominum, dominum meum, dominum meum.*

Antonioto

E os agudos que querem dar razão a tudo às vezes se perdem.

Apolónio

*Conturbatus, conturbatus.*

Antonioto

Este é bom, vem, como dizem, em hábito e tonsura.

Apolónio

*Abrenuntio, abrenuntio, abrenuntio.*

Antonioto

Apolónio, deixa de rezar e escuta.

Apolónio

Não pode homem em Roma acabar ũa oração em paz, por isso é milhor estar só na minha lapa.

Antonioto

Ah, ah, ah, que também me quer enganar a mim.

Apolónio

Oh tu eras, não te conhecia, como está a casa?

Antonioto

Nosso amo repousa, nossa ama t'espera.

Apolónio

Bem está.

Antonioto

O que logo puderes recadar não o deixes pera depois.

Apolónio

Mas deixá-lo-ia pera dia de São Cireijo.[57]

Antonioto

Espanta, apanha, e despacha-te.

Apolónio

Bem te ouço.

Antonioto

Se te enquererem[58] muito, faze-te agastadiço, e de poucas palavras.

Apolónio

Tudo me lembrará.

Antonioto

Aquela é a casa, vai muito em hora má.

Apolónio

Má seja pera ti.

Antonioto

Quem anda neste mundo em seu hábito, nem em seu próprio rosto? De alguns religiosos saem enganos, dos regedores as desordenanças, dos letrados as cautelas, assi como das boticas as peçonhas. E como dizem, os beleguines são os que roubam a cidade. De que fazem em Roma os oficiais tais quintas? Quem sai de nossa casa? O velho é, em outro posto esperarei o ermitão à tornada, que já sabe onde há d'acudir.

## Cena vi

Pompónio (*só*)

Esta minha casa toda anda trovada,[59] a mulher dentro em puridades,[60] fora em devações, não sei que negoceam todos, que assi se velam de de mim, em parecendo[61] logo mudam a prática,[62] e todos se acenam. Quando havíamos mester mil olhos e mil ouvidos pera nos valermos de tanta gente, então perdemos o ver e ouvir. Quando nos eram mais necessários os pés e as mãos, então nem os pés vos podem trazer, nem defender as mãos: sobretudo crecem os negócios, e trabalhos, falecem os passatempos. Soía a ser, que ao erguer da cama pedia de vestir, pera ver e conversar, e agora tremo, e parece-me que peço armas pera sair a peleijar. Ó grande natureza, como foste tão bandeira[63] por parte dos começos das cousas, com os mininos todo mundo folga, té as suas sensaborias se lhes tornam em graças. Ao contrário com os velhos, todos se enfadam, todos se carregam, antes que passemos desta vida já começamos d'assombrar. As menhãs de seu natural são graciosas, as tardes tristes. E como disse aquele grande nosso Romão, as mais das gentes fazem sua oração pera onde o sol nace. O porque às vezes me falece a paciência assi é ver òs meninos em tão pouco tempo duas vezes dentes, e a nós que nos desempa-rem assi pera sempre em tempo de tanta necessidade, val-nos algũa experiência que alcançamos com os dias, por onde assi passo, como andamos trilhamos ao longe,[64] porventura serei eu hoje tal com este meu bordão, que por isso dizem que sabe o diabo muito.

## Cena vii

Milvo (*só*)

A verdade e mais no teu ofício te encomendo sobre todas as cousas, as tafuis[65] roubaram em outra parte, por pagarem fielmente o que fizeram bom sobre sua palavra. E logo a ti torno, já çarrou a porta, não vejo ninguém, que farei? Com quem falarei este segredo tamanho que me não descubra? Onde acharei eu agora um mudo, e que ouvisse, pera que pudesse desabafar com ele? Ó velho parvo de Milvo, que te naceram os dentes em Florença, e agora te caem cada dia em Roma, tornares assi de novo a engatinhar. Cuidei, que ao menos neste mester das mulheres, pola longa esperança, que já tinha descoberto tudo. Velho tolo, outra vez e muitas, que hoje neste dia tornas a entabolar o teu jogo de novo. Cuidei um tempo que valia com elas mocidade, aviso, nobreza, boas manhas, bom parecer. Não tardou muito que mudei a opinião, e cri outros dias que tudo estava em diligência, azos,[66] conversação, terceiras[67] às orelhas. Fui mais avante, afirmei-me: que o segredo estava em dádivas, e que tudo o mais era o vento, e nisto assentei. Então tinha grande passatempo com estes requebrados, mortos d'amores, aqui cairei, ali cairei, sem um só real na bolsa. Agora já no cabo da vida venho fora de mim, com a nossa Aurélia, moça fermosa, tão estimada nesta corte: olhai quem escolheu em toda ela? Dês que rimos e chocarreámos dei-lhe todas minhas contas sem me temer de nada, senão quando supitamente sinto na moça mudança de cores e de palavras, posto que dissimulava a todo seu poder,[68] nisto a velha deixou-nos, ela contra mim toda demudada disse: «Milvo, a estreiteza do tempo não sofre mais, mas se algũa hora houveste dalgũa cousa piedade, seja agora de mim. Moça cuitada, morta d'amores em poder de tão cruel mãe como sabes, sem ousar de descobrir nunca a ninguém senão agora a ti». E dizendo isto, as lágrimas que corriam em fio dos seus olhos como de ũa fonte: finalmente morre d'amores por um rabanas[69] espanhol, negro, crespo, narigão, que um destes dias andou às cutiladas diante da sua porta com outros tais, em que feriu e foi ferido. Diz que nunca viu cousa tão fermosa, como[70] andava cheio do seu sangue e do alheio. Oh Senhor Deus, a mi que o conheço, mas aprouve-lhe: i lá e ponde-vos em razão com os apetites, era aquela a sua hora, então concludiu assi: «e pois agora a boa dita trouxe tal ocasião, não sejas tu só o que me faleças. Minha mãe não conhece este teu Vilhalpando, nem estoutro tampouco, ambos são espanhóis, levemente pode passar um polo outro. Vai a este meu, e de minha parte dá-lhe todas estas contas: dize-lhe que faça muito por ser esta noite o primeiro ao entrar, do mais deixe o cuidado a mi. E se alguns passos te foram neste mundo bem pagos, estes serão como resgate de minha vida, que te ponho nas mãos. Mas se fores tão cruel que te não vençam meus rogos e lágrimas, lembre-te a que desatinos às vezes obrigam as tamanhas mágoas». A este ponto a mãe que tornava: ela toda risonha, alimpou o rosto como de suor, então meteu-me o lenço no seio como gracejando, eu também dissimulei. Este é o lenço, inda com os sinais das lágrimas: mas que vem nele atado? Oh que galante anel, milhor muito que as lágrimas. Oh malvada, pera me vais obrigar. Parece-vos se o diabo em cujo serviço ando me arma boas armadilhas. Se cumpro com o meu capitão, logo o acutiladiço é comigo, se com ele que farei a estoutro? Que hei assi de fazer senão guardar mui bem o anel, a eles enviá-los lá esta noite ambos? Sua ventura lhes valha dos negócios tão empeçados, não se pode homem desenvolver limpamente, se bons caldos mexem que tais os bebam. Às mulheres tudo se lhe sofre, a nós nada: cá vejo vir o meu Vilhalpando garganteando todo requebrado, prestes além.

## Cena VIII

*Vilhalpando; Milvo.*

Vilhalpando

A elhos compadre, a elhos, que elhos xaboneros sone.

Milvo

Já cuida que os leva todos de vencida.

Vilhalpando

Que nunca vi xaboneros vender tão bem su xabone.

Milvo

Quero-lhe falar: e mais ainda sobretudo tal melodia de garganta.

Vilhalpando

Ó Milvo, onde estava eu que te não via?

Milvo

Em outra parte.

Vilhalpando

Dizes verdade. Pois ainda este ençarramento dura?

Milvo

Eu quebrarei todos estes encantamentos: mas que xaboneros eram aqueles?

Vilhalpando

Ah, ah, ouviste? Vai homem assi às vezes cuidando em al.

Milvo

Eu te olho com tais olhos, que não fazes, nem dizes cousa sem fundamento.

Vilhalpando

Bem me tomaste o pulso, ia cuidando nestes clérigos perfumados, que ricas aljubas vestiam.

Milvo

Que tais rendas comem.

Vilhalpando

Quererem também clérigos ter corte e damas.

Milvo

E tudo o mais tem por um pouco de vento.

Vilhalpando

Nós outros com arcabuzes às costas, aqui ficam os dez mil, ali os vinte mil, e Roma sempre em seus prazeres. Deixa que seu dia lhe virá como a seus vezinhos.

Milvo

É um couto do mundo.

Vilhalpando

Nós o devassaremos cedo: sem tanto «escreve cá, escreve lá», cursores vão, cursores[71] vem, com suas varinhas na mão de mais virtude, que as que chamam de condão.

Milvo

É ũa cidade de paz.

Vilhalpando

Tanto milhor, achá-la-emos chea como colmea, e crestá-la-emos.

Milvo

Milhor o fará Deus.

Vilhalpando

E visitaremos Roma a nova, e Roma a velha, outra boa gente, onde não vedes mais de Romãos que o nome, e a soberba da barba alçada: deixa que nós lha abaixaremos.

Milvo

Não curemos ora do porvir, falemos do presente.

Vilhalpando

Atrevessou-se assi estoutra prática que me levantou a cólora:[72] mas que tens feito?

Milvo

Tudo está por ti.

Vilhalpando

Não podia menos ser segundo o que nela ontem vi.

Milvo

Como lhe dei os sinais, não houve mais que fazer.

Vilhalpando

Parece que lhe não esqueceram?

Milvo

Té do penacho que era branco.

Vilhalpando

Logo vos os olhos dizem o que tendes nas mulheres.

Milvo

Diz que nunca viu homem a que tão bem estivesse espada na cinta.

Vilhalpando

Que diria se ma visse na mão, e que disseram da esparsa?

Milvo

Essa acabou de fazer o campo franco.

Vilhalpando

Que certo atalho, é o bom aviso em todas as cousas.

Milvo

Mas certo foi o das cutiladas do outro.

Vilhalpando

Que diziam?

Milvo

Gabavam aquela entrada tão alta: «Hércules que la serpienta», etc.

Vilhalpando

Não há cousa que mais obrigue, que os exemplos: que apontou mais?

Milvo

Mil primores.

Vilhalpando

E porém nomeadamente?

Milvo

Aquele passo divino: «amor transformólo en oro, como agora a mim por vós.»

Vilhalpando

Logo te ficou na cabeça.

Milvo

Pera que te hei eu de negar a verdade? Sei-a de cor.

Vilhalpando

Que xaque[73] te pareceu esse em descoberto ao nome de Aurélia?

Milvo

Com que ganhaste a dama.

Vilhalpando

Ah, ah, ah, pois que lhe aguardamos mais: não sabes que as mulheres são vianda de sartã, soprar e comer?[74]

Milvo

Façamos primeiro nossas cousas a recado, tu és apetitoso e liberal, a velha falsa e cobiçosa.

Vilhalpando

Eu curarei tudo como for em casa.

Milvo

Deixa-me por agora capitanear.

Vilhalpando

Que entendes fazer?

Milvo

Um contrato desaforado[75] per que vivamos: eu farei aquela velha ver as estrelas no meio-dia.[76]

Vilhalpando

Logo assi no começo?

Milvo

Deixa essas culpas a mi, já me declarei com ela. Que menino Milvo, o tempo ao dar do dinheiro é nosso, ajudemo-nos dele.

Vilhalpando

Parece[77] outra mercadoria?

Milvo

Esta é a mais duvidosa em Roma, por isso faze que não entendes, que eu vigiarei, vou fazer meu contrato.

Vilhalpando

Vai e torna com tempo.

Milvo

Logo sam[78] contigo. Agora me cumpre ainda mais este contrato que nunca, por me salvar de suspeitas: vou-me em busca do das cutiladas, que não é pera brincar com o enfiamento, e determinação daquela douda. Assi começarei de andar de Vilhalpando em Vilhalpando.

## ATO IV

### Cena I

Fabiano (*só*)

Vi Hipólita, mas que é aquilo que eu vejo nos seus olhos? Certo isso que ele é, não o vê outrem ninguém senão eu, e assi eu só sam o que viviria de sua vista sem outro mantimento nenhum. Todos sabemos que as esmeraldas são de grande preço, mas poucos alcançam suas diferenças. Estas estátuas antigas quanto que as prezam aqui, e em toda Itália: as outras gentes não querem somente olhar pera elas. Donde podemos julgar, que outra vista há mais certa em nós que a dos olhos. Quem acaba de ver aquela divindade de Hipólita? Quem o seu espírito em quanto ela diz e faz? Quem a sua mansidão, de muita maior força que todas as armas do mundo? Quem o seu calar tão cheo de entendimento? Finalmente aquilo que eu não sei dizer: quem é o que vê? E mais em terra de vistas tão ocupadas. Certo quanto a mim mais me faz crer Hipólita que senhoreou esta sua terra o mundo todo, que não o que lemos dela, nem o que vemos desses seus teatros, termas, arcos trunfais, o que também me faz mais espantar destes mancebos romãos lançados assi todos òs amores das cortesãs, que enfim são mulheres púbricas, deixando as suas naturais tão fremosas e honestas como desprezadas. Oh torpeza, oh descaimento daquele sangue romão, que tão caras comprou as suas Sabinas.[79] Mas vejo Antonioto, afadigado anda: como não andará, se busca cousa tão fugida como é o dinheiro?

### Cena II

*Antonioto; Fabiano.*

Antonioto

Dias há i que os homens não podem ir avante com cousas que comecem.

Fabiano

Estes são os mais neste tempo.

Antonioto

Isto chamam nadar, e nadar, e morrer à beira.

Fabiano

Quê? Em tais Bancos de Frandes navegas?[80]

Antonioto

Té Cesarião que busco, pera lhe dar novas: não o posso achar.

Fabiano

Jará[81] naquela casa.

Antonioto

Ó Fabiano, saber-me-ás dizer de Cesarião?

Fabiano

Hoje o vi: e deve d'estar onde te disse.

Antonioto

Já é de lá degradado, e não sei ainda se pera todo sempre.

Fabiano

Assi o fizesse Deus: que é ũa grande quebra e vergonha sua andar como anda.

Antonioto

Com tanta dor de seu pai, e de sua mãe.

Fabiano

E dos seus amigos.

Antonioto

Tendo-o seu pai casado tão bem por tantas vias.

Fabiano

Em que parte?

Antonioto

Ele to dirá, se to ainda não disse.

Fabiano

Segredo é que todo mundo saberá cedo, se assi é.

Antonioto

Não é ainda cousa muito certa.

Fabiano

Assi duvidosa ma hás de dizer.

Antonioto

Leixa-me, que vou de pressa.

Fabiano

Não leixarei: conta-me e irás mais leve.

Antonioto

Isto é força? Chamarei aqui del-rei.

Fabiano

Está longe, não te ouvirá.

Antonioto

À fé que me não descubras.

Fabiano

Como se fizeres ũa cova na terra a que o dissesses.

Antonioto

Nem essas não mantêm segredo, olha que me fio de ti.

Fabiano

Dize seguramente.

Antonioto

Com ũa filha deste nosso vizinho.

Fabiano

Qual vizinho?

Antonioto

Mário, que deves de conhecer.

Fabiano

Com Hipólita?

Antonioto

Não tem mais de ũa, e assi cuido que se chama. Deixa-me passar. (*Encostou-se Fabiano, e fica como pasmado.*)

Fabiano

Antonioto não parece? Caíram-me as mãos, foi-se-me a vista dos olhos, entretanto ele partiu, e deixou-me morto, como dizem dos partos,[82] ah fé boa, e santa amizade tão má de achar neste mundo todo falso, todo cheo de enganos e maldades. Os segredos da minha alma, Cesarião os sabia todos: os seus sabe-os todo mundo senão eu,[83] ele que mos encobriu não foi sem causa. Poderão tal sofrer os tristes dos meus olhos? E ainda que daqui fuja, poderá o triste do meu coração sofrer tal? Onde quer que ele vá esta só, é a dor que o pode matar, e ela me matará. Ah triste de mim, que nem aqueles meus amores tão limpos puderam ser sem fel, e sem lágrimas. Onde as irei encobrir que me assi descobrem?

## Cena III

Pompónio (*só*)

Que farei, onde me acoutarei? Aos amigos? Donde[84] os acharei eu? Às casas d'oração? E aí que há muita hipocresia? À minha? E ela é toda posta em poder de meus imigos. Estes eram os conselhos e puridades? Nisto haviam de vir parar as devações de minha mulher? Té os ermitães do ermo me saqueam a casa? Se foram soldados aquele é o seu ofício, mas ermitães? Dum descalço, barbudo, todo coberto de seu capelo: quem se havia de temer? Despois culpam os velhos de suspeitosos. Que faremos a tanta maldade como cada dia vemos? Acertei de ver hoje aquele encapotado ao sair de minha casa, logo disse antre mim: não abastava a este dia nove beguinas; senão ainda tal ermitão? Não me repousou o coração mais: vou-me após ele, que tampouco não era muito desenvolto dos pés, a paixão me deu também boa ajuda. Finalmente entrou em ũa tenda de um ourives, e começava a tratar do preço de um firmal de minha mulher, que eu conheci de ũa légua. Não tive mais paciência, lanço-me também dentro, e empolguei logo o firmal, bradando por justiça: magoado sam porque me fugiu o ladrão, que a presa nas unhas me ficou, caímos ambos na terra, não pude mais fazer. O ourives diz, que nunca tal ermitão viu, salvo aquela hora. Eu também se me dera mais devagar, tresmalharam-me o firmal,[85] então citai e demandai, antes não quero saber tanto do negócio. Porém se eu não erro em minhas contas, Antonioto é o trugimão.[86] Mas por agora quero dissimular e cobrar fôlego, que venho morto.

## Cena iv

*Trefo; Antonioto.*

Trefo

Falando vai o velho consigo, Cesarião não parece, nossa ama reza: quero-me lograr do dia.

Antonioto

Pera cá me disseram que vinha um perdido, quem o achará? Vejo Trefo que sai de casa.

Trefo

Irei ver a justiça que se hoje faz pomposamente, dizem que vai em ũa carreta rodeada de suas vitórias pintadas: vejo Antonioto, o diabo o agora traz.

Antonioto

Trefo, ah Trefo: não ouves?

Trefo

A palavras loucas orelhas moucas.

Antonioto

Faz que não ouve, saber-me-ás dar novas?

Trefo

De quem, filho de dous roins?

Antonioto

Deu-mas, mas foram de meu pai e de minha mãe. Torna cá.

Trefo

Teu avô marmelo torto: tenho al que fazer.

Antonioto

E de meus avós também. Ainda se está rindo.

Trefo

Não rio, mas arreganho-me.

Antonioto

Como um cão que és.

Trefo

Mas como a cão que és.

Antonioto

Que dizes, roim?

TREFO

Que falo com outro.

ANTONIOTO

Por esta, dum rapaz, olha que a beijo.

TREFO

Não por muito bem que lhe ora queiras.

ANTONIOTO

Por esta que me aqui Deus pôs.

TREFO

Por esta em que vós outros o pusestes.

ANTONIOTO

Ah, dum porco.

TREFO

Por isso te aborreço tanto.

ANTONIOTO

Má carne.

TREFO

Portanto, ora me chamas Trefo ora porco.

ANTONIOTO

Viste Cesarião?

TREFO

Muitas vezes.

ANTONIOTO

Sabes onde o acharei?

TREFO

Por este direito.[87]

ANTONIOTO

Está amostrando cornos, por onde vai cão perro?

TREFO

Caminho da praça judea: vem-se chegando.

ANTONIOTO

Espera má cousa.

TREFO

Não é tempo.

ANTONIOTO

Vejamos quem corre mais.

Trefo

Quem mor medo houver.

## Cena v

*Vilhalpando; Milvo.*

Vilhalpando

Ora vejamos este contrato em que tanto te confias.

Milvo

Temos negócio com o mesmo diabo, mas deixa-me que eu te assegurarei daquela velha.

Vilhalpando

Crê-me que não há de brincar comigo.

Milvo

Ora provam forças, ora manhas: às forças acudirás tu, às manhas eu.

Vilhalpando

Nesta vossa Roma tudo é papel e tinta.

Milvo

E nem assi pode homem sair de dúvidas.

Vilhalpando

Assi acontece onde há pouca verdade.

Milvo

Escuta e leo somente as forças:[88] «tal dia de tal mês, e tal ano.»

Vilhalpando

Entendo.

Milvo

«O capitão Vilhalpando.»

Vilhalpando

O senhor te ficou no tinteiro.

Milvo

«O senhor capitão Vilhalpando de ũa parte, e Guiscarda da outra fizeram, concertaram, contrataram, desaforadamente.»

Vilhalpando

Espera que me não parece cousa conveniente contratar eu com Guiscarda.

Milvo

Diremos logo assi: «e doutra parte Milvo polo senhor capitão.»

Vilhalpando

Não vês quanto milhor está assi.

Milvo

Como de branco a preto. Digo mais: «que ele dito senhor capitão desse à dita Guiscarda trinta escudos d'ouro do sol.»

Vilhalpando

Dos que neste ano lhe renderam os Franceses.

Milvo

Porei ou não?

Vilhalpando

Estou gracejando contigo, vai adiante.

Milvo

«Dos quais trinta escudos acima declarados, a dita Guiscarda logo i confessou que tinha recebidos dez por mão do dito Milvo feitor dele dito Senhor Capitão.»

Vilhalpando

Este nome de feitor é muito mercantil.

Milvo

«Por mão do dito Milvo seu procurador.»

Vilhalpando

Pedir-te-ão logo conta da procuração.

Milvo

«Por mão do dito Milvo, do qual ele dito senhor capitão se quis servir neste caso.» A ver se acabaremos.

Vilhalpando

Assi está mais cortesão.

Milvo

«Os outros vinte lhe dará, entregará, pagará.»

Vilhalpando

Emenda, «lhe mandará dar, pagar, e entregar».

Milvo

Já emendei.

Vilhalpando

Adiante.

Milvo

«A cada quinze dias seguintes outros dez escudos.»

Vilhalpando

Dize i mais: «por lhe fazer graça e mercê.»

Milvo

«Por lhe o dito senhor capitão fazer graça e mercê.»

Vilhalpando

Prossigue.

Milvo

«Isto durante o tempo do seu contrato como se declara.»

Vilhalpando

Está bem, dize mais.

Milvo

«E logo assi mesmo da outra parte a dita Guiscarda em seu nome e de Aurélia sua filha.»

Vilhalpando

Não guardas o decoro.

Milvo

Como?

Vilhalpando

Não vês tu que é ela «minha senhora»?

Milvo

Sam no cabo: «em seu nome e da senhora, a senhora Aurélia bolonhesa, sua filha.»

Vilhalpando

Está como deve, dize mais.

Milvo

«Prometeu, concertou, e declarou, que dos primeiros dous meses seguintes, contando trinta dias por cada mês, todas as terças-feiras e as quintas de cada somana, elas lhe despejem a casa.»

Vilhalpando

A minha ou a sua?

Milvo

Bem apontas, que são aves de rapina, mister há declarado: «que elas lhe despejem as casas em que ora vivem de toda viva pessoa.»

VILHALPANDO

Não digas tampouco assi, que eu não hei mester as paredes.

MILVO

Onde dizia «de toda viva pessoa», ponho «de toda pessoa de fora».

VILHALPANDO

Não vês quanto releva ũa só palavra?

MILVO

Às vezes mais do que a razão quer, por isso não lhe hajamos dó delas.

VILHALPANDO

Dize mais.

MILVO

«De sorte, modo, forma e maneira.»

VILHALPANDO

*Jure, via et causa.*[89]

MILVO

A que prepósito?

VILHALPANDO

Tudo acham que aproveita.

MILVO

Muito embora: «*jure, via et causa*, que sendo o dia seguinte terça-feira, como será de menhã, logo a noite d'hoje faça por ele dito senhor capitão com seu dia, e outro tanto às quintas-feiras de cada somana, durante o termo dos dous meses, como dito é.»

VILHALPANDO

Como o cuidaste agudamente em obrigares primeiro as noites: dormiremos as menhãs!

MILVO

Estes são os meus pontos, que se fora pera cavar e roçar, primeiro metera os dias.

VILHALPANDO

Ah, ah, ah como és salgado,[90] vai adiante.

MILVO

«E acabadas as ditas noites o sobredito senhor capitão lhes tornará a despejar a sua casa.»

VILHALPANDO

Declara «por sua cortesia».

MILVO

«Por sua própria e livre vontade, e pura cortesia».

VILHALPANDO

Depois que te homem põe no caminho, muito bem assentas tudo.

MILVO

Nos primores d'honra não sam tão usado, do mais descansa.

VILHALPANDO

Vai por teu contrato adiante.

MILVO

«Nos quais dias assi obrigados, das portas adentro não haverá nenhum negócio.»

VILHALPANDO

Praticamente.

MILVO

«Puridade, nem acenos, nem outro mistério algum.»

VILHALPANDO

Muito bem.

MILVO

«Remoques, nem palavras com dous entenderes.»

VILHALPANDO

Nem dirivações.

MILVO

Bem lembras, que aprazem ainda muito a certa gente. «Não haja ciúmes, nem achaques.»

VILHALPANDO

Os ciúmes todavia não se escusam nos amores.

MILVO

«Ressalvando sempre os ciúmes a que se não pode poer lei.»

VILHALPANDO

Galantemente, prossigue.

MILVO

«Não terá a dita senhora Aurélia aqueles dias amigo, ainda que seja de boa amizade, nem parente ainda que seja irmão.»

VILHALPANDO

Bem te seguraste dos primos.

Milvo

«Serão assi mesmo os sobreditos dias forros, livres e isentos: de todo jejum, voto, romaria, e de toda devação.»

Vilhalpando

Muito bem, prometam do seu se quiserem.

Milvo

Por isso não vês que dias te escolhi, que em um deles cai sempre o entruido e no outro a quinta-feira das comadres?

Vilhalpando

Festas corporais, que se fazem guardar por si.

Milvo

«Não suspire, nem ande cuidosa, não lhe venha dor de coração.»

Vilhalpando

Nem dê olhado, que é muito de fremosas.

Milvo

«Nem lhe vieram cartas de sua terra.»

Vilhalpando

Como dizes bem, que tresandam[91] toda ũa pessoa, e nunca a deixam como a tomaram dantes.

Milvo

É muito grande verdade. «Não saiba ditos, nem motes.»

Vilhalpando

Tem i ponto: «nem contos de seus monserores.»

Milvo

Ah, ah, ah!

Vilhalpando

De que te ris?

Milvo

Deixa-me primeiro matar de riso. Ora vês aqui por que me ria?

Vilhalpando

É verdade, que assi o tinhas assentado.

Milvo

Polas mesmas palavras.

Vilhalpando

Ora dize mais.

Milvo

«Não lave aquela noite a cabeça, nem ande de rodilhado.[92]»

Vilhalpando

As moças fremosas são assi mais frescas.

Milvo

Em tua escolha é, eu queria arredar inconvenientes.

Vilhalpando

Enfim dizes verdade, seja tudo obra chã.

Milvo

«Não tangerá, nem cantará tão alto que possa ser sinal aos de fora.»

Vilhalpando

Quantas vezes me já isso aconteceu com as amigas alheas.

Milvo

«Aqueles dias, tudo seja música de câmara.»

Vilhalpando

Delicado ponto.

Milvo

«Não haja menino em casa, que ela tome nos braços e beije à janela de beijos chupados.»

Vilhalpando

Que às vezes se ouvem no cabo de toda a rua.

Milvo

«Os convidados e amigos dele dito senhor capitão, tratá-los-á a dita senhora igualmente.»

Vilhalpando

Si, que são muito de bandos,[93] mais que os Catalães.

Milvo

«E assi seja a mesa larga, e haja sempre muitas candeas», não fiquemos todos às escuras.

Vilhalpando

Bem te acautelaste dos pés ao claro, e das mãos ao escuro.

Milvo

Por se homem acautelar não perde nada. Digo mais: «não ensine por aqueles dias o seu papagaio a dizer: meus olhos, minha alma, minha vida, beijai-me.»

Vilhalpando

Matas-me d'amores.

Milvo

«Não consinta que se lhe chegue ninguém a ver as suas joias», gabem-lhas de longe, o que quiserem comprar busquem-no nas tendas.

Vilhalpando

Falas como um Séneca.

Milvo

«Assi mais, durante o tempo, não mudará nome, nem casa.»

Vilhalpando

Dizem-me que muito o costumam estas vossas cortesãs.

Milvo

Por levarem muitas novidades. Ora são Aurélias, ora Faustinas, ora Dianas. Falece algũa cousa?

Vilhalpando

Tudo está de mão de mestre.

Milvo

«E por aqui houveram seu contrato por acabado, prometendo d'haver tudo por rato[94] grato, firme e valioso, renunciando juiz e juízes de seu foro.»

Vilhalpando

Não cuidei que eras tão prático.

Milvo

«E rogaram a mim, sobredito Milvo.»

Vilhalpando

Isso é muito destes notairos, que dizem sempre no fim «rogado e requerido».

Milvo

«E assi mandaram ao dito cabrão de Milvo que o escrevesse».

Vilhalpando

Parece que te anojaste?[95]

Milvo

Antes te digo que topaste com um homem muito pontoso.[96]

Vilhalpando

Não pode estar milhor. Vai e assina.

Milvo

Que enfadonho pontoso, o acutiladiço não há também de querer perder ponto de diligência. Lá se avenham, a noite é, como dizem, cama d'órfãos, cubram-se com ela. Ah com quanta fadiga ganhamos este inferno.

## Cena VI

*Cesarião; Antonioto.*

Cesarião

Assi me contas?

Antonioto

Assi deitou a perder aquele bilhardão,[97] tantos trabalhos, e esperanças.

Cesarião

E a minha vida também deu volta.

Antonioto

Que faremos à fortuna quando ela não quer? Por hoje escusado é mais negócio, virá a minhã, então pera todos amanhece.

Cesarião

Um velho cepo como é meu pai: olha não nos engane esse ermitão também a nós.

Antonioto

Não queres que me fie dos meus olhos?

Cesarião

Com um vilão robusto.

Antonioto

Assi se a deferença sobre o seu capelo ou lho levara, ou não.

Cesarião

Que viste da batalha?

Antonioto

De ũa parte ir fugindo o ermitão desgrenhado, a barba no ar, o bater dos taboleiros, e apupada após ele, da outra parte teu pai todo sujo da tenda[98] bradando por justiça.

Cesarião

Quantos i ririam do meu mal tamanho.

Antonioto

Té Antonioto se não podia ter.

Cesarião

Oh que somos descobertos, que faremos?

Antonioto

Se o próprio ladrão escapou, não escaparemos nós? E mais dando fiador, não nos valerá em casa, o qual val polas audiências.

Cesarião

E de Guiscarda quem me livrará?

Antonioto

Por esta noite encomenda-te àquele derradeiro remédio da paciência.

Cesarião

Onde passarei tamanha noite?

Antonioto

Em tua casa. A mim que a nũ tenho, deixa-me passear por estas ruas.

Cesarião

Passea, que a mim escassamente me podem já trazer as pernas.

Antonioto

Todavia recolhe-te, não faças al. Eu vigiarei e apanharei novas. Vai-se, quero espiar o que faz.

## Cena vii

O segundo Vilhalpando (*só*)

Se me esta ventura sai como eu espero, quem é hoje mais bem-aventurado que eu? De ũa parte estam[99] em Roma, onde homem não sabe de quem se fie. Tenho imigos, o negócio é de noite, e hei d'ir só, doutra parte Milvo. Porque me enganaria? Que lhe fiz? Dá-me sinais certos, do dia das cutiladas, em que me houveram ali de matar. Muito bem me lembra, que vejo a janela: e agora entendo, que a sua vista me salvou. Oh há i cegueiras deste mundo, onde os meus imigos cuidaram de me matar, i me deram a vida. Enfim baralhados são os dados, caiam como quiserem. Agora é muito mais tempo de lhe aprazer o meu esforço: por isso antes quis perder por cedo que por tarde. Andarei por aqui aguardando o escuro, vista deu à janela, não sei que disse: j'agora muito há de saber quem me tomar a porta?

### Cena viii

*Antonioto; os dous Vilhalpandos; Torquemada; Guiscarda.*

Antonioto

Cuidei que se me fosse Cesarião lançar no rio, e ele pera lá fez ũa ponta: mas finalmente tomou meu conselho, e acolheu-se a casa. Eu por agora não quero entrar c'o velho em campo çarrado, antes quero cá andar por fora às minhas aventuras.

Vilhalpando ii

Determino de acometer a porta afoutamente, que sempre valeu muito a segurança do coração, e das palavras. Tá, tá, tá. Já vem. Cuidado havia em casa.

Antonioto

Entrada é a fortaleza sem muita bataria, mais bateu Cesarião a noite passada.

Vilhalpando i

Sempre o diabo a tais tempos traz embaraços de que me não pude desenvolver[100] mais cedo: mas o contrato m'assegura.

Antonioto

Outro vem e leva a mesma viagem. Mas antes parou, quero-o espreitar.

Vilhalpando i

Paje, bate a essa porta.

Paje

Tá, tá, tá.

Antonioto

Parece-me que tarde piache.[101]

Vilhalpando i

Bate bem, hás dó da porta?

Paje

Não hei senão da minha mão.

Vilhalpando i

Toma ũa pedra, que à minha porta bates.

PAJE

Trás, trás, trás.

ANTONIOTO

Ao capitão mentiram-lhe as espias, a quanto vejo.[102]

VILHALPANDO I

Espera que ouço falar dentro.

PAJE

E rir também, mande Deus não seja de nós.

VILHALPANDO I

Escuta rapaz que tanto falas?

GUISCARDA

Quem quebrou essa porta?

VILHALPANDO I

Quem já tem quebrados os olhos olhando se aparecia alguém.

GUISCARDA

Quem é o galante dos olhos quebrados?

VILHALPANDO I

O maior servidor.

GUISCARDA

Quem?

VILHALPANDO I

O que de vencido venceu.

PAJE

Como é parvo este meu amo.

GUISCARDA

Cada noite havemos de ter quebradores de portas.

VILHALPANDO I

Aberta me houvera ela de estar por obrigação, mas parece-me que nesta terra nem contratos desaforados valem.

ANTONIOTO

Bem começa a noite.

GUISCARDA

Ó Roma, que patranhas são as tuas?

PAJE

Esta é ũa das boas.

VILHALPANDO I

Que contrataste hoje com Milvo?

Guiscarda

O que eu com Milvo contratei eu o cumpri.

Vilhalpando i

Não certo ainda té'gora.

Guiscarda

A bem virá este negócio.

Vilhalpando i

Não sei, mas ele mal começa.

Guiscarda

Por cuja culpa?

Vilhalpando i

Da porta que ainda está fechada.

Guiscarda

Abriu-se a quem se havia d'abrir.

Vilhalpando i

Ora pois já que hei de falar da rua, não se havia ela de abrir ao capitão Vilhalpando por seu contrato?

Guiscarda

É muita verdade.

Vilhalpando i

Pois como o tendes assi de fora em tantas práticas?

Guiscarda

Ai minha mãe, que quer isso dizer? E tu quem és?

Vilhalpando i

O mesmo que se nunca negou nem negará.

Guiscarda

Oh graça das graças. Filha, Aurélia, temos à porta outro capitão Vilhalpando.

Paje

Este só bastava pera enfadar o mundo, quanto mais dous.

Vilhalpando ii

Que zombarias são estas, ou que borracharias?

Vilhalpando i

As zombarias e borracharias são as dessa casa, que de fora não se fala senão muita verdade.

Vilhalpando ii

Que tu és o capitão Vilhalpando?

Vilhalpando i

E tu nega-lo?

Vilhalpando ii

Salvo se tu és eu.

Vilhalpando i

Tu vê quem és, que eu sam o capitão Vilhalpando, conhecido na guerra dos grandes e dos pequenos.

Vilhalpando ii

Na guerra bem nos aviremos: por agora quem te fez i vir?

Vilhalpando i

Milvo, por cujo meio contratei.

Vilhalpando ii

Que graça tamanha seria se i também houvesse dous Milvos.

Vilhalpando i

Eu digo o que levou a esparsa.

Vilhalpando ii

E eu o da esparsa digo.

Vilhalpando i

O que levou os escudos.

Vilhalpando ii

Eu o dos escudos digo, senão que eram todos do sol.

Vilhalpando i

O do contrato desaforado?

Vilhalpando ii

Por virtude do qual esta casa é agora minha com suas vinte e quatro horas.

Vilhalpando i

Milvo florentim muito mau cabrão.

Vilhalpando ii

Esse mesmo.

Paje

Se quererá este também ser meu amo.

Vilhalpando i

Que gente capitaneaste? Que desafios fizeste? Em que feitos d'armas te achaste?

VILHALPANDO II

Não são contas pera aqui, pídi-mas[103] em outra parte.

VILHALPANDO I

Como diz essa tua esparsa?

VILHALPANDO II

Hércules que la Serpienta, etc.

VILHALPANDO I

E tu a fizeste?

VILHALPANDO II

Não toda, por te dizer a verdade, o começo já é velho, o cabo lhe enxeri[104] eu como a gavião.

VILHALPANDO I

Os escudos quantos foram?

VILHALPANDO II

Nô mais[105] de dez em começo de paga.

PAJE

Quero dizer a meu amo, que acudamos a casa, antes que lá vá estoutro apanhar tudo.

VILHALPANDO I

Ah Roma, ah Milvo, ah mulheres.

VILHALPANDO II

Mas porque não falas tu na empresa que a senhora Aurélia mandou a esse capitão Vilhalpando seu servidor?

VILHALPANDO I

Por quem?

VILHALPANDO II

Polo mesmo Milvo.

VILHALPANDO I

Que empresa?

VILHALPANDO II

Um lenço, com que primeiro alimpou o seu fremoso rosto.

PAJE

Calou nosso amo: parece-me que com o outro havemos de viver todos.

VILHALPANDO I

Mas seja assi, partamos logo esta diferença à espada, pera que há d'haver tantos Vilhalpandos?

Vilhalpando ii

Como? Hás medo que nos fuja o tempo? Deixa vir o dia.

Vilhalpando i

Não, mas hei medo que me fujas tu.

Vilhalpando ii

Então que queres mais, que ficares por um só Vilhalpando?

Vilhalpando i

Agora me relevava.

Vilhalpando ii

Por agora quero-me assi estar em minha posse. Depois quem me algũa cousa quiser requeira-me por u,[106] e como deve.

Vilhalpando i

Ah romanisco[107] falso, e litigoso.

Vilhalpando ii

Vai passear, que a senhora Aurélia me tem preso e não me deixa lá sair.

Vilhalpando i

Ora capitão Vilhalpando, novamente descoberto. Estás bem agasalhado por esta noite, e eu mal. De menhã eu passearei por Santo Agostinho té às dez horas com um penacho branco, quero eu ver quem é o Vilhalpando que por i parece com outro tal sinal, pera que nos conheçamos.

Vilhalpando ii

Logo queres que tenha eu penacho branco?

Vilhalpando i

Tens-me o meu nome, tens-me a amiga, tens a minha esparsa, e o meu contrato, e só o penacho branco te falece?

Vilhalpando ii

Ora vai que não falecerá.

Paje

Fechou a janela, quisera-me primeiro declarar com ele e contigo.

Vilhalpando i

E de quê?

Paje

Com qual hei de ficar.

Vilhalpando i

Queres que te esbarre aquela parede? Onde acharei Milvo? E entretanto onde acharei paciência?

Paje

Quando te não abrem a tua porta como te abrirão as alheas?

Vilhalpando i

Não te queres calar? Recolhamo-nos.

Paje

Recolhamos, que enfim sempre ouvi dizer, que milhor era o meu que o nosso.

Vilhalpando i

Judeu, cabrão que fala às portas fechadas, eu o acolherei.

Paje

Dá-o ò demo, grandes sinais dava.

Vilhalpando i

Que sinais? Os que lhe disse Milvo?

Paje

E d'Aurélia que era perdida por ti que dizia? Ouvia e calava.

Vilhalpando i

De manhã sairemos de todas essas dúvidas.

Paje

Mas sempre ouvi dizer, que em Roma nem de si mesmo se há homem de fiar, e agora o vi claramente.

Vilhalpando i

Por que me fiei de Milvo?

Paje

Não digo senão de ti mesmo ao pé da letra, que quando foste já te lá achaste.

Vilhalpando i

Tu queres pagar por todos?

Antonioto

Oh graça, oh sabroso acontecimento, oh Cesarião, que assi empregas bem teus suspiros, e as tuas lágrimas. Quem te me aqui dera, tu queres morrer d'amores por Aurélia e vós Vilhalpandos a pares. Já me é necessário esperar amenhã andando por estas ruas.

## ATO V

### Cena i

Milvo (*só*)

Não pude esperar o dia na cama: este coração como te toma em algũa culpa, não te deixa comer, não te deixa dormir. E que durmas os sonhos não te deixam, toda esta noite andei às costas com os meus Vilhalpandos, eles me deitaram da cama, e da casa a tais horas que ainda bem não amanhece. Se bom anel tenho caro me custa, e cuidam os que cavam e roçam, que eles sós comem o seu pão com o suor do seu rosto, e Milvo também senão quanto aqueles descansam à noite e òs dias santos, outros há i que não. Assi que venho como digo a descobrir terra, e desejo muito saber qual dos aventureiros esta noite houve milhor ventura, mas a tais horas de quem o poderei saber? Quem vejo eu cá vir? Também madruga aquele como eu.

### Cena ii

*Antonioto; Milvo.*

Antonioto

Quantas cousas vi esta noite por Roma, quem quiser saber segredos não durma. Todavia não é ela cousa muito segura, nem da regra de viver em paz: que não fosse senão polo ar da noite que me tamanha, e tão pesada faz esta cabeça. E todavia milhor é dormir à noite, que pera isso foi feita. Pola ventura esta foi a causa por que a natureza deu tamanhos toucados às corujas, e às outras aves à noite. Mas vejo eu Milvo? Aquele é, logo me pareceu que havia d'acudir a saber novas, eu lhas darei: venha Milvo muito nas boas horas.

Milvo

Assi faça a meu amigo Antonioto, que por aqui encontro tantas vezes.

Antonioto

Madrugas assi os outros dias?

Milvo

Como se acerta: esta noite não pude dormir.

Antonioto

Nem eu tampouco: há i delas assi feitas.

Milvo

E mais quando as pessoas tem que fazer.

Antonioto

E muito mais quando o já tem feito.

Milvo

Não entendo o que dizes.

Antonioto

Nem eu o que fazes: que renego de tais emburilhadas.

Milvo

Que farte vão por Roma.

Antonioto

E dizem que quem muitas estacas mete algũa prende.

Milvo

A que propósito?

Antonioto

Deus me entende.

Milvo

Eu não.

Antonioto

E tu também: Vilhalpandos de dentro, Vilhalpandos de fora.

Milvo

Ah, ah.

Antonioto

E todos alegam com Milvo e seus contratos.

Milvo

Morto sam.

Antonioto

E com ũa esparsa.

Milvo

Ah, ah. Eu tenho a culpa por te dar parte de meus segredos.

Antonioto

E do contrato quem mo disse?

Milvo

Falas assi a divinhar?

Antonioto

E adevinho de um lenço, que o de dentro tinha d'avantagem.

Milvo

Dou ò demo tantos sinais: parece-me que o moço d'esporas andou de pés.

Antonioto

Oh já essoutra é pior. Donde houveste anel?

Milvo

Que tens tu de ver c'o meu anel? Houve-o de minhas aventuras.

Antonioto

Olha não se te tornem em desaventuras.

Milvo

Mui pontoso[108] vens contra mim esta menhã, fiz-te algum desprazer?

Antonioto

A mim não, mas fá-lo-ias a outrem que mais releva.

Milvo

Não hei medo a ninguém.

Antonioto

Sempre te assi conheci por esforçado, lá t'avém.

Milvo

Foi-se. Este anel há de ser de Cesarião, fiz mal de me lhe não descobrir mais, e soubera também das outras envoltas, que dizia. Após ele vou.

## Cena III

*Aurélia; Guiscarda.*

Aurélia

De pedra dura que os corações fossem, per força se haviam de afeiçoar mais a ũa pessoa que a outra.

GUISCARDA

Estas são as vossas doudices, cabecinhas de vento. Tempo virá em que digas: «quanta verdade me falava a velha de minha mãe».

AURÉLIA

Doutra parte também bradas se lhes não mostro amor.

GUISCARDA

Quantas vezes tenho dito, que amostres amor a todos, e que o não tenhas a nenhum.

AURÉLIA

Assi há de ser ũa mulher igual a todos como ũa alimária?

GUISCARDA

Ah douda, douda. Tu virás a morrer de fome, que eu também já fui fermosa. Ajuda-te do tempo, que passa muito asinha.

AURÉLIA

Se lhes eu não tomar o coração com minhas branduras, que poder terás tu sobre sua fazenda?

GUISCARDA

O teu coração queria eu que te eles não tomassem. A um soldado espanhol, que não deixam cousa que não roubem, havias de mostrar tanto amor?

AURÉLIA

Tínhamos necessidade desta licença, assi viste quão levemente no-la deu?

GUISCARDA

Ele se tornará a entregar, se os eu mal não conheço. Sabe Deus que a pressa me fez a mim aceitar o partido: não viste logo as envoltas?[109]

AURÉLIA

Dás-mos por amigos, e queres que os trate como imigos?

GUISCARDA

O que te eu mando, o que te eu digo, o que te eu aconselho assi é: que os trates a eles, como eles tratam a ti. Querem lograr essa tua mocidade, não os poupes.

AURÉLIA

Assi vês que o faço.

GUISCARDA

Inde mal muitas vezes, porque nem eu posso tornar a essa tua idade: nem tu nela conheceres os meus bons conselhos.

## Cena iv

*Milvo; Aurélia.*

Milvo

Grandes cousas me contou Antonioto que passaram esta noite, não sei que faça: virá Cesarião e haveremos todos conselho, que novas lhe leva. Quem é a rebuçada que me acena? Como eu ora estou gracioso pera rebuçadas. Mas eu moura se aquela não é Aurélia, a mãe está em prática com os dos chamalotes. Onde te vás garrida? Mal guardas as capitulações do meu contrato.

Aurélia

Ó Milvo, quão obrigada te sam, mas não temos tempo: mandou-me convidar monseor pera o jantar, logo houve licença do meu Vilhalpando, o outro passea em Santo Agostinho com penacho branco.

Milvo

Aurélia, Aurélia, tornei-te em riso as tuas lágrimas: medo hei que me tornes em lágrimas os meus risos.

Aurélia

À fé que não, que má paga seria essa de tamanho serviço.

Milvo

Lembre-te quanto me aventurei por ti.

Aurélia

Nunca me esquecerá: outra hora te farei morrer de riso, de como enganámos também minha mãe.

Milvo

Se primeiro não morrer de ferro.

Aurélia

Eu te seguro, que tais pessoas serviste, que elas te salvarão de todo mundo. Minha mãe se espede, faze que nos não conheces.

## Cena v

*Antonioto; Cesarião; Milvo.*

Antonioto

De que te benzes tantas vezes? Do diabo ou de Aurélia?

Cesarião

Que monta mais dum diabo que doutro?

Antonioto

Pois não te conto o terço do que passou.

Cesarião

Estarias fora de ti?

Milvo

Lá vem Cesarião com Antonioto.

Antonioto

Às vezes cuidava que era sonho.

Cesarião

E mais sendo deite.

Antonioto

Mas sempre assentei que eram emburilhadas de Milvo.

Cesarião

E elas eram todas de Aurélia. Afirmaste que era aquele o meu anel?

Antonioto

Vê-lo-ás com os teus olhos: que eu disse a Milvo que nos esperasse por aqui.

Cesarião

O meu anel que me ela tomou do dedo, em troca do seu coração, como ela dizia que lhe eu também tomara?

Antonioto

Amor esperavas tu de achar em casa de Guiscarda? Nunca ouvistes dizer que em casa do albergueiro?...

Cesarião

O meu anel, que lhe eu tantas vezes achei entre os peitos: dizendo ela, que aquele era o seu lugar e não os dedos, por o trazer mais perto do coração?

Milvo

No anel falam, há-se-me d'ir: costume é do mal ganhado.

Cesarião

Outras horas lho achava na boca, dizia que pera abrandar a minha sede.

Antonioto

Malvada, que assi dizem os Lapidários:[110] que mata a sede aquela pedra do anel.

Cesarião

Mas é este Milvo?

Antonioto

Este é.

Cesarião

Milvo, soube cá de teu amigo Antonioto grandes contos, que não é necessário tornar a eles. E mais tu és tão avisado que me estás mostrando o anel, que me torna hoje o meu coração, que estava em mau cativeiro.

Antonioto

Se nos mostrasses a todos tamanho prazer.

Milvo

O anel te posso eu tornar, o coração não sei, que engana muitas vezes seu dono.

Cesarião

Sabe que me deste a vida e liberdade. Dize, chorava Aurélia quando te descobriu aquele segredo?

Milvo

Dizem as mulheres como vide talhada, nunca tal presteza vi de lágrimas e de palavras. Que te direi? Naquela estreiteza de tempo me rogou, me chorou, me ameaçou.

Cesarião

Com qual te venceu mais?

Milvo

Pera que te hei de enganar? Com as ameaças.

Cesarião

Sendo tão moça, que serpe se ali cria?

Antonioto

Acolhe-te, Cesarião, com tempo.

Cesarião

Fiade[111] de mim que sam em porto seguro, hajamos conselho do mais.

Milvo

Aqui todos estão bem, salvo eu e Vilhalpando de fora.

Cesarião

Grã parte disso é remediado, porque o outro não há de vir ao desafio.

Antonioto

Pola ventura virá, mas não com penacho branco.

Cesarião

Estes soldados bem sabes como são feitos: por aqui se haverá por restituído na honra. Quanto aos escudos, eu os quero pagar.

Milvo

Nunca tal seja, antes me deixa com a negociação.

Cesarião

Que cuidas fazer?

Milvo

Depois o saberás, somente me é necessário outra vez o anel.

Cesarião

Pera quê?

Milvo

Porque inda hoje há de fazer milagres.

Cesarião

És muito aventureiro,[112] antes quero pagar os escudos.

Milvo

Confi'-o de mim, que não estou em tempo pera ganhar mais imigos.

Cesarião

Por tão pouco queres que aventuremos tanto.

Milvo

Não é pouco a vingança, e mais em tal lugar. Ajuda-me, Antonioto.

Antonioto

Ora, que eu o fio. Mas diga-nos primeiro o que ordena.

Milvo

Dir-vo-lo-ei: Aurélia é ida a jantar com o embaixador de França, tenho ũa filha a que não falece nada, pera o que cuido, que é mandá-la a casa de Guiscarda com o anel da parte de Aurélia como pajem francês a pedir-lhe dinheiro pera jogar.

Cesarião

Com que a esperas d'enganar?

Milvo

Com a cobiça.

Antonioto

Vejamos esta festa.

Milvo

Não vos partais daqui.

## Cena VI

*Antonioto; Cesarião; Vilhalpando; Paje.*

Antonioto

Via-te falar tão confiadamente na paga dos escudos.

Cesarião

Como cobrei coração, pera tudo foi: já não hei mester teus ermitães.

Antonioto

Agora te acabo de crer, que bem sei quanto nos culpa encolhe a todos.

Cesarião

Desejo de ir ver o do penacho branco como passea.

Antonioto

Espera que eu o vejo vir falando com o seu paje.

Cesarião

Escutemos em que práticas vem.

Vilhalpando

Enfim cada um fica por quem é.

Paje

Quant'a eu já não sabia de que freguesia era.

Vilhalpando

As dez são dadas, ainda depois dei dous passeos.

Paje

Ganhaste mui grande honra, que ficas agora por um só capitão Vilhalpando.

Vilhalpando

E que dúvida tinhas disso?

Paje

Não sei, muitos sinais dava. Tanto que tu também parecia que já duvidavas.

Vilhalpando

De que havia de duvidar?

PAJE

Se eras o de dentro, se o de fora: e eu havia medo.

VILHALPANDO

De que havias medo indo comigo?

PAJE

Que sabia eu qual de vós era?

ANTONIOTO

Que te parece tão malvado rapaz?

VILHALPANDO

Cuidavas que me perderas polo escuro.

PAJE

Cuidava que estávamos em Roma, onde tudo é possível.

VILHALPANDO

E agora por que não aparece essoutro o capitão?

PAJE

Pola ventura há i Vilhalpandos de dia e Vilhalpandos de noite.

VILHALPANDO

Toma dum rapaz com essa tua língua.

PAJE

Digo verdade, pola ventura lhe basta a ele ser Vilhalpando de noite.

VILHALPANDO

Seja logo Morcego ou Coruja.

PAJE

E mais ainda ele tinha tempo para vir ao desafio.

VILHALPANDO

Não são já dez horas?

PAJE

Não deste relógio, que ainda as não deu.

VILHALPANDO

Deu-as logo o de Campo de Frol.

PAJE

E tu queres passear em Santo Agostinho polas horas de Campo de Frol?

VILHALPANDO

Venha ele agora, e faça também sua diligência, como o desafio dos reis em Bordéus. Basta que já fica o campo por meu.

Paje

Não o de noite, que mais relevava.

Vilhalpando

Que dizes ainda da noite?

Paje

Que todas as suas cousas são escuras.

Vilhalpando

Eu as farei claras.

Paje

Cousas há i, que se não querem muito bolidas.

Vilhalpando

Este rapaz palrónio,[113] que nunca tapa aquela boca.

## Cena VII

*Trefo; Cesarião; Antonioto.*

Trefo

Que noite de Deus se nos ordena esta. Já o fumeiro anda a saco, mal polas capoeiras, onde não há cousa viva: ou asinha a não haverá.

Cesarião

Trefo sai de casa. De roim a roim não há i melhoria.

Antonioto

O mundo quer acabar, não vês quanto estes rapazes sabem?

Trefo

Tudo hoje há de andar a rodo, festa, festa.

Antonioto

Ledo vem. Mas é tão má cousa que folgará com algum mal nosso.

Trefo

Manda-me em busca de Cesarião.

Cesarião

A mim nomea. Chamo-o antes que desapareça.

Antonioto

E saberei novas de meu pai e de minha mãe, porque há muito que as não ouvi.

Cesarião

Chama-o por minha vida.

ANTONIOTO

Trefo, Trefo.

TREFO

Vou muito de pressa.

ANTONIOTO

Já nos viu o chocarreiro, não vês com que estoqueaduras vai. E vem-se rindo o perro, onde ias?

TREFO

Apregoar calçado velho.

CESARIÃO

Chega-te aqui, cabrão.

TREFO

A marrar com essoutro? Perdoa-me Antonioto, que zombo contigo, e tu parece às vezes que te anojas.

CESARIÃO

Onde ias tão aprazerado?[114]

TREFO

Em tua busca.

CESARIÃO

Que me queres?

TREFO

Quisera alvíssaras, não sei se mas darás.

CESARIÃO

Conta que si, darei, se as mereceres.

TREFO

Primeiramente teu amigo Fabiano é nosso natural, e cedo te será ainda mais.

ANTONIOTO

Ele mesmo não sabe donde é, e tu sabe-lo?

TREFO

Eu te digo que é filho de Mário, nosso vezinho.

ANTONIOTO

Manda-lhe tapar aquela boca sem verdade.

CESARIÃO

Deixa-o falar.

TREFO

Diz que fugindo ele Mário daqui de Roma em ũas barcas perdeu aquele menino que então levava de mama, que lho tomaram fustas.

CESARIÃO

Muitas vezes lho ouvi contar ao mesmo Mário, e doutra parte também a Fabiano, que fora tomado por Ginoveses em ũas fustas de mouros.

ANTONIOTO

Bulras de Trefo, ũa cousa tão tresnoitada.[115]

TREFO

D'agudo te perdes: algũa hora se havia de saber, e foi esta.

CESARIÃO

Como se descobriu?

TREFO

Não pude saber tudo: mas ouvi falar em ũa nómina de Fabiano, que Mário e sua mulher reconheceram com outros sinais.

ANTONIOTO

Aqui temos outros Vilhalpandos com seus contratos, e esparsas.

TREFO

Também falaram nisso, e em ũa batalha que o nosso velho ontem houve com um ermitão.

ANTONIOTO

E que diziam?

TREFO

Parece que te releva, pois olha por ti: que muitas vezes te nomeavam.

CESARIÃO

Quem contava essas cousas?

TREFO

Mário veio a visitar teu pai, e logo despejaram a casa eu pus-me a espreitar: mas não pude ouvir senão a trancos,[116] porém, tudo foram risos e prazeres.

CESARIÃO

Sabe-o já Fabiano?

TREFO

Tem-no já em casa, olha se o saberá.

Antonioto

Havia-se assi de fiar de não sei quê, em tamanha cousa.

Trefo

Como és às vezes parvo: ele não duvida e tu duvidas? Pois mais te digo que se fazem casamentos de parte a parte.

Cesarião

Que casamentos?

Trefo

Fabiano com tua irmã, tu com a sua, e já a cozinha fumega.

Antonioto

Isso é o que te mais lembra, gargantão.[117]

Trefo

Tu quiseras antes novas d'adega.

Cesarião

Deix'-o que é um chocarreiro.

Antonioto

Como concertam assi os casamentos sem as partes?

Trefo

Fabiano é o que dá pressa, e o que chama por ti.

Antonioto

E os seus amores em que ficaram?

Cesarião

De irmãos como dantes eram. Vamos ver estas festas.

Antonioto

Eu já hei de ver primeiro o paje francês, se sabe tanto como o castelhano e italiano.

Cesarião

Vem por aqui Trefo, e dize-me por que estás mal tu e Antonioto?

Trefo

Porque nunca vi cousa tão sem verdade.

Cesarião

E tu, que evangelista.

Trefo

Todo mundo se espanta de ti, creres cousa que aquele diga.

Cesarião

Malvado, de algũa cousa se teme, e sangra-se: como dizem em saúde.

Trefo

Sabes como se ele desferra, que lhe não fica ferradura nem cravo.

Cesarião

Se há algũa hora [de sair] algum bem de ti.

Trefo

Mas quando diz o credo do começo té o cabo, e quando bate nos peitos, e quando beija a cruz ao altar.

Cesarião

Que mau rapaz. Cala-te, que somos em casa, vem após mim.

## Cena viii

*Antonioto; Ruberte; Guiscarda.*

Antonioto

Quem sabe se é isto trato de velho por me acolher[118] em casa, e depois devassar sobre o firmal, não me acolhem a mim assi: primeiro lhe cumpre de me fazer de tudo mais certo, que a um juiz da vara. Mas é este o paje francês? Este é: que despejo,[119] que recacho,[120] que passeo.

Ruberte

Segundo os sinais que me deram, esta é a rua, aquelas são as casas. A desnarigada bom sinal tem, por onde a conhecerei?

Antonioto

Lá se vai às portas das aventuras.

Ruberte

Vejamos se é esta velha tão indiabrada como dizem. Tá, tá, tá. Se vive nesta casa alguém?

Guiscarda

Quem bate?

Ruberte

Vem abaixo, sabê-lo-ás.

Guiscarda

Que quer um tão fermoso paje, de ũa tão pobre pousada?

Ruberte

De tão longe queres que te diga meus segredos?

Guiscarda

Eis-me, vou a ti, meu filho. E quem é o anjo do Paraíso que me vem assi à porta?

Ruberte

Bem está, anjo do paraíso à porta do inferno.

Guiscarda

Quem buscas, meu serafim?

Antonioto

É um serafim em busca do diabo.

Ruberte

És tu a mãe de Aurélia a fermosa?

Guiscarda

Tu és o meu filho fermoso: que ela é ũa fea sem sabor.[121]

Ruberte

Foste tu com ela a casa do embaixador?

Guiscarda

Fui, minha rosa, e parece-me que te vi lá.

Ruberte

Por isso estava eu um pouco em dúvida: porque Aurélia me disse que logo me conhecerias.

Guiscarda

E que diz essa doudinha? Quer que vá já por ela?

Ruberte

Não queria errar, que estes nossos amos são às vezes perigosos, e mais no jogo.

Antonioto

Filha de Milvo.

Ruberte

Conheces este anel?

Guiscarda

Ai, minhas perlas, este anel é de Aurélia. E por sinal que da parte de dentro há de ter ũas letras mudadas.

Ruberte

Inda o tanto não olhei, mas assi é.

Guiscarda

E pois que faz essa douda?

Ruberte
Faz e diz mil graças, que se não farta homem de a ouvir.

Guiscarda
Bem sei eu o nome que lhe chamo.

Ruberte
Os doudos hão de ser eles.

Guiscarda
Ui, gente tão honrada e tão sesuda. Mas os criados sempre murmuram dos senhores.

Ruberte
No fim se verá.

Guiscarda
De que maneira?

Ruberte
Porque ela há de recolher quanto dinheiro fica na mesa.

Guiscarda
Conta-me minhas águas d'azar.[122]

Ruberte
Beberam cedo, como é costume dos nossos franceses. Estão todos ledos, pediram cartas e dinheiro pera jogar. Ela então chamou-me a de parte, e mandou-me a ti com este anel por sinal: que lhe mandes dez ou doze escudos com que cace. Eu conheço-os e sei que aquele há de ficar mais contente a que ela mais ganhar, e bolir com o dinheiro.

Guiscarda
Os Franceses são muito liberais.

Ruberte
São muito ricos, querem lograr o seu.

Guiscarda
Isso si, que não os nossos Italianos, que sempre ajuntam pera outrem.

Ruberte
Pois quanto este ouro, e esta prata não sei pera que é: não se come, nem se bebe, cá fica tudo.

Antonioto
Ah, ah, filha de Milvo.

GUISCARDA

É verdade, meu sesudo. Disse-te mais?

RUBERTE

Oh que me houvera de esquecer. Chegou-se-me a mi orelha, e disse-me que ela faria quantas bulras pudesse àqueles clérigos, e que assi to dissesse.

GUISCARDA

Haja ela a minha bênção. Hás-me de deixar o anel?

RUBERTE

Os messageiros não podem fazer mais do que lhes mandam, ela não no deu senão por sinal.

GUISCARDA

Quero ir a ver essa festa.

RUBERTE

Muito embora: essa reposta lhe darei que me detenho muito.

ANTONIOTO

Oh filha de Milvo.

GUISCARDA

Já se vai cantando, e mais ledo do que veio. Dizem do avarento: por um perde cento. Torna cá meus amores, não quero lá ir estrovar seus passatempos. Aqui neste lenço vão dez escudos do sol.

RUBERTE

Mas que sejam ainda da lũa: o que i for i se achará.

GUISCARDA

Ora vai nas boas horas. Não lhe perguntei polo nome. Paje, paje fermoso.

RUBERTE

Que mandas?

GUISCARDA

O teu nome, que me esqueceu de perguntar.

RUBERTE

Daqui to direi, não canses que tardo muito. A mim chamam Auberte de Rubeforte, e da outra parte dos Rapinaldos.

GUISCARDA

Ai meu filho, que nome é esse assi feito?

Ruberte

Os franceses costumam assi estes nomes tão atrevessados.

Guiscarda

Oh que má cousa é o mau nome.

Ruberte

E os vossos de cá que tais são? Ussos, Leões, Porqueiriços, Cabeças de Ferro e outras de Cabaça.

Antonioto

Vinte vezes mais que filha de Milvo.

Guiscarda

Enfim dizes verdade. Em tudo tem graça. Vai-se, quero-o seguir. Mal fiz: porém que pode ser? O anel aquele é, digo que o tomassem a Aurélia, e mandassem cá por rir. Zombarias são, que das tais casas e pessoas sempre saem em proveito.

Ruberte

Embaraçada deixo a velha co'aquele meu nome tão comprido. Quero-me trasmalhar por estas travessas, tornarei ao brial e ao trançado: quem lhe dará sinais de mim, e mais nesta envolta de Roma? Se Guiscarda fora como estes toleirões, que sempre estão em seus treze,[123] nunca a enganara. Bem mo dizia meu pai, que deve já estar c'os olhos longos.

Antonioto (*só*)

Este negócio está bem acabado. De ũa parte Cesarião, me acena todo cheo de prazer: doutra Milvo, vem mostrando-me o anel. Já temos os escudos pera o Vilhalpando de fora: e pola ventura serão os mesmos do sol. Os desposouros hão-se de fazer lá dentro. Não tendes mais que esperar aqui.

*Finis*

# NOTAS

## POESIA À MANEIRA ANTIGA

[No sé por qué me fatigo,] (p. 31)

[1] Jorge Manrique: poeta castelhano (séc. XV), autor das famosas *Coplas a la muerte de su padre*.

[Porque poderá abafar] (p. 37)

[1] *nacer*: manifestar-se.

[Tornou-se me tudo em vento] (p. 39)

[1] *al*: outra coisa.
[2] *dar cuidado ao cuidado*: aumentar o cuidado.

[Comigo me desavim,] (p. 41)

[1] *Comigo me desavim*: comigo discordei.
[2] *dor*: mágoa de amor.
[3] *se de mim*: se por força da vontade.

[Esperanças mal tomadas] (p. 43)

[1] *por meu mal*: por minha desgraça.

[Sortes e venturas são] (p. 44)

[1] *Sortes*: desditas.
[2] *venturas*: acasos, destinos.
[3] *mal que*: ainda que, por muito que.
[4] *espero*: receio.
[5] *julgueis por*: considereis.

[Que mal avindos cuidados] (p. 45)

[1] *mal avindos*: opostos.
[2] *antre*: entre, no meio.
[3] *nem de noite, nem de dia*: nunca.
[4] *fazer*: acontecer.

[Razão e tempo seria] (p. 46)

[1] *cegamente*: erradamente.
[2] *mimos*: carinhos.
[3] *olhos*: cuidados, atenções.
[4] *verdade*: razão.

[Do passado arrependido] (p. 48)

[1] *seguro*: certo.

[Todos vienen de la villa] (p. 49)

[1] Optou-se por manter nesta edição a dupla grafia da palavra «vilancete», que, na edição *princeps*, ora surge na forma «vilancete», ora com a grafia «villancete».

[Por malos envolvedores] (p. 50)

[1] *malos*: maus.
[2] *asinha*: depressa, ligeiramente.
[3] *outrem*: outra pessoa.
[4] *correr sobre*: correr atrás de.
[5] *valedores*: protetores.

[Coração onde jouvestes] (p. 52)

[1] *jouvestes*: estivestes deitado.

[Se meu tormento me desse] (p. 54)

[1] *só*: único.

[Todas as cousas tem cabo] (p. 55)

[1] *cabo*: fim, termo.
[2] *negra*: triste, infeliz.

[Ó meus castelos de vento] (p. 56)

[1] *castelos de vento*: esperanças ilusórias.
[2] *cuita*: tormenta.
[3] *fraco*: de pouco alcance.
[4] *entendimento*: razão, inteligência.
[5] *caíram as esperanças*: perdi as esperanças.
[6] *morte*: perdição.
[7] *Castelos sem fundamento*: sonhos irrealizáveis.
[8] *me falecestes*: não cumpristes, faltastes.

[Cego deste meu desejo,] (p. 57)

[1] *aprouve*: agradou.

[Não vejo o rosto a ninguém] (p. 58)

[1] *espia*: observa.
[2] *entre lobo e cão*: ao lusco-fusco, às escuras.

[Deixai-me as minhas tristezas] (p. 59)

[1] *tristezas*: melancolias, mágoas.
[2] *bens*: felicidades.

[O coração que vos vê] (p. 60)

[1] *arriba*: acima.

[Toda esperança é perdida,] (p. 61)

[1] *veo*: acabou por.

[2] *mais*: alguma outra coisa.

[Por estes campos sem fim] (p. 62)

[1] *alheos*: estranhos, estrangeiros.

[2] *estranha*: estrangeira.

[3] *mal sem meo*: mal sem remédio.

[4] *que ninguém não entende*: pleonasmo da negativa, próprio do português antigo.

[Que la mi vida se assuele!] (p. 63)

[1] Não surge na edição *princeps* (1595), aparece na 2.ª edição (1614).

[Ũa morte hei de morrer,] (p. 64)

[1] *morrer*: sofrer.

[Como não quereis que seja] (p. 65)

[1] *enlheado*: alheado.

[2] *o al*: tudo o mais.

[3] *roubado*: privado.

[4] *conhecimento*: consciência, experiência.

[Tudo passa como um vento,] (p. 69)

[1] *me é presente*: me recordo.

[2] *Jaz*: está, encontra-se.

[Quando nos meus erros cuido] (p. 70)

[1] *cuido*: penso.

[2] *levemente passo*: não chego a compreender, não faço caso.

[3] *descuido*: leviandade.

[4] *quam mal que nestes espaços / Dizem os fins c'os começos*: não se realiza o que se havia combinado.

[Estes meus olhos que assi] (p. 71)

[1] *andar ao som da*: andar à mercê de.

[2] *necessidade*: momento de angústia.

[Cómo no se desespera] (p. 73)

[1] Este mote é seguido, na edição de 1595, de umas trovas de Pedraza.

[Olhai a camanha estreita] (p. 74)

[1] *camanha*: quão grande.

[2] *estreita*: aflição, angústia, infortúnio.

[3] *penas*: tormentas.
[4] *que me acolha*: que me fuja.

[Ledo em meus males sem cura,] (p. 75)
[1] *mata*: aflige, atormenta.

[Vi sinais, o mal é grande,] (p. 77)
[1] *caminho*: meio.
[2] *caminho*: razão.
[3] *direi*: bradarei.
[4] *que é em caminho*: prestes, iminente, em vias de.
[5] *se perder*: se desgraçar.

[Naquela serra] (p. 78)
[1] *requestas*: brigas, contendas.
[2] *cuidar*: cismar.
[3] *tem*: oferece, proporciona.
[4] *da mão à boca / O sabor se troca*: de um momento para o outro a situação muda.
[5] *espessura*: bosque, floresta.
[6] *passar*: fim.

[En toda la Tramontana] (p. 82)
[1] *segui*: procurei.
[2] *razão*: verdade.
[3] *erro*: engano.
[4] *dana*: estraga.
[5] *guardados*: destinados.

[Saudade minha,] (p. 85)
[1] *nenhũa*: alguma, qualquer.
[2] *perfia*: teimosia, insistência.
[3] *cuidado*: amor.
[4] *a torto ou a direito*: com razão ou sem ela.
[5] *frio*: gélido, inerte.

[Pois os meus olhos são vossos,] (p. 86)
[1] *razões que não vem, nem vão*: razões que nada adiantam.

[Que vos farei, meu cuidado] (p. 88)
[1] *entendido*: apercebido, notado.
[2] *à minha míngua*: por minha culpa.

[Desenganei um cuidado] (p. 89)
[1] *fea*: horrorosa.
[2] *a pesar do coração*: em prejuízo do coração.

[Se me este cuidado atura] (p. 90)

[1] *atura*: persiste, dura, continua.
[2] *persegue*: segue de perto, atormenta.
[3] *segura*: certa.

[Fuye el tiempo, está el mal quedo,] (p. 95)
[1] *cuitados*: coitados.

[Tu presencia desseada] (p. 97)
[1] Simão da Silveira dirige o vilancete a Guiomar Henriques, sua futura mulher.

[Polo bem, mal me quisestes] (p. 98)
[1] *passo* [...] *além*: ultrapasso.

[De quem me devo queixar!] (p. 100)
[1] *prazer*: alegria.
[2] *salvo*: senão.
[3] *empecer*: causar.

[Alma tão sem assossego] (p. 101)
[1] *Que nem deste ar me não farto*: que não me satisfaço, que nem respiro bem.
[2] *algũa hora*: em alguma ocasião.
[3] *ouso*: atrevo-me.
[4] *fraquezas*: desânimos.
[5] *este coração cego*: esta obsessão.
[6] *sonhos*: devaneios.
[7] *daquele cego*: Cupido.
[8] *baldias*: inúteis.
[9] *farto*: aborreço.

[Que posso de vós dizer] (p. 104)
[1] *deu começo*: começou.
[2] *voos*: surtos de inspiração.

[Não posso tornar os olhos,] (p. 106)
[1] *porá lei*: subjugará.
[2] *por força*: custe o que custar.
[3] *senhorea*: domina.
[4] *dureza*: inflexibilidade.
[5] *é por força / que*: é forçoso que.
[6] *entregue*: rendido, posto à mercê.

[Acostumei-me aos meus males] (p. 109)
[1] *peçonha*: mal, sofrimento.
[2] *sentia*: sofria.
[3] *aviesse*: entendesse.

[Em pago daquela dor,] (p. 115)

[1] Não vem na 1.ª edição (1595); surge na segunda (1614).

[2] *vereis*: chegareis à conclusão.

[3] *aprouvesse*: agradasse.

[Até quando me tereis] (p. 116)

[1] Composição incluída na edição de 1614 e inexistente na 1.ª edição (1595).

[2] *fiz*: prestei.

[3] *acoimar*: censurar, condenar, repreender.

[A vossa bula do amor] (p. 117)

[1] *bula*: decreto de concessão de indulto.

[2] Composição inexistente na 1.ª edição (1595); encontra-se na 2.ª (1614).

[3] Referência aos amores de Leandro e Hero.

[Partiu Francisco florido,] (p. 118)

[1] Não se encontra na 1.ª edição (1595), surge na edição de 1614.

[2] *vestido*: vestuário.

[3] *alegar*: citar.

[4] *graça*: partida.

[5] *empenados*: enfarpelados, vestidos.

[Inda que me eu ria, e me cale] (p. 119)

[1] Não aparece na edição de 1595, surge na de 1614. Manuel Machado de Azevedo, cunhado de Sá de Miranda, era o Senhor das Casas de Crasto, Vasconcelos e Barroso, dos solares delas e das terras de Entre Homem e Cávado. O solar do Crasto e a Comenda das Duas Igrejas, para onde se retirou Sá de Miranda, pertenciam à mesma freguesia: São Martinho de Carrazedo (Amares).

[2] *correu* [...] *ao*: dirigiu-se contra alguém.

[3] *traz*: exibe.

[4] *Homens de seiscentas cores*: ladrões disfarçados.

[5] *saem*: vão ao encontro.

[6] *corredores:* espécie de polícias.

[7] *Bom*: que exerce com competência uma profissão.

[8] *arma*: defende a retirada.

[9] *pica*: agride.

[10] *rende*: dá lucro.

[11] *proveito*: vantagem, utilidade.

[12] *encartados*: proscritos.

[13] *são quais porcos-espinhos*: defendem-se como porcos-espinhos.

[14] *te presta*: te dá proveito.

[15] *cures das*: trates das.

[16] *assuadas*: conflitos, burburinhos.

[17] *perde a cor*: empalidece.

[18] *ousado*: corajoso.

[19] *vergonha*: pudor.

[20] *Traze sempre atada a língua*: está sempre calado.

[Mandar em tal tempo luvas] (p. 121)

[1] Não vem na 1.ª edição; vem na 2.ª.

[2] *Mandar*: enviar.

[3] *Serviço*: favor, obséquio.

[No preguntéis a mis males,] (p. 122)

[1] Vem na 2.ª edição e não na 1.ª edição.

[Si puede más el amor] (p. 123)

[1] Composição inexistente na 1.ª edição tal como na segunda. Encontra-se, sob o n.º 166, na edição de C. Michaëlis.

[Amor e Fortuna são] (p. 124)

[1] Composição registada, sob o n.º 169, na edição de C. Michaëlis. Não sofre dúvida de que se trata de um texto de Sá de Miranda, dada a autenticação conferida pelo autógrafo da Biblioteca Nacional de Lisboa.

[2] *tino*: razão.

[Menina fermosa,] (p. 125)

[1] A transcrição deste vilancete tem por base a edição de C. Michaëlis, na qual surge sob o n.º 190. Não se encontra na edição de 1595 nem na de 1614.

[2] *olhos* [...] *quebrais*: cegais de amor.

[3] *vo-los* [os olhos] *dei*: fiquei deslumbrado, apaixonado.

[4] *passastes i*: introduzistes-vos, fixastes-vos.

[5] *çarrei*: fechei.

[6] *confusa*: perturbada.

[7] *Tomais vingança*: vingais-vos.

[8] *fé*: afeto, amor.

[9] *quebrais*: magoais.

[10] *referto*: disputo.

[Congojas, tristes cuidados,] (p. 126)

[1] Não surge na 1.ª edição, nem na 2.ª. Surge no *Cancioneiro Geral* (edição de Coimbra, Vol. III, pp. 149-151).

[Ay qué vida tan esquiva,] (p. 129)

[1] Esta cantiga não se encontra na 1.ª edição, nem na 2.ª. Acha-se no *Cancioneiro Geral*, de Garcia de Resende (edição de Coimbra, Vol. III, p. 153).

[Entre temor, e desejo] (p. 130)

[1] Composição inexistente na edição de 1595; aparece na edição de 1614.

[2] *estremos*: contrastes, contrários.

[3] *vivi*: me alimentei.

[Cerra a serpente os ouvidos] (p. 131)

[1] Não vem na edição de 1595. Transcrevemos a partir da edição de 1614.

[Triste de mí desdichado,] (p. 132)

[1] Cantiga inexistente na 1.ª edição. Encontra-se no *Cancioneiro Geral* de Garcia de Resende (3.º volume da edição de Coimbra, p. 156).

[2] *v'*: vos.

[De quam pouca terra satisfeita jaz] (p. 133)

[1] *ia*: estava.

[2] *presteza*: rapidez.

[Qué cosas se pueden contar tan estrañas!] (p. 134)

[1] Esta sétima não vem na 1.ª edição; encontra-se, sob o n.º 167, na edição de C. Michaëlis.

[Al son de los vientos que van murmurando,] (p. 135)

[1] Não se encontra na 1.ª edição. Na edição de C. Michaëlis, facto que escapou a R. Lapa, o poema vem repartido entre dois números: os números 167 e 168. O número 167 é designado por «Sétima», estando o restante texto (9 estrofes) sob o número 168 e com a designação de «Trovas III». A nossa transcrição baseia-se na de Eugenio Asensio (*cf.* «Texto integral y comentário del poema de Sá de Miranda *Al son de los ventos que van murmurando*», Eugenio Asensio, *Estudios Portugueses*, Lisboa, Fundação Calouste Gulbenkian, 1974, pp. 148-151), que reproduz o «Manuscrito Asensio» localizado na Biblioteca Nacional de Lisboa (COD 11353), e na edição do texto feita por José Jiménez Ruiz (*cf.* Francisco de Sá de Miranda, *Poesía Castellana Completa*, edição, introdução e notas de José Jiménez Ruiz, *op. cit.*, pp. 412-415), igualmente baseada na de Eugenio Asensio.

## POESIAS DE INFLUÊNCIA CLÁSSICA

### Sonetos

[A Príncipe tamanho, cujo rogo,] (p. 143)

[1] *tamanho*: tão notável.

[2] *mais*: também.

[3] *al*: outra coisa.

[4] *se dou de mim* [...] *que falar*: se proporciono motivos de que me critiquem.

[5] *encomendado*: entregue, destinado.

[6] *sai à praça*: vem a público.

[Inda qu'em Vossa Alteza a menos parte] (p. 144)

[1] *Se contou ela*: se considerou ela.

[2] *Dar favor*: patrocinar, dar proteção.

[3] *engenhos*: talentos, génios.

[4] *passando avante mais*: conduzindo-nos à mais remota antiguidade.

[Tardei, e cuido que me julgam mal,] (p. 145)

[1] *desigual*: extraordinário.

[2] *Eu risco e risco*: eu emendo e emendo.

[3] *vou-me d'ano em ano*: guardo anos seguidos as composições, antes de as divulgar.
[4] Guerreiros cegos de um olho.
[5] *em diferenças*: em dúvidas, em hesitações.
[6] *pelejou*: se esforçou, trabalhou.
[7] *ledores*: leitores.
[8] *Quantos ledores, tantas as sentenças*: cada cabeça, cada sentença.

[À vossa verdadeira penitente] (p. 146)
[1] S. Maria Madalena.
[2] *sente*: sofre.
[3] *hábitos*: trajes.
[4] *altíssimos sentidos*: amor profundo e sublime.
[5] *se faz presente*: aparece.
[6] *outra vez*: repito.

[Tantas mercês tão desacostumadas,] (p. 148)
[1] *mercês*: favores.
[2] *desacostumadas*: desusadas, insólitas.
[3] *inocente*: simples.
[4] *santamente*: firmemente.
[5] *copas*: taças.
[6] D. Manuel de Portugal, ilustre português, um dos primeiros discípulos de Sá de Miranda.
[7] *lavada*: sincera.
[8] *merece*: vale.
[9] *vos mereço*: tenho direito ao vosso respeito.
[10] *pedraria*: conjunto de pedras preciosas.
[11] *cristalinos*: cristais.

[Alma que fica por fazer desd'hoje] (p. 149)
[1] *vista*: razão, inteligência.
[2] *gritando*: lamentando-se com clamores.

[Aquela fé tão clara e verdadeira,] (p. 150)
[1] *inteira*: sem desfalecimento.
[2] *fogo*: entusiasmo.

[Del Tibre embuelto, al nuestro Tajo ufano,] (p. 152)
[1] *metan* [...] *a sacomano*: entreguem à pilhagem.

[Em tormentos cruéis, tal sofrimento,] (p. 153)
[1] *sofrimento*: dor, amargura.
[2] *aliva*: alivia.
[3] *chamar a morte*: implorar.
[4] *foge*: evita.
[5] *vagar*: divagar.

[6] *vem*: vêm.
[7] *vem*: veem.
[8] *altas*: de grande alcance.

[Desarrezoado amor, dentro em meu peito] (p. 154)
[1] *Desarrezoado*: despropositado.
[2] *jaz*: permanece.
[3] *força*: violência.
[4] *tempos*: oportunidades.
[5] *tarde em tarde*: longe em longe.
[6] *treições*: traições.

[Aquelas esperanças, que eu metido] (p. 155)
[1] *sem sentido*: insensato.
[2] *vivido*: aproveitado.
[3] *fará conta / C'o*: contará com.

[Amor que não fará? Fez-me enjeitar] (p. 156)
[1] *enjeitar*: desprezar, abandonar.
[2] *colher*: apanhar.
[3] *fiei*: confiei.

[Não sei qu'em vós mais vejo; e não sei que] (p. 159)
[1] *rir*: riso.
[2] *fogo*: amor.
[3] *lei*: qualidade.
[4] *eu sei tão mal*: ignoro.

[Entre Sesto y Abido, al mar estrecho,] (p. 161)
[1] Sá de Miranda transpõe aqui, para verso, a lenda de Leandro e Hero.

[Traída en sacrificio Policena] (p. 162)
[1] A filha do rei de Troia, que Pirro cruelmente sacrificou por exigência da sombra de Aquiles.

[O sol é grande, caem co'a calma as aves,] (p. 164)
[1] *grande*: ardente.
[2] *sazão*: estação do ano.
[3] *graves*: penosos.
[4] *naves*: navios.
[5] *renova*: renasça.

[Quando eu senhora em vós os olhos ponho,] (p. 165)
[1] *tresvaliando*: delirando, devaneando.

[Assi que me mandáveis atrever] (p. 168)

[1] *asselados*: validados.

[2] *lamber*: aperfeiçoar, polir.

[3] *ussa*: ursa.

[4] *mal proporcionados*: mal conformados.

[Este retrato vosso é só sinal] (p. 169)

[1] Este soneto não se acha na 1.ª edição (1595), encontra-se na segunda (1614). Trata-se do soneto n.º 27.

[2] *reparo*: sombra.

[3] *faro*: farol.

[4] *acertar*: suceder, acontecer.

[5] *graça*: gentileza.

[Aquele esprito já tão bem pagado] (p. 170)

[1] Não vem na edição de 1595; vem na de 1614 com o n.º 26.

[2] *claro*: cândido.

[3] *irado*: tormentoso (mar tormentoso: vida tormentosa, vale de lágrimas).

[4] *glória*: bem-aventurança.

[5] *abalizado*: indicado.

[6] *ricas*: valiosas.

[Neste começo d'Ano, em tão bom dia,] (p. 171)

[1] Soneto n.º 24 da edição de 1614; não surge na de 1595.

[2] *composição*: produção literária.

[3] *espanto me encheu*: me maravilhou.

[4] *correr*: vaguear, deambular.

[5] *arriba*: acima.

## Églogas

### Fábula do Mondego (p. 175)

[1] *estrellado Pan*: Pã, deus dos bosques, dos campos, dos rebanhos e dos pastores, é representado com uma pele de cabra estrelada, que usa na altura do estômago.

[2] *Títiro Mantuano*: referência ao poeta latino Virgílio e à sua poesia bucólica.

[3] *alta torre*: uma das torres do demolido castelo de Coimbra, conhecida como «Torre de Hércules».

[4] *el thesoro / Del santo cuerpo de su Rey primero*: alusão ao túmulo de D. Afonso Henriques, na Igreja de Santa Cruz (Coimbra).

[5] *otro Rey mayor le apareció*: Jesus Cristo. Alusão ao milagre de Ourique.

[6] *El buen hijo*: alusão a D. Sancho I, filho de D. Afonso Henriques. Derrotou os mouros em 1178, perto do rio Guadalquivir. Está também ele sepultado na Igreja de Santa Cruz, em Coimbra.

[7] A edição *princeps* não regista este verso. Na errata, lê-se o seguinte: «fol. 69b, linha 21, falta a regra seguinte: Sobre verde variado en mil colores». O verso na 2.ª edição (1614) repete-se, por erro de tipografia, na 1.ª edição, como 4.º verso da estrofe seguinte, embora com uma variação final: *Sobre verde variado de mil flores.* Também, é de crer, por erro tipográfico, o verso seguinte repete o 3.º verso da estrofe: *De sauzes, que em lo alto se abrazavan.* Eis as razões pelas quais eliminámos ambos os versos da presente edição.

[8] Lenda do caçador Actéon, transformado em veado por Diana.

[9] *su Pamphago, y su Melampo*: dois cães de Actéon, que perseguiram o dono, transformado em veado.

[10] Segundo a lenda, Latona, grávida de Apolo e Diana, fruto dos amores com Júpiter, fugindo à perseguição de Juno, chegou a um lago cujas águas uns campónios turvaram para impedir que ela saciasse a sede. A deusa, tomada pela ira, transformou esses lavradores em rãs.

[11] Segundo uma das versões da lenda de Orfeu e Eurídice, esta morreu mordida por uma cobra venenosa, quando fugia de Aristeu.

[12] Alusão à lenda de Ceres, mãe de Prosérpina, que desceu aos infernos para encontrar a filha, raptada por Plutão.

[13] *hermanas*: as Euménides (Fúrias, na mitologia romana) eram três irmãs (Tisífone, Megera e Alecto) de aspeto pavoroso, com cabelo em forma de serpente.

[14] Caronte, o barqueiro dos infernos.

[15] Alusão a Íxion, um dos eternos condenados dos infernos, preso numa roda que girava sem parar.

[16] *las hermanas / Nietas de Bello*: trata-se das Danaides, condenadas nos infernos a encher um tonel sem fundo.

[17] Referência ao suplício de Tântalo nos infernos: estando rodeado de água e de frutos, não os conseguia alcançar, padecendo de fome e sede eternas.

[18] Tício: outro dos supliciados da mitologia clássica. Dois abutres devoravam-lhe eternamente o fígado.

[19] *accidente*: sentimento.

[20] Segundo a lenda, a princesa Pirene foi amada por Hércules, quando este atravessava a Península Ibérica em direção a Micenas, a fim de cumprir o seu décimo trabalho. Tendo a princesa morrido tragicamente, Hércules sepultou-a nos montes onde ela morava,

batizando-os de Pirenéus, em sua memória.

Alexo (p. 195)

[1] Esta epístola dedicatória, a preceder a égloga *Alexo*, não surge na edição de 1595, aparece na 2.ª edição. A nossa fixação textual da epístola baseia-se, portanto, na edição de 1614. Seguimos, quanto ao restante texto, a 1.ª edição. António Pereira, senhor de Cabeceiras de Basto, era um dos grandes amigos de Sá de Miranda; era irmão mais velho daquele Nuno Álvares Pereira a quem o poeta dedicou a égloga *Basto*.

[2] *hijo segundo*: Gonçalo Pereira, que se notabilizou na batalha contra os turcos, em Ormuz.

[3] *abrigado*: refugiado.

[4] Bernardim Ribeiro.

[5] *sesudo*: sensato, ajuizado.

Basto (p. 228)

[1] Irmão de António Pereira, senhor de Basto.

[2] *Do povo*: opinião pública.

[3] *reja*: domine, sugestione.

[4] *trasfega*: trafica, negoceia, lida.

[5] *se preza*: se tem em muita conta.

[6] *Ledo*: alegre.

[7] *trastroca*: altera, perturba.

[8] *leva sua conta feita*: leva o caminho, leva o plano traçado.

[9] *caminho*: procedimento, norma de viver.

[10] *olha a*: atende a.

[11] *contendores*: interlocutores.

[12] *gosto*: desejo, inclinação.

[13] *guia*: orientação.

[14] *sem esconjuro*: sem se queixar.

[15] *se desafia*: se incita.

[16] *afouto*: ousado, seguro.

[17] *desse à má maleita*: desse ao demo.

[18] *Guar-te*: guarda-te, livra-te.

[19] *dar d'avesso contigo*: arruinar-te, perder-te.

[20] *fortuna*: sorte, destino.

[21] *vilão*: plebeu.

[22] *demo*: demónio.

[23] *embicar*: tropeçar.

[24] *lobaz*: lobo grande.

[25] *Som*: sou.

[26] *me* [...] *perdendo*: extraviando-me.

[27] *dar à choca*: jogar à bola (batendo-lhe com uma vara grossa).

[28] *graças*: gracejo, ditos espirituosos.

[29] *chia*: toca desafinado.

[30] *arrabil*: instrumento pastoril.

[31] *ch'é*: é.

[32] *dadivoso*: generoso.

[33] *unta o carro, andam as rodas*: adulando, tudo se consegue.

[34] *que me dão volta ao miolo*: que me dão que pensar.

[35] *mal passa*: está mal alimentado.
[36] *crama*: chama, clama.
[37] *Vai*: decorre.
[38] *Bebemos das bem-querias*: fazemos cada um o que nos apetece.
[39] *frias*: com pouco peso.
[40] *correra*: percorrera.
[41] *vendo*: observando, anotando.
[42] *che*: se.
[43] *delambendo*: apurando.
[44] *poo*: pó.
[45] *achacado*: mal-humorado.
[46] *voo*: tentativa.
[47] *soo*: só.
[48] *Por melhor houve andar soo / Que mal acompanhado*: mais vale só que mal acompanhado.
[49] *consigo* [...] *deu*: dirigiu-se a, procurou.
[50] *porfia*: discussão.
[51] *pareceres*: opiniões.
[52] *verbas*: comentários, apostilas, aditamentos.
[53] *Ulo*: onde está?
[54] *De limpos bofes lavados*: de coração aberto, franco.
[55] *vieste*: ausentaste-te.
[56] *burrão*: enfado, amuo, tristeza, aborrecimento.
[57] *Tanto d'amigo*: tantos amigos.
[58] *Arrenega*: abomina.
[59] *à memória mau rosto*: recordações desagradáveis.
[60] *me comas*: te zangues, me agridas.
[61] *anojado*: enfastiado, magoado.
[62] *referto*: impugno, reprovo.
[63] *esmagino*: imagino, medito, matuto.
[64] *ensino*: urbanidade, cortesia.
[65] *fais*: fazes.
[66] *colaço*: irmão de leite.
[67] *teve rosto*: fez frente.
[68] *aos do paço*: aos cortesãos.
[69] *assanhos*: iras, raivas.
[70] *escolheito*: dileto.
[71] *peito*: estômago.
[72] *fel*: amargura.
[73] *que pesa*: que tem importância.
[74] *fruito*: sentido.
[75] *sal*: graça, espírito.
[76] *bíbera*: víbora.
[77] *triaga*: antídoto contra a mordedura de serpentes.
[78] *Ora é noite, ora amanhece*: tudo é mutável, tudo prossegue.
[79] *corre*: circula, tem validade.
[80] *Tudo tem no cabo a queda*: tudo tem um termo.
[81] *empolado:* gordo, nutrido.
[82] *almalho*: bezerro, novilho.
[83] *dito antigo*: máxima.

[84] *enfada muito a verdade*: ninguém gosta de ouvir as verdades.
[85] *Mal vai quem sempre empeora*: um mal nunca vem só.
[86] *à praça as minguas*: assoalhar os defeitos.
[87] *entra em terreiro*: toma parte na dança.
[88] *de leve*: levemente.
[89] *pandeiro*: instrumento musical semelhante a um tambor.
[90] *pene*: sofre.
[91] *quem já se vê das pontas*: aquele que envelhece, cuja saúde entra em decadência.
[92] *se anoje*: se entristeça.
[93] *trouvera*: trouxera.
[94] *Come de toda vianda*: contenta-se com tudo.
[95] *entejos*: aborrecimentos.
[96] *Anda por onde o carro anda*: faz o que vires os outros fazer.
[97] *ao revés*: às avessas.
[98] *Dera vista*: observara, examinara.
[99] *armar as trovoadas*: preparar as trovoadas.
[100] *paparotes*: piparotes.
[101] *escornava*: tratava com desprezo, lhe fazia judiarias.
[102] *che*: te.
[103] *creo*: tenho fé.
[104] *conselho*: resolução.
[105] *graças*: brincadeiras.
[106] *chacota*: antiga dança com acompanhamento de canto; cantiga vilhanesca.
[107] *eu me abrigara / A esta vida de Pastor*: eu me socorri desta profissão de pastor.
[108] *A conta saiu-me má*: os cálculos saíram-me errados.
[109] *também cá, como lá / fadas há*: por toda a parte se acham os mesmos males.
[110] *avessos*: imperfeições, inconvenientes.
[111] *cuides*: julgues.
[112] *fortes*: exigentes.
[113] *adoremos*: veneremos.
[114] *pressas*: dificuldades.
[115] *sua*: mata-se com trabalho.
[116] *cresta-colmeas*: homem melífluo, adulador.
[117] *beiços*: lábios.
[118] *estrece*: evita.
[119] *coração*: sensibilidade moral.
[120] *conhece*: admite.
[121] *bradei*: pedi socorro.
[122] *meu quedo / A quedo*: mansamente, sorrateiramente.
[123] *ensejo*: ocasião, oportunidade.
[124] *tredora*: traidora.
[125] *ir muito ao fundo*: aprofundar.
[126] *te me fundo*: me fundo a teu respeito.
[127] *tençoeira*: inclinada a discutir, a disputar.
[128] *hajas os teus conselhos*: te aconselhes.
[129] *sobejo*: inútil.
[130] *túberas*: género de cogumelos.
[131] *apetito*: vontade.
[132] *abalo*: mudança.

[133] *forte*: grande.
[134] *murmurar*: criticar.
[135] *dobro*: finjo.
[136] *destinto*: instinto, temperamento.
[137] *maravilhas*: palavras lisonjeiras.
[138] *se atea*: resulta, se origina.
[139] *má estrea*: má sorte, desgraça.
[140] *lenda*: legenda, coisa que deve ser lida.
[141] *passados*: antepassados.
[142] *renda*: rendimento.
[143] *fazenda*: património, riqueza.
[144] *arribe*: se eleve.
[145] *vejamos*: apreciemos.
[146] *conjunta*: junta razões, argumentos.
[147] *az*: grupo cerrado, legião.
[148] *como*: logo que, quando.
[149] *apontamos*: nascemos, aparecemos.
[150] *em terra caímos*: aparecemos neste mundo.
[151] *prestamos*: servimos.
[152] *Salvante*: exceto, senão.
[153] *bacorote*: porco pequeno, leitão.
[154] *honradiço*: orgulhoso.
[155] *gado ovelhum*: ovelhas e carneiros.
[156] *Trombejava*: dava trombadas.
[157] *viço*: prazer.
[158] *engrifado*: valentão.
[159] *sanha*: fúria.
[160] *pressa*: dificuldade.
[161] *cea*: última refeição da noite.
[162] *verde*: viçoso, galante.
[163] *perrexil*: salsa; enfeito de cor verde.
[164] *matava a brasa*: excedia todos os outros em galanteria.
[165] *gentil*: elegante, formoso.
[166] *passei*: me achei.
[167] *galantes*: homens elegantes.
[168] *ufano*: vaidoso, alegre, presunçoso, orgulhoso.
[169] *figadal*: vaidoso, orgulhoso.
[170] *ratinho*: nome que os homens da cidade chamavam aos do campo.
[171] *acolhem*: apanham.
[172] *leis naturais*: condições afetas à natureza.
[173] *com quem tratam*: com quem os animais convivem.
[174] *rematam*: resolvem.
[175] *tingidas*: manchadas.
[176] *manjar*: iguarias.
[177] *terra*: propriedade.
[178] [ter] *dous tojais*: ter coisa de pouco valor.
[179] *gritando*: grasnando.
[180] *estonces*: então.
[181] *rifão*: adágio, provérbio.

[182] *sabido*: vulgar, corrente.
[183] *darem todos de mão / Se jaz o carro entornado*: afastarem-se, quando veem o caso mal parado.
[184] *fervente*: ardente.
[185] *apega*: contagia.
[186] *engafecem*: enchem-se de gafeira (doença fatal que ataca as cabras, fazendo-lhes cair a pele).
[187] *fatos*: rebanhos.
[188] *paixão*: ira.
[189] *voz em grito*: com grande alarido.
[190] *avantagens*: superioridades.
[191] *dão voltas*: passam.
[192] *vaganaus*: vivos, muito espertos.
[193] *bons de volver*: inconstantes.
[194] *ora... ora...*: quer... quer, umas vezes... outras vezes...
[195] *Semelha a*: compara-se à.
[196] *come*: atormenta.
[197] *samarrão*: samarra grande.
[198] *apelido*: alarme, apelo do povo em ocasiões alarmantes (fogo, feras, ladrões, inimigos, etc.).
[199] *mais*: restantes.
[200] *Falando*: conversando acerca de.
[201] *Quiçais*: talvez, quem sabe.
[202] *queixia*: queixa.
[203] *Pascia*: pastava.
[204] *cervo*: veado.
[205] *andante*: errante, vagabundo.
[206] *pacigos*: lugares de pasto.
[207] *Tanto há já que*: há muito tempo.
[208] *prestança*: benevolência.
[209] *forro*: livre.
[210] *prova o freo*: põe o freio em ação.
[211] *dão volta ao imigo*: vencem o inimigo.
[212] *Corre o verde e corre o seco*: pasta livremente.
[213] *enxeco*: dano, mal.
[214] *frialdade*: frio.
[215] Estes três versos acham-se na edição de 1614. Em seu lugar, na edição de 1595, temos esta indicação: «não se acha o que falta».
[216] *passarás*: alimentar-te-ás.
[217] *claras*: puras.
[218] *leves*: suaves.
[219] *Qués*: queres.
[220] *graciosa*: alegre, ridente.
[221] *tarde*: fora de tempo.
[222] *revolto*: lido e relido.

Celia (p. 254)

[1] O infante D. Luís, Condestável de Portugal, comandou o contingente português na conquista de Túnis.
[2] As fontes das Musas: Aganipe, Hipocrene, Castália. Ficavam mais perto de Túnis do que de Portugal.

[3] O gigante Caco vivia numa caverna, junto do monte Aventino. Foi morto por Hércules, que assim recuperou dois touros e quatro novilhos que o gigante lhe havia roubado.
[4] O rei Luís IX, *o Santo*, morreu em Túnis, a 25 de agosto de 1270.
[5] Na edição de 1614, surge a seguir este verso: *El humor congelaron los enojos*.

Andrés (p. 267)

[1] D. João de Lencastre (1501-1571), duque de Aveiro, muito dado às letras. Esta égloga refere-se ao casamento do infante D. Fernando, irmão do rei, com D. Guiomar Coutinho, antes disso casada de modo clandestino com D. João de Lencastre. Há quem refira estar neste escândalo uma das causas de Sá de Miranda repudiar a corte.
[2] Adónis, amante de Vénus, foi morto por um javali.
[3] Pasífae, esposa do rei Minos. Da sua relação com um touro, resultou o terrível Minotauro.
[4] Júpiter, metamorfoseado em cisne, seduziu Leda, esposa do rei Tíndaro.
[5] Semíramis, rainha dos Assírios, conhecida por se ter envolvido sentimentalmente com um corcel.
[6] As netas de Belo eram as Danaides (filhas de Dánao), que assassinaram os maridos na noite de núpcias.
[7] Referência a Sansão.
[8] Cornélio Galo, poeta elegíaco romano, celebrado por Virgílio (*Títiro*), amava Licóris, que lhe foi infiel.
[9] *La mayor*: D. Joana I, de Nápoles, estrangulou o seu amante Andrés com um cordão de ouro.
[10] *la segunda*: D. Joana II, devassa e criminosa (segundo Sannazzaro), sobrinha de D. Joana I.

Nemoroso (p. 281)

[1] Égloga composta para celebrar o 1.º aniversário da morte de Garcilaso de la Vega, que Sá de Miranda nomeia como «Nemoroso» (nome de um pastor das églogas de Garcilaso).
[2] Garcilaso.
[3] Quando Apolo foi condenado a servir um mortal, escolheu ser pastor ao serviço do rei Admeto, nas margens do rio Anfriso.
[4] *Meduseos*: de Medusa.
[5] *ruiseñores*: rouxinóis.
[6] Garcilaso morreu em 1536.
[7] Sebeto era um pequeno rio que atravessava Nápoles (antiga *Parthenope*), cantado por Sannazzaro.
[8] *Melisseo* era o pseudónimo de Giovanni Pontano, humanista e poeta italiano.
[9] Nápoles.
[10] Giovanni Rucellai (florentino) e Lattanzio Tolommei (de Siena), célebres humanistas.
[11] Toledo, nas margens do Tejo, é a pátria de Garcilaso. O rio Tejo mais razão tem para se ogulhar deste seu poeta do que do ouro das suas areias.
[12] Garcilaso amava Doña Isabel Freyre, formosa dama de honor da infanta D. Isabel de Portugal. O poeta chorou a morte da amada, que aconteceu entre 1531 e 1533.
[13] Em 1538, D. Helena de Zuñiga mandou trasladar o corpo do marido, Garcilaso, para Toledo.

Encantamento (p. 301)

[1] D. Manuel de Portugal (1516 – 1606) foi um poeta e diplomata português do século XVI, filho de D. Francisco de Portugal, 1.º conde de Vimioso, e de Joana de Vilhena.

[2] *no cabo estais*: estais na perfeição máxima, atingistes o limite.
[3] *servirei*: serei prestável.
[4] *mercê*: gentileza.
[5] *colher flores*: recolher belezas.
[6] *trazia errada a conta*: tinha-me enganado nas minhas suposições.
[7] *renove*: faça renascer.
[8] *se escreve*: se narra.
[9] *escondedouro*: esconderijo.
[10] *pontosos*: escrupulosos.
[11] *carregados*: sombrios, carrancudos.
[12] *Sardónios*: sarcásticos.
[13] *maliciosos*: mordazes, satíricos.
[14] *tentos*: cautelas.
[15] *rigores*: severidades.
[16] *fiz / Aberta*: acolhi, introduzi, dei aceitação.
[17] *peregrinos*: estrangeiros.
[18] Referência a Horácio.
[19] *Provemos*: demonstremos.
[20] *dar da vela ao vento*: pôr as mãos à obra, iniciar a empresa.
[21] *faça corpo, e gesto*: mostre valentia.
[22] *respeitos*: motivos, razões.
[23] *abastança*: abundância.
[24] *antolhos*: caprichos, fantasias.
[25] *tida*: mantida.
[26] *pousa*: pouso.
[27] *pederneira*: pedra dura que produz lume.
[28] *abrolho*: planta herbácea com um fruto espinhoso.
[29] *aconselham*: ajuízam, deliberam.
[30] *manha*: arte, habilidade.
[31] *ora qual dia*: um belo dia, outro dia.
[32] *contra*: para.
[33] *fadejando*: cumprindo o destino.
[34] *mimos*: pieguices.
[35] *fez calo*: amuou.
[36] *abalo*: perturbação, comoção.
[37] *samica*: talvez, acaso, porventura.
[38] *Contemo-lo*: consideremo-lo.
[39] *descorada*: pálida.
[40] *dormente*: sonhador.
[41] *rovinhosos*: rabujentos, raivosos.
[42] *estremar*: distinguir.
[43] *agravados*: ofendidos, amuados.
[44] *corram*: sopram.
[45] *deu vista*: iluminou.
[46] *trigoso*: apressado.
[47] *faz*: converte, transforma, muda.
[48] *dezias*: cantavas.
[49] *ora*: agora.
[50] *feas*: medonhas.

[51] *por demais*: inutilmente.
[52] *transpõe*: desaparece.
[53] *coteje*: compare.
[54] *solaus*: espécie de cantigas populares.
[55] *prova*: experiência.
[56] *falado*: afamado. Endimião, filho de Júpiter, era um pastor por quem Diana se apaixonou. De noite, a deusa descia do seu carro de prata para ver o jovem amado, adormecido numa gruta.
[57] *haver*: riqueza.
[58] *Salteou-a*: assaltou-a.
[59] *roubou-a*: raptou-a.
[60] *senhorio*: autoridade.
[61] *senhorio*: poderio.
[62] Referência ao facto de Júpiter e Plutão terem repartido a permanência de Prosérpina no Hades e na Terra.
[63] *punham-se* [os olhos] *a monte*: já não podia conter as lágrimas.
[64] *Estende-se*: prolonga-se.
[65] *apressados*: aflitos.
[66] *ora qual dia*: um belo dia, outro dia.
[67] *suores mortais*: angústias.
[68] *fiz mal barato*: aviltei-me.
[69] *quem mal cai, diz que mal jaz*: quem erra dificilmente repara o erro.
[70] *varejo*: colheita de azeitonas.
[71] *ogano*: neste ano.
[72] *correjo*: censuro.
[73] *como*: modo.
[74] *claro*: alegre.
[75] *pensamentos*: ideias, razões.
[76] *frauta*: flauta.
[77] *anda à custa alhea*: faz sofrer.
[78] *por sempre*: para sempre.
[79] *caia*: morra.
[80] *contendas*: sofrimentos, amarguras.
[81] *Naturalmente*: por natureza.
[82] *enchente*: cheia.
[83] *estronca*: destronca, derriba.
[84] *alça-se*: ergue-se.
[85] *atende*: pressente.
[86] *usso*: urso.
[87] *empreme*: impressiona.
[88] *se preza*: se orgulha.
[89] *mudo*: silencioso.
[90] *suidades*: saudades.
[91] *facha*: tocha.
[92] *fineza*: pureza.
[93] *simpreza*: ingenuidade, simplicidade.
[94] *singelos*: naturais.
[95] [amores] *amarelos*: contrafeitos.
[96] *achacadiços*: mórbidos.

[97] *Suspeitoso*: desconfiado, receoso.
[98] *vaidade*: insignificância.
[99] *estar mais às chaças*: discutir, brigar.
[100] *trespasso*: demora.
[101] *Crescem as sombras*: anoitece.
[102] *crescendo o passo*: apressando o passo.
[103] *Passadas*: passos.
[104] *em concerto*: de acordo.
[105] *Cuidam que o sol lhes*: são pretensiosos, vaidosos.
[106] *pôr o selo*: descobrir, pressentir.
[107] *amarelo*: pálido, enfiado.
[108] *branca*: descolorada.
[109] *caramelo*: pedaço de gelo.
[110] *adufe*: pandeiro.
[111] *tanger*: tocar.
[112] *fiador*: abonador.
[113] *prol faça*: dê alvíssaras.
[114] Começa o conto mitológico de Amor e Psique, segundo a versão de Apuleio.
[115] *sobreveo*: veio em seguida.
[116] *tanto que*: logo que.
[117] *se lhe ofrece*: consagra-se.
[118] *encorda*: prova de cordas, prepara.
[119] *se deita*: se lança.
[120] *magoado*: triste.
[121] *ciosa*: ciumenta.
[122] *renovo*: reincido.
[123] *ceva*: sacia, farta, enche.
[124] *perfumes*: preparados aromáticos.
[125] *abrandar*: enternecer.
[126] *figuras*: pinturas.
[127] *prestes*: prontamente.
[128] *ponto*: momento.
[129] *apetitos*: prazeres.
[130] *acomete*: investe, ataca.
[131] *se esvaecer*: desvanecer, dissipar.
[132] *Há mister*: tem necessidade, precisa.
[133] *assoalhar seus ventos*: desabafar a sua vida.
[134] *Quanto de mimos mais, mais dos entejos*: quanto mais fartura, mais aborrecimento.
[135] *licença*: consentimento.
[136] *malfadadas*: nascidas com mau destino.
[137] *fracas*: escassas.
[138] *envés*: dissimuladas, hipócritas.
[139] *anda de pés*: desaparece, encobre-se.
[140] *juntamente*: simultaneamente.
[141] *desandam*: desaparecem.
[142] *irmandade*: amizade fraternal.
[143] *mágoa*: despeito.
[144] *mal achada*: infeliz, encontrada em más condições.
[145] *ousada*: atrevida, audaciosa.

[146] *alevanto*: invento, atribuo.
[147] *Fazendo casos*: insinuando.
[148] *vieram*: combinaram.
[149] *defeso*: invisível, oculto.
[150] *Lança-se*: entrega-se.
[151] *quedo*: tranquilo.
[152] *delicado*: suave.
[153] *Singelo*: ingénuo.
[154] *danos*: males.
[155] *simple*: simples.
[156] *desconcerta*: tropeça, desacerta.
[157] *deleitoso*: aprazível.
[158] *apartamento*: retiro, recanto, aposento.
[159] *fúrias*: divindades pagãs com a missão, no inferno, de punir os crimes.
[160] *bichas*: cobras.
[161] *ensinou*: mostrou.

Epitalamio Pastoril (p. 321)

[1] D. Camila, filha de António de Sá de Meneses; casou com o seu tio-avô João Rodrigues, sob dispensa do Papa.
[2] Bernardim Ribeiro.
[3] *pasmado*: estupefacto.
[4] Trata-se de Sísifo, condenado a transportar por um monte acima um pedregulho que continuamente lhe resvala.

Montano (p. 343)

[1] A égloga *Montano* não foi publicada em 1595 nem em 1614. Seguimos aqui o texto presente nas *Satyras*, cuja edição data de 1626. Daí, aliás, a inclusão da dedicatória a preceder a égloga, a qual não consta na edição de Carolina Michaëlis (1885). Outra diferença com a edição de 1885 (baseada nos chamados Manuscritos D e F) prende-se com o facto de aí os pastores se denominarem Silvestre e Montano, ao passo que na edição de 1626, se chamam Montano e Bieito. Finalmente, não é ocioso transcrever, com ortografia atualizada, a nota explicativa que antecede o texto da égloga: «Em um cartapácio antigo, que se achou no Porto, das obras de Francisco de Sá de Miranda, está a Égloga, ou Sátira que se segue, que por esta razão, & por ser dirigida a João Rodrigues de Sá Meneses seu grande amigo, & ter versos inteiros que o mesmo Poeta pôs em outros lugares, & seu estilo nesta matéria, & género de verso ser inimitável, parece há muito também ser sua» (*Satyras de Francisco de Saa de Miranda,* edição comemorativa do quarto centenário da morte de Sá de Miranda, Lisboa, O Mundo do Livro, 1958, p. 236).
[2] *aconselhado*: dirigido.
[3] *guerra*: contenda, discussão.
[4] *acertado*: avisado.
[5] *fantasia*: espírito, mente.
[6] *corrida*: envergonhada.
[7] *se escala*: se destrói, se perverte.
[8] *saio*: vestimenta antiga.
[9] *maltratada*: abandonada, desprezada.
[10] *Folgavas*: alegravas-te.

[11] *cuidado*: preocupação, inquietação atormentadora.
[12] *danadas*: mal intencionadas.
[13] *justo*: virtuoso.
[14] *culpas*: crimes.
[15] *condenado*: pecador.
[16] *sandeu*: mentecapto, louco, idiota.
[17] *perdidos*: invertidos.
[18] *levantados*: amotinados.
[19] *paixão*: despeito.
[20] *rezão*: bom senso.
[21] *andas*: procuras.
[22] *ira*: cólera, indignação.
[23] *zagalejo*: moço.
[24] *de sobejo*: de sobra.
[25] *ao revés*: corre mal.
[26] *prados*: domínios.
[27] *sátrapas*: grandes senhores, déspotas.
[28] *pancadas*: castigos.
[29] *jornadas*: caminhadas que se fazem num dia.
[30] *vingança*: punição.
[31] *montado*: bosque de azinheiras ou sobreiros.
[32] *perro*: cão.
[33] *derramadas*: tresmalhadas.
[34] *outeiros*: colinas.
[35] *bordão*: cajado.
[36] *porvir*: futuro.
[37] *entendido*: experiente.
[38] *roube*: fascine, enfeitice.
[39] *pês*: custe, cause mágoa.
[40] *confusões*: barafundas.
[41] *sem concerto*: andar ao revés.
[42] *respeito*: veneração.
[43] *agudo*: engenhoso, perspicaz.
[44] *sujeito*: sujeição.
[45] *emprestada*: passageira.
[46] *brasfemou*: disse blasfémias.
[47] *reprender*: censurar.
[48] *vestidos*: encobertos, disfarçados.
[49] *peçonha*: malícia.
[50] *arrenego*: protesto.
[51] *piquenos*: fracos, humildes.
[52] *feos*: vergonhosos.
[53] *redes encolhendo*: deixando de dizer mais.

## Canções

Canção a Nossa Senhora (p. 357)

[1] *baça*: espessa.
[2] *mercê*: compaixão.

[3] *tanto escuro*: tanta incerteza, dúvida.
[4] *Remédio*: alívio.
[5] *míngua*: desgraça.
[6] *coração seguro*: confiança.
[7] *sem mágoa*: imaculada.
[8] *sombra*: vestígio.
[9] *aborreço*: desgosto.
[10] *m'espanto*: me arrependo, me horrorizo.
[11] *porto*: refúgio.
[12] *tempestades*: aflições, dores.
[13] *Aos ventos esta vida encomendada*: esta vida entregue ao acaso.
[14] *olhar*: atentar.
[15] *Descuidado*: sem receio, despreocupado.
[16] *Surdo*: insensível.
[17] *coitada*: triste, infeliz.
[18] *mal*: muito.
[19] *errado*: transviado.
[20] *estrela*: guia.
[21] *lago*: lugar escuro, abismo.
[22] *noite*: vida de incertezas e pecado.
[23] *faro*: pessoa que encaminha.
[24] *norte*: rumo.
[25] *corte*: singre.
[26] *responde*: está voltada para.
[27] *afronta*: situação, conjetura.
[28] *da fim*: no português antigo, o vocábulo *fim* podia ser de género feminino.
[29] *mulher*: Eva.
[30] *restituiu*: salvou.
[31] *saiu*: nasceu.
[32] *preço*: mérito.
[33] *sedes*: desejos.
[34] *coração coitado*: coração martirizado, aflito.
[35] *vestida*: envolvida.
[36] *algũa*: de algum.
[37] *desejos*: paixões.
[38] *passou*: experimentou.
[39] *per toda a praia*: por todo o lado.
[40] *saia*: se salve.
[41] *horto*: jardim.
[42] *defeso*: inacessível.
[43] *Custódia*: guarda.
[44] *em peso*: na totalidade.
[45] *fim*: morte.
[46] *empíreo*: alto.
[47] *forças*: poderes.
[48] *esforço*: proteção, auxílio.
[49] *voa*: passa velozmente.
[50] *gemido*: lamento.

[51] *giolhos*: joelhos.

À Festa da Anunciação de Nossa Senhora (p. 362)

[1] Esta canção não vem na 1.ª edição (1595), somente na segunda (1614).
[2] *claro*: cheio de sol.
[3] *Prometido*: destinado.
[4] *tolheu a*: livrou de.
[5] *Mercê*: graça.
[6] *abate*: vence.
[7] *cativeiro*: estado de prisioneiro do pecado original.
[8] *resgate*: redenção.
[9] *muda*: perturbada.
[10] *altivez*: orgulho, soberba.
[11] *perdera*: levara à perdição.
[12] *ódio*: rancor.
[13] *remédio*: reparação.
[14] *esmalta*: adorna, embeleza, realça.
[15] *culpa*: pecado.
[16] *mundo*: Terra.
[17] *imigos*: adversários.
[18] *limo*: barro.
[19] *virgem*: puro.
[20] *inspirando-lhe*: incutindo-lhe.
[21] *Isento*: livre.
[22] *acatamento*: reverência, respeito, veneração.
[23] *a tino*: sensatamente.
[24] *regia*: refreia.
[25] *pensamento*: espírito.
[26] *Contemplava*: meditava.
[27] *cada ora*: a cada momento.
[28] *alto*: sublime.
[29] *sobressaltos*: acontecimentos extraordinários, sobrenaturais.
[30] *este pó, terra indigna*: o homem.

Elegias

A uma Senhora muito lida, em nome de um seu servidor (p. 367)

[1] *alto*: agudo, penetrante.
[2] *lima*: retoque.
[3] *acerto*: acaso, oportunidade.
[4] *vistosos*: pomposos.
[5] *vim*: cheguei, fui reduzido.
[6] *noite e dia*: sempre.
[7] *vivos*: intensos, ativos.
[8] *vias*: maneiras, modos.
[9] *Apurada*: depurada, sublimada.
[10] *profundo*: perspicaz.
[11] *mundo*: universo.
[12] *Madrasta*: Juno, madrasta de Hércules.

[13] *fogo*: Hércules atirou-se a uma pira, pondo fim, com a morte, ao sofrimento causado pelo veneno de Nesso.
[14] *áspera*: dura, rigorosa.
[15] *brava opinião*: opinião despótica.
[16] *branco*: pálido.
[17] *santos*: sinceros.
[18] *passa em graça*: escarnece.
[19] *em siso*: a sério.
[20] *grandezas*: sublimidades.
[21] *diviso*: separado.
[22] *olivel*: nível.
[23] *dous pintores*: Plínio, *o Velho*, refere uma famosa disputa, na Grécia Antiga, entre o pintor Zêuxis e o pintor Parrásio. Zêuxis pintou com grande realismo um cacho de uvas; Parrásio pintou com grande realismo um véu que cobria o seu quadro.
[24] *ligeireza*: presteza, rapidez.
[25] *fervor*: ardor.
[26] *quedo*: imóvel.
[27] *mercês*: recompensas.
[28] *El-Rei Agesilau*: rei de Esparta; o ator Calípides, muito apreciado entre os gregos, julgando facilmente ser admirado pelo rei Agesilau, foi por este menosprezado e apelidado de palhaço.
[29] *empregos*: destinos.
[30] *sorte*: fortuna, felicidade.
[31] *rara*: extraordinária, excelente.
[32] *pegos*: sítios mais profundos de um rio.
[33] *custa*: é penoso.
[34] *amolecem*: maceram-se (pelo choro).
[35] *Andábatas*: gladiadores que combatiam com os olhos vendados.
[36] *de monte em monte*: por toda a parte.
[37] *andurriais*: lugares ermos e extraviados.
[38] *Tomastes-me*: encontrastes-me.
[39] *O caminho não míngua*: as dificuldades não diminuem.
[40] *razão*: entendimento.
[41] *clara*: lúcida.
[42] *abasta*: é suficiente.
[43] *quinhão*: sorte.
[44] *embrusca*: escurece.
[45] *aferro*: alcanço, agarro.
[46] *De ũa só folha que atrevessa tremo*: tremo da mínima coisa.

A António Ferreira (p. 373)

[1] *grossa*: densa.
[2] *empresa*: missão.
[3] *geral*: completa.
[4] *corrente*: fluente.
[5] *ardendo em chamas*: manifestando entusiasmo.
[6] *chiste*: composição lírica peninsular, cantiga burlesca.
[7] *letras*: glosas.

[8] *escura*: difícil, confusa, obscura.
[9] *se lhe resiste*: se hostiliza.
[10] *bom rosto*: boa vontade.
[11] *Boscão, Lasso*: Juan Boscán e Garcilaso de la Vega, introdutores da escola poética italiana em Espanha.
[12] *lumioso*: luminoso.
[13] *ribeiras*: lugares, terras.
[14] *choroso*: penoso.
[15] *em puridade*: em segredo, em particular.
[16] *verdadeira* [...] *verdade*: fé cristã.
[17] *agro*: árduo, rude, áspero.
[18] *tomaste à tua conta*: procuraste, arranjaste.
[19] *monta*: importa.
[20] *cuidados*: deveres.
[21] *honra*: dignidade.
[22] *mandados*: ordens.
[23] *perdendo os*: esquecendo-se dos.
[24] *espertos*: vivos.
[25] *limpa*: imaculada.
[26] *ocasião*: oportunidade.
[27] *arremeteu*: aproveitou a oportunidade.
[28] *a conta encheu*: morreu.
[29] *espanto antigo*: que sempre causou horror.
[30] *sonhamos*: cismamos, fantasiamos.
[31] *dom Rodrigo Manrique*: pai do poeta castelhano Jorge Manrique; este, nas *Coplas a la muerte de su padre*, homenageia o pai, Grão-Mestre da Ordem de Santiago, que morreu em 1476.
[32] *louvou*: exaltou.
[33] *Era ela conta igual*: era ela justa.
[34] *entrou*: principiou.
[35] *saísse*: morresse.
[36] *Cordeiro*: inocente.
[37] *Cordeiro*: Jesus Cristo.
[38] *Lavado*: purificado.
[39] *frágua*: purificação.
[40] *correr*: curso.
[41] *lança*: desagua.
[42] *prisão*: desterro.
[43] *boa hora*: em paz.
[44] *seguro*: garantia.
[45] *lei*: religião.
[46] *condição*: índole.
[47] *altiva*: briosa.
[48] *Abila e Calpe*: as «Colunas de Hércules», ou seja, o estreito de Gibraltar. Segundo a lenda, Hércules, num dos seus trabalhos, teve de abrir caminho entre o mar Mediterrâneo e o oceano Atlântico. De um lado, ficou o monte Calpe e do outro lado o monte Ábila.
[49] *chamadas*: denominadas.
[50] *luz*: eternidade.

[51] *Um só*: João Rodrigues Pereira, filho de António Pereira Marramaque.
[52] *claros*: manifestos, evidentes.
[53] *reluz*: revela.
[54] *Rotas*: quebradas.

À morte do príncipe Dom João (p. 378)

[1] Elegia inexistente na edição de 1595 e presente na de 1614 (2.ª edição).
[2] *natureza*: universo.
[3] *grandeza*: magnanimidade.
[4] *redondeza*: orbe, mundo.
[5] *debuxo*: esboço.
[6] *obra tão prima*: vida tão perfeita.
[7] *gente*: nação.
[8] *ergue o sentido*: eleva o pensamento.
[9] *bem nascido*: de origem nobre.
[10] *mostra*: modelo.
[11] *patranha*: ilusão.
[12] *muro*: defesa.
[13] *envolvam-se*: turvem-se.
[14] *almenaras*: luz da inteligência.
[15] *emendes*: recompenses.
[16] *tenros anos*: infância.
[17] *vento*: efémero, coisa vã.
[18] *triunfos*: grandes festejos.
[19] *influência*: presságio.
[20] *aquele Inglês malvado*: Robert Gardner, protestante inglês que, na missa de domingo, 9 de dezembro de 1552, por altura das festividades do casamento de D. João com D. Joana, depedaçou a hóstia sagrada; foi condenado e queimado vivo.
[21] *sem resistência*: com resignação.
[22] *perdendo*: espalhando, soltando.
[23] *murmuradores*: maldizentes.
[24] *alto conselho*: desígnio, juízo de Deus.
[25] *espelho*: príncipe D. Sebastião, recém-nascido no dia de S. Sebastião (20 de janeiro).
[26] *honrado*: virtuoso, honesto.
[27] *oferecera*: confiara.
[28] *firme*: seguro.
[29] *esclarecera*: iluminara.
[30] *repousado*: tranquilo, calmo.
[31] *santo mártir*: S. Sebastião.
[32] *consagrado*: devotado, dedicado.
[33] *geração*: descendência.
[34] *se renova*: rejuvenesce; recomeça.
[35] *os dous avós d'ambas as partes*: D. João III e Carlos V.
[36] *fabulosos*: fingidos.
[37] *o Rei primeiro*: D. Afonso Henriques; alusão ao milagre de Ourique.
[38] *altíssima*: sublime.
[39] *vira*: volta.
[40] *passo*: aludo.

[41] *esclarecido*: ilustre, famoso.
[42] *carniça*: carnificina, mortandade.
[43] *conforma*: harmoniza.
[44] *firme*: fixo.
[45] *o natural*: o que é da natureza.
[46] *Conhecerá*: reconhecerá.
[47] *Augusto*: venerando.
[48] *passou se*: mudou-se para.
[49] *pelo custo*: pelo que se sofre.
[50] *Mágoa*: pesar, tristeza.
[51] *põe em Deus teu cuidado*: põe em Deus o teu pensamento.

## Cartas

### A EL-Rei D. João (p. 387)

[1] *comum*: público.
[2] *respeito*: consideração.
[3] *Esfera*: mundo.
[4] *céus*: regiões, climas, países.
[5] *eles sós*: os despachos do rei.
[6] *Desdão ou lhe cortam nós*: resolvem, esclarecem.
[7] *viva lei*: autoridade suprema.
[8] *enliça*: enreda.
[9] Referência a D. Fernando, *o Católico*.
[10] *ao que entendo*: ao que julgo conveniente.
[11] *Tema*: teimosia.
[12] *arenga*: discurso.
[13] *cuidada*: pensada, estudada, meditada.
[14] *razões*: argumentos.
[15] *A tempo*: em ocasião própria.
[16] *ferro*: castigo.
[17] *coroa*: realeza.
[18] *montesinha*: rústica.
[19] *liga*: espécie.
[20] *lei*: costume, hábito.
[21] *lançou*: dirigiu.
[22] *senhor*: Deus.
[23] *baixeza*: miséria do mundo.
[24] *Sobre*: apesar de.
[25] *com tudo*: todavia.
[26] *Que*: pois que.
[27] *olhem*: velem.
[28] *inchaços*: orgulhos, vaidades.
[29] *graça*: valimento.
[30] *joga*: arrisca, se aventura.
[31] *vai*: existe.
[32] *sobre a face cai*: tapa a cara de vergonha.
[33] *Dum só rosto*: de uma franqueza, de uma só cara.
[34] *fé*: lealdade, palavra.

[35] *inteiro*: íntegro.
[36] *contrafaz*: constrange, dissimula.
[37] *aldeão*: ingénuo, rude pela sua sinceridade.
[38] *s'está*: está (o *se* é partícula expletiva).
[39] *rebuçados*: cobertos com rebuços.
[40] *rebuço*: máscara, fingimento.
[41] *mansidão*: brandura.
[42] *m'esforça*: me anima, me dá coragem.
[43] *tomar*: conquistar.
[44] *manha*: astúcia.
[45] *azes*: exércitos.
[46] *assanhos*: raivas, ódios.
[47] *mansos*: pacíficos.
[48] *robazes*: ladrões.
[49] *remédio*: solução.
[50] *Obras*: atos.
[51] *cujos*: de quem.
[52] *se vende*: se troca, se inculca.
[53] *Lança a pedra e a mão esconde*: faz o mal encobertamente.
[54] *se lhe recrece*: lhe sucede.
[55] *galardão*: prémio, recompensa.
[56] *prova*: testemunho.
[57] *falecia*: faltava.
[58] *provasse a espada*: provasse em combate.
[59] *campo*: lugar destinado a combate.
[60] *às singelas*: a ocultas.
[61] *cautelas*: intrigas, enganos.
[62] *Aleive assacado*: calúnia levantada, falso testemunho; alusão às lutas de D. Dinis contra seu irmão D. Afonso, que queria disputar-lhe o trono, e, posteriormente, às lutas que teve contra o seu próprio filho, revoltado contra ele.
[63] *vez*: ocasião.
[64] *chamar-se*: apelar para, recorrer.
[65] D. Pedro, filho de D. João I.
[66] *campo igual*: campo de batalha.
[67] *arte*: manha.
[68] *Um leal conde*: Álvaro Vaz de Almada, conde de Avranches. Morreu ao lado de D. Pedro na batalha de Alfarrobeira.
[69] *milhor parte*: o Céu.
[70] *Sobre*: apesar de.
[71] *suores*: tormentos.
[72] *envolvedores*: intrigantes.
[73] *inteiro*: livre.
[74] *muito sabe*: tem sabedoria.
[75] *dão novas cores*: desfiguram, deturpam, desvirtuam.
[76] *Envolvendo*: iludindo.
[77] *peitos*: corações.
[78] *primores*: perfeições, excelências.
[79] *senhores*: soberanos.

[80] *seguros*: prazenteiros, inspiradores de confiança.
[81] *estendeis*: alardeais.
[82] *Juiz*: Deus.
[83] *jogo*: sorte, destino.
[84] *honras*: direitos.
[85] *naturais*: indígenas (oriundos de uma terra).
[86] *Espanha*: Península Ibérica.
[87] *preza*: vangloria.
[88] *belicosa*: guerreira.
[89] *cheos*: satisfeitos.
[90] *viver*: tirar subsistência a partir da exploração de.
[91] *fracos*: humildes.
[92] *suores alheos*: à custa dos outros.
[93] *finas*: valiosas.
[94] *lobos cervais*: lobos que atacam os veados.
[95] *arminhos*: animais pequenos (espécie de mamíferos).
[96] *zebelinas*: espécie de mantas muito finas.
[97] *mesteres*: mesteirais, operários das cidades.
[98] *poderes*: pessoas poderosas.
[99] *negocea*: compra, alcança.
[100] *consciências*: probidades, integridades.
[101] *se eu vira castigo*: se eu vira repreensão.
[102] *residências*: informações sobre a vida dos religiosos.
[103] *reconciliar*: confessar-se, obter a absolvição.
[104] *Não nos fazem tão barato*: não nos são indulgentes, não mostram tanta facilidade.
[105] Estas três quintilhas não aparecem na edição de 1595, somente na de 1614.
[106] *esta vossa vara / Como as mãos em qu'anda é*: a autoridade é justa ou injusta, consoante quem a exerce.
[107] *perguiça*: negligência.
[108] *Jetro*: sogro de Moisés.
[109] *paixões*: parcialidades.
[110] *fracas*: insignificantes, de pouco valor.
[111] *o nobre Conradino / C'o parceiro*: Conrado V (1252-1268), duque da Suábia e da Francónia, imperador da Alemanha, foi condenado à morte, em Nápoles, juntamente com o duque de Áustria.
[112] *em todo*: em tudo.
[113] *grosas*: subtilezas judiciais.
[114] *que*: para que.
[115] *revolveremos*: esforçaremos.
[116] *se encadea*: se prende.
[117] *errado*: vão.
[118] *novo*: moderno.
[119] *Escocês*: escocesa.
[120] *peso*: importância.
[121] *jaz*: dorme.
[122] *amado*: estimado, prezado, querido.
[123] *testemunhas*: provas.
[124] *Outrossi*: também, da mesma maneira.

[125] *Codro* [...] / *Décios*: Codro e Décio, dois símbolos maiores do sacrifício pela pátria (em Atenas e Roma).

[126] *Grei*: nação, povo. A divisa de D. João II era «*Pro lege et pro grege*».

[127] *lavras*: terras lavradias ou lavoiras.

[128] *tornem as práticas vivas*: voltem às conversas orais.

[129] [horas] *sucessivas*: horas vagas.

A João Roiz de Sá de Meneses (p. 401)

[1] *Coluneses*: descendentes dos Colonas, ilustre família italiana.

[2] *coluna*: membro ilustre de uma família nobre, sustentáculo.

[3] *Ricamente*: nobremente.

[4] *vestistes*: adornastes.

[5] *ociosos*: preguiçosos.

[6] *rir*: folgar.

[7] *entrastes*: metestes-vos.

[8] *dar conta*: aplicar.

[9] Catão aprendeu as letras na velhice.

[10] *As letras*: a literatura, as belas-letras.

[11] Alusão à viagem que João Roiz fez pela Itália.

[12] *tinham guerra*: eram incompatíveis.

[13] *às graças dados*: gracejadores.

[14] *perfumes*: essências orientais.

[15] *Como os de Cápua a Anibal*: Aníbal e os seus soldados deixaram-se seduzir pelos prazeres de Cápua.

[16] *tempestade*: batalha.

[17] *tempo pequeno*: rapidamente.

[18] *Marquês de Santilhana*: Lopez de Mendonza (1398-1454), imitador de Dante e Petrarca.

[19] *de braço*: valente.

[20] *homem de braço e saber*: guerreiro e escritor.

[21] Juan de Mena (1412-1456), autor da *Coronación del Marques de Santillana o los Calamicleos*.

[22] *aparada* [a pena]: estilo apurado.

[23] *Ponho*: cito.

[24] *Bruto o segundo*: Marco Júnio Bruto (86 a.C.-42 a. C.).

[25] Cipião, *o Africano*, e Cipião Emiliano.

[26] Catão, *o Antigo* (ou *o Censor*), e Catão de Útica.

[27] *fortaleza*: valentia.

[28] *saber*: experiência.

[29] *Todo o mal jaz nos extremos, / O bem todo jaz no meo*: «*in medio virtus*» (a virtude está no meio).

[30] Referência ao centauro Quíron, precetor de Aquiles.

[31] *soterranha*: subterrânea.

[32] *Em contenda*: ao desafio.

[33] *claro o dia*: em pleno dia, dia claro.

[34] *fim*: velhice.

[35] *ninguém me lançasse* [...] *em rosto*: ninguém me fizesse acusação de, ninguém me censurasse.

[36] *Zeno*: Zenão, filósofo grego, fundador do estoicismo.
[37] *fazenda*: riqueza.
[38] *ondejar*: flutuar com as ondas.
[39] *fruito*: resultado.
[40] *Filosofia*: ciência geral dos seres, dos princípios e das causas.
[41] *saúde*: boa disposição moral.
[42] *Mestra*: filosofia.
[43] *assento*: norma.
[44] *assi cego*: assim destituído de entendimento.
[45] *qu'òs encontros se tivesse*: que se aguentasse nos embates.
[46] *viva*: valiosa, meritória.
[47] *louvaminhas*: lisonja, adulação.
[48] *tempo feito*: tempo favorável.
[49] *defesos*: incompreensíveis.
[50] *matinadas*: estrondos, ruídos.
[51] *finos*: delicados.
[52] *disseram*: chamaram.
[53] *Digam-me*: respondam-me.
[54] *se limou*: se inspirou.
[55] *lobrigando*: enxergando.
[56] *coldre*: carcaz das setas.
[57] *estás sempre avindo / Co'aquela*: estás sempre intimamente ligado com aquela.
[58] *Sei-o de*: tenho informação de.

A Pêro de Carvalho (p. 409)

[1] *línguas destes*: criticastes.
[2] *acoutou*: deu asilo.
[3] *agasalhados*: recebidos, acolhidos, hospedados.
[4] *parvos*: humildes.
[5] *privados*: validos.
[6] *velei*: estive acordado.
[7] *com espanto*: com pasmo, com admiração.
[8] *inteiro*: incorrupto.
[9] *se mostrou*: apareceu.
[10] *lançou*: dirigiu.
[11] D. Sancho II.
[12] *fé*: fidelidade.
[13] *Giges*: pastor da Lídia; depois de ter conseguido o lugar de primeiro-ministro do rei Candaulo, assassinou-o, para subir ao trono. Foi o fundador da dinastia dos Mermnades (séc. VII a.C.). Apolo considerou-o menos bem-aventurado que Aglau, simples pastor da Arcádia, pobre mas feliz.
[14] *possança*: riqueza, abastança.
[15] *Inchado*: vaidoso.
[16] *fumo*: vaidade, presunção.
[17] *ricos*: abastados.
[18] *corações*: almas.
[19] *Quanto mais água mais sede*: quanto mais se tem, mais se quer.

[20] *certa*: incorrupta.
[21] *desacata*: despreza, falta ao respeito.
[22] *Abertos*: rasgados.
[23] *vendeu*: entregou, arriscou.
[24] *venceu*: atraiçoou.
[25] *criado*: nascido.
[26] *contino*: constante.
[27] *dorna*: vasilha destinada a pisar as uvas ou a recolher o mosto, pipa. Alusão ao tonel que servia de habitação ao filósofo Diógenes.
[28] *Cresso*, *Crasso* e *Mida*: figuras da História Antiga, que se tronaram símbolos da riqueza.
[29] *Crates*: filósofo da Escola Cínica e discípulo de Diógenes.
[30] *ferro*: arma.
[31] *agouro*: presságio.
[32] *erro*: desacerto, tolice.
[33] *havida*: conquistada.
[34] *Bias*: um dos sete sábios da Grécia. Quando a sua pátria (Cirene) foi sitiada pelo exército de Ciro, Bias terá dito aos que se admiravam por não querer levar os seus bens para o exílio: «Levo tudo comigo» (referindo-se ao saber e à inteligência).
[35] *corrida*: ludibriada.
[36] *Epiteto*: filósofo estoico do séc. I.
[37] *nobre*: elevado, sublime.
[38] *coitado*: desgraçado.
[39] *pobre*: débil.
[40] *bastança*: grandeza de alma.
[41] *alugados*: veniais.
[42] *verdadeiros*: sinceros.
[43] *tome*: surpreende.
[44] *noite escura*: morte.
[45] *sã*: verdadeira, justa.
[46] *bens falsos*: riquezas.
[47] *mandados*: dominados.
[48] *saborosa*: agradável.
[49] *ermo*: lugar deserto, solitário.
[50] *razão*: motivo, fundamento.
[51] *trasanda*: transforma, transtorna.
[52] *escusa*: desculpa.
[53] *apreçado*: estimado, prezado.
[54] *gabos damos*: gabamos.
[55] *acometemos*: atrevemos.
[56] *ociosidade*: ócio.
[57] *Énio*: poeta latino (240 a.C.-169 a.C.).
[58] *autor*: autoridade, testemunho.
[59] *não se entende*: não se compreende.
[60] *se obedece*: se domina.
[61] *acende*: se entusiasma.
[62] *Cobrar*: recuperar, tornar a possuir.
[63] *cor*: rubor das faces.

A seu irmão Mem de Sá (p. 421)

[1] Mem de Sá, irmão de Sá de Miranda, foi o terceiro governador do Brasil.

[2] *leve*: simples.

[3] *Mete remos, mete vela*: faz todos os esforços.

[4] *deleitação*: deleite.

[5] *Andam*: esforçam-se o mais possível.

[6] *Faeton*: Faetonte, filho de Apolo e de Climena. Ao guiar o carro do Sol, foi imprudente, a ponto de quase abrasar o mundo, o que levou Júpiter a castigá-lo, fulminando-o com um raio. Faetonte precipitou-se no rio Erídano (identificado por Políbio como rio Pó, no norte de Itália).

[7] *o que há de cair*: ilusão.

[8] *já té os olhos jaz*: está quase perdido.

[9] *sortes*: espécies.

[10] Alusão ao príncipe D. Duarte, filho natural de D. João III, falecido em 1543.

[11] *assomada*: apogeu.

[12] *língua*: idioma.

[13] *míngua*: penúria.

[14] *sigo*: me entrego.

[15] *aos dados jogada*: em risco.

[16] *Vedes*: reparai.

[17] *correm*: passam.

[18] *pôr peito à corrente*: remar contra a maré, opor-se à dificuldade.

[19] *Que sejais*: ainda que sejais.

[20] *forçoso*: robusto.

[21] *quebrar braços em vão*: fazer sacrifícios inutilmente.

[22] *sonhar*: desejar muito.

[23] *jogos*: folguedos.

[24] *alimpando*: limpando.

[25] *natureza*: a Providência, Deus.

[26] *Vestes*: ornamentas.

[27] *enleos*: perturbações do espírito.

[28] *enjeitamos*: recusamos.

[29] *Rimos*: alegramo-nos.

[30] *campo aberto*: descampado.

[31] *Livre*: desabrigado.

[32] *cava*: fosso.

[33] *alumiado*: iluminado, inspirado.

[34] *luz*: espírito.

[35] *consagrou a cruz*: tornou a cruz sagrada.

[36] *Cárcer*: prisão.

[37] *que razão daremos*: de que conta daremos.

[38] *Alçar*: erguer, levantar.

[39] *Não se gaste mais pavio*: não se gaste mais tempo.

[40] *Lançada do senhorio*: privada do domínio.

[41] *Ponhamo-nos em razão*: sejamos razoáveis.

[42] *repouso*: sossego.

[43] *Seguindo*: praticando.

[44] *brutos*: irracionais.

[45] *necessidade*: fatalidade, o inevitável.
[46] *Creceu-me*: alongou-se.
[47] *pousada*: casa.
[48] *salteado*: surpreendido.
[49] *não punha os pés no chão*: ir tão depressa que mal o chão se toca com os pés.
[50] *Cumpre*: cabe.
[51] *Que vai de Pedro a Rodrigo*: que diferença de homem para homem (*multum praestat vir viro*).
[52] *não são iguais os dedos*: não existem duas coisas iguais.
[53] *lar*: lareira.
[54] *Vai-te*: encaminha-te.
[55] *ambas*: ambas as vidas, a do campo e a da cidade.
[56] *Quando*: se acaso.
[57] *balança*: hesitação.
[58] *Ia e vinha o coração*: hesitava.
[59] *Quem não se aventura, / Não ganha*: quem não se arrisca, não petisca.
[60] *casais*: casa de campo.
[61] *colmados*: cobertos de colmo.
[62] *traz no bucho um ifante*: anda muito inchado, manifesta grande presunção.
[63] *alto serão*: alta noite.
[64] *O coração lhe caiu* [aos pés]: ficou aterrado.
[65] *espaçado*: passado.
[66] *segura*: livre de perigo.
[67] *preza*: estima.

A António Pereira, Senhor do Basto, quando se partiu para a corte co'a casa toda (p. 429)

[1] *Como*: quando.
[2] *correr*: girar, circular.
[3] *pardaus*: antiga moeda da Índia.
[4] *cercas*: quintas muradas, jardins.
[5] *trilha*: vestígio.
[6] *corre*: está iminente, vem [o inimigo] sobre nós.
[7] *algum*: alguém.
[8] *estrago*: dissolução, depravação.
[9] *sonha*: devaneia, cogita.
[10] *cativar*: seduzir, atrair.
[11] *Cineas*: conselheiro de Pirro, rei do Epiro. Pirro dizia que a eloquência de Cineas lhe tinha conquistado mais cidades do que os seus exércitos.
[12] *olmos*: olmeiros.
[13] *vozeiras*: gritarias para, na caça, instigar os cães.
[14] *montarias*: caçadas.
[15] *derribar aves*: caça de altanaria.
[16] *remir*: libertar.
[17] *concertos*: conciliações.
[18] *vilãos*: camponeses, rústicos.
[19] *desentoados*: parvos, broncos.
[20] *cobertos*: vestidos.
[21] *nego*: contesto.
[22] *Composições*: iguarias.

[23] *grosadas*: comentadas, desenvolvidas.
[24] *tendas*: habitações.
[25] *imigas*: nocivas.
[26] *cor*: aspeto, aparência.
[27] *Que contas vão tão erradas*: que maus juízos se fazem das coisas; más orientações.
[28] *sobeja*: abunda.
[29] *convidadas*: solicitadas.
[30] *enveja*: rivalidade.
[31] *Falam-se muitas linguages*: usam de muita hipocrisia.
[32] *potages*: molhos.
[33] *arrebentar*: estoirar.
[34] *Soltos*: patentes.
[35] Alusão a Cleópatra, rainha do Egito, irmã de Ptolomeu (*Tolomeu*).
[36] *pendente*: brinco de orelha. Cleópatra dissolveu uma pérola em vinagre para a dar a beber ao seu amante, Marco António.
[37] *gosto*: sabor.
[38] *posto*: apresentado.
[39] *praça*: mercado.
[40] *sazão*: tempo oportuno.
[41] *ceas do paraíso*: ceias deliciosas.
[42] *fala trocada*: dito com duplo sentido.
[43] *riso*: ironia.
[44] *carregadas de siso*: muito sérias, austeras.
[45] *danadas*: corrompidas.
[46] *licença*: liberdade excessiva.
[47] *Des i*: depois disso, em seguida.
[48] *chamando*: atraindo, suscitando.
[49] *sabores*: prazeres, diversões.
[50] O poeta começa a listar as leituras que faziam na quinta da Taipa: *Orlando Furioso*, de Ariosto; *Assolanos*, de Bembo; *Arcádia*, de Sannazzaro; *Obras*, de Garcilaso e Boscán.
[51] *pasquinos*: Pasquino (ou Pasquim) era um sapateiro da Roma antiga, que ficou célebre pela sua veia satírica.
[52] *sentimento*: pesar.
[53] *desacatamento*: irreverência, profanação.
[54] *Torcem*: deturpam.
[55] *conselho*: preceito.
[56] *defeso*: proibido.
[57] *Homens de seiscentas cores*: homens de todas as categorias.
[58] *d'arrenegadores*: de descrentes.
[59] *emenda*: remédio.
[60] *jogo*: vício de jogar.
[61] *primores*: méritos.
[62] *modernas*: recentes.
[63] *De Herodes para Pilatos*: de um lado para o outro num constante desassossego.
[64] *chama*: convoca.
[65] *primeiro* [...] *que*: antes... que.
[66] *madre*: terra.
[67] *liga*: mistura.
[68] *se obriga*: se compromete.
[69] *grossos*: rudes.
[70] *natureza*: instinto.

[71] *fito*: objetivo.
[72] *se adoece*: há inconvenientes, sensaborias.
[73] *Deus da saúde*: Esculápio, a quem se erigiam estátuas no meio dos bosques.
[74] *Vírbio*: nome pelo qual ficou a ser conhecido Hipólito, após a sua divinização. Vivia na floresta da ninfa Egéria, dedicando-se à caça.
[75] *que encontre*: ainda que se encontre.
[76] *librés*: cães de caça.
[77] *sente*: julga, considera.
[78] *rico*: abastado.
[79] *Arremedar*: imitar.
[80] Cincinato e Caio Régulo Serrano, heróis da Roma antiga.
[81] *ante si em campo pusessem*: tomassem-no como chefe.
[82] *grandeza*: superioridade.
[83] *fadiga*: trabalho.
[84] *frágua*: forja, fornalha de ferreiro.
[85] *ronceiro:* vagaroso, preguiçoso.
[86] *corre c'os*: expulsa-os.
[87] *livre*: seguro, despreocupado.
[88] *mulato*: mulo, macho.
[89] *convidava*: atraía, solicitava.
[90] *gargantoíce*: gula.
[91] Alusão ao episódio bíblico das desavenças entre os irmãos Esaú e Jacob.
[92] *deceu*: mergulhou.
[93] *Como*: logo que.
[94] *vezada*: acostumada.
[95] *delicadeza*: conforto, mimo.
[96] *for*: recorre.
[97] *madre*: natureza.
[98] *madrasta*: terra antiga.
[99] *sangue*: vermelho.
[100] *patranha*: fábula.
[101] Alusão à lenda da origem do nome, segundo a qual um rei mouro teria visto, numa pereira, a crucificação de Cristo.
[102] *anos*: séculos.
[103] D. Gonçalo Pereira, arcebispo de Braga, avô de Nuno Álvares.
[104] *longos panos*: vestes sacerdotais.
[105] *cumpre*: convém.
[106] *passar tudo*: mudar tudo para.
[107] *adubadas*: temperadas, estimuladas, condimentadas.
[108] *transpuseram*: desapareceram.
[109] *às cegas*: às escuras.
[110] *mantedores*: mantenedores, cortesãos que mantinham a etiqueta do Paço.
[111] *viração*: vento brando e fresco.
[112] *singela*: suave, ligeira.
[113] *vilmente*: por baixo preço.
[114] *bugios*: espécie de macacos.
[115] *perda*: dano, prejuízo.
[116] *leve*: inútil, insignificante.
[117] *Que sejam*: ainda que sejam.
[118] *ao coração acudo*: escuto o coração, sou levado pelo sentimento.

À maneira italiana, a D. Fernando de Meneses, em resposta do que lhe escreveu de Sevilha (p. 443)

[1] *rica*: magnífica.
[2] *escreveis*: descreveis.
[3] *enarvora*: arvora.
[4] *prodigalidade*: profusão, dispêndio excessivo.
[5] *temperança*: moderação, sobriedade.
[6] *assegura*: mantém, conserva.
[7] *deportes*: divertimentos, prazeres, desenfados.
[8] *cega*: deslumbra, fascina.
[9] *avençais*: servidores, jornaleiros.
[10] *correm*: derivam.
[11] *fina*: pura.
[12] *almoedas*: leilões, hastas públicas.
[13] *é tudo um riso*: não tem importância.
[14] *arrecada*: compra.
[15] *privados*: frequentadores.
[16] *ordume*: urdidura.
[17] Xenócrates, discípulo de Platão, resistiu aos encantos de Lais, famosa cortesã grega.
[18] *usança*: costume.
[19] *dar culpa*: recriminar.
[20] *Enxamea*: enche, povoa.
[21] *louvores*: glorificações.
[22] *rudeza*: imperfeição, pobreza.
[23] *entendo*: reconheço.
[24] *prisão*: paixão.
[25] *cadea*: paixão.
[26] *negociações*: negócios.
[27] *se guia*: se dirige.
[28] *contrafeitas*: enganosas, dissimuladas, fingidas.
[29] *pouco espaço*: pouco tempo.
[30] *d'agudo*: penetrantemente, violentamente.
[31] *dourado:* cheio de ouro.
[32] *Lançou-nos a perder*: causou-nos a desgraça, deu cabo de.
[33] *momos*: representações mímicas, acompanhadas de dança.
[34] *primor*: beleza, delicadeza.
[35] *delicados*: finos, espirituosos.
[36] *enveses*: avessos.
[37] *lograstes*: gozastes.
[38] *se escora*: funda as suas esperanças.
[39] *abana*: abala.
[40] *toma* [...] *conta estreita*: pede explicações rigorosas.
[41] *se adormenta*: se adormece.

Carta em resposta a Jorge de Montemayor (p. 450)

[1] *nuestro Lusitano*: Montemor.
[2] *Marsilio*: rei mouro, lendário, de Espanha, que Rolando matou em Roncesvalles.
[3] Este verso e seguintes contêm referências aos heróis do poema *Orlando Furioso*, de Ariosto: *Roldán* (Orlando); *Reynaldo* (Rinaldo); *Rogel* (Ruggiero); *Astolpho* (Astolfo); *Horrilo*; *Grifón* e *Aquilante*; *Marfisa* e *Bradamante* (heroínas também de *Orlando Innamorato*).
[4] Seguimos aqui a lição de Carolina Michaëlis, que, considerando tratar-se de um adjetivo e não de um nome próprio, corrige «Dino», patente na edição *princeps*, para «dino» (*cf. Poesias de Francisco de Sá de Miranda*, edição de Carolina Michaëlis de Vasconcelos, *op. cit.*, pp. 457 e 848).

[5] Referênca aos seus poemas pastoris *Andrés*, *Fábula do Mondego* e *Alexo*.
[6] *nuestro Andrade*: Pêro Andrade de Caminha.
[7] *monte Menalio*: montanha da Arcádia, citada nos *Idílios* de Teócrito e Virgílio.
[8] *Princesa nuestra*: princesa D. Joana, de quem Jorge de Montemor era mestre cantor.
[9] Neste verso e seguintes, enumera os antigos poetas amorosos italianos e respetivas inspiradoras.

A seu cunhado Manuel Machado de Azevedo (p. 457)
[1] Não vem na 1.ª edição (1595) nem na 2.ª (1614). Surge na edição de C. Michaëlis (texto n.º 153).
[2] *trabalho*: empreendimento.
[3] *avós*: antepassados.
[4] *monturo*: monte de imundícies.
[5] *primeiros*: primitivos.
[6] *privanças*: intimidades amistosas (com o rei).
[7] *trazem*: propõem.
[8] *lianças*: casamentos.
[9] *soberano*: absoluto.
[10] *testemunho dão*: provam, confirmam.
[11] *mostrareis*: apresentareis.
[12] *desdourareis*: desmascarareis, desmentireis.
[13] *firmadas*: assinadas.

Oração aos reis D. João II e Rainha D. Catarina na cidade de Coimbra que fez Francisco de Sá no ano de 1527 (p. 459)
[1] Não é inteiramente seguro que esta oração seja da autoria de Sá de Miranda. Mas é provável que o seja. Rodrigues Lapa chama, em abono da autoria mirandina, a atenção para o facto de a certo momento o texto recorrer ao exemplo das abelhas, sendo que estas, na carta a D. João, são precisamente convocadas na qualidade de exemplo. A oração encontra-se, em manuscrito, no Museu Britânico e chegou a ser publicada por Inocêncio da Silva e por Teófilo Braga. Seguimos a transcrição de C. Michaëlis (a oração corresponde ao n.º 154).
[2] Deve ser erro, por *naus*.

## TEATRO

### Comédias

Os Estrangeiros (p. 465)
[1] *apodais*: censurais.
[2] *triques troques*: trocadilhos.
[3] *i*: ide.
[4] *jaremos*: jazeremos.
[5] *lhe*: lhes.
[6] *braburas*: bravuras.
[7] *debar*: dobar.
[8] *Alicorne*: unicórnio.
[9] *Anjos cosidos*: anhos cozidos (?). *Cf.* Rodrigues Lapa, *op. cit.*, vol. II, p. 134.
[10] *aramá*: em má hora.
[11] *grosava*: glosava (criticava).
[12] *buscar a escama detrás a orelha*: desenganar.
[13] *sonoite*: noitinha.

[14] *temudo*: temido.
[15] *governalhe*: governo.
[16] *Mancias*: Macías, *o Namorado*, ou *o Apaixonado*, trovador galego do séc. XIV.
[17] *beliguinaz*: aumentativo depreciativo de beleguim.
[18] *gracia gratis data*: «graça dada de graça».
[19] *em al*: noutra coisa.
[20] *alfeloeiro*: vendedor de alféola (melaço de má qualidade).
[21] *consoantes*: rimas.
[22] *jogueto*: brinco.
[23] *usso*: urso.
[24] *Patria est ubicumque bene est*: «A pátria é onde se está bem» (aforismo latino).
[25] *est mater rerum*: «é a mãe das coisas».
[26] *de apicibus iuris*: «acerca das subtilezas do direito».
[27] *pola ventura*: pela ventura, talvez.
[28] *nojos*: tristezas.
[29] *espartisse*: separasse.
[30] *em vosso respeito*: em relação a vós.
[31] *Subtiliter*: subtilmente.
[32] *breviter*: brevemente.
[33] *negative, non afirmative*: «negativamente, não afirmativamente».
[34] *noctes ducibus insomnes*: «passámos as noites em claro».
[35] *romão*: romano. *feito romão*: proeza.
[36] *quant'a de doudo*: no que se refere a doido.
[37] Na lição de Rodrigues Lapa, esta fala de Calídio é considerada um monólogo, correspondendo, portanto, a uma nova cena (*cf. op. cit.*, vol. II, p. 156). A despeito de se tratar de uma interpretação plausível, optamos por seguir a versão de 1560, mantendo a fala integrada na Cena II, em consonância, aliás, com o «Manuscrito Harvard», transcrito em Francisco de Sá de Miranda, *Comédias*, *op. cit.*, p. 215.
[38] *barbipoentes*: com a barba a despontar.
[39] *laberintos*: o labirinto era um género poético de grande virtuosismo (complexo como labirinto).
[40] *foão*: fulano.
[41] *calabreadas*: enganos.
[42] *Bártolo*: Bártolo de Sassoferrato, jurisconsulto italiano medieval (séc. XIV), comentador do Direito Romano.
[43] *in agibilibus*: «nas coisas de destreza», «na prática».
[44] *fouveiros*: galantes.
[45] *ũa por ũa*: ao fim e ao resto.
[46] *e que*: e ainda que.
[47] *acolha*: fuja.
[48] *merencório*: melancólico.
[49] *peites*: alicies.
[50] *truães*: pantomineiros.
[51] *Comigo o há*: Aquilo é comigo (*cf.* Rodrigues Lapa, *op. cit.*, vol. II, p. 171).
[52] *franquear*: viver de forma dispendiosa.
[53] *acolher*: fugir.
[54] *despejar*: desembaraçar, ir embora.
[55] *deu-lhe o vento na corda*: teve um acesso de loucura.
[56] *parta*: reparta.
[57] *prol*: proveito.
[58] *Passo*: baixinho.
[59] *ereita*: golpe de luta (elevação do adversário).

[60] *sopé*: rasteira.
[61] *Consoantes*: rimas.

Os Vilhalpandos (p. 531)

[1] *Daqui*: de Portugal.
[2] *Tolão*: Toulon. Em 1543, Francisco I aliou-se ao almirante Barbarossa (aliança franco--otomana), convidando-o a participar na batalha contra o Sacro Império Romano.
[3] *Português*: portuguesa.
[4] *barba roxa*: «barba ruiva» ou «barba roxa», célebre pirata turco.
[5] *encadarroados*: com muito catarro.
[6] *som*: sou.
[7] *capitularam a doença*: diagnosticaram a doença.
[8] *Hipocras*: Hipócrates (médico grego), tido como o pai da medicina.
[9] *messageiros*: mensageiros.
[10] *guardado*: frequentado.
[11] *tachas*: defeitos; manchas.
[12] *sam*: estou.
[13] *aprazerada*: amiga do prazer.
[14] *afruitada*: afrutada (que dê filhos).
[15] *Vá ser ò sol*: vá deitar-se ao sol, como os bárbaros (*cf.* Rodrigues Lapa, *op. cit.*, vol. II, p. 191).
[16] *Calez*: Cádiz.
[17] *romã*: romana.
[18] *corregimento*: juízo, sensatez.
[19] *Davos e Sírios*: Davus e Syrus, escravos das comédias de Terêncio.
[20] *coscorrinho*: pé-de-meia.
[21] *enlheeiro*: enredador, trapaceiro.
[22] *desnarigada*: descarada, sem pudor, sem vergonha.
[23] *vaganau*: vagabundo, mariola.
[24] *pelejadas*: em desavença, zangadas.
[25] *Ora sus*: ora, coragem.
[26] *A osadas*: sem dúvida.
[27] *encartados*: renegados.
[28] *vás*: vais.
[29] *almárias*: alimárias, animais. Na lírica mirandina, note-se, encontramos com o mesmo sentido a palavra *alimañas*.
[30] *romão*: romano.
[31] *tanto que não*: quando não.
[32] *manhoso*: habilidoso, prendado.
[33] *debar*: dobar.
[34] *do mester*: em que foi necessário.
[35] *arca por arca*: peito a peito; em confronto.
[36] *enviar*: atirar, chegar a vias de facto.
[37] *falece*: falta.
[38] *al... se aquela filha não*: outra coisa... a não ser aquela filha.
[39] *caldeira de Pero Botelho*: inferno.
[40] *envolta*: confusão, desordem.
[41] *João d'Espera em Deus*: Judeu Errante.

[42] *pesadelo*: diabo (*cf.* Rodrigues Lapa, *op. cit.*, vol. II, p. 206).
[43] *deles... deles*: uns... outros.
[44] *Sus*: vamos!
[45] *Esse ponto me lê*: diz-me dessas (*cf.* Rodrigues Lapa, *op. cit.*, vol. II, p. 208).
[46] *esparsa*: composição poética constituída por uma estrofe com 8 a 16 versos, sem mote.
[47] *Bafordarei*: atirarei lanças.
[48] *embicar*: tropeçar.
[49] *te espero*: prevejo.
[50] *Perdia estando tempo?*: Estava perdendo o meu tempo? (*Cf.* Rodrigues Lapa, *op. cit.*, vol. II, p. 211).
[51] *escuidos*: escudos (dinheiro).
[52] *cossaira*: corsária (pirata), espertalhona.
[53] *escudos do sol*: moeda francesa (*écu au soleil*), que circulou em Roma até 1530; na coroa, estava gravado um pequeno Sol.
[54] *escote*: quota-parte.
[55] *Que tais?*: quais?
[56] *bulra*: burla, ludíbrio.
[57] *dia de S. Cireijo*: dia de S. Cerejo; o mesmo é dizer, um dia que não se há de cumprir.
[58] *enquererem*: inquirirem.
[59] *trovada*: agitada, inquieta.
[60] *puridades*: segredos.
[61] *parecendo*: aparecendo.
[62] *prática*: prosa, diálogo.
[63] *bandeira*: parcial.
[64] *passo*: devagar.
[65] *tafuis*: jogadores profissionais ou por mero hábito.
[66] *azos*: jeitos.
[67] *terceiras*: intermediárias; intercessoras.
[68] *a todo seu poder*: quanto podia.
[69] *rabanas*: rufianaz, grande rufia.
[70] *como*: quando.
[71] *cursores*: escrivães.
[72] *cólora*: cólera, ira.
[73] *xaque*: o mesmo que xeque (ataque ao rei ou à rainha numa partida de xadrez).
[74] *Não sabes que as mulheres são vianda de sartã, soprar e comer?*: Forma de designar a brevidade com que se devem tomar as mulheres (*cf.* Rodrigues Lapa, *op. cit.*, vol. II, p. 223).
[75] *desaforada*: isenta do pagamento de foro.
[76] *ver as estrelas no meio-dia*: ficar atordoado.
[77] *Parece*: aparece.
[78] *sam*: estou.
[79] *sabinas*: menção ao rapto das Sabinas (episódio marcante da história da Roma Antiga).
[80] *Bancos de Frandes*: Bancos de Flandres (lugar arriscado de navegação), dificuldades.
[81] *Jará*: jazerá, estará.
[82] *partos*: habitantes do império Parta e inimigos dos Romanos.
[83] *senão eu*: exceto eu.
[84] *Donde*: onde.
[85] *tresmalharam-me o firmal*: ter-me-iam levado o firmal.
[86] *trugimão*: mexeriqueiro; alcoviteiro.

[87] *direito*: caminho.
[88] *forças*: obrigações.
[89] *Jure, via et causa*: «Com método, segundo a lei e com boa razão».
[90] *salgado*: espirituoso, divertido, humorístico.
[91] *tresandam*: modificam.
[92] *de rodilhado*: pano atado à cabeça, usado principalmente pelas mulheres. Destina-se a segurar o cabelo no período do sono.
[93] *de bandos*: de parcialidades.
[94] *rato*: ratificado, validado.
[95] *te anojaste*: te aborreceste.
[96] *pontoso*: íntegro; zeloso.
[97] *bilhardão*: mandrião.
[98] *tenda*: disputa, contenda.
[99] *estam*: estou.
[100] *desenvolver*: desatravancar, desobstruir.
[101] *tarde piache*: tarde piaste (expressão galega).
[102] *a quanto vejo*: pelo que vejo.
[103] *pídi-mas*: pede-mas.
[104] *enxeri*: inseri.
[105] *Nô mais*: não mais.
[106] *por u*: por onde.
[107] *romanisco*: romano.
[108] *pontoso*: severo.
[109] *envoltas*: trapalhadas, desordens.
[110] *Lapidários*: livros sobre pedras.
[111] *Fiade*: fia de mim, confia em mim (*cf.* Rodrigues Lapa, *op. cit.*, vol. II, p. 249).
[113] *aventureiro*: questionável, duvidoso.
[114] *palrónio*: muito falador.
[115] *aprazerado*: prazenteiro.
[116] *tresnoitada*: inverosímil.
[116] *a trancos*: a espaços.
[117] *gargantão*: comilão.
[118] *acolher*: apanhar.
[119] *despejo*: desembaraço.
[120] *recacho*: esmero, elegância.
[121] *sabor*: atrativo, graça.
[122] *azar*: flor da laranjeira. A água de flor de laranjeira é usada como cosmético.
[123] *sempre estão em seus treze*: persistem intransigentemente nas suas opiniões.

# ÍNDICE

## POESIA

### POESIAS À MANEIRA ANTIGA